A miało być
tak pięknie!

KATARZYNA KALICIŃSKA
MAŁGORZATA KALICIŃSKA

A miało być tak pięknie!

Burda
książki

Mojemu tacie
– Kasia

Mojemu bratu
– Małgosia

Wstęp

Odkąd pamiętam, zawsze żyłam w dwóch nieprzystających do siebie światach. Czas dzieliłam między spotkania z artystami, rozmowy o literaturze oraz sztuce przy czerwonym winie i w oparach dymu papierosowego, łażenie po górach, DKF-y i koncerty – a potem płynnie przeskakiwałam do modnych klubów, pod które podjeżdżałam z piskiem opon samochodami prowadzonymi przez przystojnych chłopaków. Uwielbiałam się bawić. Kochałam życie!

Największy wpływ miał na mnie tata, który od dzieciństwa wpajał mi, że najważniejsze w życiu są: indywidualność, oryginalność, samodzielność myślenia i rozwój intelektualny. Zaszczepił we mnie miłość do dobrej muzyki, literatury, malarstwa i gotowania.

Babcia arystokratka dbała o dobre maniery, klasę i styl. Mówiła o patriotyzmie, a jednocześnie wpajała mi, że jestem obywatelką świata. Dzięki niej pokochałam podróże – a zwłaszcza Włochy, w których przez lata mieszkała.

Mama była od prozy życia. Nauczyła mnie walczyć o swoje i twardo stąpać po ziemi.

Z tego miksu wyrósł taki dziwoląg jak ja.

Posłuchajcie...

ROZDZIAŁ PIERWSZY

Była wiosna, późne lata osiemdziesiąte, miałam dziewiętnaście lat i biegłam spóźniona na próbę teatru amatorskiego. Teatr nie był w mojej szkole popularny. Powiem więcej: był wręcz niemodny. Koleżanki z liceum lub podwórka interesowały się zdobywaniem ciuchów, zbieraniem posterów, nagrywaniem muzyki na kasety, no i oczywiście... miłością. Mnie jednak ciągnęło do teatru. Jeszcze nie miałam pojęcia, co zrobię z tą fascynacją, ale byłam pewna, że chcę się stać częścią tego świata.

Wiedziałam, że tego dnia na próbę ma przyjść chłopak, który będzie tworzył muzykę do spektaklu. W zasadzie to już nie chłopak, a mężczyzna, bo skończył studia. Magister! Moja intuicja... Nie, to jednak nie to – byłam za młoda na intuicję... Moja c i e - k a w o ś ć pchała mnie na salę prób tak, że niemal biegłam.

Nie wiedziałam, kim on jest. Ale tak bardzo chciałam, żeby okazał się zjawiskowy...

Wpadłam do środka z rozwianym włosem. Na filmie ta scena wyglądałaby tak: ona biegnie w zwolnionym tempie, jej włosy płyną w powietrzu, usta rozciągają się w uśmiechu i ukazuje się rząd drobnych białych zębów, gdy woła: „Przepra...". Reszta słowa więźnie jej w gardle, bo przy pianinie siedzi o n.

Wyobrażacie to sobie? Co za scena...

A on? Luzak. Skórzana kurtka pamiętająca czasy Zbyszka Cybulskiego, podarte jeansy, długie włosy. Obok pianina brezentowa torba, też nieludzko zdarta, z której wychylają się – o, matko! – książka Jeana-Paula Sartre'a i nuty. Odgarnął włosy z twarzy i podniósł na mnie wzrok, jednocześnie stukając w klawisze w takt uderzeń moich stóp. „Jest bardzo podobny do mojego taty!", przemknęło mi przez myśl.

Wtedy nie wiedziałam, czy to dobrze. Chyba dobrze, bo tata to trochę hippis i luzak, wszyscy go kochali, więc ta wspólna cecha cieszyła mnie i wyżej pozycjonowała chłopaka. Podobieństwo dawało mi jakieś irracjonalne poczucie bezpieczeństwa. Facet podobny do taty musi być fajny!

Nasze spojrzenia się spotkały, a ja poczułam, że tam, przy pianinie, siedzi przyszły ojciec moich dzieci. Wystarczyło tych kilka sekund, strzał przez źrenice wprost w duszę – i byłam już totalnie, absolutnie i głęboko zakochana. Wiedziałam, że to idealny facet dla mnie. Ale ile są warte takie młodzieńcze przeczucia? Czasem łagodnie mijają się z prawdą, bo są pomieszane z pragnieniami, innym zaś razem kłamią jak z nut... Ale tego nauczyłam się dopiero później.

W tamtej chwili obawiałam się jedynie, że wszyscy słyszą, jak wali mi serce.

Podczas próby cały czas czułam na sobie jego wzrok. Spuściłam oczy w obawie, że wszyscy wiedzą, co dzieje się w mojej głowie, i się na mnie gapią. I miałam rację. Patrzyli. A ja, spłoszona, nie pamiętałam tekstu, myliłam się i przepraszałam. Choć na co dzień byłam dość pewna siebie – ba!

miewałam niezły tupet – to ten chłopak sprawił, że poczułam się onieśmielona. Myślałam tylko o tym, jak jego, tego boskiego muzyka, zaczepić. Jednak nic sensownego nie przyszło mi do głowy.

Gdy już niemal zrezygnowałam, po próbie on (naprawdę on!) podszedł, wyciągnął do mnie rękę – tak zwyczajnie, bez cienia sztuczności – i powiedział:

– Cześć, jestem Janek.

– Dominika – odpowiedziałam, poprawiając włosy, a dokładniej dmuchając w grzywkę.

To taki mój gest, który wykonuję zawsze, gdy się stresuję.

– Mogę cię odprowadzić? – zapytał znów najzwyczajniej na świecie.

– Jasne – wydukałam.

Spojrzałam na koleżanki z zespołu. Żuły gorzką przegraną, ostrzyły osikowe kołki, snuły nić zazdrości, a niektóre to już nawet powróz, na którym gotowe były mnie powiesić. „Dlaczego ona, a nie ja?" Rozczarowanie, zdumienie niczym granat rozrywały im serca.

Po próbie wyszłam z Jankiem i spacerem zmierzaliśmy w stronę bloku, w którym mieszkałam z rodzicami i młodszymi siostrami. Szliśmy ulicami wielkiego osiedla, tacy piękni swoją młodością i miłością, która po tym pierwszym gromie z jasnego nieba teraz otoczyła nas bajeczną aurą. Janek się zatrzymał, wziął mnie odważnie za ręce i poprosił cicho tym swoim uroczo męskim głosem:

– Możesz jeszcze raz powiedzieć ten wiersz, który recytowałaś na próbie? Ale już tylko dla mnie?

Stałam – onieśmielona, ale i zachwycona, trochę jak uczennica, trochę jak aktorka. Uśmiechnęłam się i wolno podniosłam na niego wzrok. Byłam zmieszana, więc znów dmuchnęłam w grzywkę, która zawsze w takich chwilach robi się niesforna i wchodzi mi do oczu. Spojrzałam na jego twarz i zaczęłam recytować drżącym głosem:

„Niebo"

Mieszkam w takiej ponurej dzielnicy,
przy okropnie niemiłej ulicy:
brzydkie słowa na ścianach,
stróżka wiecznie pijana,
awantura i rozpacz, i łzy.

Ale kiedy mi dzionek przeleci,
kiedy noc gwiazdami zaświeci,
staję sobie w okienku,
biorę nuty z piosenką
i z refrenem, co właśnie tak brzmi:

Nie wszędzie jest tak ładnie jak w niebie –
szkoda tylko, że o tym nikt nie wie,
że to niebo jest po to,
żeby srebro i złoto
w nim świeciły dla ciebie co noc,

żebyś rankiem się zbudził z nadzieją –
właśnie po to te gwiazdy się śmieją,
właśnie po to jest niebo,
właśnie w niebie dlatego
tak nocami te gwiazdy lśnią.

Skończyłam i już wiedziałam.

Widziałam jego rozmarzony wzrok. On też się zakochał. Milczał, wzruszony, i tylko lekko drżały mu kąciki ust.

Scena kiczowata jak z filmu *Love Story*, nieco zabawna i niewinna. Staliśmy tam, młodzi i zakochani, przed nami było całe życie, czyli – jak się wtedy wydawało – wieczność. Pomyślałam: „Hmm... Wystarczyło wyrecytować Gałczyńskiego, żeby go uwieść? Żeby uważał mnie za cud świata? Cudnie!".

Janek powiedział:

– Masz śliczne piegi na nosie. Śliczne!

Niewinnie, ale zalotnie cmoknęłam go w policzek, odwróciłam się na pięcie i pobiegłam w stronę domu, bo nie wymyśliłam jeszcze scenariusza na ciąg dalszy. Ale wiedziałam, że jakiś musi być!

Potknęłam się o krawężnik i prawie upadłam. Co Janek o mnie pomyśli? Niemal umarłam ze wstydu – przez moje gapiostwo cały ten słodki kicz szlag trafił!

Z perspektywy czasu myślę, że scenarzysta jednak pochwaliłby tę scenę. Rozładowała napięcie. Sprawiła, że przestało być mdło. Potknięcie jest świetne i tylko on, Romeo, musi jakoś zareagować. Ten mój na szczęście zareagował. Zawołał za mną pewnym głosem:

– Będę pod twoim oknem jutro o szóstej!

Wychyliłam się z klatki ze śmiechem.

– O szóstej rano, jasne!

I już mnie nie było.

Gdy weszłam do pokoju, mama popatrzyła na mnie i zapytała:

– Co ci się stało?

– Mnie? Nic! – Zaklaskałam w dłonie.

– Irek – zawołała do taty – daj jej jeść, pewnie głodna po próbie. – I prasowała dalej, oglądając *W labiryncie*.

Ojciec tylko spojrzał uważnie i rzucił niby do mamy, ale jednak bardziej do mnie:

– Zakochała się!

– Tak? Znowu? – odkrzyknęła mama, nie odrywając wzroku od ekranu.

Może i była kiedyś romantyczna, ale wyrosła z tego jak ze zbyt ciasnej spódnicy i zostawiła gdzieś w liceum, w czasach, gdy została dziewczyną taty. Ona – najpiękniejsza z całej szkoły, ognista brunetka. I on – też najpiękniejszy, wysoki szatyn z falującą grzywą. Taka para! Dzisiaj miejsce romantyzmu zajął u niej pragmatyzm, choć zachowała pewien luz. Oczywiście kontrolowany!

A ja? Nie mogłam przestać myśleć o obietnicy Janka. Szósta rano?! Hmm. Wierzyć znaczy sprawdzać. Drżącą ręką nastawiłam budzik na piątą pięćdziesiąt. Niby powiedziałam sobie w duchu, że jeśli się nie pojawi, to nic wielkiego się nie stanie, ale całą sobą chciałam zaczarować rzeczywistość tak, żeby o szóstej on tam, na tym trawniku, na pewno stał!

Rankiem świt łaskotał mnie po oczach już od piątej. Budzik nie był potrzebny. Punkt szósta z bijącym sercem wskoczyłam na parapet i otworzyłam okno. Wychyliłam się, przyjrzałam uważnie, bo to jednak piąte piętro, a tam, na dole, stał Janek. Miał na sobie tę samą co wczoraj starą, zniszczoną i bardzo stylową kurtkę, równie stylowy podkoszulek, bandanę, jeansy i – o matko! – zupełnie niestylowe japonki. Stał i grał na... skrzypcach.

Patrzyłam na to swoje wielkie szczęście w idiotycznych japonkach i czułam, że kocham go całą sobą. Wyobrażałam sobie, podśmiewając się z własnych myśli, że zaraz zlecą się białe gołębie albo złote motyle i zatańczą w majowym słońcu, układając się w powietrzu w serce, gdy nagle usłyszałam z sąsiedniego okna:

– Panie! Jest szósta rano, a pan tu skrzypisz jak jakiś nędzarz. Masz pan tu dwa złote i koniec tego koncertowania, ludzie chcą jeszcze pospać!

To była moja mama. Huknęła tak, że zapewne obudziła resztę śpiących. Po chwili na dół zleciała dwuzłotówka owinięta w papierek. Zalała mnie fala wstydu. Odskoczyłam od okna, pewna, że Janek poczuł się urażony i zwiał z poczuciem, że jednak fatalnie ulokował uczucia.

Owinęłam się szlafrokiem i poszłam do kuchni. Chwilę później pojawiła się mama w swojej koronkowej czarnej koszuli:

– Normalnie zaczyna się tu robić jak na Pradze. Jacyś obcy łażą po podwórkach, żeby parę groszy dorobić. Ja rozumiem kryzys... ale żeby o szóstej?

– Mamo – wypaliłam – ale to... mój chłopak!

– Jaki chłopak? – zapytała zdziwiona. – Bez butów i w podartej kurtce? Skąd ty go w ogóle znasz? Kim on jest? Grajkiem z Kapeli Czerniakowskiej?

– Mamo, on skończył studia! I jest muzykiem. Poznałam go w naszym teatrze. Robi oprawę muzyczną.

– Tere-fere. Te twoje teatry, tam przychodzą sami wariaci! Zamiast myśleć o głupotach, lepiej wynieś śmieci. Tylko się najpierw jakoś ubierz!

Odkąd pamiętam, mama miała cudowny dar sprowadzania nawet najbardziej romantycznych ludzi na ziemię. „Ktoś w tym domu – mówiła zawsze – musi zachować zdrowy rozsądek!".

Cóż więc było robić? Poszłam, tak jak kazała.

ROZDZIAŁ DRUGI

Janek nie uciekł. Owszem, poszedł do domu, ale nie uciekł ode mnie.

Na pierwszej, tym razem prawdziwej randce zrobiłam na nim wrażenie. Mój tata, wielbiciel bluesa i jazzu, zawsze dbał, żeby jego córki słuchały dobrej muzyki, czytały wybitne książki, znały klasykę kina i regularnie chodziły do teatru czy na koncerty. Mama pilnowała, żebyśmy myły zęby, odrabiały lekcje, sprzątały i ładnie się ubierały. Bo mama była estetką.

Janek okazał się mile zaskoczony moją znajomością jazzu, rocka, literatury i filmów. Śmielej całował moje piegi, dłonie, oczy i nie tylko. Można mi było zazdrościć. Był uroczy!

Nasza miłość kwitła. Byliśmy nierozłączni. Chodziliśmy do DKF-ów, do teatrów, na wystawy czy na spacery nad Wisłę – zamiast na dyskoteki na podryw, bo przecież byłam już poderwana. Kochałam te nasze wspólne pasje. Byliśmy pięknoduchami. On czytał mi swoje wiersze i pierwsze próbki sztuk teatralnych, mrocznych i nie do końca jasnych, a ja myślałam po cichu, że prawdziwa sztuka to cierpienie i ból, ucięte ucho, poddasze, absynt i suchoty – naturalna droga do geniuszu. Kiwałam głową i starałam się rozumieć.

Jednak miałam też drugie życie. Byłam bardzo towarzyska, wokół zawsze miałam... swój „dwór", jak nazwała to kąśliwie jedna z koleżanek. Cóż począć? Byłam osobą przyciągającą do siebie ludzi uśmiechem, beztroską. Kochałam się bawić. Żadne tam mroki i cierpienia. Byłam dzieckiem światła i wesołości – tego zawsze potrzebowałam do życia poza tlenem i jedzeniem, które robił tata.

To nie zachwycało Janka. Coraz mocniej czuł, że ten mój doskonały nastrój i zabawa odbierają mu moją uwagę. Chciał mieć mnie na wyłączność. Początkowo jednak o tym nie mówił, żebym nie zarzuciła mu ograniczania wolności. Nasz związek się rozwijał, a my byliśmy zakochani po uszy.

Miłość kwitła w najlepsze, gdy w odwiedziny do rodziców przyjechał długo oczekiwany wuj z Londynu. Uroczy starszy pan zaciągający z lwowska, z nienagannymi manierami i szelmowskim uśmiechem. Brat babci.

Był rok 1988, w Polsce smutno i szaro, nikt nie wierzył, że komuna kiedyś się skończy. Wujek przyjechał tu pierwszy raz po wojnie, bo z jego przeszłością i nazwiskiem Nehrebecki wizyta we wczesnym PRL-u mogła się skończyć na Rakowieckiej.

Wujek – a dla mnie właściwie dziadek – Zbyszek rozmawiał przy obiedzie z rodzicami, ciotkami i babciami, ale szczególnie honorował mnie, co było miłe. Podobałam mu się i uważał, że dziewczyna z takimi zainteresowaniami i ambicjami marnuje się w Polsce.

– Jedź do mnie, panna, do Londynu! Nu, ma się rozumić? – rzucił poważnie. – Tobie świat podbić, tylko najpierw języki, szkoła jaka, a potem w świat, moja panno!

Mama była zachwycona, tata też uważał, że trzeba poszerzyć horyzonty i że prawdziwe życie toczy się tam, a nie tu, gdzie w kiosku z gazetami kupuje się mięso. To brzmiało rozsądnie, a mnie ciągnęło do kolorowego świata! Nienawidziłam komuny, braku paszportu i pustych półek w sklepie. I tego ograniczania wolności!

Bałam się zapytać Janka, ale gdy w końcu to zrobiłam, powiedział, że to oczywisty idiotyzm odmówić wujowi, zwłaszcza że ten hojnie ofiarował wikt, opierunek i wysokie kieszonkowe. Popłakując i zapewniając się o miłości wyższej od Himalajów, rozstaliśmy się, ufni, że nasze uczucie przetrwa, podgrzewane przez listy i cierpliwość.

ROZDZIAŁ TRZECI

W Londynie czekały na mnie własny pokój z łazienką w pięknym mieszkaniu wuja, bardzo dogodne kieszonkowe i szkoła językowa. Wujek był wielkiego wzrostu i miał równie wielkie poczucie humoru. Kochał życie, kobiety i whisky. Sąsiedzi uprzejmie mu się kłaniali, a on z każdym zamieniał choć kilka słów. Był uroczym sybarytą i wspaniałym gawędziarzem. W mig się polubiliśmy.

Miał poczucie misji, że wyrywa biedne polskie dziecko zza żelaznej kurtyny, ze szponów okropnych komunistów, więc musi je wyprowadzić na prostą. Przede wszystkim, jak mówił otwarcie, trzeba mnie utuczyć, bo chuda jestem, ubrać, wykształcić i w końcu wydać za mąż za któregoś z bladolicych wnuków jego kolegów. Koniecznie dobrze ułożonego, po Oxfordzie bądź Cambridge i o ładnie brzmiącym arystokratycznym nazwisku.

Czułam się jak pralinka w pudełku czekoladek. Chodziłam grzecznie do szkoły i śmiertelnie nudziłam się na towarzyskiej pustyni, bo nie miałam tam żadnych koleżanek. Nie mówiąc już o tym, że szalenie tęskniłam za rodziną i Jankiem.

Wujek chętnie zabierał mnie do restauracji, bo uwielbiał dobrze zjeść. Pewnego dnia w jednej z nich spotkaliśmy kolegę wujka z wnukiem. Doprawdy co za przypadek! Mój rówieśnik z trądzikiem jak ospa, tłustymi włosami, zupełnie nie w moim typie – i chyba nie w typie żadnej młodej kobiety, bo siorbał i nie trzymał łokci razem. John czy też Will przez całą kolację patrzył w talerz, a ja – wściekła, bo wyczułam, że to spisek – siedziałam nadąsana, rozgrzebując jedzenie widelcem.

Po kolacji wujek udawał, że „wcale nie o to chodziło", i od razu zmienił temat. Ja za to z radością szybko urwałam się na film *Rattle and Hum* o zespole U2. Odreagowałam głupawe swaty!

Janek pisał często. Z jego listów wybrzmiewały cudne obietnice wspólnego życia, miłości, tęsknoty, naszej przyszłej rodziny. Były tam kwieciste zapewnienia o wierności i czułości. Wszystko już w tych listach przewidzieliśmy i urządziliśmy. Oprócz słodyczy i planów pojawiały się w nich jednak także mroczne wersety o ciemnych siłach targających Jankiem, dziwaczne porównania i wiele pytań o sens istnienia, ale nie widziałam w tym niczego niepokojącego. *Cierpienia młodego Wertera* przerabiałam w szkole, a Dostojewski był wtedy tak samo popularny jak Black Sabbath.

To nie były moje klimaty, ale rozumiałam, że w Janku tkwi jakieś fatum albo... on chce, żeby tkwiło. Przechodziłam do przyjemniejszych akapitów i z listów wyczytywałam tylko to, co karmiło mnie dobrem, pięknem i słodyczą. Mrok i dramat wkładałam z powrotem do koperty, a tę – do szuflady.

Tuż przed świętami do londyńskiego domu wuja listonosz przyniósł paczkę z Polski. Była w niej taśma magnetofonowa dla mnie. Natychmiast usiadłam na podłodze w swoim pokoju i wrzuciłam kasetę do magnetofonu. Zaraz miałam usłyszeć jego kochany niski głos! Przekręciłam pokrętło i... najpierw szum, a potem:

– Raz, dwa, trzy, próba mikrofonu. Khmmm, khm. No. – Pauza. – To ja, Janek, hmm... Najdroższa moja, jest koło mnie cała twoja rodzina, mama, tata, obie babcie, które cię pozdrawiają, i siostry. – Usłyszałam stłumione chichoty Anki i Sylwii. Młodsze są, to i chichoczą. – A teraz... chciałem prosić was wszystkich o rękę Dominiki.

W tle dały się słyszeć zaskoczone komentarze: „Co? Jezu, o Jezu, cudownie, wspaniale!". Piski i okrzyki, i bas taty: „No, to się porobiło". A potem mama jak zwykle racjonalnie: „Janek, a Dominikę może poprosisz, ona coś o tym wie?".

I Janek nieco ochryple znów do mikrofonu:

– Dominiko, moja cudowna kochana Miko, czy zostaniesz moją żoną? Mam błogą nadzieję, że tak. – Po czym dodał szeptem: – Koniec nagrania, kocham cię.

Siedziałam w pokoju na hinduskiej poduszce, koło siebie miałam magnetofon, który w imieniu Janka poprosił mnie o rękę, w dłoni ściskałam kasetę. Próbowałam zebrać myśli do kupy.

W końcu zerwałam się i pobiegłam do wuja, wołając z ósmego nieba szczęśliwości o oświadczynach, a wuj... się załamał!

– Dziecko – wymamrotał – przecież mieliśmy spędzić święta na Majorce, snuliśmy plany związane z twoją szkołą i życiem. Nu, jak to tak?

– Wujku kochany, pojadę tylko na święta do Polski, odbiorę pierścionek zaręczynowy i zaraz wracam! Obiecuję!

Nie uwierzył i miał rację. Mózg zakochanej dziewiętnastolatki jest irracjonalny, podstępny i kłamliwy. Zupełnie nieprzewidywalny, nasiąknięty emocjami i hormonami jak gąbka.

Odczytałam wujowi z dumą i radością papierowe podanie od narzeczonego znalezione w opakowaniu kasety:

Do pyszczka słodkiego
Dyrektora i Klucznika
Najważniejszych drzwi
W *Labiryncie zdrady i miłości*

Podanie

NIE BĘDĘ O NIC PROSIŁ!

KRZYCZĘ GŁOŚNO: KOCHAM CIĘ!

ZOSTAŃ MOJĄ ŻONĄ!

Janek

Wuj potarł białe wąsy gestem, który mu zawsze towarzyszył, gdy się zamyślał i wzruszał. W końcu powiedział:

– Dziecko, ja nic nie rozumiem oprócz tego, że zwariowałaś. Chłop powinien być tutaj, uklęknąć, nałożyć ci na palec pierścionek z wielkim brylantem, a ty no, płacz, ale zostań! Tu masz świat u stóp, szkoły, wiesz, no! Miłość musi poczekać, a on ci zaraz dziecko zrobi i figa z kariery! Ot co!

„Czemu wuj niczego nie rozumie?!" – wołałam w myślach. Decyzję podjęłam już podczas następnego odsłuchiwania taśmy. Jutro się pakuję i lecę do Polski! Do Janka!

Nasłuchałam się jeszcze, że jestem uparta jak osioł, że źle robię, że jak kocha, to poczeka, na co odkrzyknęłam trochę za głośno:

– Ale ja już dłużej nie mogę, wuju! Nikt nigdy tak nie kochał, ja muszę!

Kupiłam bilet, spakowałam walizki i czekałam na dzień odlotu.

Z Londynu zostały wspomnienia, wizyty w galeriach, kinach, modnych restauracjach, poznani ludzie, dyskusje z wujem i nocne Polaków rozmowy. Tyle się od niego dowiedziałam, nasłuchałam. To nie był zmarnowany czas. Wiozłam też nowe nabytki – większą pewność siebie, doskonały angielski, lepsze ciuchy i świadomość, że gdyby znów otworzyły się przede mną takie drzwi, znakomicie sobie poradzę, bo już wiem, że jestem obywatelką świata. Czasowo uwięzioną w Polsce...

„Szanowni państwo, proszę zapiąć pasy, za piętnaście minut lądujemy na lotnisku Okęcie. Temperatura na zewnątrz: minus dziesięć stopni, pogoda: nieco pochmurna. Życzę miłego pobytu".

Na lotnisku porwałam walizkę i jak najszybciej biegłam do wyjścia, modląc się, żeby nikt mnie nie zatrzymywał, bo tam czeka na mnie mój Janek!

Czekał! Z bukietem róż i gradem pocałunków. W taksówce tulił mnie do siebie. Brakowało nam słów.

– Wiesz, Dominisiu – wyszeptał mi do ucha – twoi rodzice pozwolili mi mieszkać w twoim pokoju. Możemy być razem, zanim czegoś nie wymyślę. Wspaniali są!

Wcale mnie to nie zdziwiło. Rodzice byli nowocześni, jeśli chodzi o kwestie wychowawcze, i doskonale pamiętali, jak sami byli młodzi.

W domu czekała na mnie cała rodzina, był też wielki napis wykonany przez moje młodsze siostry: „Witaj w domu, Mika!". Stół z obiadokolacją, Anka i Sylwia, obie babcie, mama Hanka i tata Irek. No i my. Były też pierścionek i prawdziwe zaręczyny, które zrodziły zachwyty i łzy szczęścia. Babcie popłakiwały.

Uwielbiały Janka, bo to dżentelmen i „tak świetnie wychowany". Pierścionek był piękny, stary... Odetchnęłam głęboko. I wszystko byłoby dobrze, gdyby nie to, że przy zupie od razu zaczęły się rozmowy na temat ślubu, wesela i... dziecka.

Dziecka?! Zupa stanęła mi w gardle. No tak, nawet widywałam w marzeniach gromadkę rumianych dzieci, ale teraz?! Zaraz?! Czy oni wszyscy poszaleli? Owszem, byłam bardzo zakochana, owszem, miło było planować ślub, menu i kieckę, ale po co ten pośpiech? To nie jest Wielka Pardubicka, to nasze życie, jeszcze jest czas! Spanikowałam.

STOP!

Stop-klatka. Jak w filmie.

Faszerowany pomarańczami schab w sosie barbecue rósł mi w ustach. Bałam się zareagować kategorycznie, bo kochałam ich wszystkich, ale każda komórka we mnie wołała: „Czy wam odbiło?". Jeszcze nie chciałam tej dorosłości, odpowiedzialności, prozy życia, codzienności, budzika świtem, butli mleka pod drzwiami, jajecznicy dla męża, rat za meblościankę i kolorowego telewizora. Chciałam studiować, robić karierę, a może wrócić do Londynu? No i bawić się – miałam zaledwie dziewiętnaście lat! Chciałam zwiedzać świat, wyjechać z mężem z szarej Polski, poznawać ludzi! Móc robić głupstwa, popełniać błędy! Upić się białym winem na moście Ponte Vecchio, całować się w Bari, wysyłać kartki z biało-niebieskiej Santorini, może nawet upalić się trawką w Amsterdamie. Nie byłam gotowa na dom i dzieci.

Te i inne myśli przelatywały mi przez głowę z prędkością światła. Ale uprzejmie milczałam. Bo taka byłam grzeczna i miła...

***

Po tym rodzinnym obiedzie, podczas którego połykałam kolejne potrawy, nie czując smaku, wstałam nagle i wymamrotałam, że muszę odwiedzić przyjaciółkę. Natychmiast! Przeprosiłam wszystkich i wybiegłam, jakbym uciekała. Babcia Wanda, zdumiona i zgorszona, wołała za mną, gdy wkładałam w pośpiechu buty:

– Dziecko, ledwie przyleciałaś! Co to ma znaczyć?

Babcia Janka machnęła ręką i dołożyła sobie schabu, siostry – jak to one – chichotały, a mama pokazała mi kuku na muniu. Tylko tata milczał. On rozumiał.

Szepnęłam Jankowi do ucha: „Ja zaraz, zaraz, poczekaj, muszę, zrozum", a on pokiwał głową, choć widziałam, że był bardzo zawiedziony, a i zdziwiony.

– Idź – powiedział tylko, a ja w tamtej chwili pokochałam go jeszcze bardziej.

„Rozumie mnie", śpiewała moja dusza, gdy zbiegałam po schodach.

U Haliny akurat była impreza, słyszałam to już na schodach. Nie pogadamy. Mimo to weszłam, a tam otoczył mnie tłum przyjaciół. Byli wszyscy! Nareszcie! Oddychałam nimi – naszym spotkaniem i tym, że nadal mnie lubią. Potrzebują mnie, a ja ich. Uściskom nie było końca. Usiadłam na oparciu od kanapy i opowiedziałam o Londynie, a oni słuchali z wypiekami na twarzach. O ślubie nie wspomniałam. Nie teraz. Chciałam na chwilę zapomnieć o powadze sytuacji i poczuć beztroskę.

Poczułam. Wróciłam do domu nieźle wstawiona. Wino, nawet nie tak dużo, i emocje zrobiły swoje. A w domu – ojej, zapomniałam! – czekał Janek. Był wściekły. Gdy zobaczył mój głupawy uśmiech i potargane włosy, wyszedł i trzasnął drzwiami.

Tata spojrzał na mnie, podał mi szklankę wody i powiedział:

– No to masz problem... Na razie idź spać. – I cmoknął mnie w grzywkę.

Próbowałam zasnąć, choć świat wirował, a wyrzuty sumienia wobec Janka bolały jak diabli. Nagle poczułam mdłości i wybiegłam z pokoju. Nie zdążyłam dotrzeć do łazienki. Zwymiotowałam w przedpokoju. Tata na bosaka wyszedł z sypialni i szepnął:

– Kładź się, ja posprzątam.

Wiedziałam, że nic nie powie mamie.

ROZDZIAŁ CZWARTY

Czy muszę pisać, że Janek mi wybaczył? Przeprosiłam, wyjaśniłam, a on wybaczył i zrozumiał, że poczułam się nadto obciążona. To ja wraz z nim chciałam decydować o naszym życiu, a nagle znalazło się kilku reżyserów i scenarzystów, którzy zamierzali to zrobić za nas.

Nasza sielanka przemieniła się w pewną codzienność, o ile tak można nazwać przygotowania do ślubu. Kto przechodził przez to, jak do spraw wtrącają się mama, dwie babcie i ciocie, teściowa i jej rodzina, a nawet siostry małolaty, ten wie, o czym mówię. Oczywiście nasze rodziny musiały się najpierw poznać i na szczęście zapałały do siebie nieskrywaną sympatią. Obie pilnie zabrały się do urządzania nam życia.

Ojciec na czas tych zgromadzeń i narad wychodził pobiegać, na koszykówkę albo zamykał się w pokoju i słuchał bluesa. „Ja się dostosuję", mówił. Zawsze się dostosowywał.

Nasz związek krzepł, nabierał tempa, amplitudy i nerwu, a w Polsce następowały zmiany polityczne, które napawały wszystkich nadzieją, że może komuna wreszcie się skończy, zaświeci jutrzenka wolności i zrobi się normalnie. Ludzie będą mieć paszporty w szufladzie, sklepy staną się pełne wszystkiego i wreszcie będzie można mówić, co się chce. Demokracja!

Byliśmy bardzo pochłonięci sobą, ale tak jak inni żyliśmy też przemianami w Polsce. Coś działo się głośno i ostro na Wybrzeżu, powietrze drżało od nadziei, Wałęsa podpisywał ważne dokumenty i szykowały się zmiany. To mnie przekonało, żeby nie wracać do Londynu. Dostać się na studia, wyjść za Janka, kiedyś urodzić dziecko, a może nawet kilkoro, mieć fajną pracę, urządzić mieszkanie i... tu moje radosne planowanie napotykało problem. Halo! Miałam dopiero dziewiętnaście lat, głowę pełną ideałów, pomysłów, marzeń, chęci poznawania nowych ludzi, robienia kariery. Posmakowałam świata, już wiedziałam, jaki jest ciekawy. A tu co? Co mnie tu czeka po ślubie?

Ta perspektywa mnie przerażała, ale bałam się komukolwiek w domu szepnąć choć słówko, bo zaraz usłyszałabym, że sama nie wiem, czego chcę, że takie życie to normalny stan rzeczy i że co ja sobie wyobrażam?!

Pobiegłam po radę do Haliny. Przyjaciółka tłumaczyła, że tak nie musi być, że ja z pewnością stworzę inny, lepszy model rodziny, jak z amerykańskiego serialu, i że jeszcze wszyscy będą mi zazdrościć luzu i nowoczesności. Jako przykład wskazywała mój dom. Przecież u nas to tata gotował. To już coś niestandardowego. Da się? Da!

Stopniowo mój lęk zaczął ustępować. Janek wynajął kawalerkę, babcie wielkodusznie kupiły nam niewyobrażalnie cudowne sprzęty, jak kuchenka mikrofalowa, z czasem pralka czy kolorowy telewizor. W mieszkanku wielkości sporego orzecha musiały się zmieścić pianino – bo wiadomo: mąż artysta – wielkie stare biurko, książki, kasety magnetofonowe, dwa materace na podłodze (idiotycznie się rozsuwające) i dwa ogromne kontiki, które zajmowały pół pokoju. I oczywiście ciuchy oraz sporo moich butów.

Ciuchy leżały równiutko ułożone w pudłach – bo ja mimo fiu-bździu, jak mnie kwitowały babcie, od zawsze lubiłam porządek – i czekały na szafy oraz szafki. To nasze wspólne mieszkanie musiało być bombonierką. Zawsze byłam pedantką i estetką, kochałam sprzątać, a w stanach największego zdenerwowania potrafiłam na kolanach z zapałem czyścić szczoteczką do zębów fugi w podłogach, żeby się uspokoić i nabrać dystansu. Taki drobny świr, ale mnie pomagał.

Ubrania układałam kolorami, wszystko musiało być perfekcyjne. Lubiłam kreować rzeczywistość wokół siebie tak, żeby było ładnie: świeczki dla nastroju, gustowne nakrycie stołu, kwiaty w wazonie. Lubiłam też modne ciuchy, interesujące miejsca, nietypowe jedzenie i ciekawych, inspirujących ludzi. Miałam od zawsze wielką potrzebę przebywania z nimi; szukam ich do dziś, bo to mnie wzbogaca. W otoczeniu, w zdarzeniach i w ogóle w życiu zawsze doszukiwałam się dobrych stron i czasem wiedziałam, że może nadinterpretowuję, dobarwiam coś, co barwne nie jest, ale tłumaczyłam sobie, że tak jest lepiej, ładniej i że lekkie koloryzowanie życia nie zaszkodzi! Życie trzeba umieć doprawiać. Więc doprawiałam, żeby wyprzeć z niego szarość.

Mijały miesiące. Rok 1989 powitaliśmy pijani szczęściem i szampanem, w objęciach i czułych obietnicach wspólnego pięknego życia na zawsze.

Zaczęłam na poważnie przygotowywać się do studiów. Wybrałam teatrologię. Myślałam o pracy w teatrze, pisaniu scenariuszy – a może posadzie w telewizji? Świat telewizji mnie zafascynował, kiedy jeszcze w liceum odwiedziłam studio na zaproszenie wujka, kuzyna taty, który pracował jako operator. Realizowano wtedy popularny program muzyczny.

Wujek powiedział:

– Wpadnij z całą klasą, wystąpicie w roli publiczności.

Natychmiast zebrałam grupę. Wystroiłam się w koszulkę, którą tata przysłał mi ze Stanów, gdzie bawił wówczas u brata. Pamiętam, że był na niej czarny królik ze sterczącymi uszami.

Stałam, rzecz jasna, w pierwszym rzędzie i radośnie podskakiwałam w takt muzyki, falując obfitym biustem z owym czarnym królikiem – logo czasopisma, które nieraz widywałam w domu. W Anglii wujek wyjaśnił mi, że oprócz zdjęć pięknych kobiet są tam niegłupie teksty, na których ćwiczyłam angielski. Nie czułam, że powinnam się czegokolwiek w tej bluzce wstydzić.

Co innego uważała babcia. Program szedł na żywo, a realizator obrazu dość często mnie pokazywał ku uciesze wszystkich w reżyserce. Gdy wróciłam do domu, babcia Wanda – szczycąca się nienagannymi przedwojennymi manierami – przywitała mnie słowami:

– Żeby dziewczynka w twoim wieku epatowała biustem z tym skandalizującym znaczkiem?! Tak do kamery? Wstyd, moja panno!

W duszy chichotałam beztrosko, choć na zewnątrz udawałam skruchę, żeby jej nie urazić.

Ach... co za wspomnienie! Kto dzisiaj zrozumie, co to znaczyło: pokazać publicznie logo *Playboya* w czasach szarości i skromności! No i ta telewizja! Fascynujące miejsce. Czułam, że muszę o niej pomyśleć serio.

W tym samym czasie zaczęłam pracować na pół etatu w domu kultury jako organizatorka imprez artystycznych. Chciałam być niezależna finansowo, a równocześnie studiować, uczyć się do egzaminów, chodzić do kina, teatru, na koncerty i wystawy oraz dużo czytać. Ojciec pochwalił ambitne plany, mama uśmiechnęła się kwaśno i powiedziała coś o priorytetach, ale ja byłam pewna swego.

W domu próbowałam sprawić, żeby nasza kawalerka stała się ośrodkiem życia towarzyskiego. Niestety, Jankowi nie podobały się wieczory przy świecach i winie, rozmowy, śmiechy, przekomarzanki, zażarte dyskusje. Nie rozumiałam jego niechęci, myślałam, że gdy lepiej pozna moich przyjaciół, wejdzie w ten klimat. Przecież miał głęboką i wrażliwą duszę, więc czemu nie chciał uczestniczyć w naszych dysputach?

– Nie lubię spotkań towarzyskich – kwitował moje pytania.

A najbardziej nie lubił Haliny. Była kolorowa, głośna, kochała życie z rozmachem i w każdej sytuacji stawała za mną murem. Zawsze chodził wściekły, gdy wpadała na babskie ploteczki i zwierzenia. Chyba myślał, że dzielę się sobą z innymi ludźmi, a dla niego zostaje tylko kawałek. Zapewniałam go, że gdy tylko wszyscy wychodzą, wówczas ja, Dominika, od grzywki po małe paluszki u stóp jestem cała jego – i ta towarzyska część mnie w niczym nie zagraża naszej miłości. Daje mi radość, więc w jaki sposób miałaby rozwalać nasz świat, tak misterny, piękny i pełen uczucia?

Nie wierzył. Halina dostała zakaz wizyt w naszej kawalerce…

Jakoś jej to wyjaśniłam. I sobie też. Że małe mieszkanie, że Janek chce mieć oazę, że może rzeczywiście Halina nam się tam nie mieści…? Nie było mi z tym łatwo, ale babcia powtarzała, że małżeństwo to suma kompromisów oraz intymny świat dwojga ludzi, na innych dorosłych nie ma w nim miejsca. Rozmawiałyśmy czasem, a ona wówczas traktowała mnie jak równą sobie, jak dorosłą.

– A przyjaciółki? Mężatka ma je wywalić z życia? – pytałam.

– Kochanie, tobie też nie podobałoby się, gdyby mąż ciągle zapraszał kolegów albo, nie daj Boże, gdzieś z nimi hulał, zapewniając cię, że to przecież nic takiego. Lepiej odstaw towarzystwo. Nie z nimi bierzesz ślub!

– Ale, babciu... – próbowałam oponować.

– Wiem, co mówię, dziecko. Będziesz teraz żoną.

– Żoną czy niewolnicą? – bąknęłam pod nosem.

Czułam, że coś jest nie tak, ale miałam tylko dwadzieścia lat i głowę pełną ideałów. Wierzyłam, że dla miłości powinno się zrobić wszystko. Że ja zrobię wszystko. Nawet zaprzeczę sobie, pomaluję różne sytuacje na kolorowo, okleję miękką watą zrozumienia, żeby tylko było dobrze.

Do pracy w domu kultury przystąpiłam pełna wigoru i zapału. Wkroczyłam tam ze swoją młodzieńczą bezczelnością i głową pełną pomysłów. Jakże byłam inna od dojrzałych, znudzonych pań na etatach, które co godzinę robiły sobie przerwę na herbatę, punktualnie o 16:00 wychodziły do domu i starały się z niczym nie wychylać, by pierwszego dnia miesiąca spokojnie odebrać pensję.

Energia i chęć rozwalenia tej kupki nudy sprawiły, że zostałam ulubienicą pani dyrektor. Naturalnie spowodowało to burzę w szklance wody – zostałam oskarżona o lizusostwo i nadgorliwość. Mało kto się do mnie odzywał.

Zabolało.

Wiem, że mogłam być irytująca z tym swoim entuzjazmem. Ale chciałam zrobić dużo i dobrze.

– Kochani! – Machałam rękoma na zebraniu, mówiąc jednym tchem: – Musimy przygotować nowy spektakl teatralny, szkoły powinny przychodzić do DKF-u, zróbmy imprezę ósmego marca, w Dzień Kobiet, w tym pokaz mody, wystawę, film dla kobiet, wieczór poezji, zaprośmy prawdziwą wróżkę, zorganizujmy kiermasz biżuterii, a na koniec... koncert Edyty Geppert!

– I co jeszcze? Może rakietę w kosmos? – zarechotał ktoś, a inny dodał, że gdyby mi związać ręce, nie umiałabym mówić, tak nimi macham.

Poczułam gorycz, ale dyrektorka pocieszała, że są zwyczajnie zazdrośni o moje pomysły. Zabrałam się do pracy z siłą huraganu. Słowa i sympatia szefowej mnie uskrzydlały. Do dzisiaj – jak chyba każdy – lubię, gdy docenia się moją pracę. Pracowałam bez wytchnienia, w pełnym zaangażowaniu i z ogromną pomocą przyjaciół. Tych przyjaciół, którzy teraz już nie mieścili się w naszej kawalerce, jednak zawsze byli gdzieś blisko, gotowi do pomocy. Wiedziałam, po co i do kogo się zwrócić. Wisiałam na telefonie.

– Cześć, Mariusz, pomożesz mi? Zrobisz choreografię do pokazu? A załatwisz modelki? OK! Super, *love*, *ciao*!

– Panie Andrzeju kochany, załatwi pan na ósmego marca film *Pokój z widokiem* Jamesa Ivory'ego? Tak? Och, to cudownie! Dziękuję!

– Dzień dobry, chcemy zaprosić państwa szkołę do miejscowego domu kultury, tak, tak, tu niedaleko, na cykl filmów dla młodzieży w naszym Dyskusyjnym Klubie Filmowym. Tak, możemy na was liczyć? Znakomicie, bardzo pani dziękuję, już wysyłam pisemko!

– Dzień dobry, pani Edyto, mamy tu takie dzielnicowe święto... Czy wystąpi pani w naszym domu kultury z okazji Dnia

Kobiet? Taaak? Bardzo, ale to bardzo dziękuję! Szczegóły wyślę pocztą. Tak, umowę też. Dziękuję!

– Panie Zygmuncie, o której może pan zacząć instalowanie nagłośnienia?

– Dzień dobry. Pracuję w domu kultury. Agata Zasławska zawsze mówiła o panu, że jest pan tak społecznie wrażliwy... Czy da się pan zaprosić na naszą imprezę? Będzie świetnie, obiecuję! Agata? Tak, to moja przyjaciółka! A mogę być bezczelna? Napisze pan coś potem w gazecie? Przydałby się nam rozgłos. Czemu? A bo wie pan, my tu z panią dyrektor robimy rewolucję kulturalną. Tak? To świetnie, wysyłam zaproszenie! Tak? Jasne. Proszę przyjść z kolegą i fotoreporterem, znakomicie!

– Dzień dobry, czy to *Telewizyjny Kurier Warszawski*? Czy wpadną państwo do nas z kamerą? Już tłumaczę, o co chodzi. Tak, częściowo w środku, częściowo na zewnątrz. Jako gwiazda wieczoru będzie śpiewała Edyta Geppert! Tak, ta sama! Serio? Świetnie! Ale... Na pewno? Tak? No to czekamy.

Ufff! Otarłam czoło, zadowolona z siebie, a pani dyrektor stała koło mnie, robiła wielkie oczy i się uśmiechała.

– Oj, dziewczyno, daleko zajdziesz z takim tupetem! Ja już dzisiaj wzięłabym cię na zastępczynię! Na etat! – powiedziała.

„Chciałaby dusza do raju, ale ja mam zaraz studia, a po nich, sorry, wyższe aspiracje, choć tu świetnie sobie poradziłam!" – pogłaskałam własne ego. Jeszcze nie miałam pojęcia, że połączyłam w sobie kilka ról – reżyserki, organizatorki i researcherki, co za jakiś czas bardzo miało mi się przydać zawodowo.

Od zawsze we wszystko angażowałam się całą sobą. W szkołę, w harcerstwo. Dlatego zawsze wybierano mnie na przewodniczącą klasy, szefową samorządu szkolnego, zastępową. Zarządzałam wszystkim i wszystkimi, bo – co tu kryć – wiedziałam, jak to się robi. Lubiłam dowodzić, organizować, lubiłam, gdy dużo się działo.

Kolega, który przygotowywał pokaz mody, zaproponował, żebym wystąpiła jako modelka. „Masz świetną figurę, dawaj na scenę, Mika!". No i poszłam! Gdy dzisiaj oglądam stare zdjęcia, śmieję się w głos. Gdzie ja miałam lustro?! Mam loki na głowie, plastikowe klipsy, ostry makijaż, wywatowane, szerokie ramiona w za dużych marynarkach, bo taka wówczas była moda. Na zdjęciach widać, że wszystkie dziewczyny trzymają rękę na biodrze. Ja też. Po pokazie tata skomentował:

– Czy wy wszystkie miałyście kolkę?

Obok taty na widowni zasiedli mama, babcie, siostry, Janek i przyjaciele.

Aaach! Jaki to był sukces! Dziennikarzy chyba czterech, *Telewizyjny Kurier Warszawski* i tłumy! Pani dyrektor nie posiadała się ze szczęścia.

– Ostatnio tyle ludzi było tu, gdy odwiedziła nas Lucélia Santos, aktorka z brazylijskiego serialu *Niewolnica Isaura*. Brawo, pani Dominiko! Brawo!

Skromnie spuszczałam oczy, a w środku puszyłam się jak paw!

Sympatia pani dyrektor rosła wprost proporcjonalnie do niechęci koleżanek z pracy. Czułam ich zazdrość, słyszałam, jak plotkują po kątach o „tej okropnej smarkuli" – i nie rozumiałam tego. Przecież to mógł być nasz wspólny sukces, gdyby tylko zechciały do mnie dołączyć. Ale nie chciały. Same oddały mi pole.

W domu aplauz i gratulacje, „nasza wspaniała Mika!". Słodki smak zwycięstwa!

* * *

W tym czasie Janek, który skończył już stomatologię, zaczął praktyki w pobliskiej klinice. Po pracy komponował, pisał wiersze, sztuki teatralne. Artysta, który wykonuje też normalny, szanowany zawód i w głowie mu się nie przewróciło. Wspaniały mój! Babcia mówiła przy niedzielnym obiedzie: „Najważniejsze, że ma porządny zawód, hobby, to i głupoty mu po głowie nie chodzą". Co za szczęście!

Ale Janek nie był do końca szczęśliwy. W duszy pozostawał artystą. Stomatologia go rozczarowała. Musiał przyznać sam przed sobą, że nie o to mu w życiu chodziło. Ciągnęło go na scenę, chciał grać, śpiewać. Bywał nieobecny, jakby do czegoś tęsknił...

Zbliżało się lato, powietrze pachniało zmianami. Wszystko było dla mnie pierwsze – pierwsza praca i pierwszy sukces, pierwsze wybory w wolnej Polsce już jako pełnoletniej obywatelki w roku 1989, zdane egzaminy na studia i pierwsze kłótnie z Jankiem...

Pewnej soboty zabrałam go do serdecznego przyjaciela na urodziny, które przemieniły się w huczną imprezę towarzyską. Dużo ludzi, głównie aktorzy, reżyserzy, no, śmietanka towarzyska. Znałam ich od lat, bo w czasach licealnych spotykałam się z Mańkiem, studentem wydziału aktorskiego, który wciągnął mnie w to grono. Na imprezie było głośno, wesoło; kolorowe poncze w szklanych kulach, tanie wino, trochę wódki, dobra muzyka, pseudointelektualne rozmowy, tańce, szepty i plotki. Klasyka.

Do tańca poprosił mnie Maniek. Tańczyłam, śmiałam się, potrząsałam długimi włosami, kładąc mu ręce na ramionach, bo taniec był wolniejszy. Na to wszystko nagle wszedł z innego pokoju Janek. Twarz mu stężała. Jego wzrok mnie sparaliżował.

Czułam, że może trochę przesadziłam z luzem, ale nie miałam złych intencji, nikogo nie chciałam poderwać, tylko błyszczeć, śmiać się, tańczyć! Byłam młoda, zakochana w Janku, a to tylko przyjaciel i... trochę wina. Skąd więc te błyskawice w jego oczach? Wybiegł wściekły. Scena jak z taniego filmu: popędziłam za nim, tłumaczyłam się, płakałam. On był dotknięty do żywego i walił we mnie mocno słowami, których już nie dało się cofnąć:

– Zostaw mnie! Kompromitujesz się. Nie chcę cię znać. I tego stada pajaców!

Stałam tam, zapłakana, rękawem sukienki wycierałam nos, makijaż mi spłynął. Janek odszedł szybkim krokiem, obrażony i zły. Znajomi to widzieli, ale w ich towarzystwie to żadna ujma dobrze się bawić, pary nie są ze sobą sklejone jak znaczek z kopertą, a wierność i jej zakres określa się samemu – zresztą można przecież być wiernym i tańczyć z kimś innym.

Wytarłam łzy, pociągnęłam nosem, dmuchnęłam w grzywkę i szepnęłam: „O nie, ja nie dam się wpędzić w poczucie winy". Zła na Janka za paskudne słowa, wróciłam do zabawy. Ktoś podał mi rękę, ktoś poprowadził po schodach, ktoś szepnął: „Ale zazdrośnik, olej to!". Jak Scarlett O'Hara postanowiłam pomyśleć o tym jutro. Głusząc alkoholem poczucie winy, bawiłam się do rana.

* * *

Weszłam do mieszkania cichutko, na paluszkach, położyłam się, żeby jeszcze trochę pospać. Była niedziela, wiedziałam, że Janek nie zbudzi się do południa. Udało mi się więc zdrzemnąć. A potem zrobiło się paskudnie. On wstał bez słowa, zamknięty w sobie, urażony i zły. Błagałam go o przebaczenie, płakałam, płaszczyłam się. Byłam pełna jak najlepszych intencji, pokorna i usłużna. Jeszcze wtedy nie wiedziałam – bo i skąd – że zaczęłam właśnie budować chorą relację między nami. Obrażony pan i władca i niegrzeczna, prosząca o litość podwładna.

Pierwszy raz dostrzegłam w oczach Janka mrok, obcość, niechęć, których śmiertelnie się przestraszyłam.

ROZDZIAŁ PIĄTY

Po jakimś czasie wszystko wróciło do normy. Przynajmniej pozornie. Janek postanowił wspaniałomyślnie mi wybaczyć, pod warunkiem że „zerwę kontakty z tą bandą snobów". Kochałam go tak bardzo, że obiecałam. Pierwsze kłamstwo.

* * *

„A po nocy przychodzi dzień, a po burzy spokój". Janek śpiewał mi tę piosenkę, akompaniując sobie na pianinie. Burza minęła. Rozpływałam się w zachwycie, gdy śpiewał tylko dla mnie. Nadal przygotowywaliśmy się do ślubu i wesela. Wtedy zaczęły się pierwsze problemy na linii kościelnej.

Jako dziecko odmówiłam pójścia do komunii świętej, deklarując, że nie wiem, dlaczego miałabym za coś przepraszać Boga, którego nie znam, i opowiadać jego przedstawicielowi o swoich grzechach. Przecież jedynym grzechem, jaki wtedy miałam, było to, że raz zapomniałam wyrzucić śmieci, ale czy za to idzie się do piekła? Mama tylko machnęła ręką i dała mi spokój. Sama była bardzo sceptyczna w kwestiach wiary. Ojciec się uśmiał i uścisnął mi dłoń ze słowami: „Teraz mi zaimponowałaś". Nie ugięłam się przed babciami i do komunii nie przystąpiłam. *Et voilà!*

Niechęć do religii zaczęła się u mnie podczas wakacji u prababci. Mieszkała w górach i prowadzała mnie do kościoła co niedzielę bezdyskusyjnie, a wieczorem kazała klękać i odmawiać pacierze, po czym zdejmowała z szafy krucyfiks i musiałam całować każdą zimną, metalową ranę Chrystusa. Do dzisiaj, gdy o tym mówię, mam dreszcze. Bałam się kościoła, pokrzykującego księdza, strasznych scen na obrazach. Często zasypiałam, popłakując z tęsknoty za domem, choć prababcia ogromnie mnie kochała i rozpieszczała do absurdu.

W późniejszych latach tata – w trosce o moje indywidualne wyposażenie intelektualne, jak to nazywał – podsuwał mi książki Woltera, Diderota i wielu innych. Rozmawiał ze mną po lekturze i polecał następne. Był wesołym intelektualistą. A ja zachwycałam się oświeceniem, racjonalizmem i coraz swobodniejszymi dyskusjami z ojcem. Tata zawsze zachęcał mnie do indywidualnego myślenia i zachwalał kreatywne rozwiązywanie problemów, cenił ciekawość świata. Często chodził z głową w chmurach. A mama mu ją z nich wyjmowała, gdy potrzebowała jakiejś decyzji i poważnej rozmowy. Potem znów mógł odpływać...

Wizyta u pierwszego księdza, który miał nam udzielić ślubu, skończyła się katastrofą.

– ...dobry – powiedziałam w progu.

– Niech będzie pochwalony – odparł ksiądz, który wyglądał jak żywcem wyjęty z *Monachomachii*.

Gruby i czerwony na twarzy. Spocony. Guziki nie dopinały mu się na brzuchu.

– Słucham? – dodał po chwili.

– Dzień dobry panu – powiedziałam głośniej.

Nigdy nie mówiłam „proszę księdza".

– Niech będzie pochwalony Jezus Chrystus – dodał uprzejmie Janek.

Ksiądz pokiwał głową.

– Ślub? Czy mają państwo wszystkie potrzebne dokumenty?

– Ja nie mam nic – powiedziałam zdecydowanie.

– Nie szkodzi.

Ksiądz widocznie miewał już takich hardych i wiedział, jak ich przeciągnąć przez przedślubny poligon. Pannę, co to się zagubiła, zaraz się nawróci i dołączy do stadka łagodna jak baranek. Znaczy owieczka.

– Przygotujemy panią do przyjęcia komunii – ciągnął – bierzmowania i co tam trzeba, bo chrzest pani ma, jak mniemam? – zapytał, ale nie czekał na odpowiedź. – Potem nauki przedmałżeńskie szast-prast, ale grzecznie i rzetelnie, a za rok, proszę bardzo, ślub! – wysapał.

– Ale pan mnie nie zrozumiał – starałam się być uprzejma. – Ja nie chcę wstępować do Kościoła katolickiego. Narzeczony i rodzina chcą uroczystości w kościele, w porządku, ale ja mogę brać ślub tylko jako strona niewierząca. Wiem, że istnieje taka możliwość, czytałam o tym, uprzejmie więc proszę, by pan mi to umożliwił.

Ksiądz uniósł brwi i poczerwieniał jeszcze bardziej.

– Wykluczone! – wysapał teatralnie i zamknął oczy.

Uśmiechnęłam się kwaśnym uśmiechem i wstałam.

– Rozumiem. Przykro mi, żegnam pana!

– Ale jak pani to sobie wyobraża?! – krzyknął ksiądz. – Nie ma mowy! Nie ma mowy! No, jak?! – powtarzał.

Janek chciał coś powiedzieć, ale spojrzał na mnie i zamilkł. Popatrzyłam na księdza chłodno i cedziłam słowa z uprzejmym, zimnym uśmieszkiem:

– Pan to może zrobić! Może, tylko nie chce. A jak nie, to nie! Będzie pan miał na sumieniu parę żyjącą bez błogosławieństwa Bożego, bo ja tu przyszłam prosić uprzejmie o ślub, a pan mi odmawia. Nie odwrotnie. Janek, idziemy!

Po chwili dorzuciłam:

– Ojej, przepraszam, jestem w ciąży i zrobiło mi się niedobrze. Gdzie tu jest łazienka?

Ponieważ nie usłyszałam odpowiedzi, wybiegłam na zewnątrz i udawałam, że wymiotuję w łopiany rosnące obok drzwi do plebanii.

– Co ty wyprawiasz?! – wypalił Janek, który wybiegł za mną.

– Kochany, wiesz, że jestem niewierząca, i mówiłam ci, że jest taka możliwość, żeby ślub był jednostronny z uszanowaniem mojej... niewiary. Gdybym, dajmy na to, była prawosławna i...

– Ale nie jesteś! Masz chrzest, po licho utrudniać?!

– Znasz moje stanowisko – przytuliłam się do niego – i nie zmienię go. Taka jestem. Mamy dwudziesty wiek, wiara w dzisiejszych czasach nie różni się niczym od mitów i bajek. Świat poszedł do przodu. Jakim cudem mamy się trzymać zapisków sprzed dwóch tysięcy lat?

– Tam jest mnóstwo mądrych i pięknych tekstów! – próbował oponować Janek.

– Tak? W mitach greckich też – wypaliłam.

– A w co ty wierzysz?

– W miłość, w nas, w rozum i naukę – odpowiedziałam. Po chwili dodałam pojednawczo: – Naprawdę takie coś ma nas podzielić?

Pochyliłam się ku niemu i gorąco go pocałowałam.

I wtedy dziwnie się poczułam. Teraz naprawdę zbierało mi się na wymioty. Co jest? Niczym się nie zatrułam, więc co to? Przysiadłam na ławce i wyjęłam kalendarzyk. Janek patrzył rozbawiony. Zalała mnie fala gorąca. No nie! Nie! Nie teraz!

Mój narzeczony uśmiechał się, jakby miał urodziny, całował mnie po rękach, cieszył się jak szalony! A ja miałam w głowie gonitwę myśli: „Ciąża? Dziecko? Tak, tak, oczywiście, ale jeszcze nie teraz. Nie teraz!". Byłam zdumiona, przestraszona, szczęśliwa i zrozpaczona zarazem. Uwiesiłam się na szyi Janka i wyszeptałam:

– I co teraz?

A on uśmiechnął się i odpowiedział tylko:

– Jak to co? Lekarz!

ROZDZIAŁ SZÓSTY

C i ą ż a. Rodzina była przeszczęśliwa. Obie rodziny. Uściskom i piskom radości nie było końca. Uśmiechałam się i odbierałam gratulacje, ale gdy już wszyscy rozeszli się do swoich spraw i zostałam sama, usiadłam w fotelu i opadły mnie wątpliwości.

– Będę matką – powiedziałam do siebie cicho. – Przytyję w ciąży. Stracę figurę. Piersi mi opadną! Brzuch będzie wielki jak balon, a potem sflaczeje. I co ze studiami? Jak ja sobie ze wszystkim poradzę?

Bałam się. Miałam dwadzieścia lat i nic nie wiedziałam o macierzyństwie.

Karmić piersią czy butelką? Czy poród boli? Mama mówiła, że strasznie, a ciocia Małgosia – że nie tak bardzo; sąsiadka zaś – że najlepiej załatwić cesarkę, wtedy nic się nie czuje, tylko potem...

Inny głos we mnie wołał: a może trzeba było zostać w Londynie? Może jeszcze jest czas? Wujek by mnie przyjął nawet teraz. Ale jak? Z Jankiem? A studia, rodzina? Co robić?

Kiedy już się uspokoiłam i zrozumiałam, że sytuacja jest nieodwracalna, gdy obie babcie podczas kolejnej wizyty roztoczyły sielankową wizję rodzinnego szczęścia, wyciszyłam złe emocje. Cała rodzina jednym głosem obiecała pomoc.

Wieczorem poszłam z Jankiem do kina na film *Fanny i Aleksander* Bergmana i już wiedziałam, że nasz syn zostanie reżyserem!

* * *

Pod sercem – jak to czule mówiły babcie – nosiłam swoje dziecko, za które już czułam odpowiedzialność. Moje życie skoncentrowało się na zdrowym odżywianiu, spaniu i regularnych wizytach u lekarza. Żadnych balang i zero wina. Intensywnie przygotowywałam się do egzaminów i ślubu. Życie towarzyskie zniknęło, odsunęłam je na „kiedyś po porodzie" i trzeba przyznać, że byłam w tym konsekwentna. Rzadziej spotykałam się z Haliną, co Janka bardzo cieszyło. Kochał mnie za to uspokojenie się jeszcze bardziej – jeżeli bardziej w ogóle się dało! Ciemne chmury, które czasem przesłaniały jego czoło, nikły w moim słońcu. Nasze życie było słodko-bajeczne, dobre, ciepłe, czyli takie, o jakim marzył, bez burz. Ja kupowałam ubranka dla dziecka, urządzałam dom, uczyłam się do egzaminów, a moi rówieśnicy studiowali, bawili się, zimą jeździli na narty, a latem na Mazury.

Nie zazdrościłam im. Rozumiałam swój stan i to, że jestem już kimś innym, nie ich roztańczoną koleżanką, a stateczną przyszłą matką. Trochę rozjechały się nam światy, tematy, priorytety. Ale nie martwiłam się o to. Przecież kiedy dziecko urośnie... wrócę do gry!

Janek otaczał mnie troską i uwagą. Obserwował, jak rośnie brzuch, przytulał, rozmawiał z dzieckiem, śpiewał i nosił mnie

na rękach. Naprawdę! Taki mąż mi się kroił! Jak szóstka w to-
tolotka!

Nastał czas egzaminów. Startowałam do Państwowej Wyższej Szkoły Teatralnej, świątyni sztuki! Wybrałam Wydział Wiedzy o Teatrze. Starannie to sobie wymyśliłam. Wiedziałam, że
to właściwa decyzja. Czułam to całą duszą. Teraz tylko zdać, zaliczyć sprawnie studia – i życie z pewnością przygotuje mi nie-
spodziankę zawodową.

Babcia Janeczka kochała mnie miłością czułą i wielką, więc
kiedy dowiedziała się, że jestem w ciąży i będę studiować, tak
ją to wzruszyło, że z owego wzruszenia kupiła mi... białego malucha. Janek zawiózł mnie na egzaminy. Oj, miałam tremę, i to
jaką!

Egzaminy pisemne i ustne – które zawsze były dla
mnie łatwiejsze, bo miałam niezłe gadane, trochę wdzię-
ku i poczucia humoru – okazały się niczym w porówna-
niu z pewnym niewinnym spotkaniem, do którego doszło
na korytarzu, i to bynajmniej nie z żadnym z egzamina-
torów.

Siedziałam na ławce przed salą egzaminacyjną, gdy podeszła do mnie dziewczyna. Miała orientalną urodę, długie ciemne włosy, rzęsy jak wachlarze i wielkie granatowe oczy. Wyglądała jak amerykańska aktorka Ali MacGraw ze słynnego filmu
Love Story. Była bardzo zdenerwowana.

– Cześć! Na jaki wydział zdajesz? – zapytała szeptem.

– Na teatrologię – odpowiedziałam życzliwie i zaczęłam się
zastanawiać, skąd znam tę twarz.

Na pewno już ją kiedyś widziałam. „Kto to jest?" – tłukło mi
się po głowie natrętne pytanie.

– Sama tu jesteś? – ciągnęła piękność.

– Tak – odpowiedziałam i nadal szukałam w głowie obrazu, który gdzieś tam był.

Byłam zauroczona jej twarzą. Chciałabym wyglądać tak jak ona!

I nagle błysk! To jej zdjęcia leżały w teczce Janka z napisem „Viola". Tak, pokazywał mi swoją poprzednią dziewczynę. Zapewniał, że nic ich już nie łączy. Zamknięty rozdział.

– Kto cię tu przywiózł? – spytała obcesowo.

– Tata – skłamałam, bo przywiózł mnie Janek, ale podświadomie czułam, że nie powinnam tego mówić.

Poczułam się słabo. Ogarnęło mnie zdenerwowanie, ręce zaczęły mi się trząść. A zaraz moja kolej! Ale właściwie skąd te nerwy? Nie miałam pojęcia.

Z sali wyszedł profesor.

– Dominika Nehrebecka. Jest?

– Tak, jestem. – Wstałam, uśmiechnęłam się do profesora i rzuciłam do Violi: – Przepraszam, mam teraz egzamin.

Na pytania odpowiadałam swobodnie, byłam przygotowana. Ale w głowie ciągle widziałam tamtą dziewczynę. „Boże, nigdy nie będę taka piękna jak ona. Czemu ją zostawił?! Jestem przy niej jak kopciuch! Jestem za przeciętna, zbyt prostolinijna i za wesoła dla Janka. Nie mam w sobie tajemnicy, głębi, a on na pewno ją jeszcze kocha, tęskni za jej powłóczystym spojrzeniem…" – myślałam.

Choć ciąża nie była jeszcze widoczna, czułam się już kimś innym. Pierwsze zareagowały piersi, które stały się wielkimi i wrażliwymi gruszkami. Reszta ciała powoli przygotowywała się do nowej roli. I jeszcze zepsuła mi się cera, pojawił się trądzik. Mimo że dzięki paczkom z zagranicy zawsze wyglądałam jak rajski ptak, przy tej dziewczynie poczułam się pospolita.

To był pierwszy chwast, który zaczął kiełkować w mojej głowie. Czyżby śliczna i wesoła Dominika poznała smak zagrożenia? Zazdrości? Czyżbym miała kompleksy? A może to jedynie hormony i stres? Powiedziałam o tym tylko Halinie.

– Daj spokój! Gadasz bzdury! Jaka ona tam ładna? Smutna taka! Dla mnie jesteś najładniejsza i najmądrzejsza. Niech spada, ta gwiazda ze spalonego teatru! – Przyjaciółka zawsze stała za mną murem.

Nadszedł moment ogłoszenia wyników egzaminów. Ubrałam się starannie, umalowałam też – bo pamiętałam, jak się ostatnio poczułam przy Violi – i taka cała wypachniona pojechałam do szkoły. Przepychając się przez tłumek, próbowałam wypatrzeć swoje nazwisko na kartce wiszącej na tablicy.

Jest!

Normalnie skakałabym do góry, piszczała, zaprosiła kolegów i koleżanki na wino, a może wszyscy oni urządziliby tu niezłą fiestę, ale nie tym razem. Dopuściłam do głosu tę racjonalną część mnie, ona zaś natychmiast zaczęła nadawać: „Tu się trzeba zastanowić i pomyśleć, jak to zrobić, żeby studiowanie w ciąży uczynić jak najefektywniejszym! Potrzebna mi będzie zdyscyplinowana osoba, która pomoże, jeśli będę musiała opuścić zajęcia".

Poszukałam wzrokiem kogoś takiego. O, proszę, jest. Czarny sweter, długa spódnica, też czarna, czarne rogowe okulary, słodkie dołeczki w policzkach i roześmiane oczy. Idealna!

Podeszłam do dziewczyny, wyciągnęłam rękę i powiedziałam:

– Cześć, mam na imię Dominika. Zdaje się, że będziemy razem studiować.

– Cześć, Zuzka – odparła.

– Hmmm, to może wyskoczymy na kawę? – zaproponowałam.

– Dzięki, ale nie mogę, mam próbę w teatrze.

– W teatrze?! Jestem pod wrażeniem – powiedziałam i to była prawda.

A ona ciągnęła:

– Na razie jestem suflerką, dużo się uczę przy genialnym reżyserze, a potem będę zdawać na reżyserię teatralną.

„Suflerką! Czyli poukładana, mądra i roztropna", szeptała mi intuicja.

– Zabierzesz mnie ze sobą? – poprosiłam.

– Jasne! – Uśmiechnęła się szczerze.

* * *

Weszłyśmy do teatru od tyłu, najprawdziwszym wejściem dla aktorów. Chłonęłam atmosferę kulis. Ten dziwny zapach starych kotar, kurzu i słabej wentylacji, ciszę, ciemność. Odkryłam swój wymarzony świat raz jeszcze, tym razem nie od strony widowni, a od kulis, garderób, perukarni i stołówki, w której wielcy aktorzy w strojach z epoki zjadają jajecznicę, a król ogląda mecz.

Zuza zwróciła się do mnie szeptem:

– Usiądź w ostatnim rzędzie i bądź cicho. Bardzo cicho, dobrze?

I poszła.

Na scenie zaczęła się próba. Najpierw dostrzegłam tylko punktowe światło, a potem wyszedł na nią – o matko! – Tadeusz Łomnicki. Zaparło mi dech w piersiach. Mistrz zaczął interpretację – bo to nie była próba czytana, tylko taka całą gębą, choć bez dekoracji i kostiumów. W pierwszym rzędzie dostrzegłam reżysera.

– Stop! Tadeuszu, dziękuję – zawołał. – Jeszcze raz! Dobrze? Gdzie muzyka?!

Podczas tej wizyty wciągnęłam do płuc nastrój teatru. Czułam, że to będzie teraz mój zawodowy eden, miłość na lata. Co za przeżycie! I jeszcze nowa koleżanka, poukładana, porządna i urocza. W tej euforii zapomniałam o całym świecie – nawet zadzwonić z budki telefonicznej do bliskich, że zdałam do wymarzonej szkoły teatralnej!

Po wizycie w teatrze wróciłam do domu. Mama jak zwykle powitała mnie najserdeczniej:

– Gdzieś ty była tyle czasu? Już na pogotowie chciałam dzwonić!

A ja, oddychając wreszcie spokojnie i pijąc łapczywie wodę, odpowiedziałam:

– Zdałam! Zdałam i jestem przyjęta! Mam nową koleżankę i w teatrze byłam od kulis, na widowni siedział Maciej Prus, a na scenie próbował, nie uwierzysz, Łomnicki!

I podskoczyłam trochę jak dziecko, na chwilę zapominając, że w brzuchu mam własne...

– Znowu te teatry – westchnęła mama. – Nie skacz! Jesteś w ciąży.

Tata, który właśnie wrócił od babci, ukradkiem wytarł nos, podszedł do mnie i położył mi dłoń na głowie. Patrzyliśmy na siebie w pełnym porozumieniu. On wiedział, czym jest dla mnie teatr.

* * *

Zbliżał się dzień ślubu. Staliśmy pod urzędem stanu cywilnego. Moje kolorowe i wierne towarzystwo przybyło gremialnie, dziewczyny miały na głowach ekstrawaganckie kapelusze. Nawet ciocia Małgosia i jej córka się dostosowały. Babcie nie. Te miały świeży manicure i elegancko upięte włosy. Babcia Wanda włożyła koronkowe rękawiczki. Mama we włoskich ciuchach wyglądała pięknie – opalona i ciemnowłosa. Tata przyprawiał o zawał serca prawie wszystkie dojrzałe panie i własną matkę, bo maszerował w płóciennych espadrylach, kolorowej koszuli wypuszczonej na czarne jeansy, z bandaną na głowie i w ciemnych okularach. Ludzie widzieli, po kim odziedziczyłam elegancję i ciąg do pięknych ciuchów, a po kim – nonkonformizm.

Janek miał długie włosy związane w kucyk i garnitur szyty na miarę. Wyglądał z klasą. A ja...? Ciąża i egzaminy na uczelnię całkiem przysłoniły mi sprawę sukienki, a kiedy się ocknęłam, na szycie było za późno. Halina nie mogła nic wymyślić, bo leżała w szpitalu z podejrzeniem zapalenia wyrostka, więc przypomniałam sobie o kiecce z pokazu mody w domu kultury.

Suknia do ziemi, z watowanymi ramionami – jak dyktowała ówczesna moda – i z różnymi aplikacjami. Leżała dobrze, ale nie była tym, o czym śni panna młoda. Babcia Janka obejrzała mnie w tej żółtej kiecce, po czym stwierdziła, że gdy się do niej założy jakieś klipsy i piękny kapelusz z szerokim rondem, będzie bosko! Zgodziłam się, pod warunkiem że daruje mi klipsy, a kapelusz będzie lekki, słomkowy.

W domu nie mogłam się dopchnąć do łazienki, a kiedy już inni się wystroili, zaczęli krzyczeć, żebym się pospieszyła, bo czas nagli. Szybko nałożyłam na włosy żel, spięłam je i próbowałam zakamuflować trądzik. Wsunęłam się w suknię, koszmarne czółenka jak dla emerytek i spojrzałam w lustro – zobaczyłam dramat i tragedię, ale już nie było czasu, by to ratować.

W trakcie przemówienia urzędniczki stanu cywilnego, gdy padły słowa: „Rodzina jest podstawową komórką społeczną", tata skomentował półgłosem: „Też mi nowina", na co wszyscy parsknęli śmiechem. Mama syknęła ze zniecierpliwieniem. Babcie udawały, że nie słyszą.

Całe zdenerwowanie i tremę pokrywałam wygłupami, śmiesznymi minami. Nie podchodziłam poważnie do ślubu cywilnego, potrzebowałam jakiejś uroczystej oprawy tego naszego związku na całe życie. I mimo że byłam niechętna Kościołowi, uważałam, że przysięga w tym nieco teatralnym miejscu okaże się ważniejsza. Ładniejsza po prostu.

Ktoś miły podpowiedział nam, że jest drewniany kościółek ukryty gdzieś na Mazowszu, z uroczym i mądrym proboszczem. I miał rację! Znalazłam u tego księdza zrozumienie, nadto naprawdę umiał słuchać. Nie oponował, gdy poprosiłam o rozmowę, i zaprosił mnie na spacer. Poszliśmy do sadu nieopodal plebanii. Rozmawialiśmy długo o życiu, przyszłości, wartościach, filozofii, zasadach. Po powrocie proboszcz powiedział z uśmiechem Buddy:

– Jestem spokojny. Błogosławię was.

W dniu ślubu kościelnego podjechaliśmy pod kościółek ciemnozielonym oldsmobilem. Z niego i z innych samochodów znów wyfrunęło stado kolorowych ptaków. Moje siostry były zachwycone i natychmiast stopiły się z barwnym tłumem, a ja czułam się podenerwowana, ale i ucieszona tym, że jest oryginalnie, inaczej, nie tak drętwo i ckliwie jak u innych. Babcie Wanda i Janka – lekko przerażone, zdumione tym luzem – starały się upominać mnie, pannę młodą, żebym przynajmniej ja zachowała stosowną powagę.

Podjechał samochód z Haliną. Wyszła z niego w bajecznej różowej sukni i z wielkim bukietem kwiatów. Zawsze robiła ogromne wrażenie, a szczególnie gdy to wyreżyserowała. Lubiłam to i nadal lubię. Nigdy pod tym względem nie rywalizowałyśmy. Wtedy przypominała Farrah Fawcett; zarzuciła włosami i pokazała zęby w pięknym uśmiechu. Ktoś szepnął: „Ona kradnie ci show", ale ja tak nie uważałam. Zresztą akurat jej mogłam na to pozwolić. Pomyślałam nawet, że wszyscy zajęci suknią Haliny nie będą się pastwić nad moją jajeczną kreacją.

Po chwili zadzwonił dzwon i dobrotliwy proboszcz zaprosił nas do środka jak starych znajomych, wołając:

– No, chodźcie, chodźcie, kochani!

Nie uczestniczyłam w obrzędach, ale popatrywałam na proboszcza, uśmiechając się, a w odpowiednich chwilach kiwałam głową i wypowiadałam słowa przysięgi. Byłam przejęta i bardzo poważna. Moi przyjaciele też się uspokoili. Janek trzymał mnie za dłoń i był wzruszony, poważny, choć oczy mu się uśmiechały. Spełniały się nasze marzenia. Przez głowę przebiegały mi takie myśli: „Oto mój mąż, będę z nim do końca życia, będziemy mieli troje, może czworo dzieci, a potem wnuki. On siwy i ja siwa będziemy oglądać zdjęcia ze ślubu i kiwać głowami, wycierając oczy w siateczce zmarszczek. To takie piękne i proste".

Wierzyłam w to całym sercem...

Gdy wyszliśmy, aura prostoty i świętości prysła – i wróciło cygańskie szaleństwo. Maniek rozłożył się teatralnie na zielonym oldsmobilu w roli ślubnej dekoracji, dziewczęta zatańczyły kankana. Na szczęście mama, czując, co się święci, pozabierała szybko wszelkie babki i ciotki na przyjęcie.

Wesele przebiegło hucznie i wesoło – alkohol, tańce do rana, rozmowy o życiu. Wszyscy moi znajomi byli młodzi, mieliśmy całe życie przed sobą i święte przekonanie, że dobry świat stoi przed nami otworem. Byliśmy niewinni i naiwni.

ROZDZIAŁ SIÓDMY

W naszej ukochanej kawalerce reżyserowaliśmy swój świat. Ja studiowałam, zdrowo się odżywiałam i prawie wcale nie tyłam. Wyglądałam tak, jakbym połknęła piłkę do koszykówki. Lekarz bardzo mnie chwalił, a pielęgniarka kręciła głową, bo według niej jednak powinnam być grubsza.

Tęskniłam za rodzicami, siostrami i ciągle u nich przesiadywałam, bo Janek czasem pracował także popołudniami. Mój dom rodzinny był o wiele większy, poza tym głośny i wesoły. Zdarzały się awanturki z siostrami, przekomarzanki z mamą, żarty z tatą – albo jego uwagi i komentarze, które zawsze wydawały mi się takie mądre!

– Kiedyś spiszę wszelkie twoje złote myśli – mówiłam mu, a on tylko się śmiał i machał ręką.

Nadto świetnie gotował i w domu zawsze apetycznie pachniało. W kawalerce... nie mogłam długo znosić samotności. Tego, że sama wciąż podejmuję decyzje, robię zakupy i wciąż czekam na męża.

Mama to wyczuła – a może podpowiedział jej ojciec? – i zapowiedziała kategorycznie, że do czasu porodu powinnam zamieszkać u nich, bo „co to będzie, jak ci wody odejdą znienacka?". Do „znienacka" była jeszcze kupa czasu, ale Janek nie oponował, też lubił mój dom i panujące tu zwyczaje. Zwłaszcza pragmatyzm mamy, urocze babcie i bluesa, którego słuchał tata. Trzpiotowate Ania i Sylwia również były miłym towarzystwem, więc przenieśliśmy się bez gadania. Odzyskałam dawny spokój i poczucie bezpieczeństwa, choć pytana co rano przez mamę oraz siostry: „No i jak się dzisiaj czujesz", parskałam tylko i mówiłam: „Jeszcze żyję, jak widać". Ojciec nie pytał, tylko robił mi wymyślne omlety, croissanty i paszteciki. W powietrzu czuło się oczekiwanie.

Osiemnastego grudnia w nocy skończyłam czytać biografię Stevena Spielberga, który urodził się właśnie osiemnastego grudnia, tyle że w 1946 roku. Fascynujący facet! Zasnęłam zachwycona. Nad ranem obudziły mnie dziwne skurcze. Mama z Jankiem zawieźli mnie do szpitala. Sprawdzenie rozwarcia było koszmarem. Do gabinetu, w którym leżałam z rozłożonymi nogami, weszli studenci. Byłam naga od pasa w dół, wszystko mnie bolało i umierałam ze wstydu. Lekarz beznamiętnie demonstrował, jak się bada rozwarcie, jakbym stanowiła jakiś kawałek mięsa, martwe zwierzę, które poddano sekcji. Czy zapytał mnie o zgodę? Nie. Wówczas nikt sobie tym nie zawracał głowy.

Słyszałam, jak mówi o mnie w trzeciej osobie:

– Pierwiastka, lat dwadzieścia, ma rozwarcie na dwa palce, płód ułożony prawidłowo. Kto chce zbadać?

Weszła zmęczona salowa z plastikową maszynką na wymienne żyletki oraz ohydną, spraną i nieforemną koszulą z urwanymi troczkami. Nie było jak tego zawiązać, aby choć trochę się zakryć. Poczułam napływające łzy.

– Golimy krok i wskakuje pani w koszulę... – powiedziała obcesowo.

– Dziękuję, ja już po goleniu, a piżamkę mam swoją! – próbowałam ją obłaskawić.

Znaczy obłaskawić system, który nie pozwalał – nie wiedzieć czemu – na własną koszulę.

Nic z tego.

– Na oddział nie wpuszczamy w „swojej piżamce", swoją w domu niech se nosi, tu jest szpitalna. No już!

– Proszę panią! – Złożyłam błagalnie ręce.

– Nie! No szybko, nie mam czasu!

A to był dopiero początek... Mama biegała po całym oddziale, rozdając bombonierki, kawę i koniaki, żeby byli dla mnie mili. Wyglądała na bardzo zdenerwowaną, Janek też. Siedział sztywny i tylko ręce mu drżały.

– Mamo! – wołałam jak dziecko, gdy wieźli mnie na salę. – Mamo! – Nie umiałam już wycedzić niczego innego, tak mnie bolało.

Od salowej wiedziałam, że „te z krzyża to bardziej bolą niż sam poród". Po chwili zostałam sama wśród obcych ludzi, dla których nie byłam nikim ważnym.

Leżałam na sali przedporodowej szesnaście godzin. Co chwilę miałam bóle, których nie byłam w stanie porównać z niczym, co mnie dotychczas spotkało. Paznokciami drapałam po lamperii, aż została mi pod nimi zielona farba olejna. Nikt się mną nie interesował. Wiadomo, pierwiastka, pojęczy jeszcze. Czasem podchodził ktoś w białym kitlu i zaglądał mi bez słowa w krocze. Nie wiedziałam, co to za ludzie. Nie umiałam się składnie odezwać, zapytać, poprosić. Jakaś inna salowa przyniosła mi kubek chłodnej „cienkiej" herbaty, która została ze śniadania. Przynajmniej tyle...

Wreszcie przyszła położna i obcesowo oświadczyła:

– Pani na badanie.

Rozejrzałam się w poszukiwaniu wózka, ale go nie było. Wlokłam się więc, podpierając o ścianę. Byłam wycieńczona i przestraszona. To nie tak miało wyglądać. Weszłam do gabinetu i usiadłam. Nareszcie. Podniosłam wzrok i... doprawdy życie bywa przewrotne! Obolała i sponiewierana, z brzuchem jak balon, w ohydnej i mokrej koszuli, zobaczyłam za biurkiem najprzystojniejszego lekarza świata. Uśmiechał się i patrzył na mnie z sympatią.

– No to co? Badamy stopień rozwarcia? – zapytał.

Łyknęłam ten uśmiech jak cukierek. Chwilowo nie czułam bólu, bo przychodził falami, więc wypaliłam wesoło:

– Ale pan przystojny! Dlaczego spotykamy się tu i teraz? Przysięgam, że normalnie wyglądam zupełnie inaczej.

Lekarz się zaśmiał i przystąpił do badania.

– Zaczęła się akcja porodowa – powiedział po chwili. – Pierwszy akt za panią! Gazem na porodówkę! Siostro, wózek dla pani! – zawołał w stronę drzwi.

Nagle wszystko przyspieszyło. Sala porodowa, rozłożone nogi na podkolannikach – przywiązane oczywiście – i położne, ale inne niż poprzednio. Po chwili, gdy przyszły bóle parte, usłyszałam:

– Proszę przeć! Dooobrze! A teraz nie, tylko oddychamy, oddychamy. I jeszcze raz!

Nie pisnęłam ani słowem, nie płakałam, wszystko dusiłam w sobie.

Po dwudziestu dwóch godzinach od pierwszych bólów urodził się Mateusz. Ważył ponad cztery kilogramy. Doktor, którego sympatię zdobyłam żartami i uśmiechem, wbrew ówczesnym przepisom położył mi syna na brzuchu. To była taka piękna chwila.

Po porodzie znów poczułam się jak zbędna rzecz. Na leżance, takiej na kółkach, wystawiono mnie na korytarz jak zużyty worek.

– Musi tu pani leżeć jakby co – usłyszałam tylko.

– Ale co „jakby co"? – dopytywałam.

– Jakby jakiś krwotok czy utrata przytomności. Za pół godziny pani Henia zawiezie panią na salę.

Dziecko mi zabrali, a tak bardzo chciałam trzymać je w ramionach! Czułam się, jakbym przebiegła maraton. Powoli wracała mi świadomość wszystkiego, co się właśnie stało. I poczułam, że... nigdy w życiu nie byłam taka głodna. Przyszła jakaś kobieta, pewnie pani Henia, i bez słowa zawiozła mnie do sali. Za oknami była już noc.

– Przepraszam panią, jestem taka głodna! – powiedziałam.

Przyniosła mi znowu zimną herbatę i kromkę chleba z plastrem starego pasztetu. Ten pasztet smakował mi wtedy jak francuskie *pâté de campagne*, a czerstwy chleb – niczym najświeższa bagietka! Czego to nie wymyśli głodna jaźń!

Zasnęłam zmęczona i smutna. Gdzieś daleko leżał mój synek, maleńki i wystraszony moją nieobecnością. Poczułam okropną niemoc, bezsilność i żal, że Mateusz nie może spać obok mnie; że to idiotyczne i nieludzkie. Czułam, że powinno być inaczej! I nic nie mogłam zrobić. Nic!

Rano, po okropnym śniadaniu, przynieśli mi nareszcie małe zawiniątko, a w nim mojego synka. Z ciekawością patrzyłam w jego oczy. On też mi się przyglądał, choć wiedziałam, że niemal nic jeszcze nie widzi. Zalała mnie fala gorącej miłości. Dotykałam jego główki, oglądałam uszy i wzruszało mnie marszczące się czółko. Potem rozwiązałam zawiniątko – mimo ostrzeżeń, że „pielęgniarka będzie krzyczeć". Będzie krzyczeć, że chcę zobaczyć własne dziecko? Policzyłam paluszki, przyglądałam się miniaturowym paznokietkom. Ufff! Był cały i zdrowy.

– Jesteś taki piękny i taki mój! – szeptałam, zawijając go i całując w naoliwione włoski.

Czułam, że jesteśmy tylko ja i on jako jeden wspólny byt w całym kosmosie. Mama i synek. MY. Ta szczególna więź, która wiąże matkę z dzieckiem. Nierozerwalna.

Wyjęłam pierś, by podać ją synkowi.

– Koniec karmienia! – usłyszałam głos pielęgniarki.

– Ale pani dopiero co mi go przywiozła! – zawołałam.

– Jeszcze będzie się pani modlić, żeby jej dzieciaka zabrali i dali odpocząć, jeszcze się naniańczy! Chodź, malutki!

Zabrali mi Mateusza i nakarmili butelką. Płakałam bezgłośnie.

Odwiedziła mnie cała rodzina, rozmawialiśmy przez szybę, przez słuchawkę, jak w więzieniu! Widziałam mamę, tatę, siostry i ukochanego męża. Ale nie mogłam ich objąć, przytulić. Wybuchłam płaczem, chciałam być z nimi. Nie byłam skazańcem! Chciałam natychmiast do domu!

– Pani nie płacze – pocieszała mnie salowa. – Tu jest lepiej, bo wszystko za panią zrobione, położy się pani. I nie płacze, bo mleko straci!

Wypisałam się na żądanie. Nienawidziłam tego szpitalnego reżimu, bezduszności i tęskniłam za synkiem, który był na wyciągnięcie ręki, a przepisy zabraniały mi go widywać.

Zadzwoniłam do taty. Przyjechał po nas i zabrał do domu. Położyłam się do łóżka, bo nadal byłam obolała i osłabiona. Becik z Mateuszem wędrował z rąk do rąk, każdy chciał go utulić. Mamie wyrwało się niekontrolowane:

– Mój synku!

Tuliła go, a ja czułam złość. To mój syn!

Do szpitala Janek pisał mi tak:

> Kochana mamusiu i synku!
> Syneczku, jeszcze Cię nie widziałem, ale bardzo jestem do Ciebie przywiązany, kocham Cię bardzo, tak samo jak mamusię.
> Wszyscy wiedzą, że się pojawiłeś na świecie, i bardzo się cieszą.
> Czekam na Was niecierpliwie i tęsknię do Was bardzo.
> I kocham Was bardzo!
> Przyjeżdżajcie do domku, już wszystko czeka.
> Tata

Wieczorem tata wprawnie wykąpał Mateusza. Anka i Sylwia asystowały, Janek miał popołudniowy dyżur, a na mnie nikt nie zwracał uwagi. Leżałam sama w pokoju. Robiłam wszystko, żeby nie płakać, ale nie umiałam zapanować nad łzami. Nikt nie rozumiał, o co chodzi, „przecież jest tak, jak chciałaś". Dziwili się. Upominali mnie jak niegrzeczne dziecko. A ja potrzebowałam odrobiny uwagi. Przytulenia i zapewnienia, że mnie też kochają.

Wtedy nikt jeszcze nie miał pojęcia, czym jest depresja poporodowa, nazwana ładnie *baby blues*. A mnie najbliżsi traktowali jak histeryczkę, która się nad sobą użala. Tak mi szepnęła mama i zaleciła, bym się w końcu wzięła w garść.

Po kilku dniach zapowiedziałam, że to może racja, że muszę wziąć się w garść, więc wracam do kawalerki. Już pora na samodzielność. Mama nie była zachwycona, ojciec też. Pożegnaliśmy się dość chłodno.

Pierwszy samotny dzień w domu z synem nie był łatwy. Wszystko mnie bolało, miałam zawroty głowy, ale rozmawiałam z Mateuszem, składałam jego rzeczy, karmiłam z coraz większą wprawą, nuciłam mu piosenki. Hormony powoli się uspokajały. Janek w pracy, w domu spokój i czysto, cicho. Mateusz spał. Był taki cichutki.

Wielkie biurko zamieniło się w przewijak. Wcześniej stała na nim maszyna do pisania; Janek przykrywał klawiaturę bandanką, żeby się nie kurzyła. Teraz maszyna stała na ziemi. Pomyślałam, że przewijak urządzę gdzie indziej, choćby koło łóżka, przenośny, i w ten sposób oddam Jankowi jego święte miejsce do pracy w domu. Tak też zrobiłam. Biurko było puste, odkurzone, z boku poukładałam przybory do pisania, resztę zamknęłam w szufladach. Podniosłam maszynę, była ciężka jak cholera, szew ciągnął i bolał. Bandanka spadła, a na wałku zobaczyłam kartkę z ostatnim chyba wierszem Janka. Sięgnęłam po nią zaciekawiona.

Bezsenne noce bez Ciebie trawią mnie ciągle
Wącham resztki zapachów po Tobie
Tatuaż z Twoim imieniem na zawsze w moim sercu
Moje życie to tani teatr.
Mojej jedynej
Violi na zawsze
Janek

Pod spodem 18 grudnia – data urodzin naszego syna. Czas zatrzymał się dla mnie w miejscu. Nie mogłam złapać oddechu. W głowie miałam pustkę. Spojrzałam na synka. Spał. Położyłam się na łóżku i zwinęłam w kłębek. Mój świat runął. Zapadłam się w sobie.

To był ten moment, gdy straciłam pokarm. Wstałam i popatrzyłam na śpiącego Mateusza. W kalendarzu napisałam: „Dzisiaj zostaliśmy metafizycznie po raz pierwszy zupełnie sami, synku". Nie umiałam płakać głośno. Łzy leciały jakby do środka. W fizyce to się nazywa implozja. Nie mogłam pojąć, jak bardzo zostałam oszukana.

Janek wrócił z pracy jak zawsze z uśmiechem. Leżałam jak sparaliżowana, milcząc. Udawałam, że śpię, bo nie wiedziałam, co zrobić. Dzisiaj zrobiłabym mu awanturę. Wykrzyczała, że właśnie urodziłam jego syna. Naszego syna! A on co? Wspomina byłą? Wtedy jednak bałam się jego reakcji. Że zacznie zmyślać – to wiedziałam, pytanie tylko, co konkretnie powie i czy ja w to uwierzę. Uwierzyłabym we wszystko, co zabrzmiałoby choć trochę wiarygodnie…

Jednak milczałam.

Minął dzień.

Drugiego dnia podałam mu bez słowa kartkę z wierszem dedykowanym Violi. Tej tajemniczej, pięknej Violi, którą minęłam kilka razy na uczelni.

Wziął kartkę do ręki i długo nie odrywał od niej wzroku. Lekko pobladł. Milczał. Wzruszył ramionami i coś szepnął, a może tylko wypuścił powietrze. Nie dosłyszałam. Nadal stał w bezruchu, a ja drżałam na całym ciele. Nie doczekawszy się słowa wyjaśnienia, poszłam do kuchni.

Przemilczeliśmy to. Każde zamknęło się w swoim kokonie. Uznaliśmy, że on chwilowo zatęsknił za byłą, kiedy ja rodziłam…

i rozeszło się po kościach, jak mówią. Żyliśmy dalej. Dom, zakupy, obiady, uczelnia, praca Janka, Mateusz, jego pierwsze kroki, pierwsze zęby, pierwsze słowa. Jak to w życiu. Zwyczajnym i codziennym, a przecież nasze miało być bajeczne...

* * *

Kilka miesięcy później spotkałam na uczelni Mańka, który wypalił:

– Słuchaj, Mika. Chłopaki robią pierwszy prywatny spektakl. Wiem, że umuzykalniony ten twój mąż, dobrze śpiewa, gra, może wpadnie na casting?

– Super! Tak się cieszę, że wreszcie im się udało. Są tacy zdolni i tyle nad tym pracowali! To idealny temat dla Janka. Pogadam z nim. Namówię. Kiedy i gdzie ten casting?

– Zadzwonię i wszystko ci powiem. Też będę grał! – Uśmiechnął się od ucha do ucha.

W domu podekscytowana opowiedziałam o wszystkim Jankowi. Trochę się opierał, trochę krygował, że gdzie tam on... ale się nie poddawałam.

– Musisz spróbować! Kochanie, ja się na tym znam. Powinieneś! Kto, jeśli nie ty? A jak się zestarzejesz jako dentysta i będziesz klął, że nie dałeś sobie szansy? To idealna sprawa dla ciebie. Musisz! Zawiozę cię i załatwię przesłuchanie bez kolejki, w końcu to moi kumple.

No i poszedł.

A potem nie tylko wygrał casting, lecz także dostał główną rolę. W jednej chwili rzucił praktyki stomatologiczne i z dnia na dzień został artystą. Byłam z niego taka dumna.

Zaczęły się katorżnicze próby, długie i wyczerpujące. Codziennie przez dwanaście godzin. Ćwiczyli do upadłego, pot lał się strumieniami na podłogę. Reżyser – geniusz i kat zarazem – wymagał niemożliwego, ale, jak tłumaczył, sukces osiągają tylko ci, którzy na niego pracują. Mimo ogromnego zmęczenia Janek nareszcie był szczęśliwy. Obserwowałam go. Czuł, że tu są jego prawdziwe życie, pasja i szczęście.

Za jaką cenę?

Właściwie się nie widywaliśmy. Żeby choć przez chwilę być blisko, wpadałam na próby, wspierałam i oklaskiwałam. Zaprzyjaźniłam się z tą grupą utalentowanych młodych zapaleńców, którzy zawalczyli o swoje marzenia. Czuli, że to zmieni ich życie i że warto postawić swój los właśnie na tę kartę. Ile talentów wykluło się wtedy na moich oczach! To była wspaniała historia i cudowny, choć piekielnie ciężki czas pracy do łez ze zmęczenia, do zdartych gardeł i pięt.

Po próbach w wynajętych salach zapadła decyzja, że premiera odbędzie się w najprawdziwszym teatrze. Piszczałam z radości. „O matko! Co za zbieg okoliczności. To teatr, w którym pracuje Zuzka!", pomyślałam. Znałam tam bileterkę, która czasem wpuszczała mnie i Janka na gapę na Warszawskie Spotkania Teatralne (na które nigdy nie dało się kupić biletów), znałam panią w bufecie i niektórych aktorów. Przesiadywałam tam, gdy tylko znalazłam chwilę. Czułam się w tym miejscu jak u siebie.

Całe nasze rodzinne życie podporządkowałam Jankowi. Przychodziłam z maleńkim Mateuszem do rodziców, bo Janek musiał się wyspać. Bo był zmęczony. Bo Janek to, bo Janek tamto... Babcia Wanda była oburzona.

– Wychodziłaś za mąż za lekarza, no, wprawdzie dentystę, ale medycynę skończył, a teraz jakieś *variétés*? – sarkała. – Co to znaczy, żeby dorosły mężczyzna, mający żonę i dziecko, miotał się przebrany po scenie?! To się źle skończy! I co to za zawód: aktor?

Nie słuchałam jej. Z całego serca kibicowałam Jankowi.

Wreszcie nadszedł ten dzień. Premiera na deskach teatru. Sponsor nie szczędził grosza, wszystko było na najwyższym poziomie. Po raz pierwszy w powojennej Polsce wyprodukowano spektakl za prywatne pieniądze.

Kraj przechodził wielkie zmiany. Pod Pałacem Kultury sprzedawano na łóżkach polowych towary z zagranicy. Tureckie jeansy i swetry, podrabiane perfumy, pirackie filmy i muzykę. Nikt wtedy nie słyszał o prawie autorskim. Art-B kręciło oscylatorem, powstawały pierwsze fortuny i upadały pierwsze fortuny, burzono pomniki, zakładano prywatne gazety i rozgłośnie radiowe. Polska gospodarka zaczęła się rozwijać, pokonując różne bariery tkwiące głównie w ludzkich głowach, nienawykłych do rodzącego się kapitalizmu.

W dniu premiery Janek i reszta ekipy mieli ogromną tremę. Byli wykończeni fizycznie, ale zmobilizowani. Z nerwów nie mogłam spać. Mateusz został u dziadków, a ja starałam się pomagać podczas ostatnich prób i wspierać męża. Napięcie sięgało zenitu.

Spektakl okazał się ogromnym sukcesem. Tak ogromnym, że aż nas to zaskoczyło. Owacje na stojąco i kolejne wyjścia do ukłonów to było coś! Aktorzy śpiewali, tańczyli z niebywałym zacięciem w rytm świateł laserowych, które widzieliśmy tylko na *Gwiezdnych wojnach*. Bilety wyprzedane, fanki znające spektakl z kilku prób otwartych dla znajomych stały godzinami pod teatrem, żeby zdobyć autograf swoich idoli. Młodych artystów, którzy niedawno przyjechali do Warszawy z różnych miast, miasteczek i wsi realizować własne marzenia, a jedyny kapitał, jaki mieli, to talent, determinacja i odwaga.

Na bankiecie po premierze Janek zaproponował, żebyśmy zabrali do nas jedną z dziewczyn z zespołu. Tłumaczył, że jest taka młoda i zagubiona, z dala od rodziców. Najładniejsza, najzdolniejsza i najmłodsza. Nie zdała jeszcze nawet matury, ale miała głos jak dzwon! Zgodziłam się, przecież to jeszcze dziecko. Ponieważ ekipa dostała parę wolnych dni, wymyśliłam, że wyskoczymy do kina na romantyczną randkę. Tak bardzo stęskniłam się za Jankiem! Może ona mogłaby zostać chwilę z Mateuszem? On tak ładnie przesypiał noce.

– Świetny pomysł! – powiedział Janek.

* * *

Została u nas na kilka dni. Dałam jej trochę ciuchów, przytulałam, kiedy opowiadała, że bardzo tęskni za domem. Chciałam jej pomóc.

Wpadła wtedy do nas moja mama, przywiozła ubranka dla Mateusza. Popatrzyła na dziewczynę i wzięła mnie na bok.

– Czyś ty zwariowała? Nie widzisz, że oni mają romans? – zapytała.

Uniosłam się.

– Mamo, jak możesz?! To jeszcze dziecko. Ładne i zdolne, ale dziecko! Ona nawet nie ma matury.

– Mika, ostrzegam cię… – spróbowała jeszcze raz.

– Lepiej będzie, jak już pójdziesz do domu – ucięłam.

– Żebyś się nie zdziwiła! – Wyszła, trzaskając drzwiami.

Po trzech miesiącach Janek wyznał mi, szczerze skruszony, że jest bardzo zakochany i się wyprowadza.

– Co? Jak to? – rzucałam pytaniami. – Kogo tak kochasz?

I nagle mnie olśniło…

– Ją?

– Tak – odpowiedział, nie patrząc mi w oczy.

– Zwariowałeś?! Dlaczego? – Nie mogłam uwierzyć.

– Nie zrozumiesz, ona jest… ona… – Urwał i powiedział coś tak irracjonalnego, że zaczęłam się śmiać: – Ona chce być księżniczką.

– Kim? Janek, kim? Słyszysz, co mówisz? Jaką znowu księżniczką? – Nic nie rozumiałam. – Taką z zamku? A ty co? Będziesz księciem na białym koniu? Co ty w ogóle mówisz? – wyrzucałam z siebie cały szok.

Po chwili spojrzałam na niego poważnie i kontynuowałam:

– Janek, ja chyba nawet nie zdążyłam ci się jeszcze znudzić? Prawda? Niczego nie zdążyłam, bo ciebie nigdy nie było! Nie zdążyłam cię w czymkolwiek zawieść jako żona, nie zdążyłam… przytyć, zbrzydnąć. Niczego jeszcze tak na dobrą sprawę nie robiliśmy razem jako małżonkowie i rodzice. Zostawiłam dla ciebie Londyn, urodziłam dziecko. To też twoje dziecko, wiesz? Ten malutki chłopczyk to twój upragniony syn!

Rzuciłam się do szuflady i wyjęłam jeden z listów, które Janek pisał, gdy leżałam w szpitalu po porodzie. Łamiącym się głosem odczytałam obietnicę: „Będę Cię nosił do końca życia na rękach".

– Kurwa, czy ty siebie słyszysz? Jak to: odchodzisz? Ile ty masz lat? – Byłam tak bardzo rozżalona. – Napisałeś to zaledwie rok temu! Co ja ci zrobiłam? Co myśmy z Mateuszem zrobili, że nas tak traktujesz?

Nie odezwał się słowem.

– Janek, a te wszystkie obietnice, przysięgi, miłość, odpowiedzialność? To dla ciebie nic?

Odwrócił się i wyszedł bez słowa.

Oniemiałam.

Zachłysnęłam się łzami i uczuciem zdeptania, zniszczenia mnie i naszej miłości, która dopiero miała szansę rozkwitnąć, bo ten sukces mógł nas połączyć, dać radość…

Łkałam głośno.

Nie wiem, ile czasu minęło. Byłam obolała i piekły mnie oczy. Nagle dotarło do mnie, że mama mnie ostrzegała. A ja wyrzuciłam ją z domu… Żal znów podszedł mi do gardła. Wstrząsnęła mną kolejna fala płaczu.

Patrzyłam na drzwi.

Może on wróci? Może to był żart? Jakaś próba?

Tylko myśl o Mateuszu pozwoliła mi się pozbierać. Nakarmiłam go, wykąpałam, ukołysałam. I znów spadłam w otchłań cierpienia. Nic nie rozumiałam. Przyjęłam tę dziewczynę do domu, pomagałam jej, wspierałam, karmiłam i ubierałam. A ona wzięła sobie Janka jak… jedną z moich sukienek! Bo jej się spodobał. A on? On?! Niby taki dorosły, dojrzały, a tak łatwo dał się omotać.

Poczułam się jak dojrzała kobieta. Mąż zostawił mnie dla młodszej. Miałam dwadzieścia dwa lata.

ROZDZIAŁ ÓSMY

Wpadłam w depresję.

Mama nawet nie rzuciła: „A nie mówiłam?". Milczała, bezradna, po tym, jak nie udało jej się rozruszać mnie w jedyny znany sobie sposób, czyli słowami: „Nie użalaj się nad sobą, nie ty pierwsza i nie ostatnia". Ojciec czasem mnie przytulił, ale milczał. Chyba nie do końca rozumiał, co się stało, i sądził, że to chwilowe nieporozumienie.

Rodzice zabrali Mateusza i zawieźli do siebie. Zostawili mnie samą w depresji i łzach, sądząc, że gdy tylko zamkną drzwi, wstanę i otrzepię się jak mokry pies. Nic z tych rzeczy. Wpadłam w głęboką studnię i chciałam umrzeć. Przestałam jeść. Nie byłam w stanie, coś mi ścisnęło krtań, piłam tylko herbatę. Ważyłam zaledwie czterdzieści pięć kilogramów.

Dziewczyny narobiły krzyku i teraz siedzieli przy mnie na zmianę Zuzka, Halina i Maniek. Powoli wyrywali mnie z najczarniejszych myśli, nadal jednak nie umiałam się śmiać. Cały czas szukałam winy w sobie, mimo że przyjaciółki tłumaczyły, że nie zrobiłam nic złego.

– Zgłaszał ci jakiekolwiek pretensje? – pytała Zuzka.

– Nie.

– Może zauważyłaś, że czegoś w tobie nie lubi? – dodawała Halina.

– Nie lubił was, więc się odsunęłam.

– Coś jeszcze?

– Nic. Kurwa, nic!

Moi przyjaciele robili zakupy, gotowali, sprzątali, rozśmieszali mnie. Byli obok. Na nich zawsze mogłam liczyć. Wreszcie Maniek powiedział:

– Rusz dupę! Za dwa dni masz egzamin z historii teatru. Coś tam jeszcze pamiętam, będę cię przepytywał, a potem cię podrzucę. Bez dyskusji!

– Nie chcę żadnego egzaminu! Chcę umrzeć! Daj mi spokój – prosiłam.

– Dobrze, umrzesz po egzaminie, a teraz masz tu zupę. No, jedz! Co ja z tobą mam! I za co to wszystko?!

Zwlekłam się, umyłam, zjadłam pierwszą od kilku dni zupę i... zdałam. Po egzaminie Maniek zabrał mnie mimo protestów do siebie, gdzie czekała cała grupa przyjaciół. Niespodzianka. Rozczuliłam się. Wyściskali mnie, wycałowali, poczęstowali winem. Dużą ilością wina. Śmiałam się pierwszy raz od kilku tygodni.

Rano kac gigant. Patrzyłam w lustro z odrazą. Przekrwione oczy, w ustach smak fajek, których przecież nie paliłam... I nagle coś we mnie pękło. Przebłysk. Eureka! Nie ma co płakać! Trzeba zamalować stare tło, jak śpiewał Mariusz Lubomski.

* * *

Przytargałam do domu farbę, pędzle i zaczęłam remont. Włożyłam stare ogrodniczki, koszulkę z królikiem *Playboya*, bo już się sprała, i zabrałam się do pracy. Najpierw wywaliłam zasuszony bukiet ślubny! Pochowałam do pudeł wspólne zdjęcia, obwiązałam ciasno sznurkiem, jakbym tam zamknęła dzikie stwory, i zaczęłam malować. Chciałam zamalować stare obrazy, wygonić zapach, zmyć przeszłość.

Po kilku godzinach zrobiłam sobie przerwę. Usiadłam na podłodze w tych brudnych ogrodniczkach, na głowie miałam czapkę z gazety. Spracowana, ale zadowolona jadłam kiełbasę i zagryzałam chlebem. „Księżniczka, kurwa mać" – pomyślałam gniewnie i dmuchnęłam w grzywkę. Nareszcie zdusiłam smutek i obudziłam w sobie gniew.

Obok mnie leżał pilot, więc bezmyślnie włączyłam telewizor. A tam Krystyna Loska w swojej słynnej ondulacji nienaganną dykcją czytała ogłoszenie:

– Telewizja Polska poszukuje młodych zdolnych ludzi do wzięcia udziału w castingu na prowadzących program telewizyjny. Zbiórka jutro o dwunastej przy ulicy Woronicza 17, blok F, parter. Zapraszamy!

Zerwałam się na równe nogi. To coś dla mnie!

Rzuciłam pędzle i pobiegłam do łazienki. Włosy sklejone farbą, paznokcie odrapane z lakieru i czterdzieści pięć kilogramów wagi. Nie było dobrze. Tym razem jednak nie zamierzałam się poddać. Włosy się umyje, paznokcie pomaluje. Chuda jestem, ale biust nadal ogromny. No i talia osy. Nadam się!

Następnego dnia przyjechałam pod budynek telewizji, wysiadłam, założyłam okulary przeciwsłoneczne i zarzuciłam długimi włosami. Oto jestem. Ten program musi być mój!

Po chwili mina mi zrzedła. Pod blokiem F stało jakieś czterysta osób. Ustawiłam się grzecznie w kolejce. Czekaliśmy długo. Wreszcie zza szklanych drzwi wyłonił się reżyser, okrzyknięty najzdolniejszym z młodego pokolenia. Jego debiut zdobył wszystkie nagrody w kraju! A za nim świta, kierownik produkcji i jeszcze kilka osób z telewizji. Panie w stylowych okularach, panowie ubrani modnie, choć z lekka nonszalancko. Reżyser miał urok chłopca, był ubrany niezwykle starannie, ale raczej na luzie, w granatowe spodnie i błękitną koszulę. Przechadzał się wzdłuż kolejki, przyglądając się wszystkim z uwagą, i wskazywał palcem.

– Ty. – Minął kilka osób. – Ty. I ty.

Zatrzymał się przy mnie, uśmiechnął i powiedział:

– Ty.

Ja!

No pewnie! Byłam uśmiechnięta i swobodna. Nie mógł mnie ominąć.

Wybrał czterdzieści osób. Dowiedzieliśmy się, że za dwa dni mamy się stawić na drugi etap. Koniec żartów, będą próby przed kamerą, improwizacja.

Przeszłam i to. Zostało siedem osób. Nastąpiły rozmowy indywidualne, podczas których sprawdzano, kim jesteśmy, co wiemy o teatrze, kinie, muzyce, jak się wypowiadamy. Czułam się jak ryba w wodzie, przecież interesowałam się tym od zawsze. To było moje życie, które kochałam i z którym wiązałam swój zawodowy los. Wiedziałam, że zrobiłam dobre wrażenie, i byłam pewna – tak, pewna! – że jestem już jedną z nich.

– Zadzwonimy do pani. Proszę zostawić numer telefonu.

* * *

Czas wlókł się niemiłosiernie, a ja zaczęłam się niepokoić. Czyżbym nie wypadła tak dobrze, jak myślałam? Niemożliwe! Ale ze szczęściem różnie bywa…

W domu stale popatrywałam na telefon. Dzwoniłam też do rodziców, u których na czas zajęć w szkole zostawiałam Mateuszka. Po miesiącu nareszcie się doczekałam:

– Dzień dobry, czy pani Dominika Nehrebecka? – usłyszałam w słuchawce.

– Tak, to ja.

– Dzwonię z TVP. Obejrzeliśmy taśmy ze zdjęciami próbnymi z pani udziałem. Niestety...

Grunt usunął mi się spod stóp.

„Niestety" oznacza porażkę, mój osobisty upadek, moje pogrzebane marzenia. Szlag!

– ...ten program nie doszedł do skutku, ale chcemy pani zaproponować inny. Czy może pani jutro do nas przyjechać?

Czy mogę? O matko, oczywiście, że mogę! Nie przyjadę, ale wręcz popędzę, przylecę jak na skrzydłach. Ja, ja...!

Moje myśli tańczyły. Tymczasem powiedziałam tylko nieswoim głosem, udając spokój:

– Tak, będę. O której?

Niech nie myślą, że mają do czynienia z egzaltowaną wariatką.

Znów zmierzałam na Woronicza 17, nie wiedząc jeszcze, że wyjeżdżę tu kiedyś swoją koleinę, że wydepczę własne ślady w korytarzach, ściany przesiąkną zapachem moich perfum. Ale to za jakiś czas... Na razie szłam po swój debiut.

We wskazanym pokoju siedział poważny redaktor, który – choć miał już swoje lata – nadal był bardzo przystojny i dystyngowany. Znałam go z programów publicystycznych, które były emitowane po 1989 roku.

– Dzień dobry – odpowiedział na moje powitanie. Wskazał krzesło i kontynuował: – Proszę pani, przygotowuję nowy program kulturalno-publicystyczny. Szukam do współpracy młodych ludzi, świeżych, kreatywnych, bez peerelowskiej przeszłości. Czy jest pani zainteresowana?

– Oczywiście! A mogę przyprowadzić koleżankę z roku? – zapytałam nieco bezczelnie.

– Jeżeli jest tak przebojowa jak pani, to pewnie.

– Kiedy zaczynamy? – Nie mogłam się doczekać.

– Jutro o dziesiątej, pasuje?

– Oczywiście! – wypaliłam trochę zbyt gwałtownie. Przecież chciałam wyjść na opanowaną.

Na uczelnię wpadłam jak burza.

– Zuzka! Wagary. Musimy pogadać!

Zaciągnęłam ją do Marcinka na Starówce. To mała kawiarnia, nasza ulubiona.

– Słuchaj! Będziemy pracować w telewizji – powiedziałam bez wstępów. – Jutro jest pierwsze spotkanie!

– W telewizji? Zwariowałaś? Nigdy. Ja chcę pracować w teatrze, robić sztukę przez duże S! – nadęła się.

– Zuzka! – krzyknęłam.

– No dobra, dobra – spuściła z tonu. – A co to w ogóle za program?

Dmuchnęłam w grzywkę.

Cholera, nie dopytałam.

Co oni o mnie pomyślą?

Że zgłupiałam na dźwięk słowa „telewizja"?

Spojrzałam na Zuzkę lekko speszona i powiedziałam:

– No... na razie nie wiem. Nie dopytałam. Chyba mamy go tworzyć od podstaw, sami młodzi, pod kierownictwem doświadczonego redaktora.

– Boże, jaka ty czasem jesteś naiwna – jęknęła. – Mam uwierzyć, że studentkom drugiego roku bez żadnego doświadczenia pozwolą robić program w telewizji? Ot, tak?! Co ja z tobą mam, Mika! Otrzeźwiej!

– Zuz. Zróbmy tak. Pójdziesz tam ze mną, a jak ci się nie spodoba, zapominamy o sprawie. OK?

– No dobrze... O której to spotkanie?

– O dziesiątej. Rano!

– OK, ale o czternastej muszę być w teatrze, bo mam próbę. No wiesz, akurat tam pracuję na poważnie.

Nic nie powiedziałam, tylko ją uściskałam.

* * *

Następnego dnia dotarłyśmy na pierwsze spotkanie organizacyjne w telewizji. Było kilka osób. Czułam się dobrze, ale lekko niepewnie.

Muszę przyznać, że od zawsze przebojowość mieszała się we mnie z nieśmiałością, którą starałam się przykrywać szerokim uśmiechem. Miałam też pewną obsesję, głębokie pragnienie, żeby wszyscy mnie lubili. Akty niechęci odchorowywałam. Dziś wiem doskonale, że to niemożliwe. Ładnie określała to dalsza babcia Marynka: „Jeśli są ludzie, którzy cię lubią i nie lubią, to znaczy, że jesteś jakaś, a jeśli wszyscy tylko niby lubią, jesteś nijaka!".

Dobrze, że miałam przy sobie Zuzkę. Dodawałyśmy sobie odwagi. Po dłuższym oczekiwaniu zaproszono nas do jakiegoś pokoju. Pierwsza podeszła do nas Mała Mi. Figlarne oczy, uśmiech od ucha do ucha, długie, gęste ciemne włosy, niewielki wzrost, ale uścisk dłoni silny.

– Cześć, dziewczyny, mam na imię Beti – przedstawiła się.

– Cześć, jestem Zuz.

– A ja Dominika.

Mała Mi mówiła dalej:

– Ja jestem z dziennikarskiego, właśnie skończyłam stypendium w Oxfordzie. A wy?

– A my nie! – wypaliłam i wybuchłyśmy śmiechem. Po chwili dodałam już najnormalniej: – Studiujemy wiedzę o teatrze na PWST.

– Chodźcie ze mną na papierosa. Opowiem wam, co i jak. Znam tu już trochę ludzi – zaproponowała.

Jest taka teoria, że przy spotkaniu najważniejsze jest pierwsze trzydzieści sekund. I musi coś w tym być, bo po tych kilku chwilach każda z nas wiedziała, że zostaniemy przyjaciółkami na zawsze.

To dzięki nim i nowej pracy się odblokowałam. Dość żałoby. Postanowiłam żyć dalej. Pięknie żyć.

ROZDZIAŁ DZIEWIĄTY

Janek zamieszkał gdzieś z Księżniczką.

Wzięłam pod pachę kilka walizek i synka i przeprowadziłam się do rodziców. W moim panieńskim pokoju nic się nie zmieniło, stanęły tylko kojec, w którym spał Mateusz, i karton z zabawkami. Kawalerka służyła mi za miejsce, w którym uczyłam się do egzaminów i spotykałam z przyjaciółmi. Tymi dawnymi i nowymi, ze studiów i z telewizji. Jedliśmy, piliśmy wino, słuchaliśmy muzyki, snuliśmy plany na przyszłość. Nawiązywały się przyjaźnie, miłości...

W telewizję wsiąkłam na dobre. Tworzyliśmy coś nowego, świeżego, byliśmy pełni młodzieńczego zapału. Nie wiedzieliśmy, co to zmęczenie, frustracja, zazdrość. Czas spędzałam albo w telewizji, albo na uczelni. Moje dwie zawodowe miłości. Przy Mateuszu pomagała mi rodzina. Mój synek był otulony miłością. Wierzyłam, że muszę wykorzystać te chwile, by poukładać swoje życie, i potem dać mu swój czas w dwójnasób. Zawsze będę wdzięczna najbliższym za to, co wtedy dla mnie zrobili.

Mniej więcej w tym samym czasie rodzice kupili gospodarstwo rolne siedemdziesiąt kilometrów od Warszawy. Ojciec poczuł tak wielką miłość do tego skrawka ziemi, że nie wyobrażał sobie dalszego życia w mieście. Mama nagle odkryła w sobie pokłady romantyzmu i zachwycała się okolicą, zielenią i rozgwieżdżonym niebem. Szpilki zamieniła na kalosze! Założyła warzywniak, robiła przetwory i psioczyła na życie w mieście.

– Coś podobnego! – dziwiłyśmy się z siostrami.

W końcu rodzice postanowili się tam przeprowadzić na stałe i zabrać ze sobą Mateusza. Mama miała żelazne argumenty:

– Ma tam świeże powietrze, mleko od krowy i nas. A ty ciągle zajęta, zabiegana. Skończ studia, zacznij pracę na poważnie, kupisz porządne mieszkanie i zabierzesz Mateuszka.

Tata żartował:

– Odbierzesz go, jak będzie musiał iść do szkoły!

Tata od zawsze był przeciwnikiem tradycyjnej szkoły. Nigdy nie obchodziły go nasze stopnie. Był w mojej szkole dwa razy na wywiadówce, co skończyło się katastrofą. Wychowawczyni, nauczycielka rosyjskiego, krzyczała, z lekka zaciągając:

– Mało tego, że córka stuknięta, to i ojciec też!

Tata uważał, że najważniejsze są samodzielne myślenie, indywidualność, kreatywność. Lista lektur, którą dla mnie przygotował, nigdy nie obejmowała lektur szkolnych. W tym samym duchu co nas wychowywał Mateusza, który zresztą okazał się do niego niezwykle podobny. Czasem myślałam, że urodziłam moim rodzicom syna, którego sami nie mieli.

W telewizji czułam się dobrze. Nasz redaktor stworzył ciekawą kolekcję postaci: studenci dziennikarstwa, teatrologii, polonistyki, a nawet jedna przyszła śpiewaczka operowa.

Szczerze mówiąc, początkowo nie mieliśmy pojęcia o tej robocie. Ciągłe spotkania, burze mózgów, byliśmy młodzi, bezczelni, chcieliśmy rozwalić system. Pracowaliśmy z pasją, wypełnieni po uszy ideałami; nie interesowały nas pieniądze, a przynajmniej nie tak, by stanowiły cel sam w sobie. Chcieliśmy się uczyć od najlepszych, by kiedyś stać się jednymi z nich. Byliśmy pokoleniem, które przyszło do telewizji w podartych jeansach i z plecakami przerzuconymi przez ramię. Odrzucaliśmy drobnomieszczańską elegancję, krawaty Jana Suzina i garsonki Krystyny Loski. Nie mieliśmy nawet własnego pokoju, siedzieliśmy na schodach, ale w ogóle nam to nie przeszkadzało, praca szła pełną parą. Polska wciąż się przeobrażała i wszyscy dosłownie fruęli na fali wolności, zachodnich mód i własnych pomysłów.

Pokazywaliśmy i omawialiśmy kulisy tych zmian. Każdy przygotowywał materiał z dziedziny, na której się znał. Grzesiek zrobił program o Art-B i rodzącej się fortunie. Ala o operze, Aga o pierwszym komercyjnym radiu. Ja i Zuzka planowałyśmy materiał o aktorach, którzy w dobie galopującego kapitalizmu dorabiają jako kelnerzy. Jak w Hollywood! A może odwrotnie niż w Hollywood?

Czekały nas pierwsze zdjęcia. Naszą kierowniczką została urocza pani Jadzia, która była tuż przed emeryturą i zęby zjadła na tej robocie. Cierpliwa i dobra. Wiedziała, że ma do czynienia z żółtodziobami, więc mówiła na nas „przedszkole”.

Podniecone tym pierwszym razem, poszłyśmy do Białego Domku. To taki budynek koło telewizji, na zapleczu, z którego ekipy zdjęciowe ruszały do pracy. Razem z nami mieli jechać operator, dźwiękowiec, oświetleniowiec i kierowca. Wsiadłyśmy do busa, gotowe na nowe wyzwania!

Wtedy pani Jadzia zapytała dobrotliwie:

– A kasety macie?

O cholera! Kasety?

– A to nie nagrywa się na kamerę? – wypaliłam i w tej samej chwili poczułam, że powiedziałam straszną głupotę.

Dźwiękowiec tylko odchrząknął, kierowca zapalił papierosa, operator wzniósł oczy do nieba. No jasne, debiutantki!

Pani Jadzia bez słowa wręczyła nam kasety. Nie pierwszy raz pracowała z młodymi.

– Tylko opiszcie potem, żeby się na montażu nie pomieszało – pouczyła, a my grzecznie pokiwałyśmy głowami.

No dobrze, ruszyliśmy. Była sobota, siódma rano. Byliśmy już spóźnieni. Pędziliśmy do Pałacu Kultury, bo wcześniej wymyśliłyśmy z Zuzką – niezwykle z siebie dumne – że etiudę do materiału głównego nagramy właśnie w pałacu, w... toalecie. Zadzwoniłam do Mańka, na którego zawsze mogłam liczyć, wyjaśniłam mu, o co chodzi. Zagrasz? Ufff. Nie odmówił!

Operator był niewyspany i naburmuszony. Zionęło od niego mocno zakrapianym poprzednim wieczorem. Zachowywał się opryskliwie. A my byłyśmy przerażone.

Już na miejscu Maniek odciągnął nas na bok i zapytał:

– Czy wy wiecie, kto to jest?

– Nie... – odpowiedziałyśmy równocześnie.

Maniek zniżył głos do dramatycznego szeptu:

– To geniusz! Jeden z najlepszych operatorów w Polsce. To się wam trafiło! Robił fabuły, dokumenty, zbierał nagrody, ale za dużo pił. Stracił żonę i dobre propozycje. Praca z wami to musi być dla niego jak zesłanie.

„Świetnie – pomyślałam. – A my mu zafundowałyśmy cały dzień zbliżeń na spuszczaną wodę i Mańka jako ciecia w berecie! A jeszcze ten jego wczorajszy oddech i małe pomieszczenie... Co tu robić?".

Po chwili zawołałam do Zuzki:

– Zuz, leć do spożywczaka po kefir! A najlepiej po piwo i kefir.

Operator, stary mistrz, przekupiony napojami i naszym zaangażowaniem wreszcie się uśmiechnął i nawet wszedł w rolę mentora, wprowadzając nas w meandry swojego fachu.

Spotkaliśmy się jeszcze kilkukrotnie i każdy z tych razów wspominam z uśmiechem. Był świetny w tym, co robił, i okazywał nam, „sikorkom", pełen szacunek, zwracając się do każdej z nas „pani redaktor". W zamian za to dbałyśmy o niego i już zawsze miałyśmy ze sobą kasety.

Nasz materiał wzbudził śmiech, gdy został wyemitowany w czasie programu na żywo. Zresztą wszyscy koledzy i wszystkie koleżanki stanęli na wysokości zadania. Każdy w robocie dawał z siebie sto procent!

W naszym redakcyjnym pokoju numer 110, który wreszcie udało się nam załatwić, kotłowało się jak w ulu! Był malutki, wszyscy palili papierosy, grzałka na herbatę pracowała bez wytchnienia, dlatego ciągle się przepalała i trzeba było ją wymieniać na nową, kawę piliśmy wiadrami. Mieliśmy jeden telefon stacjonarny. Był w kolorze brudnej zieleni i zawsze okupowany. W biurku, w szufladzie, stale leżała jakaś butelka z alkoholem. Tak na wszelki wypadek.

Wpadali do nas koledzy z *Pegaza*, z redakcji sportowej, bo mieliśmy fajną atmosferę. I tak razem pracowaliśmy, balowaliśmy, nawiązywały się przyjaźnie, romanse. Próbowaliśmy życia i siebie nawzajem. Po jednej z imprez Zuzka wypaliła o którejś z naszych koleżanek:

– Niezły przekładaniec! Przyszła ze Zbyszkiem, a wyszła z Piotrkiem.

Nikt poza mną nie miał męża ani dzieci. Wolne ptaki.

* * *

Któregoś dnia dowiedzieliśmy się, że zmarła moja prababcia. Ta, która co niedzielę wysyłała mnie do kościoła. Dziś myślę, że mimo wszystko ją kochałam. A na pewno podziwiałam za elegancję i uporządkowanie. Do kościoła nosiła piękne kapelusze i miała świra na punkcie higieny. Może to po niej mam tę obsesję czystości?

Rodzice pojechali na pogrzeb, a ja zostałam z Mateuszem. Nie miałam opiekunki, więc zabrałam go ze sobą do pracy. Miał wtedy jakieś dwa lata.

– Przepraszam, panie redaktorze – zaczęłam. – Nie miałam go z kim zostawić. On jest grzeczny, nie będzie przeszkadzał, przysięgam!

Szef zrobił wielkie oczy.

– Dziecko? To pani ma dziecko?

– No, tak – odpowiedziałam uczciwie.

Zaczęło się kolegium redakcyjne. Gadaliśmy, omawialiśmy projekty, a Mateusz siedział cicho pod stołem i bawił się samochodzikiem. Od zawsze taki był – grzeczny i cichutki.

Nadeszła przerwa, wszyscy wybiegli na papierosa, do bufetu, coś załatwić. Ja miałam krótkie spotkanie w montażowni.

– Panie redaktorze, zostanie pan z nim piętnaście minut? Bardzo proszę.

Zgodził się!

Pobiegłam.

Niestety, sprawa się przedłużyła, więc wracałam pędem z poczuciem winy, że naraziłam szefa – który nie miał własnych dzieci – na dyskomfort. Wpadłam do pokoju i zobaczyłam taki obrazek: pan redaktor trzyma przy uchu wielką dmuchaną słuchawkę telefoniczną (do dziś nie mam pojęcia, skąd ją wziął), mówi: „Halo, halo, centralo" i robi śmieszne miny. Mateusz siedzi na biurku, macha nogami i zaśmiewa się w głos.

Gdy szef mnie zobaczył, opuścił rękę, natychmiast przyjął swoją zwyczajną poważną minę i powiedział:

– Jakoś sobie poradziliśmy.

To było takie urocze. Często myślę, czy dziś taka scena miałaby szansę się wydarzyć. Dzisiejsza telewizja to sekretarki, asystentki, identyfikatory, bramki, zasieki, dystans i powaga...

* * *

W końcu nadszedł dzień emisji naszego programu. Miał iść na żywo, więc byliśmy zdenerwowani. W scenografii dla odwagi ukryliśmy butelkę Soplicy, z której co jakiś czas ktoś brał łyk. Scenografia imitowała redakcję, taką w amerykańskim stylu, a my nonszalancko siedzieliśmy na biurkach. Na pierwszym planie ja. Miałam na sobie podarte jeansy, na rzemyku na szyi wielką pacyfę, długie rozpuszczone włosy. Nie przypominałam ówczesnych eleganckich prezenterek. Każdy z nas miał być sobą, więc ja i Zuz ubrałyśmy się jak artystki, Dorota włożyła elegancki kostiumik, Grzesiek – garnitur, a Marcin – kolorową marynarkę. Nie mieliśmy stylistek, kostiumografów, makijażystek. Wyglądaliśmy... groteskowo.

Kamery start!

– Dzień dobry – zaczęłam. – Jesteśmy studentami różnych uczelni, chcielibyśmy przedstawić państwu ciekawe zagadnienia z wielu dziedzin.

– Dominika opowie o kulturze – kontynuował Grzesiek. – Becia o polityce, Alicja o tym, co słychać w operze, Dorota, na jakie filmy warto się wybrać...

Przedstawiał nas, bo miał fajny głos. Gdy skończył, wszyscy razem zawołaliśmy głośno do kamery:

– Zapraszamy!

I poszło!

Po programie odbyła się impreza. Wszyscy bez wyjątku byliśmy pijani ze szczęścia, emocji i – rzecz jasna – od alkoholu. Bankiety to nieodzowny element tej pracy, wówczas schodziły z nas emocje, trema i stres. Nawet pan redaktor z nami pił.

Następnego dnia nadal byłam w euforii. Niby już bez kaca, ale na dziwnym rauszu. Czułam wewnętrzną pewność, że gdy tylko wyjdę na ulicę, nie opędzę się od fanów proszących o autografy. Ubrałam się i wybiegłam z mieszkania.

Cóż za rozczarowanie...

Pani w kiosku mnie nie rozpoznała. Na ulicy ludzie przechodzili obok obojętnie jak dawniej. W piekarni wręcz potraktowano mnie obcesowo.

Wróciłam do domu, padłam na łóżko i zaczęłam się śmiać. Obśmiałam swoje oczekiwania. Ech, jaka ta młodość naiwna.

* * *

Nadal byłam sama, zupełnie niegotowa na nowy związek. Wszystkim dookoła mówiłam, że nie chcę nikogo mieć. Ale byłam młoda – „krew nie mleko", jak mówiła ciocia Małgosia, przekręcając porzekadło – a młode ciało produkuje młode hormony.

Na jednej z imprez w modnej wtedy Harendzie poznałam Tymka. Pracował w nowej komercyjnej rozgłośni radiowej. Prowadził zabawny program, tak inny od wszystkiego, do czego przywykliśmy w radiu. Mieliśmy wtedy poważny Program Pierwszy Polskiego Radia, klasyczną Dwójkę i niby-młodzieżową Trójkę, którą już wtedy uważaliśmy za oldskulową. A Tymek stał się znany, Warszawa go uwielbiała. Chudy drągal o za długich rękach i abstrakcyjnym poczuciu humoru.

Podczas jakiegoś półprywatnego spotkania zaczęliśmy żartować, a potem gadaliśmy do rana. Brzuch mnie bolał ze śmiechu, zaśmiewałam się z jego dowcipów. Tak bardzo potrzebowałam wyluzowania! Oddechu! Nad ranem, kiedy odprowadzał mnie do domu, wyznał mi, że właśnie rozstał się z miłością życia i ma pęknięte serce.

Ja o sobie nie powiedziałam nic. Nie chciałam, nie umiałam się przyznać, że mam już dziecko i prawie byłego męża. Wstydziłam się. Poza Zuzką z nikim nie rozmawiałam o zdradzie Janka. Uważałam, że to moja porażka, a porażkami nie należy się chwalić! Takie *credo*.

Z Tymkiem spotkałam się jeszcze kilka razy, ale nic poważniejszego z tego nie wyszło. Jakieś ogniki w oczach, muśnięcia dłoni i pauzy w rozmowie. Tyle. Gdy zdecydowałam się powiedzieć mu prawdę, przestraszył się. Nie był gotowy na takie rzeczy. Zostaliśmy przyjaciółmi. Dwa lata później spotkaliśmy się w pracy. Robiłam program satyryczny Tymka dla telewizji.

* * *

Zbliżały się święta Bożego Narodzenia. Wsiadłam do malucha i pojechałam do rodziców, na wieś. Jak tam było pięknie! Okno z ciepłym wnętrzem domu, a w dali las w śnieżnej bieli.

Cała moja rodzina lepiąca przy stole pierogi, jak gdyby nigdy nie robili nic innego. Na patelni w bąbelkach masła karp nabierający świątecznej magii.

Poszłam do salonu przywitać synka, a tam, na podłodze, Janek z Mateuszem bawią się w najlepsze.

Wycofałam się do kuchni.

– Co on tu robi? – zapytałam mamę.

Byłam zła. Nie znosiłam takich niespodzianek.

– Wrócił! – wyszeptała mama. – I to wrócił na dobre! Idź z nim porozmawiać.

– Co? Mam z nim rozmawiać? Nigdy! Niech spada do tej swojej Księżniczki. Ja go nie potrzebuję – krzyknęłam oburzona.

Mama nie kryła złości:

– Co ty wyprawiasz? Rodzinę chcesz rozbić?

– Ja? Mamo, ja?! Nie wierzę, że to mówisz! A przypomnij mi, gdzie on obecnie mieszka i z kim? – warknęłam.

– Rozstał się z nią! Chce wrócić! – brnęła mama.

Nie mogłam uwierzyć, że to mówi! Moja matka trzymała jego stronę! Zabolało.

Chwyciłam się brzytwy i wypaliłam:

– Zresztą… ja mam już nowego chłopaka!

To było oczywiste kłamstwo, ale przecież mogłam mieć!

– Co? Masz kochanka? Ciszej! Jeszcze rozwód będzie z twojej winy! – syknęła mama.

– Z mojej? Chyba żartujesz! To on odszedł. Zostawił mnie i Mateusza!

– Bądź dorosła! Zrób to dla dziecka. Och! Gdybym ja miała się rozwodzić z twoim ojcem z powodu każdej kobiety, z którą miał romans, nie miałybyście rodziny!

Co?

Ojciec miał inne kobiety?

Mina mi zrzedła. Ale tylko na chwilę.

– Może ja nie chcę żyć tak jak ty? – krzyknęłam.

– Kobieta musi się poświęcić dla związku i przymykać oko na ekscesy męża, jeśli chce utrzymać rodzinę w kupie!

Czy ona naprawdę to mówi? Moja matka?

Poczułam, jak narasta we mnie bunt.

– Ja nie jestem wszyscy! Ja jestem JA!

– Uspokój się! Spędzimy razem święta i koniec! Mam go wyprosić? Przepraszał mnie i tatę, i twoje siostry. Wybaczyliśmy mu. Powinnaś zrobić to samo.

– Nie!

– A dziecko? Pomyślałaś o dziecku?! – Skierowała przeciw mnie najcięższe działo. I dodała: – Zawsze myślisz tylko o sobie! To my się dla ciebie z ojcem poświęcamy, żebyś sobie chodziła do tej śmiesznej pracy, imprezowała, skończyła studia, a ty tak nam się odwdzięczasz?!

Weszła babcia. Wszystko słyszała, miała to wypisane na twarzy. Mama poszukała u niej wsparcia.

– Może mama z nią porozmawia, ja już nie mam siły do tej dziewczyny! Chce zepsuć święta całej rodzinie! – I uderzyła we mnie jeszcze mocniej: – A może wolisz spędzić święta z przyjaciółkami?

Udało się, wywołała we mnie poczucie winy.

– Dominisiu – zaczęła babcia teatralnym szeptem – odbyłam z Jankiem poważną rozmowę. Dostał ode mnie reprymendę. Kajał się, że zbłądził, ale zrozumiał, że kocha tylko ciebie i Mateuszka. Wybacz mu po chrześcijańsku jak mądra kobieta.

Próbowałam coś powiedzieć, ale mi nie pozwoliła. Kontynuowała swoim śpiewnym głosem:

– Lepiej, że zbłądził teraz, niż żeby zostawił cię tak jak mnie twój dziadek, kiedy byłam już dojrzałą kobietą. To boli bardziej! Poza tym, dziecko, co ludzie powiedzą? Rozwód? W naszej rodzinie? Taki wstyd!

Nie zamierzałam się poddać, więc wypaliłam z płaczem:

– Nie, babciu. Zawsze boli tak samo. A wstyd to kraść i z dupy spaść, jak mówiła prababcia.

Byłam wściekła i rozczarowana tym, że wszyscy zdają się stawać przeciwko mnie.

– Dominiczko, przywołuję cię do porządku! Jesteś wulgarna! Natychmiast przestań płakać i nie pokazuj słabości. No już, wytrzyj nos i idź do niego.

Wygrały…

Tak właśnie kobiety z mojej rodziny, które same były rozwiedzione lub żyły w zakłamanych związkach, zmusiły mnie do przyjęcia wciąż jeszcze obecnego męża pod dach.

Kątem oka patrzyłam na Mateusza i Janka, wyglądali tak normalnie… Tak bardzo pragnęłam, żeby wszystko było jak w moich wyobrażeniach o idealnej rodzinie. Ale jak to poskładać? Jak wybaczyć? Jak zapomnieć o tym, co się stało? Jak zaufać na nowo?

Czas nas uczy pogody, czas leczy rany, a to wszystko było takie świeże, bliskie i bolesne. Nie zdążyło się zagoić.

* * *

Skapitulowałam po raz pierwszy, ale niestety nie ostatni. Mama i babcia z ofiary zamieniły mnie w winną. Co za obrzydliwa manipulacja! A ojciec? Czemu milczał i tylko odwrócił karpia na drugą stronę? Po licho mnie uczył, żebym zawsze była sobą? Szanowała się? Tato? TATO! Poczułam się drugi raz zdradzona, tym razem przez moją rodzinę.

Tamtego dnia znienawidziłam Boże Narodzenie. A przyszło mi w życiu przeżyć jeszcze dwadzieścia kilka zakłamanych Wigilii...

Janek posadził mnie w pokoju, w którym stał kojec Mateusza, i przemówił ludzkim losem:

– Kocham was i zabieram do domu. Wybacz mi, jeśli potrafisz.

Milczałam, a po policzkach ciekły mi łzy.

Może naprawdę powinnam dać mu jeszcze jedną szansę?

Nadal bardzo go kochałam.

* * *

Te święta mijały w dziwnej atmosferze. Wszyscy zdawali się szczęśliwi i dziwnie podekscytowani, rzucali na nas spojrzenia pełne... ja wiem, nadziei? Karciłam się w myślach, że nie umiem się cieszyć. Przecież tak bardzo pragnęłam mieć pełną rodzinę. Ale czy ona naprawdę była pełna? Miałam cierń w sercu. Nie umiałam znów zaufać Jankowi.

Wszystko wróciło do normy. Przynajmniej pozornie. Zamieszkaliśmy znów w naszej trzydziestometrowej łupince szczęścia. Janek bardzo się starał, był dobry, troskliwy, zostawiał czułe liściki i nadrabiał stracony czas. Ja jednak nie potrafiłam pozbyć się pewnego dystansu. Nie potrafiłam odegnać bólu. Widocznie siedział głęboko... Nie byłam dawną Miką. Potrzebowałam ogrodniczej cierpliwości – zasilania uczuciem, podlewania miłością, a to wymaga czasu.

Pewnego dnia Janek przyniósł sensacyjną wiadomość – ruszają ze spektaklem w świat. Zaczęły się mordercze przygotowania. Grał główną rolę, więc harował dzień i noc, a po próbach wracał do domu zmęczony, głodny i śpiący. W ogrodnika już się nie bawił, a ja starałam się to rozumieć, dać mu nowy kredyt zaufania. Coraz więcej czasu spędzałam w telewizji, coraz bardziej mi się tam podobało. Małe sukcesy, drobne pochwały sprawiały, że rosłam. Znajomi milcząco zaaprobowali mój wybór. Znów musieli się nieco wycofać z mojego życia. Mateusz pomieszkiwał u dziadków, a my spełnialiśmy się zawodowo. Teraz zaś Janek miał wyruszyć na podbój świata.

– Kochana moja, wyjeżdżam z zespołem do USA. Oczywiście jedziesz ze mną, a później ściągniemy Mateusza – cieszył się.

– Super! Ale jak ja to wszystko pogodzę? Mateusz, praca, uczelnia?

– Weźmiesz urlop dziekański. Rodzice zaopiekują się Mateuszem. Przecież go kochają – zadecydował.

Myślałam, że powinnam go wspierać, spełniać jego marzenia. Załatwiłam sprawę wyjazdu na uczelni, zaczęłam pracę w gazecie, żeby zrobić relację z USA, i odmówiłam podjęcia się kolejnego programu w telewizji. No to jedziemy razem. Świetnie!

Nazajutrz przyjechałam po niego do teatru samochodem. „Zima, niech nie wraca autobusem", pomyślałam. Wyszliśmy razem po próbie. Pod teatrem czekali na niego twórcy spektaklu i producent. Wywiązała się rozmowa, a ja słyszałam, że zrobiło się nerwowo! Wsiadłam do samochodu, rozgrzałam malucha, żeby Janek miał ciepło, bo na dworze panował sążnisty mróz, a on był bez czapki.

Skończyli.

Janek wściekły wparował do auta. Ledwo oddychał i uciekał wzrokiem. W końcu zaczął:

– Nie wiem, jak ci to powiedzieć. Tak mi wstyd…

– Co się stało?

Wziął głęboki oddech i wyjaśnił:

– Księżniczka postawiła warunek: albo ona, albo ty.

– Słucham? – Nie mogłam w to uwierzyć.

– Nie zgodziła się na twój wyjazd do Stanów.

– Ale przecież ja już wszystko załatwiłam.

– Wiem! To moja wina. Powiedziałem im, że w takim razie ja też nie jadę!

– Jak to: nie jedziesz?! Grasz główną rolę! Musisz pojechać.

– Ale to ona jest gwiazdą spektaklu!

Zamilkł, a ja powiedziałam spokojnie i szczerze:

– Wiem. Jest najlepsza z was wszystkich.

Zapadła między nami cisza.

Janek zwiesił głowę. Nie wiedział, co robić.

– Janek – zaczęłam – mamy trzydziestometrowe mieszkanie, malucha, to dużo, ale jeśli można sprawić, żeby było lepiej, warto wykorzystać szansę, którą daje los. Poza tym to twoje życie i twoja główna rola, jedź.

Podniósł na mnie wzrok.

– Naprawdę? Mówisz serio? – zapytał z nadzieją.

– Tak – powiedziałam, chociaż pękało mi serce. Uśmiechnęłam się smutno i dodałam: – No, idź, powiedz im, bo czekają.

Przez szybę dostrzegłam dwie postaci chuchające w dłonie. Poszedł.

Najpierw nie czułam nic. Miałam wrażenie, że gram w filmie.

Potem pojawiły się inne emocje. Chwilowe miłe uczucie bycia tą mądrzejszą. Ale zaraz za nim złość, że kochanka stawia warunki prawowitej żonie. Co za tupet! Wie, że Janek wrócił do rodziny, do syna, a nadal mąci. Do czego jeszcze jest zdolna?

Starałam się sobie tłumaczyć, że zachowałam się właściwie, byłam wielkoduszna. Tylko czemu to tak bolało? I czemu łzy nie chciały przestać płynąć?

Janek wrócił do samochodu uśmiechnięty.

– Wynegocjowałem, że możesz przylecieć w dniu premiery, czyli za miesiąc! Cieszysz się?

– Ludzki pan – skomentowałam i zamilkłam.

„Niech Janek robi karierę – pomyślałam. – Ja mam telewizję, powoli i ja zapracuję na sukces".

Dmuchnęłam w grzywkę i... wróciliśmy do domu.

Dumę zapakowałam w papier śniadaniowy i schowałam do szuflady. Zdałam egzaminy, w gazecie przeprosiłam za zamieszanie. A w telewizji szybko oświadczyłam, że jednak biorę ten program. Zostałam w Warszawie, Janek odleciał.

Robiliśmy pierwszy zagraniczny format! *Randka w ciemno*. Tu poznałam swoją kolejną przyjaciółkę na śmierć i życie – choć nasze początki nie należały do łatwych.

Organizowałam casting na prowadzącego program. Przyjechali ludzie z Anglii, by nadzorować nasze pierwsze kroki. Regina była tłumaczką, świetnie znała angielski i studiowała italianistykę.

– Cześć, jestem Regina. – Weszła do naszego pokoju taka piękna i dumna.

– Cześć, Dominika. W czym mogę pomóc?

– Czy mogę skorzystać z telefonu? – zapytała.

– Niestety nie – odpowiedziałam. – Czekam na telefon od męża z USA. Jest tam z grupą teatralną, gra główną rolę – rzuciłam niby-niedbale i dodałam: – Wiesz, te połączenia...

– Ach, główną rolę. No tak... – odpowiedziała chłodno i wyszła.

Tu nie zadziałała zasada pierwszych trzydziestu sekund. Nie polubiłyśmy się od razu, raczej powiało chłodem.

Dzisiaj, gdy już jesteśmy najlepszymi przyjaciółkami, Regina przypomina czasem tę scenę. Gdy siedzimy u mnie przy lampce wina, odgrywa ją przesadnie, po aktorsku i obie się z tego śmiejemy.

Ten miesiąc bez Janka przeżyłam jak na karuzeli. Działo się tyle, że nawet nie zdążyłam zatęsknić. Dostałam nagle niecodzienną propozycję, a przy okazji wydarzyło się coś, co kiedyś miało zmienić całe moje życie...

ROZDZIAŁ DZIESIĄTY

Kilka dni później koleżanka kończąca reżyserię poprosiła mnie, żebym zagrała w jej filmie dyplomowym. Żachnęłam się, że nie jestem aktorką i że to w ogóle nie dla mnie.

– Nie będziesz musiała nic mówić, to taka impresja. Główny bohater, ksiądz, ma fantazje na temat różnych kobiet. Zagrasz jedną z nich. Masz być seksowna. I tyle. Dobrze?

Tak długo mnie namawiała, aż się zgodziłam, choć niechętnie.

Pierwszą scenę nagrywaliśmy w kościele. Siedziałam w ławce mocno roznegliżowana w seksownym body i miałam uwodzicielskim wzrokiem podążać za głównym bohaterem. Patrzyłam na niego pożądliwie spod rzęs, a kątem oka widziałam operatora zdjęć. On zamiast w kamerę patrzył na mnie tak, że ciarki przeszły mi po plecach. Nasze spojrzenia się skrzyżowały, niemal widziałam iskry. Zmieszana odwróciłam twarz. Musiałam być cała purpurowa.

Podczas przerwy zakryłam się szlafrokiem, zawstydzona, i starałam się nie rzucać w oczy. Jednak operator odnalazł mnie w kącie i zagadnął:

– Cześć, jestem Maciek.

I znów to spojrzenie.

Niemal od zawsze otaczali mnie mężczyźni, wiedziałam, że się podobam. Ale zwykle nie zwracałam na to uwagi. A tu... jego spojrzenie poczułam gdzieś głęboko w głowie, jakby mi przez oczy zaglądał w duszę.

– Dominika – odpowiedziałam.

Starałam się zabrzmieć naturalnie.

– Fajnie wyglądasz. Co robisz po zdjęciach?

No, mógł to powiedzieć romantyczniej...

– Jadę na ślub i wesele znajomych, zresztą już jestem spóźniona, wybacz.

– O, trudno, to może innym razem?

– Wątpię – zgasiłam jego zapędy.

Znów czułam się mężatką. Mój mąż daleko za oceanem właśnie wyśpiewywał dla nas lepszą przyszłość.

– A gdzie mogę cię znaleźć? Jesteś aktorką? – nie poddawał się.

– Ależ skąd! – zaprzeczyłam. – Jestem tu przez pomyłkę.

– Przez pomyłkę? – Zaśmiał się.

– To skomplikowane. Obiecałam koleżance zagrać. Jestem dziennikarką! Pracuję w telewizji.

„Cholera, za dużo gadam", pomyślałam.

Dmuchnęłam w grzywkę.

– Czyli statystujesz – ustalił operator. – To może jeszcze kiedyś na siebie wpadniemy – dodał z nieporadnym uśmiechem i odszedł.

Nie odpowiedziałam. Starałam się go nie zachęcać, ale musiałam przyznać sama przed sobą, że zrobił na mnie wrażenie. Następnego dnia szukałam go wzrokiem i ucieszyłam się, że jest. Ze zdziwieniem stwierdziłam, że prawie cały czas miałam pod powiekami jego twarz. Przyznałam w duchu, że jest bardzo przystojny i ma w sobie to coś.

Do końca zdjęć Maciek stał za kamerą, ale czułam, widziałam, że mi się przygląda. Potem wyznał, że już w tamtej chwili czuł, że jest śmiertelnie zakochany i że spotkał kobietę swojego życia. Wtedy jednak zwyczajnie się pożegnaliśmy, zdjęcia się skończyły, a życie toczyło dalej.

Po miesiącu, jak było umówione, dołączyłam do Janka w USA. Jadąc taksówką do hotelu, widziałam wszędzie reklamy t e g o polskiego spektaklu. To było tak bardzo abstrakcyjne, że nawet nie robiło na mnie specjalnego wrażenia. Miałam wrażenie, że gram w jakimś filmie *science fiction*.

Nastąpiło miłe powitanie z Jankiem. Wzruszył mnie serdecznością, naprawdę się za sobą stęskniliśmy. Poczułam ciepłe łaskotanie w duszy.

Niestety, nie było czasu na czułości i długie spacery po mieście, opowieści o domu i synku, o pracy. Nazajutrz miała się odbyć uroczysta premiera w samym centrum Manhattanu, w najbardziej prestiżowym miejscu na świecie. To było wtedy najważniejsze. Wszyscy na wysokich obrotach, niektórzy prawie w amoku. Nerwowo szukałam odpowiedniej kreacji. Miałam na to kilka godzin. Wszyscy – od obsługi w teatrze przez znajomych po świeżo poznanych Polonusów i Amerykanów – wróżyli spektaklowi wielki sukces.

– Jesteście świeżym powiewem ze wschodniej Europy, macie niebywały *power*, talent, doskonały balet, świetne aranżacje i układy sceniczne, a ta wasza solistka... Co za powalający głos! Oj, szykujcie się na długie bisy, wywiady, a może *tournée*? – słyszeliśmy dookoła.

Pompowano balon, wieszczono ogromny sukces. To dodało aktorom skrzydeł.

Janek nie spał z emocji. Trwałam przy nim i starałam się go wspierać. Następnego dnia on i reszta zespołu trwali od świtu w pełnej gotowości. Trema rosła, wszyscy byli przejęci, świadomi, że tworzą coś wyjątkowego. Że to przedstawienie przejdzie do historii. Polacy z autorskim spektaklem na Manhattanie – to było coś!

Premiera, kwiaty i długie ukłony, publiczność gorąca i chyba już cała nasza. Pozostało czekać na opinie krytyków. Kciuk w górę dawał szczęście i pieniądze, a kciuk w dół – łzy i klęskę. Po premierze zorganizowano bankiet, kręciliśmy się w tych naszych kreacjach napięci jak struny w harfie. Nie miałam pojęcia, co jem, co piję. Nie sięgaliśmy zbytnio po alkohol, żeby zachować jasne umysły. Dopiero po odgwizdaniu zwycięstwa mieliśmy zamiar upić się szampanem i amerykańskim bourbonem!

Wybiła północ jak w bajce o Kopciuszku. Przyszły pierwsze recenzje. Kolega, korespondent prasowy, odczytał jedną z nich. Była miażdżąca i bardzo niesprawiedliwa. Klapa! Kelnerzy zaczęli zwijać bankiet. Jeden z nich z ironicznym uśmieszkiem zabrał mi talerz podczas jedzenia! Chyba był Włochem, bo wyszeptał: „Finito". Inny powiedział po angielsku o recenzencie: „Dziwne, pewnie miał dziś kiepski dzień".

Zrobiło się smutno. Byliśmy rozczarowani. Pojawiły się łzy. Wiedzieliśmy, że występ był na najwyższym poziomie. Czy krytyk tego nie widział? W fatalnych nastrojach rozeszliśmy się do pokojów.

Janek i reszta ekipy jeszcze przez miesiąc walczyli o przetrwanie w USA, choć już ze świadomością, że wrócą na tarczy.

Dla mnie oznaczało to czas na poznanie Nowego Jorku. Postanowiłam nie zmarnować tej okazji.

Z kolegą, który był korespondentem prasowym, włóczyliśmy się godzinami po mieście, zaglądając w jego zakamarki. Odwiedzaliśmy kluby jazzowe, chodziliśmy do teatrów, knajp, muzeów, na wystawy. Chłonęliśmy wszystko, dobrze się ze sobą czuliśmy. Na codziennych imprezach pojawiali się pisarze, aktorzy, muzycy, bohema z Nowego Jorku. Godzinami toczyliśmy rozmowy przy winie. Czułam się jak ryba w wodzie. Janek grał po dwa spektakle dziennie, potem był wykończony. Dodatkowo nadal nie przepadał za imprezami, więc wychodziłam sama.

Odsunęłam się od niego. Nie umiałam wybaczyć zdrady, robiłam mu sceny zazdrości, wypominałam to, co się stało. Starał się, ale ja nadal czułam się tak potwornie zraniona. To było trudne dla nas obojga.

W końcu nadszedł czas powrotu. Janek był cieniem człowieka, miał wory pod oczami, czuł się zły i rozżalony. Za to ja taszczyłam ogromne walizy wypełnione ciuchami, butami, płytami i kosmetykami. Głowę miałam pełną wspomnień. I choć te związane z karierą Janka nie były najlepsze, moje prywatne – już jak najbardziej.

Gdy przylecieliśmy do Polski, w naszym małżeństwie nastąpiła zmiana układu sił. Ja wróciłam do pracy w telewizji, pełna entuzjazmu, nowych pomysłów i kontaktów. To był mój czas! Dostałam propozycję pracy na etat jako młodszy redaktor. Oszalałam ze szczęścia. Moją radość podzielało tylko kilkoro przyjaciół. W domu ta wieść przeszła bez echa...

Janek przygasł. Co prawda, nadal dużo występował, bo w Polsce przedstawienie cieszyło się niesłabnącą popularnością, ale było widać, że jest rozczarowany porażką w Stanach. Nasze relacje były co najwyżej letnie. Choć zdarzały się niespodzianki, jak dzień, w którym zabrał mnie do naszego małego kościółka i przyrzekł jeszcze raz: „I że cię nie opuszczę aż do śmierci". Zrobiło mi się miło, ale serce nie zatrzepotało jak kiedyś... Na co dzień właściwie się mijaliśmy, a każde powoli zaczęło żyć własnym życiem. Porcelanę da się skleić. Miłość rzadko...

* * *

Tymczasem ja, Zuz i Beti napisałyśmy autorski program i postanowiłyśmy nim zainteresować dyrekcję telewizyjnej Dwójki. To było trochę jak porwanie się z motyką na słońce. Dwójka od swego powstania w 1970 roku była interesująca, bardziej artystyczna, z większym rozmachem i ciekawsza niż Jedynka. Jej szefowa, Aida, miała osobowość jak Himalaje i ogromne poczucie humoru. Była legendą telewizji, wzorem i postrachem zarazem. Ale gdy ma się dwadzieścia parę lat, człowiek niemal niczego się nie boi.

– No co? – powiedziałam niby-nonszalancko. – Najwyżej się nie uda. Ale przynajmniej spróbujmy. Idziemy!

Zderzyłyśmy się z murem w postaci Lili – wieloletniej sekretarki różnych dyrektorów, która broniła dostępu do nich jak lwica. Próbowałyśmy tłumaczyć, że mamy superpomysł, ale – jak nam objaśniła – każdy tu z takim przychodzi. Błagałyśmy, ale była nieprzejednana.

Gdy już miałyśmy odejść, otworzyły się drzwi i w oparach dymu papierosowego pojawiła się Aida. A za nią, o matko kochana, sama Maryla Rodowicz!

– Dzisiaj winko u mnie, pamiętasz? – rzuciła Aida.

– Jasne, będę o dziewiętnastej. Pa.

– A to co za przedszkole? – Dostrzegła nas szefowa. – Więcej was mamusia nie miała? – Uśmiechnęła się zza wielkich okularów.

Było widać, że jest w świetnym humorze.

„Teraz albo nigdy" – pomyślałam i wypaliłam:

– Pani dyrektor, my tu pracujemy, w pokoju numer 110, no i... napisałyśmy scenariusz do świetnego programu, kultura połączona z obserwacjami zmian zachodzących w kraju w odniesieniu do sentymentów, które tłumaczą obecną sytuację w Polsce, z udziałem wybitnych osobowości kultury, polityki, sztuki. Mamy też pomysł na cykl dokumentów. To będzie hit, jak babcię kocham! – Wszystko na jednym oddechu.

Aida przez chwilę się we mnie wpatrywała. Nie umiałam nic wyczytać z jej twarzy. W końcu się uśmiechnęła.

– Wchodźcie, lubię wariatów. Macie dziesięć minut. Więc?

Nie do wiary! Po rozmowie – jednak o wiele dłuższej niż dziesięciominutowa – szefowa kupiła pomysł i nas w pakiecie. Skierowała program do produkcji.

Sekretarka Lila dała nam niezłą burę za nieprzestrzeganie zasad, ale nawet ona nie mogła ukryć uśmiechu, gdy piszcząc ze szczęścia, obiecałyśmy, że już zawsze będziemy dzwonić i wpisywać się do zeszytu.

Wieczorem od razu zabrałyśmy się do roboty. Przerzucałyśmy się pomysłami, planowałyśmy. Tego dnia zaczął się dla mnie prawdziwie gorący okres. Realizacja programu, teraz już na poważnie. Zdjęcia, wyjazdy, nowi ludzie. Byłam pochłonięta naszym projektem i coraz mniej się zastanawiałam, co dzieje się w moim małżeństwie. Pierwszy odcinek programu miał opowiadać o rockmanach i ich rodzinach. Umówiłam się z kilkoma artystami na wywiad po koncercie, który grali w jednym z warszawskich klubów. Okazało się jednak, że koncert realizowano dla pewnej komercyjnej stacji, które w tym czasie wyrastały jak grzyby po deszczu. Nie wpuszczono nas. Twarde prawa rynku. Konkurencja.

Siedziałam podłamana. Szlag by to! Nagle podszedł do mnie Paweł, reżyser, i pokazał na coś ręką.

– Mika, popatrz – wykrzyknął. – Tam jest mój kolega ze studiów. Świetny realizator. Podejdź do niego, zatrzepocz rzęsami. Może coś załatwisz.

– To twój kumpel, sam idź! – odparowałam.

– Mika, no… Tobie będzie łatwiej…

„Cholera jasna", zaklęłam w duchu.

– Dobra. – Raz kozie śmierć. – Który to konkretnie?

– Ten, co tak energicznie macha rękoma!

– O matko, ten pajac? To jest twój kumpel? Czy ty wiesz, że on mnie ostatnio podrywał w kościele, gdy grałam w filmie dyplomowym Baśki? – powiedziałam zniesmaczona.

– Nie marudź, idź. Musimy zrobić te zdjęcia.

Mus to mus. W końcu byłam w harcerstwie i miałam trzy orle pióra, a chłopak nawet mi się podobał, chociaż trochę irytował bezczelnością.

– Cześć. – Uśmiechnęłam się tak, że aż odsłoniłam szóstki. – Pewnie mnie nie pamiętasz…

– To ty! – Odpowiedział uśmiechem i dodał: – A ja cię szukam od roku. Czy cię pamiętam? Jeszcze jak… – Znów uśmiech, od którego zrobiło mi się gorąco.

Szybko jednak przywołałam się do porządku. Miałam sprawę do załatwienia.

– Posłuchaj… Nie wpuścili mojej ekipy – zaczęłam prosto z mostu. – Mam tu umówione wywiady, ale nie mam kamery. Może mógłbyś jakoś pomóc?

Przyjrzał mi się uważnie. Po chwili powiedział spokojnie:

– Mam własną kamerę w aucie. Poczekaj chwilę, zaraz wszystko zorganizuję.

Po dziesięciu minutach miałam operatora z kamerą. Udało mi się nagrać cały materiał: rozmowy, dokrętki i przebitki.

Maciek musiał realizować koncert, więc zniknął nam z oczu w wozie transmisyjnym. Postanowiłam, że podziękuję mu innym razem. „Pracujemy w tej samej branży, na pewno jeszcze na siebie wpadniemy", pomyślałam.

Kilka dni później dowiedziałam się, że podobno szukał mnie po koncercie. Ale ja zaraz po zdjęciach pojechałam do domu. Znów mu się wymknęłam…

* * *

Nagrania miałyśmy, ale trzeba było jeszcze je zmontować. Żółtodzioby dostawały montaże w nocy, niech się hartują! Odkąd urodziłam Mateusza, stałam się raczej skowronkiem – wcześnie wstawałam, ale też wcześnie się kładłam. Późnym wieczorem byłam nieprzytomna.

Zuz z Becią, nocne marki, nie mogły patrzeć na moje zamykające się oczy i kiwającą się głowę. Składały dla mnie dwa stare fotele stojące w montażowni i kładłam się na nich niczym na łóżku, żeby przespać się chwilę i wrócić do pracy. Byłam stale zmęczona. Mateusz właśnie zaczął chodzić do przedszkola, więc codziennie rano szykowałam go do wyjścia, odprowadzałam i biegłam do pracy. Potem powrót i obowiązki domowe. Zsynchronizowanie harmonogramów dziecka, Janka i mojego.

Ale to właśnie tamten czas nauczył mnie dyscypliny. To dzięki niemu jestem taka zorganizowana.

Wreszcie nadszedł dzień emisji pierwszego odcinka naszego programu. Byłam podekscytowana, bo dziewczyny zadecydowały, że to ja powinnam zapowiedzieć program na wizji. Niedziela w domu rodziców, cała rodzina na obiedzie. Ponaglałam wszystkich, żeby nie marudzili przy jedzeniu. Za piętnaście minut miała mnie zobaczyć cała Polska!

Zobaczyła prawie cała... Prócz rodziców, którzy po obfitym obiedzie zasnęli na kanapie. Po godzinie mama przetarła oczy i zapytała:

– O, skończyło się? O czym było?

Ale gdy zaczęłam opowiadać, weszła mi w słowo:

– Albo nie teraz, jutro. To co, deser?

Sama nie wiem, czy byłam bardziej smutna, czy wściekła. Miałam wrażenie, że rodzice zupełnie nie interesują się tym, co robię. Zwłaszcza mama. Zawsze powtarzała:

– Ty i tak robisz, co chcesz, a ja za tobą nie nadążam. Poza tym co to za praca? Ciągłe wyjazdy i bankiety...

Za to dyrektor Aida wzięła nas pod swoje skrzydła. Dostałyśmy kolejne programy. Zrobiłyśmy jedenastoodcinkowy cykl i trzy dokumenty. Jak na początkujące redaktorki to było naprawdę coś. Aida dała nam pełną swobodę, a w końcu także prawdziwe etaty w TVP na stanowisku młodszych redaktorów. Byłam z siebie taka dumna! Właśnie kończyłam studia i byłam zatrudniona w telewizji.

Nadszedł dzień zakończenia naszych studiów. Jechałam z Zuzką na pożegnalną imprezę. Nagle ta zaczęła:

– Dominika, ale my nie mamy zaliczonych dwóch ostatnich egzaminów i prac magisterskich. Pamiętasz?

– A po co nam one? – zapytałam beztrosko. – Komu potrzebny papierek? Mamy etaty!

– Mika… Tak nie można – próbowała oponować.

– Przestań! – przerwałam jej. – Mamy u stóp cały świat! Nastał kapitalizm. Ważne jest, że coś umiesz! Dzisiaj się bawimy.

Miałam dwadzieścia cztery lata, męża, dziecko, malucha, skończone studia na Wydziale Wiedzy o Teatrze, wymarzoną pracę, długie włosy i wielki apetyt na życie z sukcesami. Nie mogło się nie udać!

ROZDZIAŁ JEDENASTY

Miałam jechać w swoją pierwszą delegację. Do Krakowa. Na wywiad z reżyserem legendą. Przyjechałam do domu podekscytowana. Koniecznie chciałam o tym opowiedzieć mężowi:

– Janek...!

Znalazłam go w kuchni. Nerwowo palił papierosa. Dostrzegłam kilka petów w popielniczce.

Spojrzał na mnie przelotnie i powiedział:

– Słuchaj, to nie ma sensu. Już cię chyba nie kocham. Nie rozumiesz mojej poezji – urwał. Zaciągnął się papierosem i kontynuował: – To wszystko miało być inaczej. Wyprowadzam się. Ona mnie potrzebuje.

Coś we mnie pękło, złamało się. Zniknęła niepewna siebie Dominika, która prosi, by przy niej został. Która boi się być sama. W tamtej chwili nie poczułam nic. Zupełnie nic. Nie poleciała mi też ani jedna łza.

Wzięłam głęboki oddech i powiedziałam stanowczo:

– Gdy wrócę, ma cię tu nie być! Wynoś się do Księżniczki bez matury na intelektualną pustynię.

Odwróciłam się i wyszłam z kuchni.

Pakowałam się trochę nerwowo, choć starałam się opanować drżenie rąk. Zabrałam więcej ciuchów niż na jeden dzień. Wrzuciłam obcisły, seksowny kombinezon, najlepszą bieliznę, perfumy... choć nie miałam pojęcia po co! Może się przydadzą? Przecież nie jestem w żałobie!

Jechałam pociągiem, próbując pozbierać myśli. Słuchałam Stinga i czytałam *Maga* Johna Fowlesa, ale nie mogłam się skupić. Dopiero wtedy pojawiły się łzy. Zaczęłam się zadręczać pytaniami: „Co jest ze mną nie tak? Nie mam nawet dwudziestu pięciu lat, udało mi się o czasie i bez urlopów skończyć studia, mam świetną pracę, dbam o siebie, starałam się być dobrą żoną i matką, nawet nauczyłam się gotować, żeby miał ciepłe jedzenie w domu, jestem bystra i mam poczucie humoru, potrafię być ciepła i czuła, więc... dlaczego on mnie nie chce?".

Gdy się uspokoiłam, zrozumiałam, że nie można zmusić nikogo do miłości. Nie powinnam była ulec rodzicom i zgodzić się na powrót Janka. Coś, co raz pękło, nigdy nie będzie już takie samo.

Dojechałam do Krakowa, poprawiłam makijaż, popatrzyłam w lusterko i powiedziałam sama do siebie: „Dasz radę. A teraz do roboty!".

Gdy wchodziłam do teatru, wciągnęłam ten specyficzny zapach. Wywiad miał być za godzinę. Byłam przygotowana. Wtedy pojawił się mój kierownik produkcji. Po powitaniach oświadczył, że nie załatwił kamery.

– Jak to: nie załatwiłeś?! To po co ja tu przyjechałam? – Byłam wściekła.

– Spokojnie – odpowiedział. – Mamy tu zaraz nagranie programu, gadałem już z realizatorem. Szybciutko zrobisz to na dwie kamery wozowe, będzie nawet lepiej, a on to ładnie zmiksuje.

– Co to w ogóle za kombinowanie? – prychnęłam.

– Przestań, to fajny facet, uczynny. Początkowo nie chciał, ale jak powiedziałem, że przyjeżdża młoda i ładna pani redaktor z Warszawy, od razu się zgodził.

„Boże – pomyślałam – następny podrywacz".

Stałam tam, klnąc na czym świat stoi, a wtedy zza kulis wyszedł... Maciek. Opalony, w opiętych jeansach, jeansowej koszuli, z młodzieńczym błyskiem w oku. Zarzucił grzywką i spojrzał na mnie tak, że nogi się pode mną ugięły. Uśmiechnął się zwycięsko. „Mam cię i już nie wypuszczę", mówił ten uśmiech! Serce waliło mi jak oszalałe.

Podszedł tak blisko, że poczułam jego wodę kolońską. Stałam bez ruchu, a on zapytał:

– To ty? Czemu Artur nie mówił, że to ty!

Nie odpowiedziałam.

– A jednak się spotkaliśmy. Nareszcie.

Wiedziałam, że powinnam coś powiedzieć, więc nawiązałam do naszego ostatniego spotkania. Zaczęłam przepraszać, że ciągle potrzebuję jego pomocy. To jakieś durne nieszczęścia, które chodzą parami.

– Nie wiem, jak ci dziękować – zakończyłam.

– Postawisz drinka i jesteśmy kwita. Bo mam nadzieję, że dzisiaj mi nie uciekniesz... Ale teraz bierzmy się do roboty. Najpierw praca, potem przyjemności. – Puścił do mnie oko.

Przedstawił mnie ekipie i zajęliśmy się swoimi obowiązkami. Oni sprzętem, ja rozmową z reżyserem. Gdy było już po wszystkim, weszliśmy z Maćkiem do bufetu. Członkowie ekipy popatrzyli na nas wymownie. Oni szybko wyłapują takie rzeczy:

zauroczenia, romanse i te wszelkie półcienie sytuacji między ludźmi.

Próbowałam ukryć czerwieniejące policzki. Maciek spojrzał na mnie, uśmiechnął się i zapytał:

– Dominika, gdzie ty właściwie masz pokój redakcyjny? Wszędzie cię szukałem.

– Mnie? – udałam zdziwienie. – Ale po co?

– Dowiesz się szybciej, niż się tego spodziewasz.

Poczułam ciarki na plecach. Mężczyzna, który wie, czego chce, i idzie po swoje prostą drogą. Zamówiłam dwie wódki z sokiem pomarańczowym. Podniósł kieliszek do ust.

– Twoje zdrowie – powiedział i dodał: – I pamiętaj, patrz prosto w oczy tego, z kim pijesz!

Popatrzyłam i przepadłam. Taki był początek naszej wielkiej miłości. Wtedy TO zrozumiałam. Zrozumiałam, że mogę znów pokochać. Odżyłam.

ROZDZIAŁ DWUNASTY

Wieczór po wywiadzie spędziłam w gronie artystów, operatorów, pracowników TVP. Śmiechy, rozmowy. Niemal zapomniałam, że parę godzin wcześniej mój mąż po raz drugi mnie porzucił, mówiąc, że już nic do mnie nie czuje.

Wódka szumiała mi w głowie, ale chciałam, żeby tego dnia właśnie tak było. Już się napłakałam, teraz pragnęłam żyć. W pracy mnie cenili, a teraz jeszcze Maciek. Też tam był i nie spuszczał mnie z oczu. Przysiadł się, zaczęliśmy rozmawiać, flirt unosił się w powietrzu.

W pewnym momencie zmarszczył czoło i zerwał się na równe nogi.

– O kurczę – wypalił. – Na śmierć zapomniałem. Wybacz, muszę jechać po młodą.

– Kto to jest młoda? – zapytałam sennie, bo nadal wpatrywałam się w jego oczy.

– Moja żona. Kupiliśmy dzisiaj córce psa.

Coś zazgrzytało mi w mózgu.

Co?

Żona?

Jaka, kurwa, żona?!

– To ty masz żonę? – zapytałam.

Miałam wrażenie, że natychmiast wytrzeźwiałam.

– Mam – dostałam jednosylabową odpowiedź.

– A ja mam męża – odparowałam. – To znaczy tak jakby. I syna.

Twarz Maćka lekko stężała, ale po chwili uśmiechnął się szeroko. Myślał, że się z nim droczę.

– Ty masz męża? I syna? Męża i syna? – powtórzył z uśmieszkiem.

A potem pożegnał się i wyszedł.

Czar prysł.

Byłam rozczarowana. Koledzy zamawiali następne kolejki wódki, którą z ochotą piłam. Tyle że nie miałam pojęcia, czy opijam sukcesy, czy może jednak... zapijam smutki.

Po pewnym czasie Maciek wrócił. Z żoną. Córkę z psem odwieźli do babci. Wszyscy tu znali jego żonę. Widziałam, że budzi szacunek, elegancka i z dystansem. Na końcu Maciek przedstawił mnie:

– A to jest Dominika, młoda pani redaktor.

– Że młoda, to widzę – usłyszałam. Znałam ten ton. Ton pewnej swego zamężnej kobiety. – Cześć, jestem żoną Maćka – dodała, jakbym potrzebowała to usłyszeć raz jeszcze.

– Dominika – powiedziałam, trzeźwiejąc szybko, bo to był moment, w którym ona wiedziała, a ja wiedziałam, że ona wie, chociaż żadne z nas jeszcze nic nie zrobiło poza rzucaniem spojrzeń.

Czułam się winna za grzechy, których jeszcze nie zdążyliśmy popełnić, ale już o nich myśleliśmy...

* * *

Kilka dni później Maciek w wozie realizował program, a ja z jego żoną siedziałyśmy obok siebie i oglądałyśmy transmisję. Tradycyjnie po programie miał się odbyć bankiet, więc po chwili wszyscy bardzo już rozbawieni zmierzaliśmy w kierunku legendarnej Piwnicy pod Baranami. Byłam tam wtedy pierwszy raz i po raz pierwszy zobaczyłam na żywo Piotra Skrzyneckiego w kapelusiku z dzwoneczkiem i innych artystów piwnicznych. Rozmowy o sztuce i życiu, wino. Ktoś usiadł do pianina, zaczęły się śpiewy, wszystko w oparach wódki, wina i dymu papierosowego. Krakowska bohema. A ja – głupia, naiwna i nie wiedzieć czemu udręczona wyrzutami sumienia tylko za to, o czym marzę – siedziałam obok żony Maćka i próbowałam być, o ja durna, najmilszą i najcudowniejszą osobą na świecie. Prawiłam jej komplementy, jakbym chciała odkupić winy za swoje grzeszne myśli. A im bardziej się starałam, mizdrzyłam, tym bardziej ona była dla mnie nieprzyjemna, bo doskonale wiedziała, czemu to robię.

Tego wieczoru Maciek nawet nie spojrzał w moją stronę, ale wszyscy i tak wiedzieli, że coś się między nami wykluwa.

Wracaliśmy nad ranem pijani, śpiewając piwniczne kawałki, panowie kupowali nam róże od zmęczonych kwiaciarek. Maciek wręczył kwiat żonie, bo jak inaczej? Mnie obdarował ktoś inny. Nie pamiętam kto.

Rano miałam wracać do Warszawy. Zagadnęłam jednak kierownika produkcji:

– Artur, za tę wpadkę z kamerą jesteś mi winien przysługę. Załatw mi przedłużenie delegacji o dwa dni. Wiesz, to Kraków, tu się tyle dzieje, może nawet coś dogramy do programu.

– Zobaczymy, co da się zrobić – powiedział. Spojrzał na mnie uważnie. – Ale wiesz, co robisz?

Zbyłam go.

Chciałam polecieć jak ćma do płomienia.

Oszalałam...

Drugi raz w życiu.

* * *

Wieczorem mieliśmy kolejny benefis. Gdy szukałam odpowiedniego stroju, z walizki niby-niechcący wypadł ten cholerny wyzywający kombinezon. Włożyłam go bez wahania, zrobiłam mocniejszy makijaż. Spojrzałam na siebie w lustrze i już wiedziałam, że tego dnia przekroczę cienką czerwoną linię. Poczułam się jak *femme fatale*.

Niemal wbiegłam do teatru. Czułam w sobie ogromny żar, niecierpliwość. W hallu potknęłam się o kable i wpadłam na Maćka.

– Cześć – powiedział spokojnie, z uśmiechem. – Nie wyjechałaś.

I spojrzał na mnie drapieżnie.

– Muszę zostać jeszcze dwa dni. Mam coś do dogrania – skłamałam bez mrugnięcia okiem.

Posłałam mu spojrzenie spod zmrużonych powiek.

– To super! Może wreszcie będziemy mieli szansę pogadać. Ciągle się mijamy.

– A gdzie twoja żona? – wypaliłam.

– W domu. No wiesz, córka. A teraz jeszcze pies – odpowiedział zmieszany.

– No tak – rzuciłam tylko. – To na razie.

Odwróciłam się na pięcie i odeszłam korytarzem.

Na plecach czułam jego gorące spojrzenie.

Nie odwróciłam się.

Rozpoczęło się przedstawienie. Siedziałam na widowni, a Maciek był w wozie transmisyjnym. Tego wieczoru nie dbał o profesjonalizm. W każdym momencie, gdy kamera najeżdżała na publiczność, pokazywał... mnie. Opowiedział w ten sposób o tym, co siedziało mu w głowie.

Po spektaklu wróciliśmy całą grupą do hotelu. Byliśmy zmęczeni poprzednimi wieczorami. Nie chciało się nam balować, tylko spać.

Maciek zaproponował mi drinka w barze hotelowym. Zgodziłam się. Zaczęliśmy rozmawiać o muzyce, filmach. W końcu zeszliśmy na życie prywatne. Oznajmił, że przenosi się z Krakowa do Warszawy. Nie zareagowałam.

Podczas tej rozmowy był poważniejszy niż zazwyczaj i chłonął każde moje słowo. Czułam się doceniona. To on był mistrzem w swoim fachu, ulubieńcem szefów, wielokrotnie nagradzanym. I z uwagą słuchał mnie, o siedem lat młodszej nowicjuszki. Siedzieliśmy obok siebie, lekko dotykając się nogami. W powietrzu strzelały iskry.

Po północy wróciliśmy do swoich pokoi i nic, naprawdę nic się nie stało. Grzeczne „do jutra" i cześć.

Później Maciek opowiadał, że stał pod moimi drzwiami, ale nie miał jeszcze odwagi zapukać. I dobrze. Byłoby banalnie.

ROZDZIAŁ TRZYNASTY

Do Warszawy wróciłam odmieniona. Przestałam być dziew-
czynką, stałam się kobietą. Świadomą swoich możliwości. Silną i niezależną.

Ku mojemu zdumieniu drzwi otworzył Janek.

Nie wyprowadził się?

W ciągu kilku sekund oboje wiedzieliśmy, kto teraz jest sil-
niejszy i że coś się stało... chociaż jeszcze nic się nie stało, ale
miało się stać i było nie do zatrzymania.

Rozmowa była niełatwa, grzebaliśmy w otwartej ranie. Pod-
jęliśmy kolejną próbę scalenia tego małżeństwa. Choć ja już
wiedziałam, że nam nie po drodze.

Pracowałam coraz więcej. Zostałam pupilkiem dyrektor
Aidy. Pełniła funkcję mojego opiekuna stażowego i uczyłam się
od niej telewizji. Była znakomitą nauczycielką, mówiła mi, jak
czuć widza, jak określić jego potrzeby. Miała ogromną chary-
zmę. Jedni ją uwielbiali, inni się jej bali – to cecha ludzi o moc-
nym charakterze i wspaniałej osobowości. I ona to w sobie miała. A do tego ogromne poczucie humoru.

Pewnego dnia Aida wezwała mnie, Zuzę i Beti.

– No, przedszkole – zaczęła. – Dobrze wam idzie, więc zrobicie mi tu kabarety. Ludzie chcą się śmiać? To będą! Normalna transmisja telewizyjna, łatwizna. Trzy części, każda z was odpowiada za jedną, podzielcie się same.

– Suuuper – powiedziałyśmy jednocześnie.

– Ale wy, matołki moje, to pewnie wozu transmisyjnego nie widziałyście?

– Nie widziałyśmy. – Pokręciłyśmy głowami.

– No to będziecie miały swój pierwszy raz! Dam wam do realizacji Maćka. Jest najlepszy, wszystkiego was nauczy. Tylko żebyście nie siedziały mu jak kwoki na głowie. I nie podrywać mi go. Żonaty jest, więc wara! Przygotujcie się dobrze, bo inaczej wam nogi z dupy powyrywam. Ma być pięknie!

Aida słynęła z ostrego języka, przekleństwa w jej ustach brzmiały jak poezja.

– Ten Maciek? – upewniłam się.

– Właśnie ten – odpowiedziała Aida.

– Poznałam go w Krakowie, nawet mi pomógł – powiedziałam niby-obojętnie i dmuchnęłam w grzywkę.

– Poznałaś i co? – Aida wbiła we mnie spojrzenie bazyliszka.

– No... nic. Fajny – wykrztusiłam.

– Mała, uważaj! – Pogroziła mi palcem.

– Nie mam pojęcia, co pani dyrektor ma na myśli – prychnęłam.

Przyjrzała mi się uważnie.

– No dobra, dzieciaki, spadać do roboty, bo mnie już męczycie. Umawiajcie się z Maćkiem na spotkanie i wszystko omówcie. Już z nim rozmawiałam, nawet się ucieszył, że będzie robił za nauczyciela. Sio!

– Dziękujemy – krzyknęłyśmy równocześnie i już nas nie było.

Wyszłyśmy od Aidy szczęśliwe i roześmiane. Ale nam się trafiło! Ale m n i e się trafiło!

Wróciłyśmy do naszego pokoju i podzieliłyśmy się pracą. Opowiedziałam im też co nieco o Maćku. Najpierw zmyły mi głowę za moje brudne myśli, ale potem obiecały, że mu się przyjrzą i obiektywnie ocenią sytuację.

Nadszedł dzień spotkania z Maćkiem. Od rana zastanawiałam się, w co się ubrać. Nie wypada się stroić jak na imprezę. Szłam do pracy. Żadnej kokieterii, żadnego uwodzenia. Pełen profesjonalizm.

Włożyłam obcisłe jeansy, prosty biały T-shirt, dżinsową kurteczkę, adidasy. Rozpuściłam włosy i zrobiłam dyskretny makijaż. W sławnej telewizyjnej kawiarni Kaprys, zasnutej dymem papierosowym, przy każdym stoliku siedzieli twórcy telewizyjni, aktorzy, aktorki, producenci i reżyserzy. Omawiali programy, koncerty, seriale. Tu biło i nadal bije serce telewizji.

Weszłyśmy. Na nasz widok Maciek wstał i przedstawił się Zuzce i Beci. Ze mną przywitał się najzwyczajniej, nawet nieco oschle.

– Siadajcie. – Wskazał nam miejsca przy stoliku.

Uważnie słuchał naszych pomysłów i w odpowiednich miejscach dodawał swoje uwagi. Wypuścił trochę powietrza z naszego balonu ambicji i młodzieńczej egzaltacji. Potem nadmienił, że dzwoniła do niego sama Aida, żeby otoczył nas opieką. Miło.

Program oczywiście wyszedł świetnie, sukces opijaliśmy w warszawskim modnym klubie. Spojrzenia, taniec. Gęstniało nad nami szalone uczucie. I choć oboje mieliśmy ograniczenia – ja dziecko, on żonę i córkę – żadne z nas nie potrafiło kierować się w tej relacji zdrowym rozsądkiem, uczciwością i chłodną kalkulacją. To, zdaje się, w ogóle nie jest możliwe, gdy w grę wchodzą tak silne emocje, stan zakochania wzmocniony smakiem zakazanego owocu.

Nasza pierwsza randka była dziwaczna. Maciek zaprosił mnie na koncert w Łodzi. Rodzice nie mogli się zająć Mateuszem, więc zaproponował, żeby mój syn pojechał razem z nami.

– Zabierz go, no pewnie! – powiedział, czym bardzo mnie ujął.

Pojechaliśmy.

Po koncercie poszliśmy na kolację. Maciek biegał po restauracji za niesfornym trzylatkiem. Wyglądało na to, że obaj bawią się doskonale. Moje serce śpiewało...

* * *

Maciek przeprowadził się na stałe do Warszawy. Sam. Żonę i córkę miał ściągnąć później. Od plotek na nasz temat huczało, ale staraliśmy się nie przejmować. Uczucie, które między nami kiełkowało, zagłuszało ludzką nieżyczliwość.

Zbliżał się grudzień, pracowity czas dla telewizji. Programy świąteczne, kolędy, pasterki i tak dalej. Maciek miał wyjechać w sprawach zawodowych na tydzień do Krakowa. Zupełnie przypadkiem w tym samym czasie wpadłyśmy z dziewczynami na pomysł, żeby zrobić program o cyganerii krakowskiej. Potrzebowałyśmy tylko zgody Aidy. A ona nas wysłuchała, pomyślała i podpisała kwity na delegację. Tak bardzo się cieszyłam, że mnie i Maćkowi trafiła się legalna zawodowa randka w Krakowie.

Po spotkaniu, gdy już wychodziłyśmy, Aida zwróciła się do mnie:

– Dominika, zostań jeszcze.

Cofnęłam się w drzwiach.

– Tak? Słucham, pani dyrektor.

– Krążą plotki, że masz romans z Maćkiem. Czy to prawda?

Zatkało mnie. Zrobiłam się czerwona i nie wiedziałam, co powiedzieć. Iść w zaparte, gdy wszyscy już wiedzą i gadają? Głupio. Zagryzłam wargę, dmuchnęłam w grzywkę.

– Znaczy... że ja? – wydukałam.

– A co, ja? – Aida przyjrzała mi się badawczo. – Nie udawaj głupszej, niż jesteś, i nie oszukuj! Szanuj mnie, bo ja wiem więcej, niż wam się zdaje. On ma żonę, dziecko i opinię bawidamka. Po co ci to?

Poczułam się jak gówniara przyłapana na paleniu papierosów w krzakach za szkołą. I zupełnie bez sensu rozpłakałam się w gabinecie Aidy.

– No, pani dyrektor, prawda. Wpadłam po uszy. Co ja mam zrobić? – użalałam się nad sobą.

Spojrzała na mnie, zdjęła okulary i zaczęła się nimi bawić.

– Kochasz go czy to tylko romansik, bo mąż ci się znudził?

– Jestem trochę skołowana, ale też bardzo zakochana. Jeśli nie spróbuję... No, wie pani.

– Ech... Takich wariatów jak wy nic nie zatrzyma. Na nic moje gadanie! – Machnęła ręką. – Jedź, ale uważaj, mała, nie nawal. Ja go znam. Sądzę, że traktuje cię poważnie, a miłość w życiu jest najważniejsza, chociaż za szczęście czasem płacimy wysoką cenę! Boże, co ja z wami mam. No, spadaj już.

Wyszłam z jej gabinetu w lekkim szoku. To była dziwna rozmowa. Czy to znaczy, że Aida popiera naszą relację? Że widzi dla nas przyszłość? Wie coś, o czym ja nie wiem?

Miałam mętlik w głowie.

* * *

Magiczny świąteczny Kraków. Uwielbiam to miasto, szczególnie zimą. Śnieg, biały rynek, grzaniec, praca, moje dziewczyny i Maciek. Amok miłości, namiętności i... wyrzutów sumienia. Przestaliśmy się kryć, całowaliśmy się na środku rynku i nie obchodziło nas, kto to widzi i jak komentuje.

Pewnej nocy do hotelu zadzwonił... Janek.

– Wiem wszystko o nim i o tobie. Zabieram Mateusza do twoich rodziców, a ty baw się dobrze!

– Janek, Janek! – wołałam, ale odłożył słuchawkę.

Właściwie to co chciałam mu powiedzieć? Objaśniać, kajać się? Nie wiem. Może i dobrze, że się rozłączył.

Dopadły mnie wyrzuty sumienia. Źle robimy. Pobiegłam do dziewczyn, by to z nimi omówić. Ale one, moje kochane nieobiektywne, starały się zdjąć ze mnie poczucie winy za to, że jeszcze nie posprzątałam, a już próbuję coś zbudować na gruzach.

Po nocy pełnej przemyśleń podjęłam decyzję. Muszę wrócić do domu, wszystko wyjaśnić, uporządkować. I Maciek też. Głos w mojej głowie wołał: „Coś ty najlepszego zrobiła?! Rozbiłaś związek. Zachowałaś się jak tamta kobieta, która zabrała ci Janka. Nie wstyd ci?".

Wstyd.

Jeszcze jak...

Powiedziałam o wszystkim Maćkowi. Milczał. Wiedziałam,
że ma w głowie gonitwę myśli. Nie powiedział ani słowa, ale już
podjął decyzję.

ROZDZIAŁ CZTERNASTY

Wróciłam do Warszawy, by stawić czoło rzeczywistości. W mieszkaniu nikogo nie było. Ulżyło mi. Nagle zadzwonił telefon. Odebrałam, a ze słuchawki wylał się na mnie lodowaty prysznic:

– To ja, żona Maćka. Rozwaliłaś moją rodzinę! On się wyprowadza, dopięłaś swego, gówniaro!

Ścisnęło mnie w gardle, ledwie wydukałam:

– Przepraszam, przepraszam...

Trzask słuchawki.

Co ja najlepszego narobiłam? Kto jej powiedział? Zresztą czy to ważne kto? I tak już huczało zarówno w Krakowie, jak i na Woronicza. Zadzwoniłam do rodziców. Odebrała mama.

– Cześć, to ja – starałam się brzmieć normalnie. – Jest Janek?

– Cześć – odpowiedziała lodowato. – Bawi się z Mateuszem i nie chce z tobą rozmawiać. Ale za to ja chętnie się z tobą rozmówię.

– Mamo, ale ja... – próbowałam coś powiedzieć, ale przerwała mi ostro:

– Nie chcę słuchać twoich wymówek. Zastanów się, co ty robisz! Sobie, jemu, a przede wszystkim dziecku!

Mocna zagrywka.

– Mamo... – podjęłam jeszcze jedną próbę, ale ona odłożyła słuchawkę.

Odebrała mi prawo głosu. Nie dałam rady dłużej powstrzymać łez.

Kolejny telefon.

To Maciek.

– Cześć, moja kochana, jak się trzymasz?

– Nie trzymam... – wychlipałam w słuchawkę.

– Posłuchaj, powiedziałem o wszystkim żonie. Kocham cię, rozumiesz? Nie będę siadał do Wigilii i udawał, że wszystko jest w porządku. Wyprowadzam się. Wynajmę mieszkanie. Nie mogę bez ciebie żyć!

– Jezu, nie, no co ty?! Ja... muszę wrócić do męża, mam dziecko! Maciek, co my robimy? Tak nie można, dwie rozbite rodziny, ja tak nie chcę... Co ja narobiłam! – panikowałam.

– Bez względu na to, co zrobisz, ja podjąłem już decyzję. Będę na ciebie, na was czekał. Nawet całe życie, jeśli będzie trzeba. Chcę tylko ciebie, nikogo innego. A ty rozważ wszystko po swojemu.

Odłożyłam słuchawkę i wybuchłam płaczem. Byłam załamana, czułam do siebie wstręt. Trzy lata wcześniej płakałam, bo mój ukochany mąż zostawił mnie dla innej. A teraz ja byłam tą inną... Ukradłam męża innej kobiecie.

Zebrałam się do kupy, wsiadłam do samochodu i pojechałam do rodziców, do synka. Doskonale wiedziałam, co mnie tam czeka – sąd i surowy wyrok. Nie myliłam się. Nawet ojciec milczał, obracając na patelni karpia. Siostry udawały, że wszystko jest normalnie. Zabawiały Mateusza i szeptały między sobą.

Nie mówiłam nikomu, nie skarżyłam się, że dwa miesiące wcześniej Janek znowu chciał się wyprowadzić i oznajmił, iż mnie nie kocha. Zataiłam to przed rodziną, bo było mi wstyd, a teraz to ja wyszłam na najgorszą. To był koszmar. Okropne udawane święta z goryczą w tle. Nie wiem nawet, jak je zniosłam.

W pierwszy dzień świąt zadzwonił Maciek.

– Muszę się z tobą zobaczyć. Muszę. Przyjadę zaraz. Będę u ciebie za cztery godziny. Błagam – usłyszałam w słuchawce.

Odłożyłam telefon i powiedziałam tylko:

– Muszę jechać do Warszawy.

– Zwariowałaś! – krzyknęła mama.

– Muszę pojechać i wszystko wyjaśnić, nie rozumiesz? A zresztą kiedy ty mnie rozumiałaś? Kiedy? – rzuciłam oskarżycielsko.

Nagle zupełnie niespodziewanie odezwał się Janek:

– Jedź.

Po czym zwrócił się do mojej mamy:

– Daj jej spokój, niech jedzie.

Nie wiedziałam, dlaczego to zrobił. Może mnie rozumiał, bo sam był w podobnej sytuacji...

Tak czy inaczej, byłam mu niemal wdzięczna za tę wyrozumiałość. Wsiadłam do malucha i ruszyłam. Śnieg, lód, śliska droga. Nic nie mogło mnie zatrzymać.

Spotkaliśmy się w wynajętym mieszkaniu Maćka. Na podłodze leżał materac, płonęły świeczki, bo nie miał jeszcze zainstalowanych lamp, ciuchy były poupychane w kartonach. W kuchni szklanka, herbata i cukier. Jedno wielkie nic. I w tej pustce my.

Rozmawialiśmy długo, dramatycznie. Oboje czuliśmy, że dzieje się tam coś ważnego i że po tej rozmowie nic już nie będzie takie samo. Maciek snuł plany naszego wspólnego cudownego życia. Wychowania Mateusza. Uspokajał mnie, że jakoś wszystko poukładamy, że zarobimy, będziemy zwiedzać świat, a może wybudujemy też dom. I wszyscy nasi bliscy będą kiedyś szczęśliwi, bo i my będziemy.

Patrząc na to puste wynajęte mieszkanie, trzeba było być szaleńcem, żeby w te wizje uwierzyć.

Ale ja uwierzyłam.

ROZDZIAŁ PIĘTNASTY

Po sylwestrze spakowałam ciuchy, książki, zabrałam syna i przeprowadziłam się do Maćka. Zostawiliśmy swoje życia i zaczęliśmy wszystko od nowa na fundamencie wielkiej miłości. Dokupiliśmy jeszcze jeden materac, sprzęt grający, bo muzyka była dla nas obojga bardzo ważna, jakieś garnki, szklanki, kubeczki.

Rodzina w końcu przełknęła moją decyzję i sytuacja powoli zaczęła się normować. Bardzo powoli... Babcie i ciocie nadal uważały mnie za tę złą. Mama, która do końca swojego życia traktowała mnie, jakbym miała szesnaście lat, oceniała mój wybór bardzo krytycznie. Z czasem zażądała spotkania z Maćkiem.

Trochę się tego bałam, bo umiała być bardzo szczera, a czasem wręcz obcesowa. W końcu jednak pojechaliśmy na to widzenie czy raczej okazanie...

Mama przepytywała Maćka jak na egzaminie: jakie ma zamiary, kim jest, z czego żyje, jakie ma poglądy polityczne i czy będzie dobry dla jej ukochanego wnuka. Zdał. Doceniła jego pragmatyzm, szczerość, ale też poczucie humoru i zapał, z jakim opowiadał o naszym przyszłym życiu.

– No... może być – szepnęła mi. – Wygląda na ogarniętego i jest bardzo w tobie zakochany. Ale dopóki się nie urządzicie i nie opadną emocje – dodała stanowczo – Mateusz będzie mieszkał u nas. On potrzebuje stabilizacji. A my przynajmniej jesteśmy odpowiedzialni... – zawiesiła głos.

Zgodziłam się. Dla dobra Mateusza.

* * *

Powoli budowaliśmy nową rodzinę w nowym mieszkaniu. Ku mojej radości Zuz z mężem zamieszkali obok nas. Często wpadaliśmy do siebie na wino i pogaduchy, tym bardziej że Michał, mąż Zuzy, był i jest jednym z najzabawniejszych ludzi, jakich znam.

Powoli też rozdzieliłyśmy się z dziewczynami zawodowo. One zostały przy rozrywce i kabaretach. Zuzka zapomniała o wielkiej sztuce i teatrze. Ja zaczęłam działać sama.

Dyrektor Aida coraz przychylniej patrzyła i na mnie, i na mój związek z Maćkiem. Któregoś dnia pobłogosławiła go nawet na swój sposób, mówiąc głośno:

– No, to się porobiło! A niech wam się dzieje. Tylko bez żadnych wygłupów! Chcę być świadkiem na waszym ślubie.

Życie codzienne plotło się najnormalniej. Kupiliśmy pierwsze meble, ładniejsze lampy, pralkę, lodówkę. I nareszcie zamieszkał z nami Mateusz, który powoli oswajał się z sytuacją. Z Maćkiem. Chłopaki złapali dobry kontakt, a z czasem się pokochali.

Rozwodu z Jankiem nie pamiętam. Naprawdę. Wykasowałam go z głowy. Z wiekiem wyrobiłam w sobie umiejętność zapominania złych i traumatycznych spraw. Dzisiaj o swoim życiu myślę jako o sumie różnych zdarzeń, które mnie ukształtowały. „Wszystko w życiu jest po coś" – mówię sobie często.

***

Pewnego dnia Agnieszka, koleżanka z pracy, powiedziała, że rzuca wszystko i wyjeżdża na Mazury.

– A co z twoim domem? – zapytałam.

– Znajdę najemców.

– To może my wynajmiemy?

Pojechaliśmy z Maćkiem zobaczyć dom. Trzydzieści kilometrów od Warszawy, uroczy drewniany domek z kominkiem, letnią kuchnią, do tego ogromna działka ze starym sadem, krąg ogniskowy z prostymi drewnianymi ławeczkami. I jakaś urocza aura nad tym wiejskim siedliskiem. Po pięciu minutach już wiedzieliśmy. Nawet przez sekundę się nie zastanawialiśmy, jak zorganizujemy tam życie. Mateusz chodził do przedszkola w Warszawie, a i my otworzyliśmy biuro na Mokotowie. Jakoś to będzie. Wzięliśmy.

Tam, na wsi, zaczął się też najbardziej imprezowy, szalony czas w naszym życiu. Byliśmy zakochani, spełnieni zawodowo i życiowo, a do tego dobrze zarabialiśmy. Radość z nas wprost eksplodowała.

Blisko nas zamieszkała moja nowa koleżanka z pracy, Aneta. Jej synek i Mateusz mieli po tyle samo lat. Byli jak bracia. Zapisaliśmy ich do tego samego przedszkola, a z czasem do tej samej szkoły. Woziliśmy ich na zmianę do przedszkola, raz my, raz oni, chłopcy nocowali u siebie nawzajem, spędzali razem wakacje. Oni się przyjaźnili i my, dorośli, też.

Bardzo sobie pomagaliśmy. Tworzyliśmy pewnego rodzaju... komunę, która potem nieźle się rozrosła. Wiele nas łączyło, ta sama praca, podobne sytuacje życiowe, to samo poczucie humoru i te nasze wariackie imprezy, goście. To był twórczy, dobry, wesoły czas. A ja miałam dopiero dwadzieścia sześć lat!

Nie było opiekunek, niań, pań do sprzątania, radziliśmy sobie sami. Grafik wożenia chłopców wisiał u nas i u nich na lodówce. Po pracy często robiliśmy wspólne zakupy w supermarketach i pchaliśmy wózki wypchane zgrzewkami piwa i kiełbasą na weekendowe grille.

Chłopcy uwielbiali życie poza Warszawą. Łąki, a na nich bunkry, pobliski las. Grześ, mąż Anety, dziennikarz sportowy, zabierał ich na piłkę nożną, na rowery, czasem na obiad, bo świetnie gotował. Bywało tak, że impreza u nas zaczynała się w piątek, a kończyła w poniedziałek.

Przyjeżdżali znajomi z Warszawy, spragnieni świeżego powietrza i towarzystwa. Zabierali ze sobą dzieci, od rana grali w piłkę, polewali się wodą, opalali, chodzili do lasu, by pokazać maluchom prawdziwe runo, ślady zwierząt, jagody i maliny. W tym czasie my, matki, rozmawiałyśmy i wspólnie gotowałyśmy posiłki. Później panowie rozpalali ognisko. Co chwilę ktoś przyjeżdżał, ktoś inny wyjeżdżał jak na dworcu. Przez nasz dom przewijali się głównie ludzie z pracy, związani z telewizją, aktorzy, muzycy, operatorzy, ale też – jako współmałżonkowie – prawnicy, lekarze, nauczycielki. Cały przekrój społeczny inteligencji.

Z domem na wsi wiąże się wiele zabawnych historii. Kiedyś nasz kolega, znany aktor, po trzydniowej imprezie poszedł po piwo do pobliskiego wiejskiego spożywczaka. Nie wyglądał najlepiej. Było wcześnie rano, pobliscy menele poratowali go papieroskiem i razem zaczekali na otwarcie źródełka. Wrócił po paru godzinach rozkosznie zintegrowany z lokalną społecznością i pod wrażeniem filozoficznych rozmów pod sklepem.

Oprócz rozrywek mieliśmy też mnóstwo pracy. Na początku lat 90. Maciek z przyjacielem założyli firmę producencką, która błyskawicznie się rozwijała. Robiliśmy coraz więcej programów, on zdobywał uznanie i nowe zlecenia. Mój początkowy entuzjazm do pracy na Woronicza zaczynał przygasać. Nie przestałam uwielbiać telewizji – chodziło o zazdrosnych ludzi, którzy robili wszystko, by podciąć mi skrzydła. Pewna starsza koleżanka powiedziała publicznie zupełnie poważnie:

– Trzeba założyć związki zawodowe prezenterek i żadna gówniara przed trzydziestką nie wejdzie na antenę!

A potem zwróciła się bezpośrednio do mnie:

– A ty teraz będziesz pracować dla mnie.

Zagotowałam się w środku, ale odpowiedziałam grzecznie:

– Dla ciebie? Ależ, Marysiu, ja mam autorski program i bardzo dużo pracy, nie dam rady, wybacz.

– A co ty sobie wyobrażasz? – krzyknęła. – Ja zaczynałam od parzenia herbaty.

Po uznaniu Aidy i własnych programach miałam parzyć herbatę? Tylko dlatego, że Maria była na świeczniku? O, nie.

Wzięłam głęboki oddech i odpowiedziałam spokojnie:

– Mam swoją drogę i własne pomysły. Poszukaj wśród początkujących.

– Myślisz, że pozjadałaś wszystkie rozumy? Jeszcze tego pożałujesz – zagroziła.

Wtedy pierwszy raz tak mocno walnęłam o ścianę ludzkiej niechęci. Pierwszy, ale nie ostatni.

ROZDZIAŁ SZESNASTY

Było lato, ruszyliśmy z Maćkiem w trasę festiwalową. On realizator, a ja pani redaktor. Festiwale w Opolu, w Kazimierzu, Sopocie, Fama w Świnoujściu. Maciek dużo pracował, był w swoim fachu wybitny, więc otaczała go aura mistrza i wszyscy chcieli go zatrudnić. Byłam z niego dumna i mnóstwo się od niego uczyłam.

Tego lata wiele osób z naszego wesołego pokoju redakcyjnego zaczęło szukać swojego miejsca, wyfruwać w świat. Pamiętam pierwsze zakochania, pierwsze śluby znajomych, pierwsze ciąże, pierwsze samochody kupione za własne pieniądze, pierwsze mieszkania. Zabawa się skończyła, zaczęła się dorosłość. Ja pierwsza byłam żoną, matką i rozwódką, czułam się jak weteranka. Inni dopiero zaczynali, jak to w życiu. Ale miło było obserwować, doradzać, oklaskiwać, opijać, cieszyć się. Naprawdę mieliśmy z czego.

Zuzka wzięła ślub z Michałem, z którym była od liceum. Zaszła w ciążę i nie mogła robić ze mną Famy. To był szalony festiwal, na który zjeżdżali się studenci wszystkich szkół artystycznych. Same kolorowe ptaki, ciekawe postacie, interesujące występy, rozmowy, performansy, koncerty, spektakle.

Zaplanowano siedem koncertów, studio festiwalowe, montaże, wszystko musiało być na *cito* i perfekcyjnie, więc ostro zasuwałam. Maciek to wszystko realizował. Przyjechali z nami Mateusz i córka Maćka. Praca, dzieci, dzieci, praca... Na koniec wpadła jeszcze dyrektor Aida ze szczegółowymi wymaganiami.

Kiedy skończył się ostatni koncert, byłam wykończona, zresztą jak wszyscy. Po robocie, gdy już pozwijano ostatnie kable i spakowano kamery, mikrofony i inne zabawki, tradycyjnie szliśmy na imprezę. Tym razem wybraliśmy pobliską smażalnię ryb. Było... klimatycznie – piwo w plastikowych kubkach, tacki z resztkami musztardy albo rybimi ośćmi piętrzące się w kuble na śmieci, wszyscy podchmieleni, bo niewiele trzeba zmęczonym głowom.

Nagle przyszła mi do głowy myśl: „Co ja tu robię? To ma być moja wymarzona praca?". Poczułam niechęć. „To zmęczenie, depresja? Co jest?", pytałam samą siebie. I na dodatek nie było Zuzki, która zawsze mnie wspierała. Siedziałam i rozmyślałam, aż tu nagle za moimi plecami jak duch pojawił się... Janek i powiedział zwyczajnie:

– Przyjechałem po was.

A ja wstałam, wzięłam głęboki wdech i zwróciłam się do Maćka:

– Przepraszam, muszę z nim porozmawiać.

Maciek nie wyglądał na zdziwionego i tylko kiwnął głową. Byłam jak wszyscy trochę pijana ze zmęczenia, emocji i alkoholu. Janek wziął mnie za rękę i powiedział spokojnie:

– Kochanie, czas wracać do domu.

Zgodziłam się pójść z nim na plażę.

– Dominika. Nie jestem w stanie bez was żyć! – zaczął melodramatycznie. – Błagam, wróć. Jesteśmy rodziną.

Patrzyłam na niego i wszystko zaczęło mi się mieszać w głowie.

„Czego ja chcę? Z kim chcę być? Tyle razy mnie zawiódł. Złamał mi serce. Tak bardzo go kochałam. Mamy syna. Może powinnam jeszcze raz spróbować? Co robić?"

* * *

Rano obudziłam się z okropnym kacem. Ledwo ciepła, wciąż senna, ale uczesana i umyta, zeszłam na śniadanie, zastanawiając się, czy mi się to wszystko śniło. Czy Janek tu przyjechał?! Nie, to chyba niemożliwe...

Weszłam na salę śniadaniową, rozejrzałam się w poszukiwaniu Maćka. Siedział przy stoliku obok. Ale nie sam... Obok niego zobaczyłam Janka i nasze dzieci. Jedli śniadanie jak gdyby nigdy nic, panowie wymieniali uprzejmości: „Podaj mi sól", „Ale córka jest do ciebie podobna", „Chcesz jeszcze kawy?".

Osłupiałam.

Po powrocie do domu spakowałam małą walizeczkę, odwiozłam Mateusza do rodziców, bo znowu zapowiadał się gorący okres, i wróciłam do Janka. Dlaczego? Bo dławiły mnie wyrzuty sumienia. Bo uważałam, że może powinnam dać nam jeszcze jedną szansę. Bo chciałam we własnych oczach uchodzić za tę, która się starała. Wróciłam.

Zobaczyłam stare ściany, w powietrzu poczułam znany mi zapach. Znałam to miejsce, ale to już nie był mój świat.

Rozmawialiśmy w miarę spokojnie, długo. Siedziałam na fotelu zawinięta w koc, odpalałam papierosa od papierosa, w głowie miałam pustkę. Tak naprawdę tęskniłam do mojego nowego życia z Maćkiem.

Janek zapewniał mnie o swojej miłości. Mówił, że powinniśmy o nią walczyć, że rodzina, że Mateusz, a ja i tak czułam, wiedziałam, że nie ma już czego sklejać. Jego przygody z Księżniczką, nasze niedopasowanie, moje spotkanie z Maćkiem – to już był nowy scenariusz, nowe rozdanie. Nie powinniśmy robić nic na siłę, bo budowalibyśmy na fałszywych przesłankach. Wiedziałam to, czułam całą sobą, ale przed ostatecznym krokiem powstrzymywała mnie przyzwoitość, do której tak lubiły się odwoływać moja mama i moje babcie. Tylko czy życie w kłamstwie ma być przyzwoitością?

Zadzwonił Maciek. Był zdenerwowany i poprosił o spotkanie we troje.

We troje?! Ale jak to…?

Przyjechał. To była scena jak z filmu. Siedzieliśmy wszyscy w samochodzie i rozmawialiśmy. A właściwie to oni spierali się, który ma do mnie większe prawa, kto mnie bardziej kocha i z kim będę szczęśliwsza. Byłam wewnętrznie rozbita, bo wiedziałam, że jakąkolwiek decyzję podejmę, skrzywdzę jednego z nich. Przez głowę gorączkowo przepływały mi myśli i emocje. Przyzwoitość, miłość, wyrzuty sumienia, odpowiedzialność, złość, żal. Poczułam, że muszę to poukładać, przewartościować, bo na razie wszystko mi się poplątało.

Wróciłam do domu z Jankiem. Jednak z nim… Płakałam i paliłam papierosy. Paliłam papierosy i płakałam. Tak mijały kolejne dni. Spaliśmy oddzielnie. Mimo jego deklaracji byliśmy sobie coraz bardziej obcy.

* * *

Pojechałam do rodziców złapać pion. Usiadłam w kuchni przy stole i powiedziałam, co się dzieje. Mama znów na mnie napadła:

– Zwariowałaś? Co ty znowu wyprawiasz? Jesteś niestabilna emocjonalnie! Robisz dziecku krzywdę, rozumiesz to?

Ja dla niej nie istniałam, mój ból, moje rozterki nie miały żadnego znaczenia.

– Mamo – rozpłakałam się, bo nie wytrzymałam tych ciągłych oskarżeń – nie wiem, co robić. Obaj mnie kochają.

– Miłość – parsknęła. – Ile ty masz lat? Jaka miłość? Ocknij się. Mateusz jest najważniejszy. Już przyzwyczaił się do Maćka, a i my nawet go polubiliśmy. Udało wam się stworzyć dom, rodzinę. Wrócisz do Janka, a ten cię znowu zostawi? – Spojrzała mi w oczy.

Zaskoczyła mnie tymi słowami.

– Powiem tak – kontynuowała. – Maciek nie jest do końca w moim guście, ale widzę, że kocha cię jak nikt wcześniej i ma w sobie powagę, rozsądek, no wiesz.

Otworzyłam szeroko oczy. Czy naprawdę mówi to moja mama?

Tego dnia w końcu rozmawiała ze mną nieco inaczej niż zawsze. Poczułam, że mogę znaleźć u niej zrozumienie.

A tata? Tata nic nie mówił, nie komentował. Postawił przede mną kubek barszczu i swoje słynne croissanty i rzucił tylko:

– Zjedz coś.

Kiedyś był moim najlepszym przyjacielem. Teraz chyba nie bardzo wiedział, jak rozmawiać ze mną dorosłą.

Wracałam od rodziców do Warszawy i biłam się z myślami. „Czyli oni już zaakceptowali Maćka? Co mam teraz zrobić?"

Pojechałam po Janka do teatru. Była zima. Wracaliśmy do domu. Nie rozmawialiśmy, każde z nas wyczuwało sztuczność naszej relacji. To ja prowadziłam. Nagle poczułam uderzenie w tył. Wjechała w nas ciężarówka. Pamiętam rozbryzg tłuczonego szkła, które poleciało na Janka, i potężne szarpnięcie, które sprawiło, że uderzyłam głową w kierownicę. Potem zapadła cisza.

Ocknęłam się z bólem głowy. Dostrzegłam, że Janek krwawi. Byłam w szoku i stało się ze mną coś dziwnego. Ja, racjonalistka, wzięłam ten wypadek za znak. „Popełniasz błąd. Nigdzie w ten sposób nie zajdziesz. Uciekaj!" – usłyszałam głos w swojej głowie.

Janek pojechał z laweciarzem odholować rozbity samochód, a ja wróciłam do domu, zmarznięta i zmęczona. Otwierałam drzwi, gdy usłyszałam dzwonek telefonu. Nie zdążyłam dobiec, więc włączyła się automatyczna sekretarka. W głośniku usłyszałam damski głos:

– Cześć, kochanie, już po próbie? Strasznie tęsknię, samotne wakacje są bez sensu. Nie odzywasz się! Co u ciebie? Zadzwonię później, buzi!

Księżniczka.

Spakowałam walizkę i zadzwoniłam po Maćka.

– Przyjedziesz po mnie? – zapytałam.

– Już jadę – odpowiedział szybko.

O nic nie pytał. Ani wtedy, ani później. Jakby podczas montażu wyciął ten fragment z naszego filmu…

* * *

Kolejne tygodnie przyniosły ukojenie. Wszystko wróciło na swoje miejsce. Uspokoiłam się i zyskałam pewność, że dobrze wybrałam. Koniec burz i dziwnej sinusoidy rozstań i powrotów. Wystarczy. Pragnęłam spokoju.

Kupiliśmy ziemię na wsi niedaleko Warszawy i zaczęliśmy budowę domu. W ten sposób spełnialiśmy marzenie Maćka. Nie moje, bo ja nie chciałam tam mieszkać. Nie chciałam codziennie rano dojeżdżać do pracy i wozić taki kawał Mateusza do zerówki, którą zaczął w Warszawie. Nie zamierzałam mu fundować kolejnej zmiany. Poza tym tęskniłam za miastem, za teatrami, kinami, bliskością przyjaciół. Rytm miasta towarzyszył mi od zawsze, nie byłam typem wiejskiej gosposi i nigdy nie zamieniłabym obcasów na kalosze. Weekendy z karkówką z grilla i piwem zaczęły mnie nudzić.

Maciek jednak się uparł i nie chciał ustąpić. Snuł plany, roztaczał przede mną wizje sielskiego życia. Nie chciałam, by rezygnował z marzeń. Zgodziłam się na wszystko. On ruszył radośnie z realizacją planów, a ja poświęciłam się pracy i Mateuszowi.

W tym samym czasie pojawiła się u mnie dziwna przypadłość. Za każdym razem, gdy podjeżdżałam pod budynek telewizji, zaczynał mnie boleć brzuch. Nie działo się tak nigdzie indziej. A tu tak. Wjeżdżałam na Woronicza i koło bramy już czułam ścisk w dołku, a po chwili tępy ból. Czasem tylko ćmiący, czasem taki, jakby mnie ktoś kopnął w żołądek.

Starałam się nie zwracać na to uwagi. „Przejdzie", mówiłam sobie. Ale nie przechodziło.

Zaczęłam się zastanawiać nad powodami. Szybko skojarzyłam fakty. Dyrektor Aida wpadła na pomysł, żebym spróbowała sił jako prezenterka. Byłam zachwycona. Moje starsze koleżanki wręcz przeciwnie. Choć uśmiechały się na mój widok i rzucały słodkim głosem: „Cześć, kochana", to gdyby mogły zabijać wzrokiem, już bym nie żyła.

Zaczęło się robić coraz trudniej. Nieżyczliwość, szepty, jadowite spojrzenia. A do tego wykluczające się polecenia szefostwa i częste afery. Brzuch bolał coraz bardziej.

Beti dostrzegła, że coś jest ze mną nie tak, i wysłała mnie do jednego z szamanów, z których porad sama często korzystała. Po seansie, z którego w duchu się nieco podśmiewałam, mężczyzna – wyglądający zresztą bardzo normalnie – powiedział:

– Tłumi pani w sobie niezgodę, złość. Zalewa panią żal. Żołądek produkuje za dużo kwasu, ciało jest zmęczone wewnętrzną walką. Jeżeli pani tego nie przerwie na poziomie umysłu, duszy, to się źle skończy.

– Taa, puste gadanie – prychnęłam, gdy wyszłyśmy już z gabinetu.

Becia zdrowo mnie za to ochrzaniła. Dodała, że jestem głupia, bo to, co on mówił, podpada pod zwyczajną chorobę psychosomatyczną, nazywaną powszechnie nerwicą.

Poszłam więc do lekarza, a ten skierował mnie na gastroskopię, w której wyszedł prosty refluks żołądka. Maciek bardzo się przejął, ja mniej. Można to leczyć, a ja byłam młoda i silna.

W listopadzie pojechaliśmy robić program o reprezentacji Polski w karate na Mistrzostwach Świata w Brazylii. Maciek jako realizator, ja jako osoba towarzysząca. Wzięłam urlop. Tam, na drugim końcu świata, mieliśmy wreszcie czas na długie rozmowy. Spojrzeliśmy na wszystko z większym dystansem.

Mam w sobie tę cechę, że jeżeli coś mi nie odpowiada, uwiera mnie, zmieniam to. Nie jestem typem męczennicy. Czułam, że muszę coś zrobić ze sobą, z własnymi problemami, bo inaczej będę sfrustrowana.

Wybraliśmy się na spacer plażą. Szliśmy po mokrym, ciepłym piasku, wiatr rozwiewał nam włosy, czułam się taka bezpieczna z mężczyzną, który otaczał mnie troską, miłością i zro-
zumieniem, więc wypaliłam bez ceregieli:

– Wiesz... ja już nie chcę pracować w telewizji.

– Już w ogóle czy tylko chcesz coś zmienić? – zapytał spokojnie. – Nie odpowiada ci etat, może kierownik, szefowa?

– W ogóle. Wypaliłam się, wyrobiłam normę, a teraz się sza-
moczę. Stąd te bóle. Nic mnie tam już nie trzyma, atmosfera
zrobiła się kiepska. Nie chcę wracać.

Sądziłam, że powie, żebym to przemyślała, ale on mi po prostu zaufał.

– Dobrze, kochanie, przecież mamy firmę, jest co robić,
masz doświadczenie i znasz specyfikę branży. Z etatem w telewizji nie mogłabyś u mnie pracować, więc to nawet lepiej,
że się zwolnisz. A twoje zdrowie jest najważniejsze! Za bardzo
przejmujesz się pracą.

– Te wszystkie plotki, intrygi, udawanie rozsadzają mnie od
wewnątrz. Nie umiem się tak zachowywać, kręcić, uśmiechać
się fałszywie, no wiesz... Wolałabym jak faceci: usiąść, wywalić
kawę na ławę i oczyścić pole.

– Wrócimy i się zwalniasz. Ustalone.

Przytuliłam się do niego. Wiedziałam, że mnie rozumie, kocha i chroni. Powoli wracaliśmy do hotelu. Wiatr się uspokoił,
noc była gwiaździsta i ciepła.

– Maciek – zaczęłam nieco nieśmiało. – Wiesz, chciałabym
mieć jeszcze dziecko...

Spuściłam wzrok. Nie wiedziałam, jak zareaguje.

Miał wzruszenie wypisane na twarzy. Wzruszenie i miłość.

– Dobrze! – powiedział. – Zabierajmy się do roboty! – Pocałował mnie gorąco. – Wiesz, że taką pracę lubię najbardziej – wyszeptał mi do ucha i się uśmiechnął.

– ...i nie chcę tego domu! – wypaliłam.

Chyba miałam nadzieję, że pomoże mi atmosfera chwili.

Nic z tego.

Dom to jego największe marzenie poza mną – jak mi powiedział. Dom stanie.

W porządku. On zbuduje dom, a ja urodzę dziecko.

* * *

Ten wyjazd był piękny i szalony. Odpoczęłam, dolegliwości ustały. Opalona i wyluzowana kwitłam przy Maćku! Wróciliśmy naładowani dobrą energią i konkretnymi planami. Zwolniłam się z telewizji, ale pozostałam stałym współpracownikiem.

Firma Maćka przeżywała złoty okres, zlecenia się sypały, pieniądze płynęły wartkim strumieniem. Do tego doszło szaleństwo budowania wymarzonego domu. Byłam taka zabiegana.

Rano śniadanie, Mateusz do auta, jeszcze szybki przejazd przez budowę, a potem do pracy.

– Szefowo, kafelki się skończyły. Jutro robimy instalację, no i gotóweczka potrzebna.

– To trzeba z szefem! Rozmawialiście?

– Ale on mówił, że ze szczegółami to do pani.

„Do mnie? To ja chciałam tu mieszkać?"

Gazem do zerówki, potem do firmy, praca, po pracy na Bartycką, trzeba kupić krany. Tylko jakie. A, i wannę. Znów do auta. Cholera, jeszcze kafelki. O szesnastej po Mateusza, zakupy, obiad, właściwie obiadokolacja, chociaż pobieżne sprzątanie, pranie, rozwieszę jutro rano, Maciek na budowę, spanie, a rano znów to samo. Jak chomiki w kołowrotku.

W weekendy odpoczywaliśmy. Nie mieliśmy siły na zabawę. Bliscy przyjaciele zrozumieli, dalsi czasem stukali do zamkniętej bramy. Udawaliśmy, że nas nie ma – koniec wyszynku i karkówki. Potrzebowaliśmy spokoju, czasu dla siebie. Wspaniale było usłyszeć ciszę, siedzieć przy świecach, muzyce, pić gorącą herbatę albo zimne białe wino i rozmawiać ściszonym głosem. Tylko my troje. Bosko!

Dom rósł, firma też. Robiliśmy filmy dokumentalne, programy sportowe, koncerty, kampanie reklamowe, seriale, a nawet spoty reklamowe. Klient – nasz pan! Kupiliśmy własny montaż, wynajęliśmy dodatkowe biuro, bo w jednym przestaliśmy się mieścić. Do firmy dołączyli moja siostra w charakterze redaktorki i montażystki oraz nowy chłopak – a wkrótce mąż – Beci, który został kierownikiem produkcji.

Becia i Zuzka niemal jednocześnie urodziły dzieci, a ja im trochę zazdrościłam, bo instynkt stale mi podszeptywał, że chcę – bardzo chcę – jeszcze raz tulić w ramionach własne dziecko.

Między tymi marzeniami musiałam jednak twardo stąpać po ziemi. Duża firma to obrót dużymi pieniędzmi, więc ściągnęłam na stanowisko księgowej koleżankę z podstawówki, a jako sekretarkę żonę kolegi. Zespół był dobry, uczciwy i zgrany. Wspominam ten czas czule. Wszystko działało jak doskonale naoliwiony mechanizm, a i atmosfera była dobra. Sami znajomi i rodzina.

Na naszej ulicy wyrosło miniosiedle medialne. Znajomi ściągali przyjaciół, którzy chcieli uciec od zgiełku Warszawy. Nowa klasa płacących wysokie podatki. I co tu kryć – medialna elita:

znany dziennikarz, polityk, prezes telewizji, kompozytor, piosenkarka, aktorka... Wszyscy się tam znaliśmy i w zasadzie także lubiliśmy. Znów zaczęło się weekendowe życie towarzyskie. Nasi panowie zamieniali po pracy garnitury na dresy, my ściągałyśmy pantofle na obcasach, zmywałyśmy makijaż i wszyscy bez wyjątku byliśmy sobą.

Dookoła rosła nowa Polska, nabierała kapitalistycznego tempa; ludzie zdobywali fortuny, ale i tracili dorobki życia. Nadchodziły kolejne wybory, świat nas kusił, życie smakowało jak szampan, a w głowach kręciło się od projektów i marzeń.

Nadszedł też moment, w którym Mateusz miał zacząć szkołę. Razem z koleżanką ruszyłyśmy na poszukiwania najlepszej placówki dla naszych chłopców. W tym czasie jak grzyby po deszczu zaczęły wyrastać szkoły społeczne, państwowe, amerykańskie, katolickie itp. Gdy byłam w Londynie, wymarzyłam sobie, że moje przyszłe dzieci pójdą do prywatnej szkoły. Dowiedziałam się od kolegi, że właśnie otwierają prywatną katolicką szkołę imienia Jana Pawła II. I tak ja, ateistka, stwierdziłam, że ta albo żadna. Marzyłam o zasadach, dyscyplinie i porządku.

Umówiłam się na spotkanie z panią dyrektor.

– Dzień dobry – powiedziałam najuprzejmiej, jak umiałam.

– Niech będzie pochwalony Jezus Chrystus – odpowiedziała z uśmiechem.

Nabrałam powietrza jak przed skokiem do wody.

– Pani dyrektor – zaczęłam – bardzo chciałabym zapisać syna do państwa szkoły. Pewnym utrudnieniem może być to, że nie został ochrzczony, ja jestem po rozwodzie i żyję w konkubinacie, nie wierzę w Boga, nie chodzę do kościoła, ale jestem dobrym człowiekiem – wyrecytowałam jednym tchem.

Zapadła cisza. Czekałam, aż dyrektorka mnie pożegna.

– Skąd zatem pomysł na naszą szkołę? – zapytała zamiast tego.

– Bo zawsze marzyłam, żeby mój syn chodził do szkoły w mundurku – wypaliłam i dopiero po chwili zdałam sobie sprawę, jak infantylnie to zabrzmiało. – Ale to szczegół – dodałam pospiesznie. – Chodzi o to, że moje życie nie jest wzorcowym przykładem dla syna… Ale bardzo go kocham i chciałabym, żeby wyrastał w prawym duchu. Wierzę, że tu będzie panować dyscyplina, a Mateusz znajdzie się w dobrym towarzystwie.

Dyrektorka przyglądała mi się uważnie. Milczała. Wiedziałam, że zastanawia się, co powiedzieć.

Po chwili się odezwała:

– Podoba mi się pani szczerość. – Zawiesiła głos, po czym dodała: – Proszę zadzwonić za rok, gdy będziemy tworzyć nową klasę, wtedy podejmiemy decyzję.

Trudno, poczekamy. Na razie chłopcy poszli do prywatnej szkoły imienia Roberta Schumana, ojca zjednoczonej Europy.

* * *

Kilka dni później zadzwoniono do mnie z telewizji. Wzywała mnie Aida.

– Dominika, musisz obejrzeć wszystkie teledyski z wykonawcami proponowanymi na festiwal. Ty się znasz na muzyce. Zrób wstępną selekcję.

Obejrzałam. Jedni byli lepsi, inni gorsi. Ale nikt mnie nie zachwycił. Postanowiłam zaryzykować:

– Aida – zaczęłam. – Jest taki zespół… Byłam na ich koncercie. Charyzmatyczna, piękna dziewczyna, a każda piosenka to zadatek na przebój!

Wykazała zainteresowanie, obejrzała i… zaprosiła ich do Sopotu. A przy okazji także mnie.

Pojechał też Maciek jako realizator. Festiwal otworzyła Księżniczka. I to jak otworzyła… Chwilę wcześniej opowiadałam koleżance, która siedziała ze mną w pierwszym rzędzie, o tym, co kiedyś mówił mi Janek, a ona weszła na scenę właśnie w stroju księżniczki. Rozbawiło mnie to. Występ jednak okazał się świetny. Dziewczyna była piękna i miała ogromny talent. Patrzyłam na nią bez emocji, jak każdy inny widz. Nic już dla mnie nie znaczyła.

Po koncercie podeszła do mnie Aida.

Była wściekła.

– Co ty wyprawiasz?! – krzyknęła.

– Ale co się stało? – Nic nie rozumiałam.

– Nie udawaj! W pierwszej piosence nie było dźwięku. Obie wiemy, kto ją wykonywał.

– A co ja niby mam z tym wspólnego?

– Przyszła do mnie cała zapłakana i powiedziała, że to ty z zemsty kazałaś wyłączyć dźwięk.

Zaczęłam się śmiać. Nawet mnie to nie zdenerwowało. Poziom abstrakcji sięgnął zenitu.

Wtedy byłyśmy już z Aidą na „ty”, co zmniejszyło dystans, więc nie prężyłam się jak rekrut, tylko spokojnie powiedziałam:

– Pomyśl logicznie. Poszłam do dźwiękowców i powiedziałam: „Hej, chłopaki, wyłączcie dźwięk, jak będzie śpiewała, bo jej wyjątkowo nie lubię”? A oni na to: „No jasne, już wyłączamy”? Przecież to profesjonaliści. Naprawdę nie rozumiesz, co ona chciała zrobić?

Aida patrzyła na mnie i słuchała uważnie. Nagle zaczęła się śmiać i powiedziała:

– Poniosło mnie. Głupia sprawa. Trzymaj się od niej z daleka, ona cię nie cierpi.

– Ona mnie? – zapytałam tylko.

Aida spojrzała na mnie wymownie i rozstałyśmy się w pełnym porozumieniu. Ona nigdy nie lubiła intryg.

A zespół, który udało mi się wkręcić na festiwal, wygrał, co opiliśmy na wieczornym bankiecie.

ROZDZIAŁ SIEDEMNASTY

Budowa domu dobiegała końca. Postawiliśmy go za gotówkę, nie pakując się w kredyty. To był owoc naszej ciężkiej pracy. Przede wszystkim Maćka. Zaczynaliśmy od wynajętego mieszkania z materacem na podłodze i kilkoma kubkami, a teraz wprowadziliśmy się do nowego, pięknego domu z kranami w cenie średniej klasy samochodu i kuchnią wielkości dużej kawalerki. Razem z nami oczywiście Mateusz, pies i kot, którego zabrałam któregoś dnia spod firmy, bo ktoś go tam podrzucił.

Parapetówkę podzieliliśmy na kilka partii, bo przez te lata dorobiliśmy się mnóstwa bliższych i dalszych znajomych. Ja nadal blisko przyjaźniłam się z Anetą, nasze rodziny razem spędzały wakacje, wspieraliśmy się w prozie życia. No i chłopcy trzymali się razem. Obie byłyśmy trochę szalone, miałyśmy podobne poczucie humoru i wspólne plany.

Nadszedł dzień ogłoszenia wyników przyjęcia dzieci do szkoły. Coś mi podpowiadało, że Mateusza raczej nie przyjmą, bo ma matkę grzesznicę, ale syna Anety jak najbardziej, bo jej ciocia jest tam sekretarką czy kadrową... Martwiłam się, co poczniemy – zostanie nam chyba tylko wiejska szkoła.

Okazało się, że przyjęli tylko Mateusza.

– Przecież nie możemy chłopców rozdzielić! – uniosłam się.

Zarówno Maciek, jak i Janek tłumaczyli mi, że to nie jest moja wina ani moja sprawa. Mateusz się dostał i już, a Aneta niech pisze odwołanie. Ale ja wiedziałam, że muszę coś z tym zrobić. Chociaż spróbować.

Pojechałam do szkoły. Pani dyrektor łagodnie, ale stanowczo wyjaśniła, że choć mnie rozumie, to nic nie może zrobić. Gdy próbowałam nalegać, zapytała nieco już zniecierpliwiona, czy podpisuję umowę, bo następni chętni czekają.

Podpisałam.

Nasza przyjaźń z Anetą ostygła.

Mateusz zaczął naukę w katolickiej szkole. Pojechaliśmy na rozpoczęcie roku. Piękny budynek, fajni ludzie i urocze dzieciaki. Naprawdę miła atmosfera. Już w pierwszym tygodniu podeszła do mnie jedna z mam.

– Dzień dobry – zaczęła serdecznie. – W weekend Jaś ma urodziny. Byłoby nam miło, gdyby Mateusz na nie przyszedł. Rodzice też są oczywiście mile widziani. Dobrze, żeby klasa się zintegrowała, chłopcy się lubią, a przy okazji i my się poznamy.

– Dziękuję – odpowiedziałam. – Przyjdziemy z... – Nagle zamilkłam.

Czy powinnam się przyznać, że żyjemy z Maćkiem bez ślubu? Już teraz tłumaczyć, że to nieformalny ojczym Mateusza, czy może później? My, ta konkubencka rodzina, wśród tylu prawdziwych, porządnych, katolickich... O kurczę.

– Tak, dziękuję, oczywiście będziemy – powiedziałam tylko. – Mam taki sam sweterek jak pani... – palnęłam nagle ni z gruszki, ni z pietruszki.

– Jest jeszcze czarny z tej kolekcji. Lubię tę firmę – odpowiedziała.

I tak w naszym życiu pojawili się piękna Aleksandra i Feliks o ogromnym sercu – porządna krakowska rodzina debiutująca w Warszawie.

Pojechaliśmy wystrojeni na urodziny Jasia z nadzieją na miłą znajomość i nową przyjaźń Mateusza. Impreza zaczęła się dość oficjalnie i sztywno. Dookoła siedzieli nieznani nam inni rodzice, jedna mama w średnio zaawansowanej ciąży i lekko stremowana wychowawczyni. Na talerzach polegiwały nie najświeższe kanapki, które ewidentnie zostały po jakiejś imprezie firmowej Feliksa – biznesmena. „Nic się nie zmarnuje" – szepnęłam do Maćka, a on puścił do mnie oko. Rozmowa dorosłych się nie kleiła, za to dzieciaki od razu złapały kontakt i biegały po ogródku jak szalone, nie bacząc na eleganckie ubrania.

Próbowałam jakoś rozładować atmosferę i zagaiłam:

– Skoro mamy okazję, porozmawiajmy o zajmujących nas sprawach szkolnych. Czy uważają państwo, że dzieci powinny nosić mundurki codziennie czy tylko podczas uroczystości? – Posłałam wszystkim serdeczny uśmiech.

– Ja jestem za codziennym noszeniem mundurków – powiedziała jedna z mam.

– Zdecydowanie! – dodała inna. – To niweluje różnice pomiędzy dziećmi.

Jeden z ojców zmienił temat:

– Sala gimnastyczna wydaje mi się profesjonalna... Tak...

A kolejna mama rzuciła:

– Uważam, że do szkolnego menu trzeba wprowadzić potrawy wegetariańskie, nasza Matyldzia...

Ale nudy...

Nie nadawaliśmy na tych samych falach. Na szczęście impreza wkrótce dobiegła końca. Rodzice odbierali spocone pociechy i szturchając je, szeptali: „Pożegnaj się ładnie".

My też przywołaliśmy Mateusza, nieco rozczarowanego, że przerywamy mu dobrą zabawę, i już mieliśmy się zbierać, gdy Aleksandra z Feliksem zaproponowali nam i Wiśniewskim wino. Okazało się, że ten okrojony skład to był strzał w dziesiątkę. Atmosfera zmieniła się jak za dotknięciem czarodziejskiej różdżki! Było dużo śmiechu i rozmów. Dzieciom nieco przedłużył się czas zabawy, bo ten kinderbal zakończyliśmy o... czwartej nad ranem. Zmęczeni chłopcy zasnęli u Jasia w pokoju, a my przegadaliśmy noc.

Okazało się, że mamy nie tylko dzieci w tym samym wieku, lecz także mnóstwo wspólnych znajomych, podobne pasje, poglądy, budujemy pierwsze domy, z mozołem rozwijamy firmy, słuchamy tej samej muzyki, chodzimy do kina na te same filmy, lubimy sport, ja z Wiśniewską byłam w tym samym liceum, Feliks znał pierwszego wspólnika Maćka, a na dodatek zupełnym przypadkiem mieliśmy zaraz jechać na narty do tej samej miejscowości. Życie stało przed nami otworem, a my postanowiliśmy, że zdobędziemy świat wspólnie!

Rano odwiozłam Mateusza i jego trzech nowych kolegów do moich rodziców na wieś, a my z nową paczką, zwaną od tej pory Trójką Klasową, spędziliśmy cały weekend razem. Kino, kolacje, wino, rozmowy. Weekend dorosłych, którzy nie mogli się sobą nacieszyć, nagadać. To było doprawdy zaskakujące i takie ożywcze!

Nasze życie nareszcie weszło w fazę stabilizacji: nowy dom, dziecko w katolickiej szkole, dyscyplina i uważność, czyli wszystko wzorowo i grzecznie. Zbliżały się święta Bożego Narodzenia. Stałam nad budowlańcami i prosiłam:

– Panowie, święta są, szybciej, kończcie już! Błagam.

A majster do mnie znanym refrenem:

– Szefowo, gotówka się kończy i ten kran na wannę nie pasuje!

„Kiedy to się skończy?", myślałam. Ciągle to samo: projekty, zatwierdzenia, zezwolenia, przyłączenia, liczniki, szambo, rejestracje, telefony, ogród, ogrodzenie. Co z tym zrobić? Gdzie to postawić? Dokąd wywieźć gruz? Hydraulik pijany, majster upominający się o pieniądze. I tak w kółko. Zwariować można.

Wyrzucałam sobie w duszy, że nie angażuję się w ten dom tak, jak powinnam. Chciałam się zaangażować. Dla Maćka. No ale... Nigdy nie lubiłam wsi. To znaczy, owszem – pojechać, pospacerować po lesie, powdychać jesienne wilgotne powietrze albo upajać się wiosennym kwitnieniem łąk, patrzeć na kaczki pływające po stawie, zjeść ciasto na werandzie... u kogoś. Tęskniłam za miastem. Podziwiałam kobiety, które z wypiekami na twarzach urządzały domy, oglądały katalogi, wybierały odcień zasłonek do kanap, spotykały się z dekoratorkami wnętrz. Ja zawsze w biegu, bo praca, dziecko, zakupy... A może tylko szukałam wymówki?

Jakkolwiek było, postawiłam sobie za cel urządzenie Wigilii w nowym domu. „Jest zadanie, trzeba je wykonać!", pomyślałam i zakasałam rękawy. Mika, wysil się i dopilnuj! Dasz radę.

Dzień przed Wigilią panowie kładli podłogę w kuchni, a ja ją od razu zmywałam, co doprowadzało ich do białej gorączki. Rozstawiałam meble, a równocześnie wlewałam do garnka barszcz z kartonu i wykładałam na talerze śledzia kupionego na stacji benzynowej. Nie miałam czasu gotować. Pierogi? Mak? Ważniejsze były nastrój, radość i miłość.

Nasze pierwsze święta w nowym domu! Zapowiedziałam rodzicom, że nie ma mowy – nie przyjedziemy, bo tu, TU mamy własne gniazdo i tu Mateusz zje barszczyk. A prezent dostanie pod naszą choinką. Mama początkowo się naburmuszyła, ale po chwili wypaliła uradowana:

– Już wiem! Masz taki wielki stół, wszyscy się pomieścimy.

– Jacy „wszyscy"? – zapytałam niepewnie.

– No cała rodzina – powiedziała.

– Wy i babcie? – negocjowałam.

– My, babcie, wujek, twoje siostry i wujka rodzina z USA, bo chyba nie każesz im iść do hotelu?!

Tym sposobem z maleńkiej rodzinnej Wigilii zrobił się spęd na kilkanaście osób. Trudno, trzeba to przeżyć. Choinkę ubrałam modnie, monochromatycznie – w niebieskie bombki i niebieskie dodatki, tak że pasowała do wielkiego błękitnego pieca, który dumnie stanął w salonie.

Wszyscy zaczęli się zjeżdżać: ukochane babcie, rodzice, siostry. Nikt nie zauważył, że barszcz z kartonu, a właściwie dwóch; tata doprawił i wszyscy mówili, że pyszny. Zainteresowanie budziły nasz dom, śliczna kuchnia i ogromny stół. Miłe pogaduszki były przerywane dziecięcymi zachwytami, gdy małe rączki otwierały kolejne prezenty. Jedzeniem nikt się nie przejmował.

Puściliśmy z płyt kolędy i nawet ktoś je podśpiewywał, ale nie czekaliśmy do pasterki, bo u nas nikt już na nią nie chodził. Rodzice mieli daleko do domu, babcie trzeba porozwozić, siostry ziewały, więc skończyliśmy koło północy, porządnie zmęczeni. Podpierając się nosem, posprzątałam ze stołu. Maciek mi pomógł, choć też ledwo żył po pracowitym dniu. Nawet Mateusz poszedł grzecznie spać, bo rano miał składać nowy sprzęt narciarski. Jako ambitna matka zapisałam go do klubu narciarskiego.

Tuż po świętach Maciek od razu wyjechał do Zakopanego robić koncert sylwestrowy na żywo. Ja miałam w planie odpoczynek, czyli powolne rozpakowywanie naszych rzeczy, rozstawianie dupereli na półkach, wieszanie ciuchów w szafach, ustawianie butów – wicie gniazda. Marzyła mi się długa kąpiel w ślicznej nowej wannie, a sylwestra chciałam spędzić w... łóżku z maseczką na twarzy w towarzystwie kieliszka szampana i telewizora!

Niestety, nie dane mi było, bo od rana zaczęły się wizyty sąsiadów:

– Kochana, bardzo dużo pierogów nam zostało po świętach, to przynieśliśmy. I wino. No, to pokaż ten wasz domek – wołał Grześ, uśmiechając się jowialnie.

Po chwili pukali następni:

– No cześć! Wracamy od teściów! Masz jakąś wódeczkę? Te święta trzeba odreagować! O! Ale ładnie tu macie. – To Wiesio. – Polejesz?

– A co z sylwestrem? – pytała Andzia.

– No wiesz... – zaczęłam. Z całych sił próbowałam się wykpić od imprezy. – Nie lubię sylwestra, a w tym roku dodatkowo wykończyła mnie ta budowa, więc nie mam siły. Może pośpię?

– To świetnie! – zawołała Andzia i aż klasnęła w dłonie. – Wpadniemy do was, każdy coś przyniesie, to się nie narobisz. Domowy sylwester. Będzie fajnie!

Próbowałam się bronić:

– Wiecie, jestem sama, bo Maciek w Zakopanem, program robi, a ja jestem strasznie...

– To już nie będziesz sama. Do jutra! – I tyle ją widziałam. Cholera.

Nie wierzyłam, że dałam się tak wmanewrować! Nagle mnie olśniło: w każdym z tych domów sylwester już był, tańczyliśmy i za miedzą, i za płotem, i po skosie, i na wprost, pora na nas... „Trudno" – westchnęłam i zabrałam się do przygotowań.

Już po wszystkim policzyłam, że od dwudziestej do białego rana przez mój nowy, czysty i piękny domek przewinęło się – nie, przewaliło! – jakieś pięćdziesiąt osób! Nie umiem wytłumaczyć, jak to się stało, że przyszła cała wieś i każdy jeszcze kogoś przyprowadził. Zostali też moi rodzice i rodzina ze Stanów.

Tańce do rana, sztuczne ognie, szampan lał się strumieniami. Znajomi artyści dołączali po północy, kiedy kończyły się ich dobrze opłacane sylwestrowe chałtury. „No wiesz – mówiła Aneta – w jedną noc zarabiam na wakacje". O północy zadzwonił Maciek. Przy tym hałasie tylko cudem usłyszałam dzwonek telefonu.

– Kochanie! Tak mi przykro, że pierwszego sylwestra w nowym domu spędzasz sama – zaczął przepraszającym tonem.

– Halo, halo, Maciek, nic nie słyszę! – krzyczałam do słuchawki.

– A... co to za hałasy? Ścisz ten telewizor!

– Jaki telewizor? Przecież nie mamy jeszcze telewizora! Chociaż w sumie jest tak, jakbyśmy mieli, bo... są tu wszyscy z telewizji. Impreza na całego.

– Co? Jacy wszyscy? – zapytał zdziwiony.

– Nie ogarniam tego do końca, ale było jakoś tak: najpierw wpadli Wieśkowie, potem Grześ tak na chwilę, a za nimi cała reszta. – Zaczęłam wymieniać aktorów i operatorów. – Bawią się. Bawią się! – powtórzyłam, bo nie usłyszał, i nagle zamarłam.

– Mika, co się dzieje? – zapytał zdezorientowany Maciek.

– Jezus Maria, moja matka wchodzi na stół i chce tańczyć! – powiedziałam, po czym wrzasnęłam do mamy: – Mamo, złaź ze stołu, złamiesz biodro! I nie w szpilkach, błagam.

Odburknęła z pretensją, już nieźle wstawiona:

– Ech... Taka jesteś młoda, a nie umiesz się bawić!

Machnęłam ręką. Trudno. Trzeba będzie wezwać stolarza i wyszlifować stół. Wróciłam do rozmowy:

– Halo, Maciek, jesteś tam? Co tu się dzieje! Diabeł w ludzi wstąpił! Muszę kończyć, bo wszyscy chcą jeść. Dobrze, że miałam bigos w zamrażarce! Kocham cię i tęsknię.

– Ja ciebie bardziej – zapewnił i dodał: – Cieszę się, że nie siedzisz sama. Do zobaczenia.

Zabawa trwała do samego rana. O poranku obudziły mnie dziwne warczące odgłosy z mojego pokoju kąpielowego, jak z dumą nazywałam luksusową łazienkę. Ostrożnie uchyliłam drzwi, a w wannie z poduszką pod głową spał, chrapiąc, kolega aktor i prezenter. Nawet nie wiedziałam, że był na imprezie... Przykryłam go kocem, wyjęłam mu z ręki pustą butelkę po piwie i bezszelestnie umyłam zęby, modląc się, żeby się nie obudził. A potem poszłam oceniać straty w domu.

W pokoju gościnnym ulokowała się rodzina z USA; poszli spać jeszcze w miarę trzeźwi, więc tu było spokojnie i cicho. W kuchni siedzieli koledzy z pracy, sąsiedzi i ktoś jeszcze, męskie grono, i robili jajecznicę, dyskutując o polityce. Wyglądali na trzeźwych – można ich było zostawić samym sobie. Weszłam do toalety dla gości, mojego cacuszka – popisowej toalety za ciężkie pieniądze, wyłożonej białymi kafelkami z błękitnym szlaczkiem, a tam... Cała przestrzeń wyglądała jak rozmazany fragment obrazu *Bitwa pod Grunwaldem*. Ewidentnie komuś zaszkodziły bigos i czerwone wino. Kto to sprzątnie? Wybiegłam stamtąd, bo samej zbierało mi się na wymioty.

Przeszłam do salonu, a to, co zobaczyłam, wprawiło mnie w rozpacz. Mieliśmy tam elegancką jaśniuteńką podłogę z egzotycznego drewna. Majstrzy położyli ją zaledwie tydzień wcześniej. Była śliczna, jak z czasopisma! No właśnie, była...

Teraz wyglądała, jakby odbyły się na niej światowe zawody w jeździe figurowej na lodzie, a łyżwiarze jeździli na czarnych gumach. Było doskonale widać każdy wykonany piruet, skok, podwójny salchow i axel! Były też ślady po sztucznych ogniach, trawa i błoto, a z kominka wypadł niezauważony przez nikogo kawałek drewna i tlił się spokojnie na nowej podłodze, wypalając dziurę. Dzięki Opatrzności, że wszyscy nie spłonęliśmy we śnie. Jeden z kolegów, ciągle jeszcze wstawiony, skwitował wesoło, że może osobiście wypalić rozżarzonym pogrzebaczem napis: „Na pamiątkę sylwestra 1998/1999!". Zdziwił się, że nie wpadłam w zachwyt, tylko poleciłam mu szklankę zimnej wody i taksówkę.

Część dzieci spała grzecznie w pokoju Mateusza, inne rozeszły się po pobliskich domach, żony zapewne zataszczyły zalanych w trupa mężów do własnych czystych pieleszy. Koledzy z kuchni skończyli uzdrawiać kraj, nakarmili jajecznicą Mateusza – który wstał i zszedł na dół w piżamie – a potem nawet pozmywali część garów.

Dopadł mnie atak paniki! Co robić?! Maciek nie może tego zobaczyć, taki brud w naszym pięknym pudełeczku! „Zaraz, zaraz, uspokój się, Mika, oddychaj i włącz chłodne myślenie", próbowałam przywołać się do porządku.

Ostatni wychodzący koledzy obiecali ogarnąć bałagan na podwórku, a ja poszłam na najgorszy odcinek frontu – do łazienki dla gości. Klips od bielizny na nos, gumowe rękawice i jednorazowe ścierki. Dużo wody z płynem myjącym i na koniec odświeżacz. Przerwa na śniadanie dla odjeżdżającej rodziny z USA, uśmiechy i pożegnania – i znów na kolana! Podłoga w salonie. Najpierw zwykły mop, żeby zmyć pierwszą warstwę piasku, trawy, petów. Kilkanaście razy wymieniałam wodę w wiadrze. Potem po mojemu, klasycznie, na kolanach, ze szczotką i gąbką, żeby usunąć ślady czarnych zelówek. Paznokcie połamane, dłonie jak u robotnicy obrabiającej kamienie, ale trochę puściło. Po paru godzinach podłoga odzyskała kolor, ale spiralne wzorki po piruetach i dołki po szpilkach zostały. „Gdzie ja mam telefon do cykliniarza?!" Zanim Maciek wrócił, majster wycyklinował podłogi, śmiejąc się pod nosem:

– No, zabawa chyba była udana! A ja mówiłem, żeby poczekać, i doradzałem twardy lakier. Ale kto by mnie tam słuchał. – I wymienił kwotę z dodatkiem za „dni świąteczne", jak to ujął.

Maciek, jak to facet, wrócił, popatrzył, bo przez telefon nakreśliłam mu skalę zniszczeń, i skwitował:

– Przesadzasz jak zwykle. Przeleciałaś szmatą i patrz, podłoga wygląda jak nowa!

Szmatą? Przeleciałam?

OK, może lepiej, żeby tak myślał…

ROZDZIAŁ OSIEMNASTY

Wykańczaliśmy nasze gniazdko. Mateusz miał swój kolorowy pokój i pierwszy komputer. Wszystko było nowe i śliczne – nasza sypialnia, pierwsza w życiu garderoba, piękny ogród z furtką do lasu, krąg ogniskowy i ogromny stół z dwiema ławami, przy którym odbywały się imprezy, kolacje i pogaduchy.

Długie i owocne wieczory z sąsiadami – bo i gromadzące wiele talentów w jednym miejscu: artystów, muzyków, prezesów, realizatorów obrazu – owocowały rozmowami zawodowymi i pomysłami, które nieraz rodziły się przy naszym ognisku. Tam powstały projekt koncertu noworocznego, do którego muzykę napisał nasz zdolny sąsiad kompozytor, kilka świetnych programów i jeden sitcom, w którym wystąpiła sąsiadka aktorka. Byliśmy w nieustającym ruchu zawodowym, towarzyskim, ale mieliśmy też czas dla siebie. Kominek, muzyka, książki, Mateusz i my. Było cudownie.

Po cichu szykowałam pokój dla drugiego dziecka, które pragnęłam mieć. Byłam jednak smutna, bo z ciążą nie wychodziło. Mimo że każde z nas miało już dzieci, teraz nie chciało się udać. Poszliśmy do lekarza. Ten po długich badaniach powiedział, że trzeba mnie wesprzeć farmakologią, bo mam za mało jakiegoś hormonu i gdy się go uzupełni, możemy zabrać się do pracy.

– Z prac domowych tę mój mąż lubi najbardziej – powiedziałam pełna optymizmu.

Mój organizm szalał. Głowa krzyczała rozpaczliwie: „Dziecko, dziecko!", pigułki pobudziły układ hormonalny, który wtórował głowie. Tak bardzo chciałam wreszcie zajść w ciążę! To była idealna pora, koniec zimy, a my mieliśmy wreszcie warunki do tego, żeby pojawiło się drugie dziecko. Zawsze lubiłam, gdy w moim życiu wszystko szło zgodnie z planem. „Więc czemu teraz się nie udaje?", myślałam.

Pierwsza wiosna w naszym ogrodzie była cudowna. Mieliśmy na działce kawałek starego sadu, który zaczął kwitnąć. Z okien roztaczał się widok jak dekoracja do sztuki Czechowa. Kolory, zapach, nieopisany urok. Nawet specjalnie już się nie buntowałam na tę wieś. Cudownie było spacerować po sadzie, gdy na włosy sypały się płatki z jabłoni, wiśni, a pod stopami uginała się soczystozielona trawa. W mieście bym tego nie doświadczyła.

Pracy mieliśmy mnóstwo. Także wyjazdowej. Święta Wielkanocne spędziliśmy na Krecie i – jak to u nas bywało – praca połączyła się z krótkimi wakacjami. Zrobiliśmy program, a potem przez tydzień zwiedzaliśmy wyspę w towarzystwie znajomych, którzy mieszkali tam od lat i pokazali nam zakamarki nieznane turystom. Knajpki, zatoczki, bazarki, wycieczki w góry i długie rozmowy. Kreta o tej porze roku była pusta i kwitnąca. Mateusz do południa odrabiał lekcje – omówiliśmy to z wychowawczynią i dostał pozwolenie na wyjazd – pluskał się w basenie, a potem z Maćkiem jeździli na męskie wyprawy rowerowe. A ja? Pewnie to hormony... Wyjątkowy stan duszy podatnej na wzruszenia i to niespełnione macierzyństwo szalejące w głowie prowadziły mnie na samotne spacery. W każdym napotkanym monastyrze zapalałam cienką świeczkę w intencji dziecka, którego tak pragnęłam. Nie modliłam się do Boga, nie spłynęła na mnie fala wiary, ale szeptem wypowiadałam życzenie do mojego ciała: „Proszę, proszę o zdrowe dziecko". Oczyma duszy widziałam ziarenko grochu, fasolkę, wreszcie rybkę z głową, kształt rączek i nóżek. Te myśli zawsze kończyły się płaczem. Zalewałam się łzami tęsknoty.

W Niedzielę Wielkanocną byliśmy na kolacji wysoko w górach, w uroczej lokalnej knajpie. Sceny jak z *Greka Zorby*. Zobaczyłam kobiety w czarnych strojach i czarnych chustach na głowie, które szły skupione, trzymając w ręku świece cerkiewne. W milczeniu mijały białe domy. Pobiegłam za nimi, zostawiając biesiadników przy stole, i weszłam cicho do cerkwi. Usłyszałam chór, który śpiewał prawosławne pieśni. To było metafizyczne przeżycie: piękne głosy, zapach kadzideł, światło świec, to miejsce, ci ludzie i to moje wielkie pragnienie zostania matką...

Nie wiem, czy ktoś mnie wtedy wysłuchał, ale stał się cud. Tamtej nocy moje marzenie się spełniło, czułam to. Milczałam, by nie zapeszyć. Skupiłam się na Mateuszu, który od razu po powrocie miał mieć w szkole chrzest i komunię. Tak umówiliśmy się z panią dyrektor, w końcu była to szkoła katolicka.

– Pani Dominiko, my się wszystkim zajmiemy. Pani Róża go przygotuje i za jednym zamachem przyjmie chrzest i komunię. Wszystko w szkole, na miejscu.

Machnęłam ręką. Polubiliśmy tę szkołę, dzieciaki, nauczycieli, a przede wszystkim naszych nowych przyjaciół, których grono się powiększało.

Tamtego dnia Mateusz był ubrany w prostą białą albę. Przyjechali rodzice moi i Janka, nieco zdziwieni, i szczęśliwe babcie, wcześniej rozczarowane moim bezbożnym życiem. Po uroczystości pojechaliśmy do domu na obiad. Tata jak zwykle przygotował wspaniałe przyjęcie. Zaprosiłam rodziców Janka, bo mimo naszego rozstania bardzo się przyjaźnili z moimi rodzicami. Moja była teściowa chwaliła nasz dom i nawet polubiła Maćka. Zawsze mi jej brakowało, bo uważam ją za cudowną osobę, a z powodu rozwodu widywałyśmy się bardzo rzadko. Nasi rodzice nie mogli się nagadać. Kiedy w końcu teściowa powiedziała mężowi, że czas się zbierać, zwrócił się do mojego taty z fliuternym uśmiechem:

– Bardzo kocham moją żonę, ale nie jestem do niej specjalnie przywiązany. No to co, Ireczku, naleweczka?

Teściowa tylko się uśmiechnęła, bo już znała te teksty, i poszła pogadać z moją mamą. Uwielbiali się ci nasi rodzice. Zresztą zaraz po naszym rozwodzie postanowili, że przecież to nie oni się rozwodzą, i pozostali w doskonałych kontaktach – odwiedziny, kawki, herbatki, obiadki, ploteczki. Miłe to.

Janek miał już nową rodzinę, córkę i żonę. Zaprosiłam je, ale nie przyszły. On od razu po uroczystości wyszedł po angielsku. Tymczasem ja w połowie wieczoru byłam już senna, odmówiłam wina i okropnie mnie mdliło. Rano w piżamie pojechałam do miejscowej apteki po test ciążowy. To były czasy, gdy takie testy dopiero pojawiły się na rynku. Jakie to proste i przydatne! Łazienka, chwila niepewności i...

– Maciek! Maciek, bogowie mnie wysłuchali, jestem w ciąży!

– Ty już, kochanie, osób trzecich w to nie mieszaj. To moja robota. – Uśmiechnął się i dodał miękko: – Chodź do mnie, moja ciężarówko.

Miałam ochotę śpiewać i tańczyć z radości. Spełniło się! Dojrzałam do macierzyństwa jeszcze bardziej, byłam świadoma i spragniona dziecka. Wszystko przygotowałam, byłam silna, bezpieczna, kochałam i byłam kochana, miałam piękny dom, a na maleństwo czekał już śliczny pokoik. I brat. No to teraz lekarz!

Weszłam do gabinetu i nie mogłam uwierzyć własnym oczom – za biurkiem siedział ten przystojny lekarz, który dziesięć lat temu odbierał Mateusza. Tylko wtedy działo się to w szpitalu, o którym wolałabym zapomnieć. Miły, uśmiechnięty, znany fachowiec.

– Dzień dobry, panie doktorze – powitałam go z szerokim uśmiechem. – Dziesięć lat temu odbierał pan mój pierwszy poród. Pewnie pan nie pamięta, tyle miał pacjentek, ale dla mnie to było coś niesamowitego, bo pan był taki mądry i przyjacielski – paplałam. W końcu wzięłam wdech i dodałam: – No i chyba znów jestem w ciąży!

– Znów? – Zaśmiał się. – Jednak minęło dziesięć lat, miła pani. Ale sprawdźmy, co z tym „chyba". Zapraszam na leżankę. – Po badaniu doktor przybrał poważną minę: – Pani Dominiko, jest pani w ciąży, ale to ciąża zagrożona. Musi pani leżeć co najmniej przez pierwsze trzy miesiące i przyjmować lekarstwa na podtrzymanie.

W domu płacz i nerwy.

– Maciek, co my teraz zrobimy? A jak się coś stanie? Jak ja wytrzymam trzy miesiące bez ruchu? Jest tyle do zrobienia, nie dam rady! – lamentowałam. – Dlaczego ja...?

– Wytrzymasz. Nie ty pierwsza, nie ostatnia – próbował mnie pocieszać Maciek.

Widziałam jednak, że jest zdenerwowany. Nie patrzył mi w oczy. Pocierał nos. Zawsze tak robił, gdy kłamał albo był zakłopotany. Nie lubił problemów, chorób, to go osłabiało, deprymowało. To typ rycerza – trzeba zabić smoka, to go zabije i będzie triumfował. Ale tym razem nie było smoka. Potrzeba cierpliwości, chuchania i dmuchania, a nade wszystko przejęcia sporej części moich obowiązków. Mój rycerz musiał zdjąć zbroję, odstawić miecz, a w zamian założyć fartuch, obrać ziemniaki, pozmywać i odrobić z Mateuszem lekcje. Nie tak to sobie wyobrażał. Widziałam jego przestraszone oczy i teraz to ja zaczęłam uspokajać jego:

– Maciek, wytrzymam. Wytrzymamy.

Nie mieliśmy wyjścia.

ROZDZIAŁ DZIEWIĘTNASTY

Wytrzymałam! Anemia odebrała mi siły, ale i tak głównie leżałam. Zdrowo się odżywiałam, tyłam, czytałam i powoli myślałam
o mojej malutkiej... córeczce. Tak, właśnie o dziewczynkę prosiłam w cerkwi! Chłopca już miałam, a chciałam parkę. Już pora
na różowe sukieneczki, lalki Barbie, plecenie warkoczyków, może balet albo zajęcia z malarstwa, chór, śpiew? A później wspólne oglądanie komedii romantycznych, bo „oni" przecież tego
nie rozumieją. Nasyciłam się już klockami Lego, notorycznym
wylewaniem chemicznych mikstur, które namiętnie robił Mateusz, bawiąc się w wynalazcę, zapachem męskiej szatni w jego sypialni po nocowaniu kolegów, dzikimi odgłosami podczas
oglądania meczów i zdjęciami zawodników Legii nad łóżkiem.
Na pytanie: „Synku, potrzebujesz jakichś ubrań?" zawsze pada-
ła ta sama odpowiedź:

– Kup dres. Wygodny!

Dwóch facetów w domu i ja. Pora na wsparcie!

Któregoś dnia siedziałam owinięta w koc, oglądając po raz
dziesiąty *Wichry namiętności* i zawodząc rzewnie:

– O matko, jak on ją kocha!

W tym czasie Maciek z Mateuszem nabijali się ze mnie okropnie, niczego nie pojmując. W takich sytuacjach jeszcze bardziej pragnęłam córki, która by mnie rozumiała, z którą zawiązałybyśmy babski front.

Któregoś dnia Maciek wrócił z pracy i przy obiedzie zaczął znienacka dziwną rozmowę:

– Mika... Hmmm, chyba powinniśmy wziąć ślub.

Co? Tak ni z gruszki, ni z pietruszki... ślub?

Byłam tak zaskoczona, że palnęłam:

– No, ja już jeden miałam.

– Ja też – dodał trochę weselej.

– Czyli remis – zaśmiałam się, uważając sprawę za niebyłą, ale on patrzył na mnie wyczekująco i poważnie.

– Maciek – zaczęłam jako głos rozsądku – ale jak ślub? Ja leżę w łóżku, ledwo wstaję do łazienki i żeby coś zjeść. Jaki ślub? A przygotowania, goście, wesele? Dopiero skończyliśmy budować dom i ja ledwo żyję, no... wiesz...

– To zróbmy kameralny – nie dawał za wygraną. – Tylko my, dzieci i świadkowie.

– Taki cichaczem?

– Właśnie! – zawołał, wyraźnie zadowolony, że obędzie się bez tego całego dziwacznego przedstawienia. – Zgadzasz się?!

– Tak! – wypaliłam, bo już mnie objął i zaczął całować. – Ale kto na świadka? – zapytałam racjonalnie.

– Tadeusz i Aida – zaproponował swojego wspólnika i przyjaciela oraz dyrektor telewizji.

– Zuzka się obrazi, Becia też. I Halina. To moje przyjaciółki od serca! A Halina? Przecież byłam świadkiem na jej ślubie, więc wypadałoby...

– Daj spokój – przerwał mi. – To Aida pierwsza nas pobłogosławiła. Pamiętasz? No i miało być po cichu i bez gości.

– No tak... Dobra, zgadzam się na wszystko!

Poczułam się taka szczęśliwa. Uwolniona od obowiązku
zorganizowania przedsięwzięcia czasem przybierającego postać
monstrualnego przedstawienia, w którym ważniejsze od młodych są torty, falbany, koronki, balony, zakąski, kwiaty we wło-
sach druhen, paznokcie pod kolor pantofelków i tym podobne
bzdury. Po co to wszystko?!

Zrobiliśmy tak, jak chcieliśmy – po cichu, bez fajerwerków, w gronie rodzinnym. Po skromnej ceremonii w urzę-
dzie – w towarzystwie naszych dzieci, bo oczywiście była też
córka Maćka, moich rodziców i świadków – po raz drugi zostałam żoną. Zjedliśmy kolację, którą przygotował tata, ja zaś
chwilę później poszłam się położyć, a potem spać. Maciek
musiał sam zabawiać gości weselnych, ale było kameralnie
i spokojnie, bez tańców. Dzieci poszły na górę oglądać film,
a dyrektor Aida, obdarzona ogromnym poczuciem humoru
i wrodzonym luzem, doskonale bawiła się z moimi rodzicami i Maćkiem.

Staliśmy się pełnoprawną rodziną. Nikomu nie będziemy już
musieli nic tłumaczyć, spowiadać się, zwłaszcza w urzędach.
Łatwiej będzie też w szkole: „Na wywiadówkę przyjdzie mąż",
w szpitalu: „To mój mąż, proszę go wpuścić" czy na imprezach:
„Poznaj, to mój mąż".

Ale czy dla nas coś się zmieniło? Tak naprawdę nic. My już
od dawna byliśmy rodziną, mimo że bez formalnych zapisów.
O powadze związku, wzajemnym szacunku i odpowiedzialności
za siebie decydujemy my sami, a nie jakiś papierek. Byliśmy razem na tyle długo, żeby się poznać i zgrać, mieliśmy Mateusza

i drugie dziecko w drodze, dom, firmę i siebie nawzajem. Czego chcieć więcej?

Był jeszcze dodatkowy bonus: grono ciężarnych przyjaciółek. Niemal w tym samym czasie dziecka spodziewały się Aleksandra, Halina i Dorota, więc czułam się jak w amerykańskim filmie. Prowadziłyśmy długie rozmowy o przebiegu ciąży, lekarzach, badaniach, kremach na rozstępy, diecie... Na porządku dziennym były ustalenia: „Wezmę po tobie spacerówkę, bo rodzisz cztery miesiące wcześniej", „O, jakie śliczne ciuszki! To dla mnie? Oddaj Dorocie, ona wcześniej rodzi" i pytania: „Ile przytyłaś?", „Masz napady czkawki?", „Planujesz kolejne dziecko?".

Nie byłam sama jak podczas ciąży z Mateuszem. Otaczały mnie inne kobiety, które nie siedziały w domach, ale – piękne, zadbane i dobrze ubrane – dumnie i z klasą nosiły swoje ciążowe brzuszki. Przyszła moda na dobrą figurę w ciąży, lekarze już nie bredzili o jedzeniu za dwoje, lecz zaczęli zwracać uwagę na zrównoważoną dietę. Niestety, mój brzuch był dużo większy, niżbym tego chciała. Cała byłam większa.

Po trzech miesiącach spędzonych w łóżku – z krótkimi przerwami na jedzenie, wizyty w toalecie i ślub – błagałam w duchu, żeby coś się zmieniło. Nie zniosłabym dłużej leżenia! Poszłam do lekarza i... wyniki badań okazały się zadowalające! Nareszcie mogłam wstać i znów żyć normalnie! Poczułam się mocna i odważna, więc w czasie wakacji ruszyłam z Maćkiem w trasę festiwalową.

Zaczęliśmy od Famy w Świnoujściu. Gdy któregoś dnia szliśmy do amfiteatru na próbę i przechodziliśmy obok budki z goframi – ja w moich ciążowych ogrodniczkach – poczułam ogromne ssanie w żołądku. Wskazałam palcem na zdjęcie gofra, a na pytanie sprzedawczyni, z czym chciałabym go zjeść, odpowiedziałam pospiesznie:

– Ze wszystkim!

Mam w albumie to zdjęcie. Ktoś zrobił je ukradkiem. Siedzę w amfiteatrze i w spokoju pochłaniam największego gofra świata. Ogrodniczki, rozstawione nogi, bo siedzenie z brzuchem nie jest najwygodniejsze, duże odrosty, bo nie farbowałam włosów, by nie zaszkodzić dziecku – taki wtedy panował przesąd – trądzik, bo w ciąży trzeba odstawić leki dermatologiczne, okulary w czerwonych oprawkach. I ten monstrualny gofr. Bita śmietana, czekolada, owoce spływają mi po palcach, dłoniach aż do rękawa bluzki. Maciek musiał mnie wtedy bardzo kochać, bo wyglądałam okropnie.

Zaliczyliśmy jeszcze festiwale w Kazimierzu, Sopocie i szczęśliwie wróciliśmy do domu. Po wakacjach robiliśmy program o zagrożeniach, jakie niesie ze sobą rok 2000. Chodziło o przerwy w dostawie prądu spowodowane zawieszonymi komputerami, dziwne zjawiska wieszczone przez nawiedzonych meteorologów – trochę straszno, trochę śmieszno... Mnie interesowało to szczególnie, ponieważ mój przystojny doktor wyznaczył mi termin porodu na... 1 stycznia 2000 roku! Oczami wyobraźni widziałam, jak w samym środku akcji gasną światła, nie działają komórki, a ja nie mogę wezwać karetki. Marudziłam, pojękiwałam: „Co to będzie, co to będzie?". Maćkowi puszczały nerwy. Coraz częściej uciekał w pracę, żeby nie słuchać mojego gadania. Czasem dodawał, że w razie czego wezwie babkę ze wsi i sobie poradzimy. Uwijał się z robotą, brał masę chałtur, bo na wyjazdach mógł odreagować i wieczorem po koncercie czy programie na żywo napić się z kolegami i pośmiać. Czuł, że niewiele zostało mu już tej wolności.

Dwa tygodnie przed porodem poczułam skurcze, więc spanikowana zadzwoniłam do Maćka:

– Przyjeżdżaj! Ja chyba rodzę!

– Rodzisz? Czy chyba rodzisz? – W przeciwieństwie do mnie zachował pełen spokój. – Bóle są cykliczne? Boli cię? Odeszły wody? – pytał rzeczowo.

Chwilę się namyślałam, ale jedyne, co mogłam odpowiedzieć, to:

– Nie.

A on na to najzwyczajniej:

– To przyjadę, jak skończę program, poczekaj z tym rodzeniem, Mika, ja tu mam program na żywo. Nie tak się umawialiśmy, spokój i zen. Tak?

Coś tam mruknęłam, ale on już odłożył słuchawkę. W sekundę skurcze ustały...

Po programie Maciek przyjechał do domu, zdjął kurtkę, umył ręce i wszedł do kuchni.

– Widzę, że zdążyłem. Jak tam? – zapytał, ale nie czekał na odpowiedź i podekscytowany zaczął mówić o wpadkach podczas realizacji programu. – Ale była komedia! – podsumował.

– No co ty? – udawałam zainteresowanie.

– Tak, ale się działo, Kowalska wdepnęła w końską kupę za kulisami. Klęła jak dorożkarz, bo cały pantofelek miała wiesz... – zaśmiewał się.

– Maciej, jutro mam ostatnie USG. Pamiętasz? – sprowadziłam go na ziemię.

– Jutro? – zamilkł. – Kochanie, nie mogę. Mam spotkanie. Nie mogę przełożyć, to bardzo ważne dla firmy. Błagam cię, możesz pojechać sama?

– Trudno… pojadę z Mateuszem – odpowiedziałam.

Byłam zła, ale starałam się tego po sobie nie pokazać.

* * *

Pojechałam do lekarza z synem. Miał już dziesięć lat! Kiedy on tak wyrósł? Nie sprawiał żadnych problemów, dobrze się uczył, aż miło było pójść na wywiadówkę i słuchać tych ochów i achów na jego temat. Z kolegą cały czas kręcili filmy. Mateusz chciał być reżyserem, a jego kolega – operatorem, więc od najmłodszych lat wzięli się do ćwiczeń. Byłam taka dumna.

Nagle Mateusz zaczął rozmowę w samochodzie:

– Mamo, tak się cieszę, że będę miał brata!

– Kochanie, ale to będzie dziewczynka. Tak pokazuje USG.

– Oj, mamo, a ja czuję, że urodzisz chłopaka. Lekarze też czasem się mylą. Poza tym u taty mam już siostrę, Maciek też ma córkę. Chcę mieć brata. – Zamilkł. Namyślił się i po chwili kontynuował: – Będę miał z kim grać w piłkę, nauczę go jeździć na nartach. Zobaczysz, będzie super.

Uśmiechnęłam się, patrząc na tego kochanego chłopca z piegami na nosie, który robił się coraz bardziej podobny do mojego taty.

Ale wiedziałam, że urodzę córeczkę…

* * *

Podczas badania lekarz był dziwnie roztargniony, nieuważnie patrzył na ekran.

– Pani Dominiko – zaczął – jak już wspominałem, dziewczynka, płód prawidło…

Zadzwonił telefon, doktor przeprosił i odebrał. Leżałam grzecznie i czekałam, aż wróci, ale nagle poczułam, jak dziecko kopie i zaczyna się strasznie wiercić. Lekarz nadal był zajęty rozmową, a Mateusz patrzył na brzuch i cichutko powtarzał:

– Chcę mieć brata, brata, brata! – Składał przy tym rączki jak do modlitwy.

Doktor wreszcie odłożył słuchawkę i ponownie skupił się na ekranie.

– No to wracamy do badania... Ojej, pani Dominiko, to nie dziewczynka, tylko chłopiec! Proszę tu spojrzeć! – Wskazał palcem. – I bardzo już chce być na świecie, widać, że się śpieszy.

– A nie mówiłem?! Wiedziałem, wiedziałem! – krzyknął Mateusz uradowany.

– Chłopiec?! – Wybałuszyłam oczy. – Nie, to niemożliwe, niech pan sprawdzi jeszcze raz.

Doktor przyjrzał się obrazowi na ekranie i potwierdził:

– No, chłopiec! O, proszę, tu są dzwoneczki, widzisz? – zwrócił się do Mateusza i zaraz do mnie: – Pani Dominiko, dziecko nareszcie ułożyło się tak, że widać wyraźnie. Wcześniej nie dało się stwierdzić... Chłopczyk! I najważniejsze, że wygląda na zdrowego.

„Jak to chłopiec? Chłopiec?" – huczało mi w głowie.

W samochodzie Mateusz wyrwał mi telefon z dłoni i od razu zadzwonił do Maćka.

– Maciek? Wygraliśmy! Będę miał brata, a ty syna! Cieszysz się?

– Jesteś pewien? – usłyszałam podekscytowany głos męża.

– No, doktor mi pokazał na ekranie siurka! Chło-piec! – przesylabizował.

– Fantastycznie! – krzyknął Maciek. – Będziemy razem oglądać Ligę Mistrzów. Pokażemy mu *Gwiezdne wojny* i *Godzillę*. A mama jak? Daj mi ją do telefonu.

Gdy przejęłam słuchawkę, usłyszałam radość w głosie Maćka.

– Kochanie, tak się cieszę! – wykrzyknął. – Syn, syn... Wieczorem będę w domu. Kocham was, pa!

– Wracaj, wracaj, bo syn już się do nas wybiera, a Mateusz mnie sankami do szpitala nie zaciągnie!

– Tak szybko, już? – zdziwił się.

– Tak, i wyobraź sobie, że lekarz wyznaczył datę porodu na ten sam dzień, w którym dziesięć lat temu urodziłam Mateusza. Nieźle, co?

Sny o lalkach Barbie, pleceniu warkoczyków, dziewczęcym szczebiocie, malowaniu paznokci na różowo, wspólnym oglądaniu komedii romantycznych odpłynęły w siną dal... Już w domu zaczęłam pakować różowe sukieneczki, które kupiłam wbrew przesądom, i falbaniaste spódniczki. Nie zmarnowały się – miałam sporo ciężarnych znajomych, które oczekiwały na córeczki.

– Została piłkarska środa – westchnęłam.

* * *

Jak przewidział lekarz, mój synek bardzo szybko dał znać, że chce już przyjść na świat. Rano wyruszyliśmy do szpitala. Tym razem jechałam tam bez lęku, bo w ciągu tych dziesięciu lat w Polsce pojawiły się prywatne kliniki i nareszcie można było rodzić po ludzku. Na dodatek zanosiło się na poród w dniu urodzin Mateusza.

W szpitalu wszystko wyglądało inaczej niż w moich wspomnieniach. Po uprzejmym przyjęciu i delikatnym badaniu lekarz poinformował, że będę rodzić około dwudziestej, i zaproponował znieczulenie. Maciek cały czas był przy mnie, czułam się spokojna i pod dobrą opieką. Dostałam luksusowy pokój, wszyscy byli mili i troskliwi. Czemu wcześniej nikt na to nie wpadł?

Rozpakowaliśmy nasze rzeczy jak w hotelu, położyłam się na łóżku i czekałam na pierwsze skurcze. Wzięło mnie na wspominki i zaczęłam opowiadać o poprzednim porodzie, lęku, obcesowości pielęgniarek, uczuciu, że nikomu na mnie nie zależy. Maciek wyglądał na spiętego. W pewnej chwili zapytał:

– A może jednak chcesz to znieczulenie?

Zastanowiłam się chwilę. Ból, którego doświadczyłam podczas rodzenia Mateusza, odszedł w niepamięć.

– Nie, nie chcę – odpowiedziałam stanowczo. A potem dodałam fatalistycznie: – Na pewno źle mi się wbiją w kręgosłup i będę sparaliżowana, absolutnie nie chcę. Dałam radę raz, dam i drugi. Zwłaszcza że podobno za drugim tak nie boli.

Po chwili przyszły skurcze i nie byłam już taka pewna swojej decyzji. Niezależnie od tego, czy rodzi się w okropnym szaroburym szpitalu rodem z PRL-u, czy w luksusowym prywatnym, boli tak samo koszmarnie.

– Maciek, leć po pielęgniarkę, auu! Niech mi robią to znieczulenie! O matko, jak boli. Chcę już każde znieczulenie świata, mogę nawet jeździć na wózku, byle przestało boleć! – krzyczałam.

– Nie kracz, lecę – rzucił i wybiegł z pokoju.

Pielęgniarka zrobiła zastrzyk i zawiozła mnie na porodówkę. Maciek był już cały w nerwach:

– Czemu nie chciałaś znieczulenia od razu? Mówiłem ci, weź! Jesteś taka uparta. No to teraz masz – krzyknął na mnie, po czym natychmiast zmienił ton: – Boli cię? No, zaraz przestanie, przestanie. – Delikatnie pogłaskał mnie po głowie.

Maciek, jak każdy „prawdziwy mężczyzna" (choć nie mam pojęcia, co to właściwie znaczy), nie znosi widoku krwi, szpitali, lekarzy i wszystkiego z tym związanego. Jestem pewna, że gdyby nie wrodzona przyzwoitość, uciekłby gdzie pieprz rośnie.

– Wygońcie go z sali, gdy zacznę rodzić – poprosiłam pielęgniarkę. – Koleżanka mówiła, że jak mąż jest przy porodzie, to potem są problemy w sypialni. – Wszyscy wybuchli śmiechem.

Podczas akcji porodowej odbiłam sobie za bezgłośny, cichy poród Mateusza, za połykane łzy. Wtedy bałam się, że na mnie nakrzyczą, że będą uciszać i że to nie wypada, a teraz darłam się wniebogłosy.

W kulminacyjnym momencie na salę wszedł Maciek.

– Nie teraaaaaz! Przyjdź, jak urodzę – zdążyłam krzyknąć między parciami i... urodziłam na oczach męża.

O dziwo, wcale nie zemdlał. Przeciął pępowinę, a po chwili wziął syna od miłej pielęgniarki – po tym, jak go otarła, zważyła i owinęła w pieluszkę. Maciek chodził dumny po korytarzu i wszystkim się chwalił:

– To mój syn, Staś. Fajny, prawda?

– Nasz – krzyknęłam z porodówki. – To n a s z syn!

W poczekalni przysiadł się do młodego zdenerwowanego Koreańczyka, który czekał na narodziny swojego syna. Namówił go, żeby towarzyszył żonie podczas porodu.

– Słuchaj, przecinania pępowiny własnego dziecka nie da się porównać z niczym innym! – powiedział.

Koreańczyk poszedł, ale podobno runął jak długi, bo – jak powiedziały pielęgniarki – „wrażliwy coś...".

My już po godzinie leżeliśmy we troje w ślicznym pokoju i patrzyliśmy na nasze dziecko poczęte na uroczej Krecie podczas moich dziwnych duchowych uniesień. Staś od urodzenia był zdecydowany i bardzo ruchliwy. Szkoda mu też było czasu na sen...

Wieczorem przyjechali moi rodzice z Mateuszem, który zażądał, byśmy pozwolili mu wziąć brata na ręce, zanim zrobią to babcia i dziadek. Był taki dumny! Tata miał łzy w oczach. Mama chwaliła szpital i zaangażowanie personelu. Wnuk wzruszał ją mniej, nie mówiąc już o mnie. Tym razem nie było rozmowy przez szybę – rodzina siedziała przy moim łóżku. Byłam strasznie głodna, więc Maciek przyniósł dwie porcje pielmieni, które łapczywie pochłonęłam.

Wieczorem leżałam, gapiąc się w okno. Staś właśnie zasnął. Naszły mnie refleksje: dziesięć lat i tyle się zmieniło w moim życiu. Zakończyłam nieudane małżeństwo, miałam za sobą pracę w telewizji, urodziłam dwóch synów, zamieszkałam w domu na wsi, miałam nowego męża, nową pracę i nowe plany. Także Polska wyglądała inaczej, czego dowodem był choćby ten szpital.

Od następnego ranka ustawiała się kolejka chętnych do odwiedzenia mnie i Stasia. Wpadły moje siostry, po nich Halina już w drugiej ciąży, Zuza i Beti, potem Aleksandra, też w ciąży. Do wieczora w pokoju trwała regularna impreza, bo co chwilę przychodził ktoś znajomy opić z Maćkiem narodziny syna.

Wieczorem zajrzał do nas doktor i uśmiechnął się szeroko na widok bandy rozbawionych gości.

– Panie doktorze, może szampana? Za zdrowie małego – zapytałam.

– Dziękuję, mam dyżur. Widzę, że wszystko w porządku, to nie będę przeszkadzał w zabawie. Tylko proszę troszkę ciszej, bo już się zbliża cisza nocna!

Po wyjściu ostatniego gościa Maciek padł pijany szampanem i szczęściem na swoje łóżko, a ja karmiłam piersią co dwie godziny, jak trzeba, z wprawą. I tak właśnie zaczął się nowy rozdział w moim życiu – pod tytułem Staś.

ROZDZIAŁ DWUDZIESTY

Wróciliśmy do naszego ślicznego domu na wsi. Była choinka, w kominku palił się ogień, pachniało świętami i niemowlęciem. Mały kotek przybłęda, którego mieliśmy tylko dokarmiać, zameldował się u nas na stałe tuż przed moim wyjazdem do szpitala. Teraz chował się po kątach i podejrzliwie patrzył, co my tam przynieśliśmy. Obserwowałam, jak zwabiony mlecznym zapachem dziecka obwąchał Stasia zdziwiony, ale przyjazny.

Te święta były spokojne, spędzone z całą rodziną. Moja siostra Sylwia przyjechała z dwojgiem dzieci. Ania nadal była bezdzietną trzpiotką. Rodzice mieli już czworo wnucząt: trzech chłopców i jedną dziewczynkę. Wszystko kręciło się wokół dzieci, a przy stole zasiadły cztery pokolenia. Wspominki, zdjęcia, pogaduszki, wzruszenia i śmiech. To były miłe święta, jedne z nielicznych, które wspominam jako w pełni spokojne.

Sylwestra spędziliśmy w domu. Ja karmiłam piersią jak rasowa mamuśka, a Staś często budził się z drzemek i był... całym sobą. Tak. Był absorbujący. Sąsiadki wpadały tylko na chwilę, powitać nowego mieszkańca naszej wesołej wioski i poplotkować, wypijały szampana i uciekały do swojego życia.

Pamiętam, że tuż przed północą w telewizji pokazywano kulę ziemską, która kręciła się w takt muzyki klasycznej, a minutę po północy muzyka zmieniła się w ostre techno, że niby tak ma teraz wyglądać świat. Patrzyłam na to jak zaczarowana, tuląc w ramionach ukochane dziecko. Dziecko roku dwutysięcznego, szalonego i zaskakującego?

Dzień po dniu karmiłam Stasia, zmieniałam pieluchy, kąpałam, usypiałam. Prądu nie wyłączyli, komputery nie padły, kometa nie zmiotła nas z powierzchni Ziemi. Wszystko było po staremu – z wyjątkiem naszego całkiem nowego synka.

Nowy rok przywitaliśmy bezalkoholowym szampanem we czworo – Mateusz, Staś, Maciek i ja. To był zupełnie inny sylwester niż ten rok wcześniej. Oba jednak niezapomniane.

Na pierwszy spacer ze Stasiem poszliśmy już pierwszego stycznia. Była piękna, słoneczna pogoda, śnieg błyszczał jak w bajkach i na tanich pocztówkach. Grzechas, sąsiad, zobaczył nas z okna i wybiegł w drewniakach. Zaprosił nas na noworocznego dzika, bigos i wódeczkę.

– Trzeba młodego opić, bo się rozeschnie... Czy jakoś tak! – Zaśmiał się rubasznie.

Po chwili, nie wiem skąd, oglądać Stasia zeszła się cała wieś. Nasz syn został porządnie opity zimną wódeczką pod zacny bigos Grzesia. Pojawiły się ciężkawe żarty, że podobny do sąsiada albo listonosza, opowieści o przedniej zabawie sylwestrowej i obietnice, że za rok na pewno będziemy.

– Jak skończę karmić, nadrobimy – obiecałam, ale chyba tylko po to, żeby dali mi spokój.

Czułam się inaczej. Byłam matką dwóch synów. Trzydziestojednoletnią poważną kobietą. I żoną poważnego mężczyzny. Wiedziałam, że bardzo chcę mieć jeszcze jedno dziecko. Dziewczynkę. Nie w głowie była mi zabawa. „Teraz to już chustka zamiast wianka i fartuch zamiast szpilek". Daję słowo, tak myślałam! Na szczęście po zakończeniu karmienia wróciłam do normy. Choć nie całkiem. Spoważniałam. Zrobiłam się roztropniejsza, odpowiedzialna i rozsiadłam się jak kwoka w swoim kurniku.

To był czas formowania się naszego gniazda i szczęścia. Czułam się rozkosznie, bajkowo, przesłodko. Zwieńczeniem był nasz wyjazd na Święta Wielkanocne z chłopcami i córką Maćka. To były najcudowniejsze dwa tygodnie tamtych lat. Byliśmy w komplecie. Dobre humory, piękna pogoda, Alpy i my – szczęśliwa rodzina. Narty, sanki, spacery, dobre jedzenie, dziecięcy śmiech. Mały cud.

* * *

Po trzech miesiącach ciągłego zajmowania się Stasiem zauważyłam dwie rzeczy. Po pierwsze, że od jego narodzin nie byłam w pokoju Mateusza: nie sprzątałam tam, nie marudziłam, że jest bałagan, nawet nie wiedziałam, czy odrobił lekcje i umył zęby. Po drugie, że nie wchodzę w żadne spodnie. Nasz rezolutny, kochany i absorbujący Staś zagarnął mnie dla siebie w stu procentach. Gdy spojrzałam w lustro, zobaczyłam obcą kobietę z podkrążonymi oczami, siwym odrostem na głowie i kiepską cerą. Ciągle chodziłam w dresach. O nie, wpędziłam się w niezły kanał.

Staś spał z nami w łóżku, bo budził się co dwie, trzy godziny na karmienie. Poza tym przy nas był spokojniejszy. Jakoś nie umiałam go odstawić do jego łóżeczka. Gdy się sobie przyjrzałam, zrozumiałam, że zbliża się małżeńska katastrofa. Zamieniłam się w matkę Polkę, potarganą i w wyciągniętym, bezkształtnym ubraniu, a mojego przystojnego męża zaraz zagarnie jakaś Barbie. I jeszcze Mateusz. Dzielny starszy brat, ale wciąż dziecko. Tak nagle wydoroślał, ze wszystkim radzi sobie sam. Chyba oślepłam, zgłupiałam, straciłam rozum. Mam dwóch synów i obu muszę poświęcać swój czas.

Pora na zmiany.

– Kochanie, zajmiesz się Stasiem w weekend. Musisz mieć wolne w pracy i już! – zarządziłam.

Ja zaplanowałam weekend z Mateuszem. Tylko z nim. Pizza i kino. Naczytałam się w kobiecych czasopismach o traumach wśród dzieci, gdy pojawia się rodzeństwo i rodzice zapominają o starszym. Poczułam wyrzuty sumienia, pomyślałam o sobie w najgorszych słowach i postanowiłam wszystko naprawić.

– A ja? – zapytał Maciek, nieco rozżalony.

– Ciebie też zaniedbałam, ale ty jesteś duży i mądry. Tobą zajmiemy się troszkę później, zgoda? – zapytałam kokieteryjnie.

Zgodził się. Zawsze był mądry i kochany.

Spędziłam trochę czasu z Mateuszem. To pomogło nam obojgu. Zawsze mnie rozczulał swoją dojrzałością. Mój mały dorosły synek! Potem wzięłam się za siebie. Postanowiłam, że gdy zrzucę nadmiar kilogramów, kupię seksowną bieliznę i przypomnę Maćkowi, kogo poślubił.

Kilka dni później wybrałam się do modnego wówczas klubu fitness. Było to ogromne pomieszczenie, w którym jak w filmie *science fiction* ludzie biegali w miejscu na gumowej taśmie w rytm głośnej muzyki i przy dźwiękach upuszczanych ciężarków, prężyli się, wysilali, dyszeli – i wszyscy, jednocześnie sapiąc, oglądali na monitorach... najnowsze wyniki giełdy. Kompletny kosmos.

W innych salkach, w dalszej części tego piekła, odbywały się zajęcia o nic niemówiących mi nazwach TBC, ABT, BS i *fit ball*. Trochę bardziej po polsku brzmiały: joga i pilates. Siłownia w tym hałasie i w towarzystwie mrugających monitorów szybko mnie znudziła. Wybrałam zajęcia TBC: *total body conditioning*. To coś dla mnie, musiałam szybko wrócić do formy. Skompletowałam strój, wyciągnęłam z szafy ulubione sportowe buty i poszłam. Na sali w pierwszych dwóch rzędach stały same Mariole Bojarskie. Perfekcyjne, chude, w obcisłych najmodniejszych strojach do fitnessu, adidasach, które projektowano chyba w NASA, i – o zgrozo – w pełnym makijażu! Dalej dostrzegłam dwie panie o słusznych kształtach – w czarnych legginsach i za dużych T-shirtach kryjących fałdki – oraz pana z wąsami i w okularach z grubymi szkłami. Ustawiłam się przy nich w za dużym podkoszulku i starych adidasach. Scena jak z komedii o Bridget Jones.

Instruktorka zaczęła w takt ostrej muzyki:

– Raz, dwa, trzy i jedziemy! Wykrok w lewo, ręka do góry! – Wszystko bardzo szybko.

Zanim opanowałam układ, kilka razy myliłam stronę lewą z prawą i nie nadążałam. Nawet facet obok radził sobie o niebo lepiej. Jaki wstyd! Po zajęciach, słaniając się na nogach, poszłam do łazienki i zwymiotowałam z wysiłku.

– Za szybkie tempo jak na pierwszy raz – pocieszyła mnie któraś z tych pięknych.

Gdy wychodziłam z klubu, czułam na sobie ich wzrok. Zrobiło mi się okropnie źle. Jeszcze kilka lat temu to ja byłam królową balu! Teraz macierzyństwo zmiotło mnie z sali balowej, nikt nie odnajdzie mojego szklanego pantofelka, bo męża już mam i dwoje książąt też. „To już inna bajka, kobieto!", pomyślałam.

Na szczęście takie sytuacje mnie nie załamują, lecz mobilizują. Odwiedziłam sklep sportowy, kupiłam sobie na pocieszenie profesjonalny strój, koronę zostawiłam w szafce i bardzo regularnie pociłam się na zajęciach. Powoli zaczęłam przypominać siebie.

* * *

Życie matki nie jest łatwe. Dziewięć miesięcy ciąży, czasem na leżąco, karmienie piersią, obcinanie dzieciom paznokci, czyszczenie uszu, mycie głowy w akompaniamencie wrzasków: „Nie, nie lubię myć głowy...", odrabianie lekcji, organizowanie kinderbali, wywiadówki, wizyty u ortodonty, wyciąganie z plecaków zapleśniałych kanapek i zgniłych jabłek, pakowanie walizek na zieloną szkołę, dowożenie zapomnianego stroju na WF, poszukiwanie krepiny potrzebnej na poniedziałkowy poranek, o której dziecko przypomniało sobie w niedzielę tuż przed snem... Matka musi pogodzić co najmniej trzy sfery: obowiązki domowe, opiekę nad dziećmi i zainteresowanie okazywane mężowi. A w tym wszystkim jeszcze nie zatracić samej siebie. Odsunięty mężczyzna często cierpi jak zaniedbywane dziecko. Tęskni za czasami, gdy to on był oczkiem w głowie, gdy był kokietowany i rozpieszczany, po przyjściu do domu zawsze czekała na niego pyszna kolacja przy świecach, a potem upojna noc w sypialni. Ale jak to zachować, kiedy matka nie sypia, a libido nie jest przez to już takie jak dawniej? Jak sprawić, by mężczyzna nadal chciał wracać do takiego domu? Matka przypomina niekiedy chomika w kołowrotku. Dziecko, dom, spacer, zakupy, sprzątanie, dziecko, dom, spacer, zakupy, sprzątanie – i tak w kółko. Bezmyślnie, mechanicznie, byle do przodu…

Zdarzały się takie dni, kiedy byłam zupełnie sama. Maciek pracował, bo ktoś przecież musiał. Pobudka o szóstej, karmienie i przewijanie Stasia, śniadanie dla Mateusza, dla siebie coś na ząb w biegu, pakowanie chłopców do auta. Trzeba odwieźć Mateusza do szkoły.

– Zabrałeś rzeczy na basen?

– Zapakowałam ci ręczniki?

– Masz tu kanapki i owoce. Tylko na pewno zjedz!

– Potrzymaj Stasia, muszę zapiąć fotelik.

– Kurczę, zapomniałam kluczyków.

Gdy wreszcie udało nam się ruszyć, do szkoły mieliśmy zaledwie trzydzieści kilometrów w korkach…

– Mamo, pamiętaj, kup mi buty na WF, bo stare są już za małe.

– Mamo, wieczorem mam trening, zdążysz?

– I jeszcze muszę mieć na jutro blok techniczny.

– Tak, tak – notowałam w myślach. – Wszystko załatwię. Nic się nie martw. A, jeszcze dentysta. Jutro. Pamiętajmy oboje.

– Cześć, brat. – Mateusz pożegnał się ze Stasiem. – Fajnie masz, że nie musisz jeszcze chodzić do szkoły. A, mamo… Proszę, nie parkuj pod szkołą, gdy mnie odwozisz.

– Ale dlaczego? Postawili zakaz? – zapytałam zdziwiona.

– Nie, po prostu cię o to proszę…

Aha, domyśliłam się. Mój duży syn wstydzi się matki obcałowującej go na pożegnanie. Obiecałam, że od jutra będę parkować za rogiem.

W drodze powrotnej zrobiłam zakupy w supermarkecie. Wózek wypchany, jakbym miała zamieszkać na pustyni: zgrzewki z wodą, pampersy, jedzenie. A, jeszcze korki dla Mateusza. Potem szybko do domu, bo głodny Staś wiercił się i marudził. W domu karmienie, przewijanie, zupa, pranie i już zaraz musiałam wracać po Mateusza, by przed treningiem narciarskim po drugiej stronie Warszawy zdążył jeszcze zjeść obiad.

Gdy podbiegł do auta, głośno się roześmiał. Nie wiedziałam, o co chodzi. Do czasu... gdy spojrzałam w lusterko. Nadal miałam na sobie piżamę, na którą rano tylko narzuciłam dres. Zapakowałam Stasia do fotelika i ruszyliśmy na trening, żeby zobaczyć, jak Mateusz zjeżdża na nartach po plastikowym stoku. Wróciliśmy o dziewiątej, kąpanie, kolacja, lekcje. Na szczęście w tej szkole niemal nie było prac domowych. O dziesiątej padałam na twarz. W duszy błagałam choćby o trzy godziny snu ciągiem. „Ale czy Staś na to pozwoli?", pomyślałam.

ROZDZIAŁ DWUDZIESTY PIERWSZY

Gdy Staś nieco podrósł, a jego rytm się ustabilizował, postanowiłam, że to dobry moment, by zatrudnić nianię i wrócić do części obowiązków zawodowych. Sąsiedzi polecili nam Olę, miłą dziewczynę, która opiekowała się ich synem, zanim poszedł do szkoły. Staś bardzo ją polubił. Ja również.

Pierwsze spotkanie z radą artystyczną festiwalu, który miałam robić, wypadło w dniu, w którym Maciek był na wyjeździe, a Olę dopadł jakiś wirus i musiała zostać w domu. Zapakowałam półrocznego Stasia do samochodu i jazda do telewizji. Oczywiście korki... Wbiegłam z nosidełkiem do sekretariatu i ubłagałam dziewczyny, żeby przez chwilę zajęły się Stasiem.

Weszłam na spotkanie. W pokoju siedziało dziesięciu poważnych mężczyzn. Omawialiśmy program festiwalu, koncerty, prowadzących, scenografię. Po piętnastu minutach, gdy nadawałam jak najęta, ktoś zapukał. Drzwi się uchyliły i zobaczyłam w nich głowę Lilki.

– Mika, przepraszam, ale obudził się i płacze. Chyba jest głodny.

– Muszę nakarmić syna – wypaliłam nieco zawstydzona.

„Co oni o mnie pomyślą?"

– Proszę się nie przejmować – odezwał się jeden z moich rozmówców. – Moja żona też karmi, wiem, jak to jest. Poczekamy, proszę biec do syna.

Nakarmiłam płaczącego Stasia, wróciłam i poprowadziłam spotkanie do końca. Później jeszcze wiele razy udowadniałam innym, że dziecko to nie przeszkoda i że jeśli się chce, to można.

* * *

Ucichło też nasze życie towarzyskie. Wraz z nadejściem lata weekendowe imprezy zamieniły się w pikniki rodzinne. Koniec wódeczkowo-piwnych hałasów i hucznych rozrywek. Wszyscy przyjeżdżali z dziećmi. Starsze biegały po ogrodzie, młodsze grzebały w piasku albo bawiły się na kocu klockami. Mężowie starali się dotrzymać kroku chłopcom grającym w piłkę i odgrażali się, że jak zrzucą brzuszki, to już ich nie zobaczymy. My zaś, mamy z maluchami na rękach, miałyśmy swój świat – wspólne gotowanie i organizacja zabaw dla młodszych dzieci.

Zaczęły się wakacje, czyli dla nas intensywny czas zawodowy. Festiwale, produkcja programów, transmisje na żywo. Różnica między dawnymi a obecnymi czasami była taka, że teraz jechaliśmy taborem cygańskim. Ja, Maciek, dzieci, wózek, kojec, pampersy, zabawki, ciuchy i tak dalej. Duży van zapakowany pod sufit. Skończyły się bankiety i imprezy po pracy. Wieczorami padaliśmy ze zmęczenia.

Pod koniec wakacji pojechaliśmy z grupą przyjaciół do Prowansji. Nasz znajomy Marek, świetny człowiek i uroczy kompan, był autorem i wydawcą książek kulinarnych. W czasie wyjazdu przygotowywał kolejną publikację, tym razem o kuchni francuskiej, pełną smakowitych dań i pięknych zdjęć. Cała nasza grupa, składająca się głównie z braci aktorskiej, robiła za podkuchennych. Marek przygotowywał wszystkie potrawy, fotografował, a jego towarzysze... pałaszowali je, zapijając winem. Trufle, sery pleśniowe, dużo czosnku i czerwone wino, czyli wszystko to, czego nie wolno jeść i pić matce karmiącej. Byłam niepocieszona, ale się nie złamałam. Karmiłam Stasia, a to było najważniejsze.

Któregoś dnia wybraliśmy się na wycieczkę do Marsylii. Pyszne jedzenie, upał, dużo wina. Gdy wracaliśmy z restauracji, rozbawione towarzystwo wstąpiło jeszcze na uzo, żeby podtrzymać dobry nastrój. Ja zostałam w aucie ze Stasiem, który zwymiotował na mnie przeglądem tygodnia... I to był punkt zapalny. Poczułam, że mam dość. Wypadłam z samochodu jak burza, wbiegłam do knajpy obrzygana z dzieckiem na biodrze i wypaliłam do Maćka, który rozbawiony popijał uzo z koleżankami aktorkami:

– Maciek, mam dość. Siedzę w samochodzie w tym upale i na ciebie czekam. I jeszcze Staś na mnie zwymiotował. Nie na to się umawialiśmy! – Wybuchłam płaczem.

Byłam rozżalona, śmierdziałam i czułam się pozostawiona samej sobie.

– Ale, słońce, o co ci chodzi? – Maciek był wyraźnie skonsternowany, bo nigdy dotąd nie okazałam niezadowolenia.

– Mika, kochanie! Rzuć to karmienie. Ile można? – poradziły podchmielone koleżanki.

Wybiegłam do łazienki, by nieco doprowadzić się do porządku. Po powrocie wylałam z siebie cały żal:

– Ludzie, ja już dziewięć miesięcy karmię i tyle samo nie śpię. Chcę się wyspać. I napić się z wami wina. Maciek, teraz ty go karm piersią! – Oddałam mu syna i wytarłam nos serwetką.

– Właśnie! – podchwycił Maciek. – Kochanie, rzuć już to karmienie! Prawda, synek? – zwrócił się do Stasia. – Nie męcz już matki. Taki duży facet, a cyca się trzyma! Teraz moja kolej! No, jedziemy po mleko i butelki – zarządził. – Jest tu jakiś nocny z mlekiem i butelkami?

Tamtego wieczoru go powstrzymałam, bo nie powinien wsiadać do samochodu, ale rano dotrzymał słowa. Odwiedziliśmy sklep z artykułami dla niemowląt. Odstawiłam Stasia od piersi, a on przyjął to całkiem naturalnie. Poczułam się lepiej.

Reszta wyjazdu była wspaniała. Gotowaliśmy pod dyktando Marka, piliśmy wino, rozmawialiśmy o filmach. Jedna z koleżanek miała po powrocie zagrać w *Wiedźminie*, co szczególnie rozpalało wyobraźnię Mateusza, wielkiego fana Sapkowskiego. „Ciocia będzie grała Yennefer!" – powtarzał z podziwem. Dzieliliśmy się z Maćkiem opieką nad Stasiem. Często to on karmił syna butelką, a ja oddawałam się rozrywkom towarzyskim. Podobało im się to – i ojcu, i synowi. Mateusz miał grono kolegów w swoim wieku, grali razem w piłkę, wygłupiali się. Czasem jeździli we dwóch z Maćkiem na długie wycieczki rowerowe i prowadzili rozmowy. O czym? Nie chcieli powiedzieć. „To nasze sprawy" – zbywali mnie.

Po wakacjach wróciliśmy do zwyczajnego życia i naszego ślicznego domu. Trawa pięknie wyrosła w ogródku, czysty szmaragd! Skończyliśmy ogrodzenie i wszystko wyglądało jak z bajki. Z filmu. Kochałam domową krzątaninę, to mnie uspokajało.

Nigdy nie miałam feministycznych pomysłów, żeby dzielić obowiązki domowe z Maćkiem. Jestem domowym dyktatorem, ja zarządzam. Wyznaję zasadę, że pomoc ze strony innych wprowadza tylko chaos.

Zbliżały się święta i byliśmy pewni, że Staś, tak jak Mateusz – urodzili się przecież tego samego dnia – zrobi pierwsze kroki do choinki. Zaraz miał skończyć roczek. Tymczasem nadeszły mikołajki. Umówiłam się z sąsiadem, że zrobimy coś miłego dla dzieci z naszej wioski. Ja miałam przygotować paczki, a on – w stroju Mikołaja – roznieść je po domach.

Właśnie wówczas to się wydarzyło.

Wróciłam do domu obładowana zakupami i znalazłam list polecony z... kurii poznańskiej. „Czego chce ode mnie kuria?!", pomyślałam. Otworzyłam i zaczęłam czytać: „W imię Trójcy Przenajświętszej". Jasna cholera! W piśmie poinformowano mnie o moim... rozwodzie kościelnym. Rozwiedziono mnie bez mojej wiedzy. Nie było żadnego procesu, choćby spotkania. Do pisma dodano załącznik z uzasadnieniem, z którego dowiedziałam się o sobie bardzo nieprzyjemnych rzeczy.

Czytałam i nie wierzyłam własnym oczom. Według Janka byłam jawnogrzesznicą, zdzirą i ostatnim dnem. Znalazł nawet świadków mojego wymyślonego upadku, bliskich mi ludzi. Krew odpłynęła mi z twarzy, serce załomotało i osunęłam się na podłogę. Zastanawiałam się, dlaczego Janek nie zadzwonił, żeby uprzedzić mnie o rozwodzie. Porozmawialibyśmy jak ludzie. Przecież na wszystko bym się zgodziła. Nawet na obopólną winę, choć – do licha! – to on zostawił mnie i Mateusza i poszedł nosić na rękach Księżniczkę. Wszystko, co wydarzyło się później, było tylko konsekwencją tego, co zrobił. I to dwukrotnie!

Mimo wszystko bym się zgodziła, żeby zwrócić wolność jemu i sobie. Teraz jednak poczułam się ugodzona nożem w plecy. Z oczu pociekły mi łzy. Nie rozumiałam skali tej podłości, po co ta wojna? Po co kłamstwa i szkalowanie mnie? Wiedziałam, że Kościołowi nie w smak są rozwody i trzeba w takich pismach kłamać, ale tak? Aż tak?

W takim stanie zastał mnie sąsiad, który miał odebrać paczki dla dzieciaków. Wparował do przedpokoju w stroju Mikołaja, zobaczył mnie i zapytał, zdziwiony i zatroskany jednocześnie:

– Ej, Dominika, co jest?

– Przeczytaj – odpowiedziałam jednym słowem i podałam mu pismo z kurii.

Opuścił brodę na gumce pod własną i wyjął prawdziwe okulary, bez białych brwi. Przeczytał raz, a potem drugi.

– O kurwa! – zaklął. – Jak tak można? I nic o tym nie wiedziałaś?

– Nie. Nie raczył zadzwonić, napisać. Nic – odpowiedziałam rozżalona.

Sąsiad wyszedł do kuchni i po chwili wrócił z tacą, na której stało kilka naparstków tequili.

– Pij. – Podał mi jeden. – Bo tu już nic innego nie pomoże.

– A ty? Sama mam pić?

– Ja nie mogę, jestem w pracy – powiedział. – No dobrze, jednego – skapitulował, gdy zobaczył mój stan.

Wypiliśmy po jednym, bo ja też „w pracy", wszak matką jest się na pełen etat. Reszta tequili poszła z powrotem do butelki.

Było mi strasznie przykro. Przecież Janek normalnie do nas przychodził, rozmawialiśmy o Mateuszu i jego potrzebach.

Nawet z Maćkiem dogadywał się bez wyzwisk i wojny. Co takiego się stało, że w tajemnicy przede mną stworzył to paskudne pismo i powołał nieprawdziwych świadków moich nieprawdziwych uczynków?

Mikołajki oczywiście się odbyły. Dzieciaki piszczały z radości i tylko ja chlipałam po kątach. W końcu ból przemienił się we wściekłość, a ta… w spokój. Wzięłam głęboki oddech i zaczęłam planować zemstę.

Przygotowałam po prezencie świątecznym dla wszystkich, którzy podpisali się pod tym paszkwilem. Każdemu zapakowałam płytę z kolędami, pocztówkę świąteczną z życzeniami i fragmentem Ewangelii według Świętego Mateusza: „Nie sądźcie, abyście nie byli sądzeni. Bo takim sądem, jakim sądzicie, i was osądzą i taką miarą, jaką wy mierzycie, wam odmierzą". Dołączyłam opłatek i ksero z pozwem rozwodowym podpisanym przeze mnie: „Dziękuję".

Złośliwe? Być może. Byłam jednak zraniona i opluta. Czułam, że muszę się bronić. Nie chciałam wyzwisk. Wybrałam tamten sposób, bo wiedziałam, że po nim nie będzie już eskalacji świństw. Wystarczy.

* * *

Nadeszły święta w pięknym domu, z pięknym śniegiem i choinką do sufitu. Tak jak przewidywaliśmy, pierwszy raz na własnych nogach podszedł do nas Staś. Co za radość! Była cała moja rodzina, dzieci, prezenty, kolędy – jak na przesłodzonym filmie. Kiczowata sielanka z brokatem, pierniczkami i anielskim przyśpiewem. Było tak fajnie, jak to sobie wymarzyliśmy. Później planowaliśmy szalony bal sylwestrowy.

Nigdy nie przepadałam za sylwestrem, bo nużyło mnie przygotowywanie się na przymusową zabawę. Dla mnie nowy rok to wrzesień – nowy plan lekcji Mateusza i nowa ramówka w telewizji. Na pytania znajomych o sylwestra odpowiadałam:

– Nie mamy żadnych planów.

Tamtego roku wpadłam jednak na pomysł, że sylwestra wcale nie trzeba świętować 31 grudnia. Zadzwoniłam do naszej grupy znajomych, że zapraszam ich na noworoczny ubaw w... pierwszą sobotę po 1 stycznia.

– Ale jak to? – zapytała zdziwiona Aleksandra.

– Liczę na waszą kreatywność! – odpowiedziałam wykrętnie.

– A chociaż dwunasta będzie o dwunastej?

– Dwunasta będzie wtedy, gdy ustalimy – odpowiedziałam wesoło.

– Aleś mi zrobiła frajdę, Dominika! Zawsze w sylwestra prowadzę jakiś program i nigdy nie mogę się zabawić ani nawet napić szampana – ucieszyła się Aneta.

– Wychodzimy naprzeciw potrzebom zapracowanych artystów – wyrecytowałam jak Gierek.

– Super! – zapiszczała do słuchawki. – Na pewno będę.

I tak w pierwszą sobotę po 1 stycznia wszyscy stawili się u nas wystrojeni. Panie w sukniach balowych, panowie w smokingach, wyelegantowane dzieci, niektóre jeszcze karmione piersią. Udekorowałam dom balonami i serpentynami, przygotowałam pyszną kolację i pokaz fajerwerków o północy. I tak przywitaliśmy nowy rok tydzień po klasycznym terminie. Panowie, już mocno rozbawieni, po północy zaczęli się wozić w wózkach maluchów. Chichoty, upadki w śniegu, „jak dzieci, panie kochany, jak dzieci". Przez kolejne lata kontynuowaliśmy tę tradycję, co roku w innym domu. Zawsze było świetnie.

Sielanka sielanką, ale przyszedł czas na mój powrót do pracy. Nie mogłam dłużej być etatową mamą, bo całkiem wypadłabym z obiegu, choć przecież pracowałam w ciąży. I oczywiście trochę zaczęło mnie też nosić.

Pojechaliśmy z Maćkiem do Krakowa robić program *Herzliche Willkommen* przy współpracy niemieckiej telewizji DDR. Artyści z Niemiec i czołówka naszych gwiazd. Program był w stylu wschodnioniemieckim: pióra, balet, taniec, Udo Jürgens i siostry Kessler, ocean kiczu. Prowadziła go polska piękna prezenterka.

Po programie ja i Maciek postanowiliśmy jechać w odwiedziny do przyjaciół w Niemczech, dlatego mieliśmy ze sobą zachodnie marki. Na bankiecie wszyscy dostali torby z prezentami od telewizji DDR. Maciek odszedł na bok i włożył część marek do albumu z Dreznem, a resztę do długopisu, który wcześniej rozkręcił. Umówił się z jeszcze jednym operatorem, że ten zrobi to samo. Po chwili Maciek wrócił na salę, zebrał grupkę znajomych i powiedział:

– Zobaczcie, jaki numer! Znalazłem pieniądze w albumie i długopisie.

W tym momencie wszyscy rzucili się do swoich prezentów, szperali w książkach, rozkręcali długopisy, rwali torby z podkoszulkami z napisem TV DDR. Śmiechu było co niemiara. Po chwili zorientowali się, że Maciek wpuścił ich w maliny. Podeszła do nas także piękna prezenterka, która z lekką złością powiedziała:

– No... mnie tak nie uhonorowali. A w ogóle co to są za dziwne zwyczaje.

Gdy rozejrzała się dookoła, zrozumiała, że to był żart, i też zaczęła się śmiać.

Wszyscy klepali Maćka po plecach ze słowami:

– Ty zgrywusie, dałem się nabrać.

A on pękał z dumy – lubił robić takie żarty.

ROZDZIAŁ DWUDZIESTY DRUGI

Zbliżała się wiosna. Nasz piękny ogród kwitł. Sad też. Było pięknie, ale ja co jakiś czas trułam Maćkowi, że chcę do Warszawy, że mam dość życia w samochodzie, że Mateusz coraz starszy, a my go trzymamy na wsi.

Wydawał się jednak niewzruszony.

Którejś soboty Mateusz umówił się na pierwszą randkę do kina. Musieliśmy go zawieźć do Warszawy i kilka godzin poczekać w centrum handlowym. Włóczyliśmy się po sklepach i piliśmy kolejne kawy.

Podczas drogi do domu zaczęliśmy podpytywać syna:

– Jak było?

– Fajnie. Ewka jest teraz moją dziewczyną. Za tydzień znowu się umówiliśmy – odpowiedział.

– Do kina? – spytałam.

– Zima jest. Gdzie mamy iść?

„No tak… Przecież na lodowisko czy sanki dzieci już teraz nie chodzą", pomyślałam.

– Gdybyśmy mieszkali w Warszawie, sam bym poszedł do kina, a tak musicie mnie wozić – dodał Mateusz.

– Też tak uważam. Te ciągłe dojazdy... – wtrąciłam swoje.

– Dominika, nie narzekaj – przerwał mi Maciek. – Przecież Mateusza od nowego roku wozi kierowca, więc o co ci chodzi?

– Tak, Maciek – odezwał się Mateusz. – Ale spędzam z kierowcą w aucie dwie godziny dziennie. Jestem jak niewolnik.

– A ja spędzam następne trzy, wożąc chłopaków na zajęcia dodatkowe, robiąc zakupy czy odwiedzając lekarzy. Godzinę jedziemy do kina czy teatru. Zostałam etatowym kierowcą – uskarżałam się.

– A ja nawet nie mogę się umówić z dziewczyną. Chcę jeździć autobusem jak moi koledzy – dodał Mateusz.

– I tak ciągle nie ma cię w domu, nawet z niego nie korzystasz. – Wytoczyłam cięższe działo. – A jak masz wolne, to w zimie jedziemy na narty, a w lecie do Włoch. Pomiędzy jest jeszcze trasa festiwalowa od Opola do Sopotu.

I nagle jak za dotknięciem czarodziejskiej różdżki Maciek powiedział:

– No dobra. Szukaj kupców na dom. Sprzedajemy. Ale ty się tym zajmujesz.

I to był cały Maciek. Prośby, błagania zdawały się na nic. I zupełnie nagle, gdy przemówił do niego jakiś argument, zmieniał zdanie. Sprzedajemy dom i już. Pomógł Mateusz, który pierwszy raz zabrał głos w sprawach dorosłych. To była dziwna cecha Maćka: moje prośby nigdy nie skutkowały, ale jeśli wsparł mnie ktoś inny, udawało się niemal od ręki.

Jak ja się cieszyłam. Przybiliśmy piątkę z Mateuszem.

Od rana zaczęłam działania i modliłam się w duchu, żeby Maciek się nie rozmyślił. Najpierw rozpuściłam wici po znajomych. Ustaliliśmy, że podamy wysoką cenę, bo jeśli mamy sprzedać nasz ukochany i wypieszczony dom, to tak, żeby na tym zarobić.

Pierwszy kupiec zgłosił się po tygodniu. Zaprosiłam go na oględziny. Zajechał pod dom wypasionym autem. Ledwie omiótł wzrokiem dom i działkę i powiedział na luzie:

– Biorę!

– Ale... – zaczęłam zdziwiona. – Niemal niczego pan nie zobaczył, nie poznał ceny. – Sądziłam, że przestraszy go kwota, którą zamierzałam podać.

– Nie szkodzi. Biorę – powtórzył zdecydowanie.

– To ja może podam cenę – zaproponowałam, nieco skonfundowana.

Wymieniłam kwotę.

– Dobrze, biorę – usłyszałam po raz trzeci. – Ja mam umówić notariusza czy pani to zrobi? Jest tylko jeden warunek. Za miesiąc musimy się wprowadzić, żona rodzi czwarte dziecko, więc mamy mało czasu.

– Oczywiście, nie ma problemu – rzuciłam karnie.

Odjechał szczęśliwy, a ja stałam jak słup soli. „Nie ma problemu?! O matko, co ja mu powiedziałam? Przecież my nie mamy się dokąd wyprowadzić!"

Szybko wybrałam numer Maćka.

– Maciek, był pan, chce kupić nasz dom – powiedziałam szybko.

– Świetnie! Coś jeszcze? Wybacz, mam tu niezły młyn.

– Maciek! – zatrzymałam go. – Podałam mu cenę, którą ustaliliśmy.

– I co...? Targuje się?

– Nie, zgodził się od razu.

– No widzisz? To super – słyszałam, że naprawdę się ucieszył.

Ja za to byłam zaniepokojona.

– Może to jakiś żart? – wypaliłam. – Nawet specjalnie nie oglądał i od razu bierze? Co ty o tym myślisz? To jakiś znajomy Wieśków.

– Oj, te twoje teorie spiskowe, będzie dobrze, pa! – Zaśmiał się i już miał rozłączyć.

– Maciek, poczekaj! – krzyknęłam. – Jest tylko jeden problem...

– No, jaki?

– Mamy miesiąc na wyprowadzkę – wyznałam.

Maciek jednak nie widział problemu.

– Kochanie, sama tego chciałaś, to teraz się martw – rzucił lekko. – Powiedziało się A, trzeba powiedzieć B, zorganizuj coś albo pójdziemy pod most. Ewentualnie kupimy namiot i rozstawimy u Grzechasa. Całuję, muszę kończyć! – I już go nie było.

Nadszedł atak paniki. Stałam bez ruchu, a rozbiegane, wystraszone myśli rozsadzały mi czaszkę. Co ja narobiłam?! Skazałam dzieci na tułaczkę i nocowanie pod mostem, bo ja miałam focha, a Mateusz daleko do dziewczyny. Przesadziłam... Tak pieściłam ten dom, domek, domeczek, a teraz pozbyłam się go jak kiecki, która mi się znudziła. Co robić? Dzwonić do faceta i wyjaśnić, że podjęłam pochopną decyzję? Wyjdę na wariatkę. Tak, chciałam do miasta, Mateusz też chciał, ale... Co robić?!

Myślałam i myślałam. Nie, nie poddam się. Maciek miał rację, muszę działać. Jeśli się teraz wycofam, utkniemy na wsi na lata. Dziewczyna zerwie z Mateuszem, on się na nas obrazi, wyprowadzi i zejdzie na złą drogę, Staś nie pozna miasta, a ja zmienię zawód i zostanę kierowcą... Nie! Dominika, do roboty!

Rozpoczęłam *tournée* w poszukiwaniu naszego nowego mieszkania. I nic! A to za brzydko, a to za drogo, a to nie ta lokalizacja. A umowa przedwstępna na sprzedaż domu podpisana! Po dwóch tygodniach byłam załamana i nieźle wystraszona. Wizja mieszkania pod mostem zbliżała się nieuchronnie. I nagle przypomniało mi się, że nasza znajoma sprzedaje domy w Konstancinie, a właściwie przy samym wjeździe do Konstancina-Jeziorny. To moje rodzinne strony. Był tam dom stryjostwa, w którym mieszkała nasza rodzina, a dziadek opisał go pięknie w książce o przedwojennej Warszawie i okolicach.

– Maciek – znów przerwałam mu pracę. – Znalazłam fajne osiedle domków w pobliżu Konstancina, tak między Powsinem a...

– Przecież chciałaś do Warszawy – powiedział przytomnie.

– Ale nic tam nie ma! – wyjaśniłam. – A z Konstancina do stolicy jednak dużo bliżej niż z naszej wsi, do szkoły Mateusza to już w ogóle tylko dziesięć minut.

Westchnął i powiedział, że to moja sprawa, że on się dostosuje. Kompromis. Moje ulubione słowo.

Poukładałam sobie w głowie wszystko tak, żeby do siebie pasowało. Nie była to Warszawa, ale prawie. Do szkoły, naszej firmy i kina dziesięć minut! A do tego Konstancin ma klasę, historię i dobre powietrze.

Chwyciłam za telefon i zadzwoniłam do koleżanki handlującej domami.

– Cześć, Basiu, czy został ci jeszcze jakiś dom na sprzedaż?

– Nie uwierzysz – wykrzyknęła. – Klient się wczoraj wycofał i jeden mam. A kto chce kupić?

– My – powiedziałam szybko.

– Jak to? – zdziwiła się. – A wasz śliczny dom koło Piaseczna?!

– Opowiem ci wszystko, gdy się zobaczymy. Możemy podjechać? – Nie mogłam się doczekać.

– Jasne.

Pojechaliśmy razem z Maćkiem. Dokładnie obejrzeliśmy dom. Spojrzałam na męża i już wiedziałam, że mu się podoba. Mnie zresztą też. Wymieniliśmy porozumiewawcze spojrzenia. Małe zmiany i będzie jak w naszej bajce.

Wzięliśmy od ręki. Koleżanka była zachwycona. Spadliśmy jej jak z nieba.

– Wspaniale! – ucieszyła się. – To widzimy się u notariusza.

Maciek miał od zawsze nieprawdopodobną umiejętność odcinania się od zamkniętych spraw. On już tam zamieszkał! Snuł w myślach plany, gdzie postawi sprzęt grający, a gdzie nowy wielki telewizor.

A ja... jak to kobieta. Zaczęłam mieć wątpliwości.

– Czy na pewno dobrze robimy? – wyjęczałam. – O matko, dopiero co skończyliśmy pieścić tamten dom, nawet tam dobrze nie pomieszkaliśmy i znowu przeprowadzka? Czy to wypada? Może mi odbiło?

– Mika, przestań! – Maciek przywołał mnie do porządku. – Odbiło, to prawda, ale koniec marudzenia. Kupiliśmy i teraz trzeba zorganizować przeprowadzkę.

Do notariusza pojechałam sama, bo Maciek oczywiście był w pracy. Podpisałyśmy z Basią papiery, wszystko poszło gładko. Dom był już niemal nasz, wystarczyło tylko pojechać do banku i zrobić przelew. Przepuściłam koleżankę w wyjściu od notariusza, a ona nagle zaplątała się szpilką w swoje dzwony i runęła ze schodów na twarz. Dostrzegłam krew. Wszystko działo się jak na filmie w zwolnionym tempie. Podbiegłam do niej.

– Basiu, żyjesz? – zawołałam. – Basiu!

Uniosła lekko głowę i szepnęła:

– Do banku.

Myślałam, że majaczy. Pomogłam jej wstać.

– Basiu, zawiozę cię do szpitala – zaproponowałam. Byłam przerażona jej stanem. – Skroń masz rozciętą, patrz, z kolana leci ci krew. – Wskazałam na podarte spodnie z wielką czerwoną plamą. – Nie wygląda to dobrze! Musi zobaczyć cię lekarz!

– Na razie do banku – powtórzyła – a potem się zobaczy. Interes musi być zakończony!

– Dobrze – wiedziałam, że nie odpuści – ale pojedziemy moim autem!

Poprowadziłam ją do samochodu i pomogłam jej wsiąść. W ruch poszły chusteczki i płyn do spryskiwaczy jako odkażacz.

Chwilę jechałyśmy w milczeniu, po czym nagle Baśka się odezwała:

– Zobacz, ciągle tak gonimy, a ja mogłam się przed chwilą zabić. Walnęłabym w coś głową i trup na miejscu! A dom byłby twój.

– O tym nie pomyślałam…

– A ja tak! – Roześmiała się.

Dojechałyśmy na miejsce. Weszłyśmy do eleganckiego banku. Prowadziłam Baśkę pod rękę, bo zaczęła kuleć. Musiałyśmy wyglądać komicznie, choć z tą plamą na spodniach i rozciętym łukiem brwiowym – może raczej dramatycznie. W eleganckim pokoju VIP dostałyśmy papiery do podpisania, a miłe panie z obsługi próbowały opatrzyć skroń i kolano Baśki. Zażartowałam, że na nasz widok właściwie powinny wcisnąć guzik alarmu. Na szczęście tego nie zrobiły.

Tak oto zostaliśmy posiadaczami domu w Konstancinie.

Urządziliśmy go zupełnie inaczej niż ten wiejski. Tamten dopieściliśmy za duże pieniądze. Był naprawdę piękny, wygodny i miał swój styl. „Ciekawe – myślałam nieraz – czy nowi właściciele wypruwają wszystkie szczegóły, czy też zachwyceni moim gustem czule głaszczą nasze gałki, klamki, półki i parapety?".

Maciek nie znosił tych moich zamyśleń.

– Daj spokój, to już historia – mówił. – Zapłacili z nawiązką, więc mogą zerwać wszystko do gołego muru!

– No ale wiesz, Staś tam stawiał pierwsze kroki… – zaczęłam.

– Nie marudź! – przerwał mi. – Masz nowe wyzwanie.

To nie tak, że zostawił mnie z tym wszystkim samą, ale faktem jest, że wiele rzeczy spadło na moją głowę. Ten dom miał zupełnie inny charakter. Nowoczesny minimalizm, dizajnerskie meble, jedwabne zasłony, wszystko takie czyste i niepokalane. Pozbyliśmy się wielu prawie nowych rzeczy, bo zupełnie tu nie pasowały, a ja miałam gest jaśnie pani, bo właśnie niezauważalnie obrosłam w piórka i zachwyciłam się czasopismami wnętrzarskimi zza granicy. Zawsze lubiłam ładne rzeczy. Niestety, te, które mi się podobały, były drogie. Złośliwość losu! Dzisiaj wiem, że to nie była sodówka, lecz bąbelki od szampana – bo wówczas trwały szczytowe czasy naszego *la dolce vita*! Maciek dobrze zarabiał, firma się rozwijała, wszystko było jak w amerykańskim serialu. Czemu by więc nie korzystać?!

Gdy tylko powiesiłam firanki i ostatnią ściereczkę w kuchni, zaczęłam wiercić Maćkowi i jego wspólnikowi dziurę w brzuchu, że może już pora zmienić biuro na lepsze.

– Maciek, my się tam ledwo mieścimy – tłumaczyłam. – Nie da się pracować. Nowe miejsce wniesie dobrą energię, będziemy mogli zapraszać ludzi na spotkania. Porządne i eleganckie biuro to prestiż! Wizytówka!

– W sumie masz rację – zgodził się. – Czas na zmiany także w firmie!

Krótko przekonywał wspólnika. Tadeusz miał wrodzony gust i poczucie estetyki, osobiście wybrał architekta. Wszystko zostało dopracowane w najdrobniejszych szczegółach: podłoga z żywicy, dizajnerskie meble, przestrzeń i światło. Dodatkowo biuro znajdowało się naprzeciwko szkoły Mateusza i dziesięć minut od naszego nowego domu.

Wszystko szło zgodnie z planem. To był wspaniały czas wielu produkcji, sukcesów zawodowych i dużych pieniędzy. Moja rodzina i niektórzy znajomi uważali, że nam odbiło. Nie żyliśmy jednak ponad stan, lecz zgodnie ze stanem posiadania. Zapracowaliśmy, więc wydawaliśmy pieniądze, tak jak nam się podobało. Nie zmieniło się nasze podejście do pracy, w którą od zawsze wkładaliśmy całe serce. Maciek do każdego programu podchodził, jakby robił go pierwszy raz, z takim samym entuzjazmem.

Zmieniły się trochę nasze zwyczaje. Teraz zapraszaliśmy do domu znajomych na eleganckie kolacje. Czasami pomagał mi je przygotowywać Marek, który był mistrzem w gotowaniu, a w pamiętnej Prowansji robił nam warsztaty kulinarne. Dbałam o piękne nakrycie stołu. Piliśmy dobre wina i prowadziliśmy przyjemne rozmowy z przyjaciółmi, a tematy były zawsze na odpowiednim poziomie, bo przejęłam w naszej grupie rolę kaowca. Znudziły mnie prośne ubawy przy grillu i piwie w poprzednim domu. Dalsze znajome prychały, że się sadzę, ale ja wreszcie czułam się sobą. Z radością organizowałam wyjścia do kina, teatru czy opery i byłam zawsze na bieżąco z najnowszymi książkami.

– Czytaliście najnowszego Houellebecqa?

– Ostatnia opera Trelińskiego była wspaniała.

– To mój ulubiony rocznik tego wina.

– Za tydzień idziemy na Bal Dziennikarzy.

No, „państwo z Konstancina" pełną gębą. Dodatkowo zamieszkała z nami na pewien czas niania Stasia, więc nareszcie miałam chwilę dla siebie. Długo nie czekając, zapisałam się na dodatkowy angielski – który wyleciał mi przez te lata z głowy, nie zostawiwszy nawet wspomnień. Na zajęciach poznałam fajną dziewczynę, która studiowała podyplomowo zarządzanie kulturą na UW.

– To świetne studia – zachwalała. – Może wpadniesz?

– Brzmi interesująco! – powiedziałam szczerze. – Skończyłam... no, prawie skończyłam wiedzę o teatrze, ale nowoczesnych zajęć z PR-u czy marketingu nie mieliśmy. Pomyślę.

Poczułam, że chciałabym się dokształcić. Pojechałam więc na uniwersytet, przywitałam się z miłą panią w dziekanacie i przejrzałam program studiów.

– Pani Dominiko, są jeszcze miejsca – namawiała. – Proszę napisać podanie, przynieść absolutorium oraz pracę dyplomową i jest pani studentką!

– To ja się odezwę... – powiedziałam speszona i poczułam, że dmucham w grzywkę.

Absolutorium i praca dyplomowa.

Przypomniało mi się, jak mówiłam do Zuzki, nadęta i zadowolona z siebie: „Po co nam ten dyplom?". Co za brednie. Byłam kretynką. Potrzebny mi dyplom. Natychmiast! Chciałam się uczyć.

Pojechałam do szkoły teatralnej i wpadłam od razu na nowego rektora, który wcześniej był dziekanem mojego wydziału. Bardzo się lubiliśmy.

– O, dzień dobry, pani Dominiko, jak miło panią widzieć po latach.

– Dzień dobry, panie profesorze. Mam sprawę – wypaliłam.

– Tak? Jak mogę pani pomóc? – zapytał uprzejmie.

– Wybieram się na studia podyplomowe i... Hmm, natychmiast muszę obronić pracę!

– Pracę? – zdziwił się.

– Tak. Magisterską. Tę, której nie napisałam, za co przepraszam, ale wie pan, wtedy ta telewizja, kolorowy zawrót głowy, czasu nie było. Jeszcze dziecko, no wie pan, życie. Teraz muszę ją szybko napisać i obronić, bo chcę się dalej uczyć!

– Pani Dominiko, nauka to zawsze świetny pomysł. Program studiów bardzo się jednak zmienił, doszły nowe przedmioty i jeśli dobrze pamiętam, nie zdała pani ostatniego egzaminu z historii teatru, a to kluczowy przedmiot na tym wydziale. Tak więc najpierw obowiązki, a potem przyjemności, niestety – rzucił z uśmiechem i dodał: – Chce się pani uczyć czy potrzebny pani dyplom? – Puścił do mnie oko.

– To co możemy z tym zrobić? – zapytałam najbezczelniej na świecie.

On zaś odpowiedział:

– Zapraszam panią jeszcze raz na czwarty rok. Uzupełni pani nowe przedmioty, zda egzaminy u profesor Kuligowskiej, napisze i obroni pracę... i gotowe! Szast-prast! Innej drogi nie ma.

Zrobiło mi się gorąco. Błyskawicznie przebiegłam myślami przez podłe rozwiązania typu: „A może by się dało jakoś?", ale wiedziałam, że ma rację. Nie było innej drogi.

– Mam być drugoroczna? – zapytałam rozbita.

– No coś w tym rodzaju – przyznał.

Mina mi zrzedła. Przewróciłam oczami i znów dmuchnęłam w grzywkę. No cóż, trzeba naprawiać stare błędy.

– Dobrze, panie profesorze – udałam pogodzoną z losem, choć moja dusza nadal jęczała. – To ja jeszcze zadzwonię po Zuzkę, może i ona wróci?

– I to jest bardzo dobry pomysł. Zatem do zobaczenia – pożegnał się.

Natychmiast wybrałam numer Zuzki.

– Zuz, sprawa jest – zaczęłam bez powitania. – Słuchaj, jestem w szkole.

– Jakiej szkole, u Mateusza?

– Nie – zaprzeczyłam szybko. – W naszej, rodzonej, teatralnej.

– A co ty tam robisz? – zapytała zdziwiona.

– Wracamy na czwarty rok – wypaliłam. – To znaczy nie tak regularnie. Musimy po prostu uzupełnić przedmioty, zaliczyć jeden egzamin, napisać pracę i mamy magistra sztuki. Rozumiesz? Bez tego to normalnie wstyd przed dziećmi. Pamiętasz, jaka była afera, gdy wyszło, że prezydent nie obronił pracy dyplomowej? To niepedagogiczne, niewychowawcze, a ja chcę iść na studia podyplomowe. To jak?

– Mika, odbiło ci?! – zawołała Zuza. – Mańka jest mała i przypominam ci, że dopiero co urodziłam bliźniaki. Mam troje dzieci, pracę i jak wiesz, mój mąż nie jeździ samochodem, więc wszystko jest na mojej głowie. I jeszcze studia?! Proszę cię…

– Uważam, że to idealny moment – powiedziałam z przekonaniem. – Z domu się wyrwiesz, Miśka wdrożysz w pomoc, niech się poczuje jeszcze bardziej ojcem. No… proszę, proszę, razem zawsze łatwiej – przekonywałam. – Będę ci pomagać, bo to w końcu trochę moja wina, że olałyśmy magisterkę.

Będę ci dawała ściągać i będę robiła notatki przez kalkę. Co? No, bądź dobrą przyjaciółką! – błagałam.

Zuzka milczała, ale czułam, że intensywnie myśli. W końcu powiedziała:

– O matko, dobrze już, dobrze. Ale tym razem to ty będziesz kujonem. Co ja z tobą mam! Zawsze coś...

ROZDZIAŁ DWUDZIESTY TRZECI

Decyzję podjęłam, ale chciałam ją jeszcze przedyskutować z Maćkiem, żeby rozwiać wątpliwości i uzyskać jego aprobatę.

Podczas kolacji zaczęłam najspokojniej na świecie:

– Maciek, wiesz, wracam na studia, muszę napisać zaległą pracę, bo chcę iść na te podyplomowe, o których ci wspominałam. Co ty na to?

Bałam się, że zacznie marudzić: co z domem i po co mi w takim wieku studia, przecież wszystko mam i niczego mi nie brakuje.

– Świetny pomysł – odpowiedział jednak. – Ale czemu wracasz na studia? Nie wystarczy obronić pracy?

– No nie do końca, bo mam niezaliczoną historię teatru i zmieniły się przedmioty, muszę nadrobić. Potem praca i już.

– Dobrze, bardzo dobrze! Ambitną mam żonę! – Spojrzał na mnie z uśmiechem.

Ja byłam jednak pełna wątpliwości.

– Ale jak ja dam radę? – jęknęłam. – I jeszcze zaczynamy kręcić serial, muszę wszystko przygotować, casting, zdjęcia próbne, scenariusze. Jak ja dam radę? – powtórzyłam.

– Dasz radę, prymusko – zapewnił.

– Zobacz, jak nic się nie działo, to się nie działo, a teraz wszystko naraz – westchnęłam.

– Chodź, przytul się. – Wziął mnie w ramiona. – Będę miał teraz żonę studentkę, znaczy młodą, będę chodził na wywiadówki i podpisywał ci piątki w dzienniczku – powiedział ze śmiechem.

Potem obiecał, że mi pomoże, i jeszcze raz zapewnił, że wszystko będzie dobrze. Poczułam się lepiej. Ale zanim włożyłam białą bluzkę i granatową spódniczkę, przyszło lato i pojechaliśmy na bajeczne wakacje z Aleksandrą – tą od sweterka – Feliksem, ich trojgiem dzieci i uroczymi przyjaciółmi z Krakowa z kolejną dwójką. Wybraliśmy się do Toskanii jak tabor cygański – sześcioro dorosłych i siedmioro dzieci. Trzy duże auta zapakowane po sufity, walizki, wózki, zabawki. Aleksandra wiozła nawet jajka ze wsi dla dzieci, bo zdrowe i ekologiczne, starannie zapakowane w kawałki „Gazety Wyborczej".

Wynajęliśmy dom, a właściwie pałac, w którym mieszkał kiedyś znany projektant Emilio Pucci. W trzy rodziny było nas na to stać. Budynek zapierał dech w piersiach – był ogromny, piękny, położony na wielkiej działce z kortem i basenem. Miał pięć pięter, wozownię, ale ponieważ to zabytek, czynne były tylko dwie łazienki. Przywitały nas trzy urocze panie w strojach pokojówek, w tym jedna Hinduska, bardzo piękna.

Upał był sakramencki, ruszaliśmy się jak muchy w smole. Chroniły nas tylko grube mury, bo klimatyzacji nie było. Siedzieliśmy albo w basenie, albo w klimatyzowanym aucie lub w sklepie, bo tam panował miły chłód. Po pałacu chodziliśmy w kostiumach kąpielowych, bo inaczej nie dało się wytrzymać. Każda szmatka – nawet batik czy woal – wydawała się za ciepła.

Dzieci się pochorowały i cały czas marudziły. Ja miałam krwotok z nosa, Aleksandra zemdlała i tak cierpieliśmy w tych luksusach, wspominając rzewnie deszczowe lato w Polsce. I jak tu ludziom dogodzić?

Mimo pewnego napięcia i rozczarowania atmosfera była bardzo dobra. Maciek kochał jazdę na rowerze górskim, więc zabierał często na wyprawy Mateusza i katowali się we dwóch w tym upale. Któregoś dnia nagle minął ich van, zatrzymał się gwałtownie, a ze środka wyskoczyła moja kuzynka ze Stanów. Nie do uwierzenia! Mieszkała na stałe w Miami, a spotkali się na drodze w Toskanii. Maciek zaciągnął ją od razu do nas. Wspominaliśmy, żartowaliśmy, było świetne jedzenie, schłodzone wino i nawet upał aż tak nam wówczas nie dokuczał.

Po tych szalonych wakacjach rozpoczęły się przygotowania do serialu, a ja dodatkowo zaczęłam zajęcia na uczelni i pisanie tej zlekceważonej wcześniej pracy magisterskiej. Napięłam się i wyszeptałam sobie: „Dasz radę!".

Znów stałyśmy z Zuzką pod naszą szkołą, tak jak przed czternastu laty... Trochę się jednak u nas zmieniło. Ja miałam dwoje dzieci, drugiego męża, firmę i byłam producentem. Malucha zamieniłam na najnowszego land rovera, kupiłam dom w Konstancinie. Zuzka miała męża, troje dzieci i poważną pozycję zawodową w telewizji. Za chwilę my, już dorosłe kobiety, miałyśmy usiąść w ławkach z młodzieżą pełną ideałów i zapału, jak my kiedyś.

Zagadnęłam pierwszą spotkaną dziewczynę:

– Cześć, jestem Dominika. Czy jesteś z czwartego roku?

– Tak. Cześć, Beata – przedstawiła się. – Ale ze względu na wiek chyba powinnam mówić do ciebie „pani"? – zapytała speszona.

– Ze względu na wiek? Dziewczyno, ja mam dopiero trzydzieści parę lat! – wykrzyknęłam. – Jaka pani! Nie wygłupiaj się, mów mi Dominika. – Uśmiechnęłam się szeroko.

Nagle z Zuzką zobaczyłyśmy, jak w naszym kierunku zmierza kolega z roku, Staszek. Wielki, z czarnymi kręconymi włosami, wyglądał jak Pavarotti i zawsze miał poczucie humoru jak stąd do księżyca. Nieraz wspólnie rozbawialiśmy cały nasz poważny rok żartami. Równocześnie krzyknęłyśmy: „Staaaasiek!" i rzuciłyśmy mu się na szyję. No, to jest nas już troje spadochroniarzy, bo on też coś zaniedbał i musi powtórzyć. Po zajęciach oczywiście poszliśmy do Marcinka, naszej ulubionej kawiarni, żeby streścić sobie ostatnie jedenaście lat. Obiecaliśmy też mobilizować się nawzajem, dotrwać do końca i obronić pracę. Braterska sztama.

* * *

Wpadłam z powrotem w kołowrotek: dom, dzieci, praca, a teraz jeszcze uczelnia i... byłam znowu w swoim żywiole. Świat się kręcił, a ja razem z nim!

Wybrałam obsadę do nowego serialu. Potrzebowałam jeszcze mniej znanych aktorów do kilku epizodów. Wtedy wpadłam na genialny pomysł. Od razu pobiegłam do dziekanatu.

– Dzień dobry – zaczęłam grzecznie. – Mam taki pomysł, żeby tu, w naszej szkole teatralnej, otworzyć agencję aktorską dla młodych. Moglibyście coś zarobić jako uczelnia i pomóc na starcie studentom.

– Dominika, jeśli potrzebujesz aktorów, to wieczorem jest dyplom – usłyszałam. – Albo pochodź po szkole i poszukaj talentów. Nie zawracaj...

– Na dyplomy chodzę od zawsze – wtrąciłam się. – Ale mnie chodzi o studentów od pierwszego do czwartego roku. Po co mają dorabiać jako kelnerzy, skoro mogą statystować lub grać epizody i od razu mieć kontakt z zawodem.

Akurat podczas tych moich wywodów obok przechodził rektor.

– O, panie profesorze – zawołałam rozentuzjazmowana – inicjatywę mam. Zróbmy tu szkolną agencję aktorską. Nasi aktorzy studiują cztery lata, a na całym świecie dwa i idą na scenę, do filmu, bo przecież chodzi o praktykę, prawda?

Sytuacja wyglądała dość dziwacznie, bo byłam studentką, ale też producentką i reżyserem obsady w jednym. Doświadczenie podpowiadało mi, że pomysł jest dobry, ale stałam w dziekanacie uczelni o wieloletniej tradycji, gdzie czuć było jeszcze wodę kolońską Zelwera i perfumy Katarzyny Figury. Czyżby mój pomysł był dla nich obrazoburczy?

Rektor, który od zawsze miał do mnie słabość – a raczej do moich szalonych pomysłów – chrząknął i powiedział z uśmiechem:

– Pani Dominiko, przypominam, że jednak znajduje się pani w Akademii Teatralnej, która kształci aktorów na wielką scenę, a nie – z całym szacunkiem – do jakichś serialików.

Nie dawałam za wygraną.

– Ilu studentów co roku w całej Polsce kończy wydział aktorski? – zapytałam. – A ilu na etat przyjmie na przykład Teatr Narodowy czy Teatr Stary w Krakowie? Co z resztą, która nie będzie miała szczęścia lub wystarczającego talentu? Dlaczego im nie pomóc na starcie, już w szkole? Czasy się zmieniły. A tu studenci nie mają nawet zajęć ze zdjęć próbnych. Nikt nie uczy ich, jak się sprzedać na castingu, jak szukać agenta i tak dalej. To nie są już czasy Heleny Modrzejewskiej. „Pora z żywymi naprzód iść", jak zalecał Asnyk.

– Trzeba! – zagrzmiał rektor.

– Prawda? – ucieszyłam się, że się ze mną zgadza.

– „Trzeba z żywymi", a nie „pora z żywymi" – poprawił mnie. Cholera!

– Ja tak celowo... – próbowałam się bronić. – Bo już pora, no, jak na świecie, żeby młodzi też mogli...

– Pani Dominiko, powtarzam – przerwał mi. – Tu jest wyższa uczelnia, a nie kurs aktorski! Żegnam. Zaczynam zaraz zajęcia.

– Do widzenia – powiedziałam. – A tak swoją drogą to Wydział Wiedzy o Teatrze też powinniście zreformować, bo trąci myszką – rzuciłam na odchodne.

Twarz rektora stężała, ale opanował się i odpowiedział grzecznie:

– Do widzenia, pani Dominiko, a tymczasem trzymam kciuki za pani pracę magisterską. Wybrała już pani temat?

– Tak – odpowiedziałam butnie – będę pisała o Juliuszu Osterwie. Wspomnę o jego Teatrze Laboratorium, bo on wciąż szukał nowości, panie rektorze.

Dmuchnęłam w grzywkę, bo rektor elegancko i w białych rękawiczkach jednak pokazał mi moje miejsce w szeregu. Opadły mnie wątpliwości i nie dawało mi to wszystko spokoju. Byłam przekonana, że mój pomysł jest świetny, a odmowa rektora świadczy o jego skostnieniu. Wściekałam się, ale niewiele mogłam zrobić. Trudno. Próbowałam.

Powoli integrowaliśmy się na naszym roku. Młodzi okazali się fajni, a my, starsi, stwierdziliśmy, że to już zupełnie inne pokolenie – otwarte, nieskromne, odważne. Zaczęłam z nimi rozmawiać:

– Kochani, czy wam tu wszystko odpowiada? Nie czujecie, że trochę stanął tu czas?

– Jasne, że tak – odpowiadali – ale z kim o tym rozmawiać?

– Może trzeba napisać petycję do rektora? – podpowiedziałam.

– Dobry pomysł! – podłapali. – Petycja z propozycją.

I tak oto w dobrej wierze podpuściłam grupę inicjatyw-ną, która napisała petycję do rektora w sprawie reformy i kilku zmian na obu wydziałach. Wszystko odbyło się grzecznie, z klasą, pokojowo. Rektor uwzględnił wiele postulatów i trochę powiało świeżym powietrzem. Agencja jednak nie powstała. To nic, nie wszystko naraz...

* * *

Szkoła to jedno, ale na głowie miałam jeszcze dom i pracę. Wszystko nabrało tempa. W poniedziałek rano miały się odbyć zdjęcia próbne do naszego serialu. Więc żeby o świcie nie jechać do firmy, przywiozłam w piątek wieczorem kamery do domu. W sobotę z Maćkiem i grupą przyjaciół poszliśmy do kina. Pierwszy raz zostawiliśmy chłopców samych w domu. Niania dostała wolne. Staś miał cztery latka, Mateusz czternaście.

Usiadłam naprzeciw starszego syna.

– Mati, dasz radę? – zapytałam. – Powiedz szczerze, zostaniesz na dwie godziny z bratem?

– Mamo, proszę cię... Jestem już duży i w razie czego mam komórkę – odpowiedział.

– Dobrze. To ja uśpię Stasia, a jakby się obudził, dzwoń. Czyli dasz radę? – upewniłam się jeszcze.

– Mamo... idźcie już, proszę!

No i poszliśmy.

Oglądaliśmy film, jednak ja co kilkanaście minut sprawdzałam wyciszony telefon. Matczyne serce czuwało. I nagle patrzę: dziesięć nieodebranych połączeń od Mateusza.

Oddzwoniłam natychmiast.

– Mati, syneczku, co się dzieje? – wyszeptałam do słuchawki.

Na to mój syn najspokojniejszym głosem na świecie, bez cienia histerii:

– Mamo, jest napad. Trzech panów w kominiarkach chodzi po domu.

– Mati, nie żartuj – syknęłam. – Wszystko dobrze?

Był tak opanowany, że można by uznać, iż to z pewnością dziecięcy żart na poważnie. „Po dziadku to ma", pomyślałam.

– Spokojnie – odezwał się szeptem. – Już zadzwoniłem do pana Romka i po ochronę. Nie przeszkadzajcie sobie, damy radę.

Przestało mi się to podobać, więc podniosłam głos:

– Ale… ty żartujesz czy mówisz poważnie?! Mati, naprawdę?!

– Mamo, nie mogę gadać, bo udaję, że ich nie widzę – wyszeptał i się rozłączył.

Próbowałam zadzwonić jeszcze raz, ale już nie odbierał.

Wyszeptałam wszystko Maćkowi i wywlekłam go z ciemnej sali, choć nie dawał temu wiary:

– Oj, Mika, jaja sobie chłopak robi. Jak to: „Udaję, że ich nie widzę"? I zachował zimną krew? Na pewno teraz się z nas śmieje!

– Chodź! – zawołałam głośno już poza salą i popędziłam na parking.

– No idę, idę. Dzwoń do niego! Albo nie, do sąsiadów. Masz numer?

– Jedź! – wrzasnęłam spanikowana, bo intuicja waliła mnie po głowie i powodowała palpitacje. – Mam ich numer na biurku, tu nie.

Nigdy w życiu nie jechaliśmy tak szybko jak wtedy!

Płakałam, że pomordują mi dzieci.

– Jak to: „Udaję, że ich nie widzę"? Czyli są w domu? O Boże! Moje dzieci! – Umierałam z trwogi, a moja histeria udzieliła
się Maćkowi.

Przestał mnie uspokajać, że Mateusz robi sobie żarty, tylko
przekraczał dozwoloną prędkość i zdenerwowany wydzwaniał
do ochrony.

Już blisko, ostatni wiraż, żwir spod kół naszej dojazdówki
tryskał jak na wyścigach. Ostre hamowanie, ja wypadłam z samochodu i sadziłam długimi susami wprost do drzwi jak lwica. Za mną Maciek, już oszalały z nerwów. Dostrzegliśmy pana
Romka, złotą rączkę, właściciela pobliskiego warsztatu, i ochro-
niarzy. Złodziei oczywiście nie było, zostali spłoszeni, a Staś...
nawet się nie obudził.

– Mati, jesteś cały?! – Przypadłam do syna i chwyciłam go
w objęcia. – Syneczku, Boże, bałeś się? Mateusz, serce moje! –
Niemal bym go udusiła.

Mój syn był spokojny, choć czułam przez ubranie, że zaczyna się trząść.

– Panowie, co tu się stało? – rzuciłam do obecnych.

– Przyjechaliśmy od razu po otrzymaniu sygnału – zameldował ochroniarz. – Niestety, zdążyli zwiać i zabrali parę rzeczy.
Najważniejsze jednak, że dzieciom nic się nie stało. Ale że weszli do domu, w którym są małe dzieci? To skurwysyny! – rzucił
gniewnie.

– Mati, jak to się stało? – Wreszcie poczułam się gotowa na
jego wersję.

Mateusz spojrzał na mnie i zaczął opowiadać:

– Grałem na komputerze w pokoju i miałem słuchawki na
uszach. Staś spał mocno, sprawdzałem co jakiś czas. W pewnej

chwili obejrzałem się i zobaczyłem, jak panowie w kominiarkach wychodzą z waszej sypialni.

– Jak to? Widziałeś ich?! A oni ciebie?! – zamarłam.

– Siedziałem tak jakby tyłem i udawałem, że gram, żeby ich nie spłoszyć i móc do ciebie zadzwonić, ale nie odbierałaś.

Serce mi się zwinęło w supeł z poczucia winy i żalu. Co ja narobiłam?! Wytarłam łzy niepokoju i słuchałam dalej.

– I jeden miał w ręku kamery, a drugi kasetkę, w której trzymacie zegarki i biżuterię. Ale ja siedziałem jak posąg, bo pomyślałem, że gdyby coś, toby mi w łeb dali, a tak nic. Ten z kamerami wszedł do pokoju Stasia, ale tam były tylko zabawki, więc sobie poszedł. Wtedy naprawdę bardzo się bałem. – Mateusz zadrżał. – Bo, mamo, gdyby on chciał zrobić krzywdę Stasiowi, to ja bym stanął w jego obronie! Wziąłbym deskorolkę czy coś i bił z całej siły. Na szczęście młody się nie obudził. Ja ciągle udawałem, że ich nie widzę, że niby strzelam sobie na komputerze, ale zadzwoniłem po ochronę i do pana Romka. No i ty się w końcu odezwałaś, ale ja już wyciszyłem telefon, żeby nie zobaczyli. To dobrze, prawda? – Spojrzał na mnie, a ja pokiwałam głową. – Potem oni poszli na dół i zaczęli odłączać sprzęt grający, DVD i telewizor, a ja wiedziałem, że ochrona zaraz będzie, więc już nic nie robiłem, tylko czekałem na pana Romka i na was. I wtedy nadjechała ochrona. I już – mówił to, jakby mi opowiadał film.

Trochę drżał, ale jeszcze chyba był znieczulony adrenaliną.

Poczułam, jak nogi się pode mną uginają, tuliłam Mateusza i płakałam na myśl, co mogłoby się stać. Maciek też go przytulił i powiedział kilka ciepłych męskich słów.

– Ma pani bardzo rezolutnego syna – pogratulował mi ochroniarz. – Zachował zimną krew. Przybij piątkę – zwrócił się do Mateusza.

On przybił i pierwszy raz uśmiechnął się tym swoim nieśmiałym uśmiechem.

– Tak, dziękuję – powiedziałam, próbując opanować łzy.

Poszliśmy ocenić straty. Nasza sypialnia była totalnie splądrowana. Powywalali wszystko z szaf i szuflad, zabrali kamery, które czekały na poniedziałkowy casting, biżuterię i... skrzyneczkę, w której przechowywałam zęby mleczne moich synów!

– Skurwysyny – mruknęłam wściekła.

Ukradli też moje buty, torebki, a nawet perfumy. Zabrali teczkę Maćka z dokumentami i kluczami od firmy. Mąż wezwał policję i pilnował, żeby do jej przyjazdu wszystko pozostało nietknięte. Rozmawiał z ochroniarzami i podziękował panu Romkowi, który spłoszył złodziei.

Czuliśmy, że sytuacja jest poważna. To nie był jakiś menel, który ukradł z ogródka grabie, lecz faceci, którzy wdarli się nieproszeni do naszego domu i okradli nas, nie zważając na będące w domu dzieci. A co, gdyby Mateusz wstał, zobaczył ich i zareagował? Czy nadal by żył? Serce mi niemal stanęło ze strachu i nie mogłam przestać myśleć, „co by było gdyby".

Na policję czekaliśmy kilka godzin. Nie usłyszeliśmy żadnych przeprosin. Panowie mieli znudzone miny pod tytułem „znowu włam". Dla nich to była rutyna, dla nas nerwy jak diabli. Nastąpiły przesłuchania, oględziny i zbieranie odcisków palców. Policjanci poinformowali nas: „Od jakiegoś czasu grasuje w Konstancinie szajka włamywaczy. Śledztwo w toku. Proszę być czujnym". „Mamy być czujni? – pomyślałam. – Teraz będziemy raczej przeczuleni!".

Staś na szczęście zna tę historię tylko z opowieści. Dla nas to było jak... gwałt. Wiele okradzionych osób robi to porównanie. Ktoś wszedł do naszego domu nieproszony, wdarł się. Zaglądał do szuflad, przebierał w ciuchach, dotykał naszych przedmiotów. Zabierał to, na co zapracowaliśmy, co było nasze. Okropne uczucie.

Natychmiast po wyjściu policji postanowiłam lepiej zabezpieczyć dom. Antywłamaniowe drzwi już mieliśmy, ale oni weszli tymi od ogrodu. Zleciłam montaż rolet antywłamaniowych w oknach i zamykałam je przed każdą nocą, a wówczas dom zamieniał się w twierdzę. Na zewnątrz dodaliśmy jeszcze jeden alarm. Gdybym mogła, machnęłabym nawet zasieki z drutu kolczastego i elektrycznego pastucha o ogromnej sile rażenia.

Wiedziałam, że z lekka wariuję, ale miałam ochotę trzymać chłopców non stop w objęciach. Starałam się myśleć racjonalnie: „Taki włam nie zdarza się dwa razy w tym samym domu". Statystycznie to było niemal niemożliwe! Słowo „niemal" jednak mnie dobijało. A jeśli? Drzemałam płytko z pilotem antynapadowym pod poduszką, a gdy Maciek wyjeżdżał, spałam z dziećmi. To się chyba nazywa „wdrukowany strach".

Mimo tak dzielnej postawy Mateusz zaczął bać się przebywać sam w domu. Nawet gdy chciałam popołudniem skoczyć do pobliskiego spożywczaka, nie chciał zostać. Szliśmy więc razem, Staś, ja i on. Strach nie odstępował nas na krok.

Słowo „niemal" zatriumfowało, bo... były jeszcze dwie próby włamania do nas. Serio. Okradli też naszych nowych sąsiadów i przez kolejne trzy miesiące splądrowali wiele domów, jakby się z nas nabijali i pokazywali, że są sprytniejsi. Aż wreszcie ich złapano. Oni poszli siedzieć, ale nasza trauma bladła bardzo powoli.

To zdarzenie tak zburzyło nasze poczucie bezpieczeństwa, że coraz gorzej znosiłam częste wyjazdy Maćka. Wciąż się bałam, że złodzieje nas obserwują, że jeśli nie ci, to inni znów nas zaatakują. Maciek mnie pocieszał i zapewniał, że to już przeszłość. I że „nic cztery razy się nie zdarza". Może chciał tym lekkim podejściem pokazać, że naprawdę histeryzuję i nie mam się czego bać?

* * *

Po nieprzespanej nocy miałam rano casting, więc szukaliśmy po mieście kamer do pożyczenia, bo nasze zostały skradzione. Rano przyjechał tata, żeby zostać z chłopcami, bo ja bałam się zostawić ich samych nawet z nianią. Z nim chłopcy poczuli się wreszcie bezpieczni.

Na castingu opowiedziałam wszystkim, co się stało, by wytłumaczyć nasze spóźnienie i lekkie rozkojarzenie. Trochę rozluźniło to atmosferę. Inni opowiadali swoje przypadki lub kiwali głową i nam współczuli. Aktorzy zapomnieli o tremie. Poszło świetnie, wybraliśmy obsadę.

W firmie pomagała mi siostra, jedna z bliźniaczek, bo zawsze rozumiałyśmy się bez słów. Wciągnęła się i naprawdę stała się fachowcem. Wszyscy ją lubili, była piekielnie inteligentna, miała odpowiednią wrażliwość, lekkie pióro i ogromne poczucie humoru. Sprawnie montowała programy. To była frajda mieć ją blisko i spędzać z nią czas. Nasza firma miała charakter rodzinny: Maciek, ja, nasz wspólnik, moja siostra, mąż Beti, moja przyjaciółka z podstawówki, szwagier i Mateusz.

Gdy Mateusz miał osiem lat, prowadził z moim tatą program telewizyjny pod tytułem *Gotowanie z dziadkiem*. To było urocze! Bezzębny chłopiec – to był czas wypadania mleczaków – asystował w kuchni dziadkowi, który wprowadzał dzieci i dorosłych w świat gotowania. Tata miał specyficzne poczucie humoru. Poważna twarz i żarty sytuacyjne albo szpasy, dowcipy. Dyskretne, takie na półtonach, z klasą. Znał masę dykteryjek i bon motów, które misternie oplatał komentarzami. Byli znakomitym tandemem – Mateusz i dziadek.

– Mateusz, pokrój mi cebulę w piórka – prosił mój tata.

– Od kiedy, dziadku, cebula ma piórka? Nie pomyliłeś jej z kanarkiem? – pytał Mateusz.

– To, co trzymasz w ręce, nie wygląda na kanarka – odpowiadał poważnie tata.

– Bo to jest cytryna.

– Cytryna? Nie kanarek? Bo coś niedowidzę. Ale skoro cytryna, mój wnuczku, to pokrój ją w plasterki. Choć ja wolałbym cebulę. Tak, cebulę pokrój w piórka, zaraz ci pokażę, co to są plasterki, półplasterki i piórka.

Czasami Mateusza zastępowała moja śliczna siostrzenica, blond aniołek. Też znakomicie siekała, kroiła, obierała. To u nas rodzinne. Kiedyś dostaliśmy list od oburzonej telewidzki, która pisała, że to niebezpieczne dawać tak małemu dziecku nóż do ręki.

Tata tak prowadził program, jak nas wychowywał. Zawsze powtarzał, że dziecko to człowiek, tylko ciut mniejszy, i od małego traktował nas jak dorosłych, choć oczywiście uczył, doglądał i czuwał. Chłopakom, znaczy wnukom, dawał siekierę, żeby się uczyli rąbać drwa. Jak na obozach harcerskich. Wnuczki zachęcał do pieczenia ciast – od łączenia składników po wkładanie do pieca – i zawsze grzmiał: „Uwaga, bo gorące!".

Wnuki go uwielbiały. Dawał im do czytania mądre książki i prowadził z nimi rozmowy filozoficzne dostosowane do ich wieku, rozkładał mapy, uczył geografii i logicznego myślenia. Ja i siostra mogłybyśmy spokojnie zabrać dzieci z tradycyjnej szkoły i zostawić je u niego na wychowaniu – i byłybyśmy pewne, że będą znakomicie wyedukowane. Nie wiem, jak to robił, ale słuchał go nawet Staś, dziecko od małego zupełnie nie do opanowania...

Nasza rodzinna firma szła więc jak burza, a dobra atmosfera i nowe, eleganckie biuro spowodowały, że chciało się tam przychodzić i pracować. Przygotowywaliśmy się do ogromnej produkcji programu *Zwycięzcy*. Tak zwani zwykli ludzie z całej Polski, których wybieraliśmy podczas castingów, zmagali się w zawodach sportowych, zagadkach do rozwiązania, żeby wyłonić najlepszych. Zwycięzcy mieli możliwość zdobyć z wybitnym himalaistą Krzysztofem Wielickim szczyt Lobuche w Himalajach. Program był bardzo trudny pod względem i fizycznym, i logistycznym. Wymagał od nas wielkiej uwagi, doskonałej współpracy i wyobraźni. Maciek był reżyserem, ja pojechałam w trasę po Polsce kręcić wizytówki uczestników i pierwszy raz na tak długo zostawiłam dzieci z nianią i tatą na przychodne.

Zwycięzcy dali nam w kość. Po finałowym odcinku kręconym w Tatrach byliśmy wykończeni fizycznie. Spanie w namiotach, bieganie po górach, ponadstuosobowa ekipa, brak toalety i ciepłej wody, czasem naprawdę duży wysiłek. Maciek nad tym wszystkim świetnie panował, ale po zdjęciach stracił na kilka dni głos. Ja schudłam parę kilo, co przy mojej sylwetce naprawdę rzucało się w oczy, i nieraz słyszałam niezbyt delikatne sugestie dalszych znajomych, czy aby nie jestem anorektyczką albo bulimiczką.

Po zakończonych zdjęciach i montażu wyjechaliśmy pierwszy raz bez dzieci. Co za dziwne uczucie! Początkowo co piętnaście minut zaglądałam do telefonu, ale ustawiona do pionu przez Mateusza ("Mamo, daj spokój, jest dobrze, dziadek jest"), tatę ("Mika, uspokój się, radzimy sobie") i gosposię

(„Pani Dominiko, wszystko według harmonogramu!") – w końcu przestałam.

Wieczorem siedzieliśmy w porcie w Livorno, wino rozwiązało nam języki. Nie musieliśmy biegać za Stasiem, który był bardzo ruchliwym dzieckiem. Zaczęliśmy rozmawiać o nas, rodzinie i małżeństwie. Zanim się obejrzeliśmy, uderzyliśmy w poważne tony. Byłam młodą, ładną kobietą, zadbaną i na poziomie, lubiłam siebie i nasze życie. Maćka też lubiłam, nasz dom i dzieci, pracę i wszystko dookoła mnie. Celowo nie nadużywam amerykańskiego „kocham", bo to, że ich kochałam, to oczywiste, ale że lubię, to już niekoniecznie. Są ludzie, którzy się kochają, ale nie lubią. A ja lubiłam nie tylko swoją rodzinę, lecz także wszystko to, czym się otoczyłam, co zrobiłam, co zaaranżowałam.

Mimo to nasza rozmowa trochę wymknęła się spod kontroli. W filmach bohater mówi w takim momencie: „Musimy poważnie porozmawiać".

– Mika… oddaliliśmy się od siebie – powiedział Maciek, a ja zamarłam, bo przecież każdy facet ucieka od takich rozmów.

A on zaczął…

Najeżyłam się, zdumiała mnie ta bezrefleksyjna uwaga, więc natychmiast odszczeknęłam:

– Bo ciebie ciągle nie ma.

– Pracuję, przecież wiesz…

– Wiem, ale ja też nie leżę i nie pachnę. Pracuję w firmie i jeszcze mam dom na głowie – fuknęłam.

– I panią do pomocy – wtrącił bezceremonialnie.

– Tak, to prawda. – Natychmiast przybrałam spokojny ton przedszkolanki, która zaraz wszystko wytłumaczy, bo z góry wie, że chłopiec imieniem Maciek nie rozumie sytuacji i błądzi. – Maciek, pani pomaga w sprzątaniu, w zakupach, ale nie zastąpi dzieciom nas. A z pewnością nie zastąpi mi ciebie. – Walnęłam go prawym sierpowym i poprawiłam lewym: – Ja, kochanie, siedzę w domu sama. Sama, podkreślam. W pięknej złotej klatce.

Byłam przekonana, że to cios nie do obrony, że mój mąż zaleje się wyrzutami sumienia i padnie mi do stóp, ugodzony w serce słowem „sama". Niestety, życie nie zawsze przebiega ściśle według naszego scenariusza, bo nie tylko my piszemy dialogi. Nasi współmałżonkowie piszą swoje, więc Maciek odpowiedział. Chłodno.

– Dominika, wiedziałaś, że taką mam pracę. I sama urządziłaś sobie, nam tę złotą klatkę.

Ty tak...? No to muszę palnąć raz jeszcze, tym razem mocniej, żeby wywołać choć lekkie poczucie winy!

– Wiem, oczywiście wiem – zaczęłam łamiącym się głosem. – Ale może gdybyś trochę mniej balował, znalazł czas dla nas, dla chłopców... Oni rosną prawie bez ojca, a ja... No dobrze, ja poczekam, ale i firma cierpi, gdy cię nie ma – ciągnęłam spokojnie, bo Maciek milczał. Przemawiałam tak troskliwie, łagodnie i mądrze, że gdybym była na jego miejscu, poczułabym się jak jakiś wredny leszcz. – Wiesz, Mateusz jest już nastolatkiem, potrzebuje autorytetu. Staś tęskni...

– A ty? – Patrzył na mnie uważnie.

A ja, głupia, zamiast zamienić się w tęskniącą księżniczkę z wielkimi, wilgotnymi oczami, rzuciłam chłodno:

– Co ja?

– Tęsknisz za mną? – prowokował nadal.

– Ja tu jestem najmniej ważna. Ważna jest rodzina – odpowiedziałam, czując, jak zamieniam się w sopel lodu.

„To nie tak miało być, cholera jasna! Trudno. Zabrnęliśmy w pretensje? OK, zaraz oczyszczę sytuację, przecież umiem", myślałam.

Maciek mówił jednak dalej, już bez ciepła i czułości:

– Mika, ja jestem mężczyzną, a ty jesteś nie tylko matką i moją partnerką w biznesie, lecz także moją żoną, o czym chyba ostatnio zapomniałaś...

Oj, zabolało. Ale to w sumie prawda. Odkąd urodziłam Stasia, moje libido uleciało i nie miałam ochoty na seks. Kurczę, nie sądziłam jednak, że będzie grał tą kartą.

– O co ci chodzi?! – gorączkowo szukałam argumentów. Na razie niech on się odkryje.

– O to – zaczął spokojnie – że Staś ciągle śpi z nami w łóżku. To nie jest normalne. To już duży chłopczyk, ma wszystkie mleczaki i sika na stojąco.

Policzki mi zapłonęły. Zagonił mnie w narożnik i nie miałam jak uciec. Więc jak każda kobieta, która traci argumenty, zastosowałam obronę przez atak:

– Ty ciągle o tym samym! – prychnęłam podniesionym głosem i tym samym straciłam pozycję nauczycielki.

Szlag!

– Mika – Maciek był spokojny i zimny – jak tylko wracam do Konstancina, ty od razu zarzucasz mnie problemami, sprawami dzieci, domu i twojej ogromnej rodziny. I ja muszę reagować, natychmiast gasić pożary, działać, słuchać i rozumieć, jakbym był Supermanem. Bywam tak zmęczony, że marzę o szklaneczce whisky i wyluzowaniu, wannie, śnie. Mam ochotę w weekend pojeździć na rowerze, a wieczorem obejrzeć mecz, a ty ciągniesz mnie do opery albo na elegancką kolację z przyjaciółmi. Robiliśmy *Zwycięzców*, wiesz, jak bywa. Potrzebuję nabrać sił, potrzebuję ciebie, miłości, ciepła, seksu i podziwu – wyrzucił to z siebie jakby z głębi sejfu.

Jak najgłębszą tajemnicę. Prośbę.

A ja... zamiast go pocałować i oddać pole, bo właśnie zniosło nas na mieliznę, musiałam, cholera jasna, brnąć dalej:

– Maciek – usiadłam głębiej na krześle i znów przybrałam mentorski ton – ja mam dwoje dzieci, dwie siostry, rodziców, dwie babcie, przyjaciółki, teraz jeszcze uczelnię, pracę, dom i dla każdego muszę znaleźć czas!

„No po takim czymś już musi mnie zrozumieć i przyklęknąć pod naporem mojej racji!", pomyślałam z triumfem.

– Musisz? – zapytał zdziwiony. – Dla każdego? Mika, serio to powiedziałaś? Czyli ja jestem w tym łańcuchu na szarym końcu? Gdzieś między panem Romkiem a bankomatem? Nie, odwrotnie...

Oj, to było mocne. Ale mnie nie otrzeźwiło.

– Mam się rozdwoić?! – wykrzyknęłam. – Zmultiplikować? Czy rzucić wszystko?

„Co ja gadam?"

Wiedziałam, że to demagogia w kiepskim stylu, że tracę argumenty i klasę, bo gdzieś w głębi sama przed sobą coś zakłamuję, udaję, zasypuję piachem, żeby nie wystawało. Co to jest? Jeszcze nie umiałam powiedzieć, ale Maciek poszedł za ciosem i wskazał mi drogę:

– Nie, kochana moja. Tylko mnie przytulić i popatrzeć na mnie jak kiedyś. Tak za tym tęsknię... Wiesz, jak bardzo cię kocham i pragnę.

Byłam sztywna i nadęta, nie potrafiłam spuścić z tonu, przytulić go jak w romantycznej komedii, a może i uronić łzy. Zołza we mnie znów syknęła:

– Ja ciebie też, ale wiesz, jakie to trudne, żeby wszystko ogarnąć?!

„Niby tak – pomyślałam – ale przecież daję radę, ogarniam dom, dzieci i pracę. I to nie jest jakaś katorga".

Nos powinien mi urosnąć o dziesięć centymetrów, bo nie jestem aż tak zmęczona, żeby nie mieć czasu ani chęci na figle z Maćkiem. „Gdzie się podziało moje libido? Co się z nim stało?" Nie mogłam mu powiedzieć prawdy, że przepadło, bo tego wstydziłam się nawet sama przed sobą. Nie miałam ochoty na seks. Za to uwielbiałam siebie jako perfekcyjną panią domu. Tę Mikę, która wszystko tak doskonale ogarnia.

– Odpuść czasem. Wrzuć na luz – poprosił Maciek.

– Nie umiem – burknęłam.

– Zmieniłaś się – zadał ostateczny cios.

– Ty też – odparowałam.

I już wiedziałam, jak odwrócić kota ogonem, żebyśmy tylko nie weszli na temat łóżka i seksu. Więc walnęłam go prawym sierpowym:

– A ja chcę odpowiedzialnego ojca dla moich dzieci, który nie przynosi tej całej koszmarnej telewizyjnej atmosfery do domu. Dom to dom!

Milczał. Podniósł na mnie wzrok, jakby tłumaczył sobie w głowie tekst, którego nie zrozumiał:

– Koszmarnej? Co ty pieprzysz?! Ja bez tego nie umiem żyć, nie rozumiesz? Sama w tym tkwiłaś, telewizja cię fascynowała, kochałaś ją, pracowałaś u Aidy. Byłaś spontaniczna, szalona, tańczyłaś pijana na stole. A teraz nasz dom zamienił się w elegancką rezydencję, a ty w hiperelegancką żonę z pretensjami. Gdzie się podziała moja urocza, słodka Dominika? – wyrzucił z siebie jednym tchem.

„Nie dam się, nie dam się urobić, bo to pachnie przyznaniem się do winy. Tak, zamieniłam się w żonę ze Stepford i gdzieś zgubiłam moduł od seksu, czułości i spontaniczności".

Następna runda.

– Maciek, ale o czym ty mówisz? Mamy dzieci, dom, firmę. Ktoś musi być odpowiedzialny! – W domyśle: to oczywiście ja! I znów szybki cios: – Ja wiem, że w delegacji jest fajnie, śniadanie, którego nie robisz, nie zmywasz po nim, nie odwozisz dzieci do szkoły. OK, robisz program, a wieczorem? Znów obiadokolacja w restauracji, niczego nie musisz, wszystko pod nos, tłum pań, które mówią ci, jaki jesteś wspaniały, i chętnie wskoczyłyby ci do łóżka. Tani poklask szarych myszek, a ty zapewne zachwycony jak król, ale to nie jest prawdziwe życie. Straciłeś kontakt z rzeczywistością! – wrzasnęłam.

„Zwariowałam! Po co ja to mówię?!"

Niestety, wino zaczęło działać, a ja jeszcze nabrałam rozpędu: – Natomiast ja siedzę wieczorami w domu z roletami antywłamaniowymi, ciągle sama i coraz częściej w towarzystwie białego wina, które pomaga mi zasnąć i nie bać się kolejnego włamania! Ja nie mam męża, a dzieci ojca. I pamiętaj, może znajdzie się lub może już się znalazł ktoś, kto tę samotność mi urozmaici!

Ups... Przegięłam.

Wiedziałam to, ale nagle spodobałam się sobie taka udramatyzowana. Prawda, nie jest fajnie, gdy Maćka nie ma. Ale dlaczego ta tragikomiczna postać, którą teraz gram, nie powie prawdy jak na łzawej komedii romantycznej: „Mój ukochany! Bez ciebie usycham, miłość potrzebuje... (nie mogę się zdecydować czego, bo chyba seksu, ale z nim akurat słabo stoję, więc wymyślam coś innego) twoich silnych ramion i ciebie, mój

książę"? A zamiast tego wyłazi ze mnie urażona, rozdrażniona –
i w domyśle: niewierna – żona. Żona z pretensjami...

Maciek był już zmęczony tą rozmową i coraz bardziej wściekły. A miało być miło.

– Aha! – Podniósł głos. – Trzeba było tak od razu. Czyli Konstancin też ci się już nie podoba? Bo rolety i samotność? Pod Piasecznem wszędzie miałaś sąsiadów, znajomków, ale nagle poczułaś się od nich lepsza i wio, na modny Konstancin. I co, tu też źle?! No i jak zwykle ta twoja chorobliwa zazdrość. Tak, bawię się wieczorami, ale też ciężko pracuję. Muszę jakoś odreagować. A kobiety do łóżka na razie mnie nie interesują, bo nadal pragnę tylko ciebie, ale mam wrażenie, że walę do zamkniętych drzwi. Za to ty z tego, co słyszę, nie próżnujesz, a odgrywasz męczennicę! – wykrzyknął.

Przestraszyłam się. Bardzo.

Remis.

Dmuchnęłam w grzywkę, wino szumiało mi w głowie. Spojrzałam na niego. Po policzkach płynęły mi łzy.

Tej nocy padło jeszcze sporo gorzkich i głupich słów.

„Co my robimy? Gdzieś się pogubiliśmy. Po co ta pyskówka? Czemu tak ją prowadzę?"

Maciek okazał się mądrzejszy. Wyciągnął rękę i przytulił mnie, szepcząc do ucha:

– Kocham cię jak nikogo na świecie. I jestem w stanie wszystko ci wybaczyć, tylko bądź, bądź taka jak kiedyś i mnie kochaj. Tylko tego chcę. Wyłącznie ciebie pragnę. To takie proste.

– Wiem. – Tylko tyle zdołałam wydusić.

Płakaliśmy oboje.

Trudno być dorosłym, trudno być rodzicem, trudno być świetną żoną, znakomitym mężem, trudno utrzymywać po latach gorącą i namiętną atmosferę. Chyba każdy związek ma za sobą podobne sceny. Nieważne, jak bardzo się kłócimy, ważne, jak się godzimy – mówią terapeuci par. I mają rację. Ta noc była szalona, namiętna. Pełna zapewnień, miłości i czułości. Potem przez cały tydzień trzymaliśmy się za ręce, całowaliśmy się na rynkach toskańskich miasteczek, śmialiśmy ze wszystkiego, piliśmy wino, a przede wszystkim obiecaliśmy sobie poprawę i wzajemne uwzględnienie naszych potrzeb. Wierzyliśmy, że wszystko można naprawić. Trzeba rozmawiać, opowiadać szczerze, co się czuje, nie walczyć ze sobą i zawsze się godzić. To takie proste! No, niby proste...

ROZDZIAŁ DWUDZIESTY CZWARTY

Wróciliśmy do Konstancina, do domu. Staś rzucił się na nas, bardzo stęskniony. Nigdy nie był takim powsinogą jak Mateusz, który mógł siedzieć długo u dziadków. Staś źle znosił rozłąkę, Mateusz – ze stoickim spokojem. Zrobiłam kolację. Opowiadaliśmy, jak było, wypytywaliśmy też chłopców, co w domu, i wszyscy cieszyliśmy się, że jesteśmy już razem.

– Śpię dzisiaj z mamą! – zarządził Staś.

– Obiecałaś... – Maciek przewrócił oczami.

– Maciuś, tylko dzisiaj – powiedziałam błagalnie. – Zobacz, jaki on stęskniony.

– Mamo, poczytasz bajkę, tak jak lubię, ze zmienianymi głosami, a potem gilgoty – kontynuował Staś.

– Tak, moje słoneczko kochane. Wszystko będzie – obiecałam.

– I pozamiatane... – podsumował Maciek.

Staś, nasz mały domowy dyktator, robił ze mną, co chciał, a ja we wszystkim mu ulegałam...

* * *

Po urlopie zaczęliśmy przygotowania do wyjazdu ekipy do Nepalu na miesiąc i wielkiego finału *Zwycięzców*. Jechali Maciek i nasz wspólnik, ja miałam zostać w domu z dziećmi i pilnować firmy.

Maciek – z troską, ale też szczerze do bólu – powiedział:

– Kochanie, ta wyprawa nie jest dla ciebie. Namioty, góry, chłód, którego nie lubisz, to naprawdę ciężki fizycznie program. Gdzie ty, mój francuski piesku, do takich warunków? Brak łazienki z ciepłą wodą, harówa, żadnego pubu ani knajp... Musisz zresztą zmontować materiały z części polskiej, a my będziemy wam na bieżąco wysyłać te z Nepalu. Przecież zaraz emisja. Zapanujesz nad tym?

Zadecydował za mnie, a ja nie pisnęłam słowa. Zresztą miał tę swoją cholerną rację.

– No tak – powiedziałam i po chwili dodałam: – Jeszcze mam ostatnie egzaminy i obronę pracy magisterskiej.

Dzieci, szkoła, firma – przekonywałam samą siebie, że to dobrze, że zostaję. Zabolało mnie jednak, że nawet nie zapytał. Znów zostałam zagospodarowana bezdyskusyjnie.

– No widzisz, kochanie. – Już wiedział, że wygrał. – Jak wrócę, oblejemy twoją pracę magisterską i twój nowy tytuł naukowy. Zobaczysz, ile będzie radości.

– O, kochany, do tego to jeszcze trochę. Czy ty wiesz, że Mateusz pomaga mi przepisywać notatki? On pisze na komputerze dwa razy szybciej niż ja!

– Dziecko dwudziestego pierwszego wieku! On jest z nas wszystkich najmądrzejszy – skwitował Maciek.

Wiedział, że na wspomnienie naszych dzieci zawsze rozpływam się w zachwytach.

– Ciekawe, jak mu poszedł ten film, który robił na szkolny festiwal – zamyśliłam się. – A właśnie, pamiętaj! Jutro idziemy na pokaz – przypomniałam.

– Pamiętam! Nie mógłbym zapomnieć, w końcu to moja krew! – Roześmialiśmy się obydwoje.

Niby to pasierb, ale Maciek zawsze traktował Mateusza jak ukochanego syna.

Następnego dnia pojechaliśmy na finał szkolnego festiwalu do domu kultury. Mateusz powoli kończył gimnazjum i oczywiście chciał zostać reżyserem, tak jak to sobie wymyśliłam, gdy byłam z nim w ciąży. Od małego siedział w teatrze – jeszcze za czasów Janka – albo w telewizji, z przerwami na spotkania z dziadkiem na wsi. Objechał z nami wszystkie festiwale. Był jeszcze malutki, gdy siedział na kolanach u Maćka w wozie transmisyjnym, a ten uczył go miksować program. Bywał na montażach, zdjęciach, znał ten świat od podszewki. Dostał pod choinkę pierwszą kamerę i nakręcił debiut, z którym wystartował w szkolnym konkursie.

W sali kinowej była cała szkoła: dzieciaki, nauczyciele i oczywiście rodzice, którzy chcieli zobaczyć dzieła swoich pociech. Obejrzeliśmy kilka etiud i przyszedł czas na film Mateusza, który wyświetlano jako ostatni. Tytuł *Bieg donikąd*, czerń i biel, a jako główny aktor nasz syn. Wstaje z łóżka, je śniadanie, ubiera się, wsiada do windy, wychodzi z brzydkiego bloku, a każda sekunda filmu jest coraz szybsza. Mateusz zaczyna biec przed siebie, mijając ludzi, biegnie na czerwonym świetle, przeskakuje przez barierki, na głowie ma kaptur i poważną minę zbuntowanego nastolatka. Mija młodych, mija starych, mija dzieci, mija życie. Pędzi, a na końcu dobiega na cmentarz, wskakuje do wykopanego grobu, wchodzi do czarnego worka, kładzie się w nim, zamyka oczy (zbliżenie) i zasuwa zamek. Czerń. Koniec. Wszystko w rytm muzyki Kronos Quartet z filmu Darrena Aronofsky'ego *Requiem dla snu*. Zalałam się łzami wzruszonej matki, bo w tamtej chwili zrozumiałam, jak moje jeszcze niedawno małe dziecko wydoroślało. W kilkunastu minutach zawarło metaforę życia. Biegniemy wszyscy, życie nas mija albo my mijamy je i biegniemy do jednego celu, jakim jest cmentarz. I on, mój syn, w czarnym worku w grobie. Straszne.

Wiedziałam, że to tylko film, ale zastanawiałam się, skąd w Mateuszu ten mrok, ta mądrość i dojrzała obserwacja świata. Zapaliły się światła, na sali panowała cisza, a po chwili zerwał się huragan oklasków. Mateusz wstał i ukłonił się z tym swoim delikatnym uśmiechem. Zdobył główną nagrodę i mnóstwo gratulacji. Pierwszy uścisnął mu dłoń dyrektor, a za nim ustawił się wianuszek zapłakanych dziewczyn, które wieszały się Mateuszowi na szyi, szlochając, jaki jest genialny i wspaniały. Koledzy przybijali piątki. „No, stary, szacun, ale pojechałeś", mówili.

Czekaliśmy cierpliwie w kolejce. Tego dnia zrozumieliśmy, że nasz syn jest już nastolatkiem, który chce pójść swoją drogą, a my zejdziemy na drugi plan. Przekonał się właśnie, jak smakują sukces i satysfakcja z tego, co się robi, że na sukces trzeba zapracować i że w tym fachu wywołuje się emocje. Byliśmy z niego dumni.

* * *

Ja tymczasem montowałam program i grzecznie zdałam wszystkie egzaminy. Przyszedł dzień obrony mojej pracy magisterskiej. Trochę dla żartu włożyłam białą bluzkę i granatową spódnicę. Byłam bardzo zdenerwowana, ale też dobrze przygotowana. Bo ja już tak mam, że – w domu, w szkole, w pracy – zawsze jestem pozapinana na wszystkie guziki, przygotowana na szóstkę.

Komisja przepytywała mnie chyba *pro forma*, rozbawiona moim strojem maturzystki. Po obronie nastąpiła narada, a ja czekałam pod drzwiami, skubiąc rąbek spódnicy. W końcu zaprosiła mnie moja promotorka.

– Pani Dominiko, gratulacje, zdała pani – usłyszałam.

– Dziękuję – wydukałam niepewnie, choć przecież wiedziałam, że odwaliłam kawał rzetelnej pracy, więc nie mogłam nie zdać.

– Miała być piątka – tłumaczyła promotorka – ale za jedenastoletnie opóźnienie będzie cztery plus i wyróżnienie, ponieważ listy Juliusza Osterwy, które pani odnalazła w Krakowie, nigdy nie były publikowane i teraz dzięki pani i za pośrednictwem pani profesor trafią do muzeum teatralnego. Brawo.

– Dziękuję, dziękuję. – Spontanicznie ucałowałam wszystkich i wybiegłam jak dziecko ze szkoły.

Brakowało mi tylko warkoczy, tarczy i tornistra.

Pod szkołą stała oparta o mój samochód Zuza z bukietem kwiatów.

– Zdałaś? – zapytała.

– Tak! – pisnęłam.

– To kwiatki dla ciebie. – Wręczyła mi bukiet. – Wiedziałam! Jestem z ciebie taka dumna!

– Udało się! – Miałam ochotę latać. – Kocham cię, Zuz.

– Ja ciebie też. I dziękuję, że mnie na to namówiłaś. Ja mam obronę za miesiąc.

Rzuciłam się na nią i ją ucałowałam.

– To co, do Marcinka? Idziemy oblać jak kiedyś? – zapytałam.

Ale to już nie były szkolne czasy.

– No co ty! – powiedziała Zuza. – Muszę wracać, Misiek wściekły, że musiał zostać z bliźniakami, pranie do zrobienia i jeszcze mam montaż. Ledwo żyję.

– No tak, życie woła. A ja muszę jechać po Stasia do przedszkola, a jutro rano mam kolaudację – przypomniałam sobie.

– To co, wracamy do rzeczywistości? – zapytała.

Już miała odejść.

– Zuzka – zatrzymałam ją – ale pójdziesz ze mną na te studia podyplomowe?!

– Wariatka! – pisnęła. – Idź się leczyć!

– Proszę, proszę... – Zrobiłam oczy kota ze *Shreka*. – Masz za miesiąc obronę, teraz ja cię wspieram i dopinguję, a od nowego roku akademickiego możemy zacząć podyplomówkę, co? Przynajmniej się zastanów! – poprosiłam. – A tymczasem cię chociaż podwiozę.

Otworzyłam jej drzwi auta.

– Ludzie, ratujcie mnie. Co ja z nią mam! Ty wiesz, że Michał mnie zamorduje? – zapytała ze śmiechem.

– I tak cię kocham. Pójdziesz? Michała jakoś uproszę, a jak nie, to go uduszę. – Na niby zacisnęłam ręce na jej szyi.

Zachowywałyśmy się jak egzaltowane nastolatki, a razem miałyśmy już pięcioro dzieci.

– No pewnie, że pójdę – zawołała na odchodne, gdy już ją odwiozłam pod dom.

Pierwszy raz poczułam tak ogromną satysfakcję, podziw wobec samej siebie. Dużo mnie to kosztowało, ale zrobiłam to nie tylko dla siebie, lecz także dla dzieci – żeby były dumne, że ich mama ma magistra sztuki, że nie zmarnowała szansy. Maciek był szczęśliwy. Mateusz – choć trochę zrzędził, że nie może grać w Fifę, czuł dumę, bo bardzo mi pomógł w przepisywaniu notatek. Nawet Staś się zaangażował. Biegał po domu, krzycząc:

– Mama chodzi do szkoły, mama chodzi do szkoły!

Maciek urządzał wyjazd ekipy do Nepalu. Szykował się, nakręcał, nieco puszył, a ja po cichu zazdrościłam. Poleciał, a ja zostałam z naszą codziennością: dom, dzieci, firma, koleżanki, rodzice, babcie, zakupy, stomatolog, zajęcia dodatkowe, rachunki. Wieczory w towarzystwie telewizora lub książki, czasem wino i ploteczki z przyjaciółkami. Wlokło się to niemożebnie. Zdychałam z tej samotności i poczucia odsunięcia.

Dwa dni po wyjeździe Maćka zadzwonił telefon. Numer nieznany. Odebrałam.

– Halo, słucham?

– Cześć, mówi Piotrek – usłyszałam w słuchawce.

– Jaki Piotrek?

– Twoja najstarsza miłość ze szkoły.

Przed oczami pojawiło się wspomnienie. Wyraźne nawet po tylu latach.

– To naprawdę ty? – zapytałam zdziwiona. – Dzwonisz z Australii?

– Nie. Stąd. Wpadłem na chwilę do Warszawy. Pójdziesz ze mną na kolację? – zaproponował. – Powspominamy stare czasy.

Na chwilę straciłam rezon. Przypomniałam sobie nas dwoje. Piotr śliczny i ja śliczna, bo o dwadzieścia lat młodsi, tacy wówczas niewinni. Kolacja? Hmm, żaden grzech. Jasne!

– Pewnie – odpowiedziałam. – Ile to lat się nie widzieliśmy?

– No, sporo… Miałem wtedy jeszcze lichy, dziewiczy zarost, a teraz pojawiły się już siwe włosy. Jak ten czas…

– Hmm, musisz wyglądać interesująco. – „Czy ja zaczynam flirtować?"

– To co, dzisiaj o dwudziestej kolacja na Starówce, w naszej knajpie? – zapytał.

– Piotrek, czasy się zmieniły, tam już nikt poza turystami nie chodzi. Jest tyle cudownych knajp, wiesz, na przykład...

– Mika, chodzi o sentyment – przerwał mi. – Nie marudź. Do zobaczenia wieczorem. – I się rozłączył.

Piotrek był moją pierwszą miłością, pierwszym chłopakiem, który mnie pocałował, i pierwszym, który mnie rzucił, wrócił, a potem ja rzuciłam jego. Znaliśmy się od dziesiątego roku życia. Wychowywaliśmy się wspólnie, byliśmy razem w podstawówce, liceum i harcerstwie. Traktowałam go bardziej jak brata, a po rozwodzie jego rodziców ciągle u mnie przesiadywał i był ulubieńcem babci. Po maturze wyjechał do Australii i słuch po nim zaginął. I nagle... jest! Trochę jak duch.

Spędziłam kilka godzin na wybieraniu stroju, kąpieli, makijażu i robieniu min do lustra, jakbym znów miała czternaście lat. Zdecydowałam się na wersję „skromna, ale elegancka": jeansy i jedwabna bluzka, perełki w uszach, apaszka na szyi, dyskretny makijaż i subtelny błyszczyk na ustach. Włosy niedbale układające się na ramionach.

Weszłam do knajpy i się rozejrzałam. Wstał Piotrek. Nieubłagany czas... Rzeczywiście trochę posiwiał, przytył czy może zmężniał, ale to był ten sam Piotrek. Przywitaliśmy się trochę zmieszani i od razu zamówiliśmy wino.

– Ślicznie wyglądasz – powiedział z uśmiechem.

– Dziękuję. – „Czyżbym się zaczerwieniła?"

– Co u ciebie? Opowiadaj!

– No dobrze, to tak w skrócie. Miałam pierwszego męża i syna, rozwiodłam się, teraz mam drugiego męża i drugiego syna, mamy firmę, dom, pracujemy razem. No i są moi rodzice, siostry, babcie, pamiętasz jeszcze...? Rodzice osiedli na wsi. Są w dobrej formie. A ja – umilkłam – właśnie po latach obroniłam pracę magisterską i wybieram się na studia podyplomowe.

– Imponujące – powiedział z przekonaniem.

– Teraz ty. Przecież poleciałeś do wielkiego świata, jak ci tam jest?

– Wyjechałem do ojca, do Australii. Robiłem interesy, które w pewnym momencie zaczęły mnie nudzić. Potem otworzyłem galerię sztuki i zaczynam właśnie handlować obrazami.

– Zawsze pięknie malowałeś. Chciałeś zdawać na ASP, prawda?

Pokiwał głową.

– Ale jakoś nie wyszło – powiedział.

– Zawsze miałeś dobry gust. Byłeś najlepiej ubranym chłopakiem w szkole, przystojniaku! – rzuciłam ze śmiechem.

– A ty najlepiej ubraną dziewczyną. I najfajniejszą – odwdzięczył się.

Zamilkliśmy. Byliśmy nieco zmieszani, więc zamówiliśmy jedzenie i dziwnie szybko skończyliśmy pierwszą butelkę wina.

– A twoje życie prywatne? – zapytałam.

– No wiesz, nic się nie zmieniło...

– Czyli co trzy tygodnie nowa dziewczyna? – zaśmiałam się.

– Tak było w podstawówce i potem w liceum, ale nie trafiłem na tę jedyną. Teraz dojrzałem i wytrzymuję już z jedną kobietą nawet trzy miesiące – powiedział ironicznie. – Miałem żonę – dodał już poważniej.

– O! Masz dzieci? – chciałam wiedzieć.

– A w życiu! Sam jestem dużym dzieckiem. Zamówię drugą butelkę, bo nie ruszymy poza oficjalny protokół. – Puścił zalotnie oko.

Byłam trochę zmieszana i czułam, że gdzieś tam obok nas czai się flirt. Powoli też robiłam się lekko wstawiona. Wino zawsze dodawało mi odwagi. Zaczęliśmy wspominki, przywoływaliśmy znajomych z dawnych lat. Piotrek opowiadał chętniej o sobie, samotności na emigracji, o problemach z narkotykami, które udało mu się rzucić, kolejnych nieudanych związkach, trudnej relacji z ojcem i tęsknocie za krajem. Chciał otworzyć galerię sztuki i sklep z dizajnerskimi meblami w Warszawie, odnowić kontakty, może wrócić na stałe. Ja mówiłam o telewizji, nieco się pusząc i chwaląc, o firmie i... tak skończyliśmy drugie wino.

– Mika, płacę rachunek i idziemy z tej ostoi PRL-u – powiedział Piotrek. – Miałaś rację, miejsce się wytarło, nieciekawie tu.

– Nareszcie! – Uśmiechnęłam się triumfalnie.

– Zatrzymałem się w Bristolu. Zapraszam cię na tequilę.

– O, nie, za szybkie tempo. Mam słabą głowę – próbowałam oponować. – Przejdźmy się Krakowskim, bo już mi w niej nieźle szumi. Pamiętasz, jak na sylwestra w podstawówce wypiliśmy duszkiem wino, które nam dali moi rodzice, i wszyscy od razu wymiotowali?

– Jasne, że pamiętam, ale to już przeszłość. Czas tworzyć nowe historie. No, chodź! – ponaglił mnie.

Szliśmy spacerem przez Starówkę, on szarmancko podał mi rękę, bo kuśtykałam na tych kocich łbach. Tam się nie da z gracją chodzić na obcasach. Było zimno, przytuliłam się do niego i nagle poczułam jego zapach, który tak dobrze znałam, a który przypomniał mi młodzieńcze, jakże niewinne czasy. Zrobiło mi się błogo. Uliczki Starówki zachowały nasze wspomnienia, miałam wrażenie, że odmłodniałam. Zawróciliśmy i powoli poszliśmy Krakowskim Przedmieściem w stronę Bristolu.

Piotrek w barze zamówił dla nas podwójną tequilę.

– Za nowe życie – wzniósł toast.

– Za twój powrót! – odpowiedziałam i klasycznie, jak należy, z solą i cytryną wypiłam meksykańską wódkę.

– Mika, powiedz, jesteś szczęśliwa? – zaczął Piotr filozoficznie.

– Ja? No wiesz... – Nie bardzo wiedziałam, co powiedzieć.

Byłam już troszkę pijana i zastanawiałam się, czy to, co powiem, będzie prawdą, czy pijackim bełkotem. „Mówić, co czuję, czy gadać byle co? Ubarwiać? I czy ja tak właściwie jestem szczęśliwa, czy nie? Czy szczęście to system zero-jedynkowy? Jak odpowiedzieć?" W głowie miałam gonitwę myśli.

– No cóż – zaczęłam i dmuchnęłam w grzywkę – wszystko mam. Pieniądze, męża, z którym, co prawda, miałam ostatnio kryzys, synów, których kocham, ale chciałabym jeszcze mieć dziewczynkę. Mam piękny dom, w którym ciągle jestem sama, dobrze prosperującą firmę, ale i wspólnika, który nie chce się rozwijać. Mówiłam ci, że wróciłam na studia, obroniłam pracę magisterską, zaczynam podyplomówkę, ale czuję, że zatoczyłam koło i znów jestem w punkcie wyjścia. I nie wiem, co dalej, nie mam pojęcia, czego chcę. – Zamilkłam. Piotr słuchał w ciszy, więc dodałam: – Jestem znudzona i... samotna. Nie mam celu. Nie widzę go. Ja muszę ciągle mieć jakieś nowe wyzwania, inaczej umieram... A teraz jest tak idealnie nudno! Piękne dno!

– Mika... – Zmierzył mnie spojrzeniem. – Masz na sobie pantofelki jak moja ciocia, bluzeczkę na guziczki i jeżeli jeszcze mi powiesz, że pod tą apaszką są perełki, to padnę.

Powoli zdjął mi z szyi apaszkę, nachylił się i pocałował mnie w usta, mrucząc:

– Gdzie się podziała szalona, kolorowa Mika, w której kochało się pół szkoły ze mną na czele?

Nieco wystraszona oddałam mu pocałunek i odpowiedziałam:

– Nie wiem. Już jej nie ma. Mam dwoje dzieci, męża, jestem dobrze po trzydziestce. To chyba koniec życia? – powiedziałam idiotycznie, żeby go sprowokować.

– Co ty bredzisz? – Uśmiechnął się czule, ale i nieco kpiąco. – I pewnie jeszcze tak zrzędzisz mężowi. Zamieniłaś się w moją ciocię Krysię. Ktoś cię zaczarował.

Otrząsnęłam się, nieco obrażona.

„Jaka znów ciocia?!"

– A ty co? – odparowałam. – Co chwilę nowa kobieta, nie umiesz utrzymać żadnego związku. I ty, właśnie ty chcesz mnie pouczać?

– Tak, ja. Przynajmniej jestem uczciwy. Może kiedyś znajdę tę jedyną, nie wiem. Tyle osiągnęłaś i jesteś znudzona? Mika, co się dzieje, dziewczyno? – Popatrzył mi w oczy.

– Piotrek... – powiedziałam smutno. – Ja już nic nie wiem. Jestem skołowana, zaglądanie w głąb duszy nie robi mi dobrze.

Znów się nachylił i pocałował mnie najpierw delikatnie, a potem namiętniej. Podobało mi się... Pamiętałam jego zapach i smak, pamiętałam siebie młodą, smarkulę. Pierwszy pocałunek, którego nigdy się nie zapomina. Było pięknie. Odpływałam, trochę kręciło mi się w głowie. Widziałam go raz jako chłopca sprzed lat, a raz jako szpakowatego przystojnego mężczyznę.

– Chodź do mnie na górę – szepnął.

– Piotrek, nie mogę. – Momentalnie wytrzeźwiałam. – Mam męża.

Słabo to brzmiało. Jak w kiepskiej komedii romantycznej: „i chciałabym, i boję się". Że niby fakt zamęścia ucina sprawę. Powinien uciąć, ale nadal tkwiłam w miejscu. Nie wyszłam oburzona.

– Mika, nigdy tego nie zrobiliśmy, pamiętasz? – kusił dalej.

– Bo byliśmy za młodzi, daj spokój. – Niby się ogarnęłam, ale nadal siedziałam w ponętnej pozie i majtałam nóżką.

Patrzył na mnie tak pożądliwie, że aż zrobiło mi się gorąco. „Co ja...?!"

Nagle zdałam sobie sprawę, że właściwie to czekam, aż mnie weźmie na ręce i porwie do pokoju. Jadąc na resztach rozsądku, powiedziałam jeszcze:

– Piotrek, to banalne, jak z jakiegoś harlequina. Po latach przyjeżdża dawny chłopak i znudzona małżonka ląduje z nim w łóżku, a on nazajutrz wyjeżdża. Pomyśl.

– Nie chcę myśleć. Chcę ciebie.

Spojrzałam na niego i poczułam, że się nie oprę.

„O matko, ja go pragnę!"

– Przepraszam, muszę do toalety. – Musiałam stamtąd uciec.

– Mika, juto w południe mam samolot do Canberry – rzucił błagalnie.

Nieco chwiejnym krokiem poszłam do toalety. Spojrzałam w lustro. Miałam już z lekka rozmazany makijaż, alkohol zrobił swoje – „poluzował mi gorsecik". Jednym ruchem zerwałam z szyi nobliwe perełki, które rozsypały się po kamiennej posadzce.

– Koniec, kurwa, z ciotką-klotką – syknęłam do własnego odbicia, wycierając tusz z policzka.

Poprawiłam usta błyszczykiem, zarzuciłam włosami.

„Nie. Nie pójdę z nim. Jutro miałabym wyrzuty sumienia, po co mi to?" Znałam siebie. I znałam też gorzki smak zdrady...

Wróciłam do Piotrka:

– Zamów mi taksówkę. Muszę jechać do domu.

ROZDZIAŁ DWUDZIESTY PIĄTY

Maciek jak bohater na białym koniu, bardzo szczęśliwy i dumny z dokonań, wrócił z Nepalu. Program był bardzo trudny w realizacji, ale wszystko się udało i uczestnicy wraz z ekipą zdobyli szczyt Lobuche ku chwale ojczyzny i telewizji. Niektórzy operatorzy padali jak muchy za sprawą choroby wysokościowej i wyczerpania fizycznego, bo oprócz osobistego ekwipunku taszczyli jeszcze sprzęt.

Bardzo się za sobą stęskniliśmy, więc przywitanie z dziećmi, które dosłownie rzuciły się na Maćka z piskiem i wrzaskiem, było spektakularne. Do wieczora przytulanie, opowieści i nareszcie chłopcy poszli spać. Nasze powitanie już w sypialni było szczere i spontaniczne.

Zorganizowałam zaraz kolację dla przyjaciół, żeby mój bohater mógł o wszystkim opowiedzieć. Byłam z niego dumna, gdy oglądałam zdjęcia namiotów zatopionych w bieli himalajskiego śniegu, jego samego w czapce z alpaki, jedzącego zupkę chińską z menażki, czy ekipy w akcji na tle potężnych gór, które zwykli ludzie widują tylko na filmach. Dzisiaj programy typu *reality show* z Nepalu czy Paragwaju, Haiti czy Filipin to mały pikuś – ekipa śpi w porządnych hotelach – ale wówczas to było przedsięwzięcie na miarę survivalu. Mój zuch!

Stwierdziłam w duchu, patrząc na slajdy i zdjęcia, że może i dobrze, iż z nimi nie pojechałam. Przyjaciele słuchali z wypiekami na twarzach, pytali i komentowali, a mój bohater rósł w oczach. Zawsze uwielbiał podziw.

Następne dni stanowiły powolny powrót do zwyczajnego życia, rodzaj dekompresji, przygotowanie Maćka do lądowania na Ziemi. Gdy opowiadałam mu o tym, co w domu, na wywiadówce, na zakupach, że Staś zrobił rysunek, „zobacz, jaki ładny", Mateusz dostał się do kadry klubu narciarskiego, a ja przeczytałam osiem książek, byłam w teatrze, naprawiłam piec i skończyłam montaż programu – widziałam na jego twarzy znudzenie, a nawet coś jakby strach. To nasze ziemskie, zwyczajne życie było dla niego pozbawione adrenaliny i smaków Nepalu, mdłe i zwykłe, jawiło mu się jako bezbarwne i nudne. Moje starania, żeby nadrobić jego wiedzę o chłopcach, o naszych sprawach, były... niczym przy opowieściach Maćka.

Kiedyś rozmawiałam o tym z ciocią Małgosią, siostrą taty. Opowiadała mi, jak wielcy podróżnicy wracają do domu po wyprawach i zamiast tęsknoty pojawia się kwaśna mina, bo dom nie ma smaku przygody. Kilka małżeństw rozpadło się właśnie z tego powodu. Praca, konferencje, imprezy, wyprawa, nerw, emocje są fajniejsze od zatkanego kranu, wywiadówki czy konieczności zawiezienia potomka do ortodonty. Normalne życie staje się coraz odleglejsze, nudniejsze. Żona jawi się jako przedstawicielka tej domowej męczarni, świata już odległego i obcego, podczas gdy sekretarka, asystentka czy przygodne *ladies* z knajp, mające stale rozszerzone źrenice z podziwu – wydają się kimś fajnym, klakierkami, cheerleaderkami, zachwyconą publiką. To właściwie temat na osobną książkę.

Dodatkowo dla Maćka to była podróż odkrywcza, mająca wpływ na jego uduchowienie, bo zawsze sympatyzował z buddyzmem – co zresztą doprowadzało do szału jego mamę, nadgorliwą katoliczkę, w końcówce życia wyznawczynię Radia Maryja. Wrócił lekko nawiedzony, obwieszony buddyjskimi malami, czyli różańcami; na rękach bransoletki, błysk świętości w oku. W naszym pięknym ogródku rozwiesił słynne buddyjskie chorągiewki, co mnie, estetkę i ateistkę, strasznie wkurzało, bo pasowało tam jak kwiatek do kożucha. W minimalistycznym domu, w którym dominowały biel, szkło i drewno, zawisły na ścianach... kolorowe mandale, bo mój mąż nagle postanowił kandydować na lamę. Dla mnie to był kicz i turystyczne zachłyśnięcie się tym, co zawsze go nieco kręciło, odmiennością i tajemniczością, prostą, a jednak skomplikowaną wiarą w jakiś absolut.

Ale znałam Maćka i wiedziałam, że mu przejdzie – uspokoi się, a jakiś nowy amok sprawi, że jego uwaga skupi się na czymś innym. W porządku, niech mandale i flagi wiszą, dom pachnie kadzidełkami. Dobrze, że nie nosił pomarańczowej szaty i ode mnie nie wymagał zmiany domowego stroju. Jak długo to potrwa? Wiedziałam – krótko. Maciek był zachwycony. Znów kompromis uratował nasz domowy spokój. A przynajmniej tak mi się wtedy wydawało...

Maciek zaznaczył swój teren i... po kilku dniach wyjechał w delegację. Znowu zostałam sama. Firma przeżywała złoty okres, produkowaliśmy coraz więcej, pieniądze wpływały, ale wraz z jej rozwojem rosła różnica zdań między mną a naszym wspólnikiem co do dalszego rozwoju i kierunku działań.

Wcześniej musieliśmy walczyć o każdy kolejny program, ale teraz mogliśmy się ukierunkować, kupić sprawdzony format zagraniczny, dokooptować wspólników, wyjść poza produkcję tylko dla telewizji. Rozmawialiśmy we troje, ale rzadko i bez rezultatów. Maciek nie znosił konfliktów i niestety zawsze zamiatał trudne sprawy pod dywan. Pakował się na kolejną delegację, myśląc, że gdy wróci, wszelkie problemy same się rozwiążą. Ale się nie rozwiązywały, tylko rosły.

Gderałam też w domu, zamieniając nasze pozornie sielankowe życie w życie zwykłej rodziny. Próbowałam też wciągnąć Maćka w wychowywanie dzieci.

– Maciek, powiedz Stasiowi, żeby umył zęby – prosiłam.

– Czemu ja?

– Bo mnie nie słucha, potrzebny tu męski autorytet.

– O Jezu, co się go czepiasz! – wzdychał.

– Próchnicę będzie miał – mówiłam. – I nie może mnie olewać. Wyjaśnij mu...

– Od próchnicy się nie umiera – przerywał mi. – Prawda, Stasiu? – Mrugał do syna.

– Tak, tatusiu – podłapywał Staś. – Mama zawsze krzyczy, a ja nie lubię myć i dentysta straci pracę, jak będę miał zdrowe zęby.

– Moja krew! Mój syn! – chełpił się tatuś. – I jeszcze jaki dowcipny. Chodź do mnie.

No i pozamiatane.

Matka tyran, zrzęda i domowy kapo, a po drugiej stronie ten fajny weekendowy tatuś. Taki dobry, wesoły i na luzie. Gotowałam się w środku, bo odnosiłam czasami wrażenie, że mam troje dzieci – Maciusia, Mateuszka i Stasinka. A ja jestem złą matką, która opieprza za bałagan, goni do lekcji i nie odpuszcza zajęć dodatkowych – na które sami chcieli chodzić, tylko entuzjazmu wystarczyło im do pierwszych niepowodzeń.

Próbowałam o tym rozmawiać z mężem, ale lekceważył mnie i mówił, że rozdymam problemy, że przez moje wymagania kiśnie atmosfera, „a tak było fajnie, kotuś". Że mam wyluzować i dać spokój. „Jaja i luz są lepsze od dyscypliny i konsekwencji" – tłumaczył i... wyjeżdżał do pracy, zostawiając mnie z dwoma rozbrykanymi chłopcami.

Synowie rośli i mieli swój ulubiony rytuał. Zawsze w momencie, kiedy siadałam na kanapie obok Maćka i przejmowałam pilota, bo chciałam przez chwilę odpocząć, obejrzeć coś, co nie było meczem, wiadomościami ani filmem w stylu „zabili go i uciekł", siadali obok mnie i zaczynały się przepychanki, kopniaki, łaskotki. Byłam wściekła, ale nie chciałam reagować jak moja mama, więc najpierw łagodnie zwracałam uwagę, ale wkrótce się zaczynało:

– Mamo, on mnie bije.

– Ale to on zaczął! Auaa!

Byłam zła.

– Przestańcie, chłopcy. Czy ja mogę mieć w tym domu pięć minut spokoju? Czy musicie akurat teraz siedzieć mi na głowie? Stasiu, przestań go szarpać! Macie wolną całą górę, idźcie tam i bijcie się w swoich pokojach.

Zero reakcji.

– Maciek, zareaguj, powiedz im coś – prosiłam. – Szarpią się, a ja nic nie słyszę.

– Mamuśka, przecież to chłopcy, tylko się bawią. To takie męskie okazywanie miłości – cieszył się.

– Ale akurat teraz, gdy ja oglądam *Teatr Telewizji*? Proszę cię, uspokój ich i nie podważaj mojego autorytetu.

– Co? – pytał zdumiony.

– Lekceważysz mnie przy nich, a to nie jest w porządku – żaliłam się.

– No już dobrze, dobrze, masz muchy w nosie – mówił do mnie, ale nareszcie rzucał ostrzej do chłopców: – Przestańcie!

Wtedy zwlekali się z kanapy i obrażeni szli do swoich pokoi. Było mi przykro, ale milczałam. On zaraz znów wyjedzie, a ja kolejny raz usłyszę, że się czepiam.

Kiedy narzekałam w imieniu nauczycielki z przedszkola, że Staś jest niegrzeczny, nie wykonuje poleceń i okazuje lekceważenie, Maciek mówił:

– I dobrze! Ma chłopak osobowość po mnie!

Takimi reakcjami nie pomagał. Byłam zła i bezsilna. Nie mogłam być cały czas tym złym policjantem.

Firmy też jakby zaczął unikać, bo bał się dyskusji, starć.

– Maciek, błagam, zostaw już te delegacje, spasuj nieco, poświęć miesiąc firmie – prosiłam.

– Znów się nie dogadujesz z Tadeuszem?!

– Musimy rozwijać firmę, może dobrać partnerów biznesowych, ustalić zdecydowany profil – tłumaczyłam. – Musisz porozmawiać z Tadeuszem, bo moim zdaniem trzeba kupować zagraniczne formaty. Rynek się zmienia, rośnie nam konkurencja, a on nie chce o tym słyszeć.

– Próbowałaś go przekonać?

– Próbowałam. Ale zawsze gdy zaczynam rozmowę, on albo musi pilnie pojechać do banku, albo zawieźć żonę do dentysty, bo jej się zepsuł samochód, albo spieszy się na Mazury, bo zapowiadali żaglową pogodę, i szkoda mu czasu na gadanie. „Odłóżmy to do poniedziałku", tak mówi – prychnęłam.

– I jaki problem? Zacznij w poniedziałek! – zbagatelizował sprawę.

– Serio to mówisz? – Byłam zła. – W poniedziałki on „musi pilnie do banku" i koło się zamyka.

– Przesadzasz... – To zawsze było jak policzek.

– A ty próbowałeś z nim rozmawiać? – nie poddawałam się.

– Tak...

– I co?

– No nic... Jest niereformowalny. – Spuścił wzrok i potarł nos.

– Czyli mamy pat – powiedziałam zrezygnowana. – Ale może chociaż ty zrób coś ze swoim życiem – zmieniłam ton. – Zwolnij. Zostawiasz swoje zdrowie i talent na bankietach w towarzystwie ekipy i panienek, może czas już przestać? Nie jesteś rozbuchanym nastolatkiem, jesteś ojcem i szefem, mężem, rozmawialiśmy o tym w Livorno. Tak szybko zapomniałeś?

– A ty nie zapomniałaś, co mi obiecałaś? – Westchnął.

– Teraz rozmawiamy o pracy, firmie – odcięłam się. – Naprawdę, Maciek, te studia podyplomowe mnie rozwinęły, o wiele więcej wiem. Trzeba otaczać się młodymi, być czujnym, bo mamy konkurentów. Nie jesteś dożywotnim pupilem Aidy, nie masz monopolu na tytuł najlepszego, uwierz mi.

Nie uwierzył.

Odganiał się, unikał konfrontacji z Tadeuszem i ze mną i... wyjeżdżał w kolejną delegację, bo dawała płynną kasę. Część programów z powodzeniem mógł sobie odpuścić, ale wiedziałam, że chce wyjeżdżać. Tam mógł odreagować. Problemy coraz bardziej narastały. Były jak rak, który nie daje objawów, ale powoli zabija. Toczył nie tylko firmę, lecz także nasze małżeństwo. Martwiłam się o Maćka, zatracał powoli równowagę. Zawsze był królem życia, kochał zabawę, szaleństwo, festiwale, bankiety, zachwyty i gratulacje. Ja, ta wredna, chciałam ściągnąć mu lejce, udomowić. Ale tak naprawdę pragnęłam go ochronić przed staczaniem się, pchać na wyższą półkę drabiny zawodowej – żeby się rozwijał, nie stał w miejscu, nie został na zawsze w wozie transmisyjnym.

Prosiłam, wymagałam i gderałam.

– Maciek, nie klnij tak, dzieci słyszą, nie wypada ci.

– Kiedy zapiszesz się na angielski?

– Jutro idziemy do opery na Trelińskiego.

– Pojutrze elegancka kolacja u Iksińskich.

– Odżywiaj się zdrowo, masz już wałeczki.

– Kiedy pójdziesz do lekarza? Nie jesteś już młodzieniaszkiem, mierzyłeś ciśnienie?

– Pobaw się z chłopcami, zabierz ich na jakieś męskie wyjście, tęsknią za tobą!

– W niedzielę obiad u rodziców.

– Znowu wyjeżdżasz?!

Wszystko to jednak wypływało z troski, było dla jego dobra. Nie odpuszczałam, tracąc powoli wdzięk i seksapil.

Pewnie nieumiejętnie się z nim obchodziłam, miałam za dużo pretensji i uwag, ale też nikt mnie nie nauczył robić tego inaczej. Starałam się, żeby to nie były awantury czy wieczne pretensje, ale on za każdym razem się złościł. Był niemiły i niesforny. I nigdy to on nie pytał mnie, czy jestem szczęśliwa, czy byłam u lekarza, czy sobie radzę... Jakbym była robotem, o którego nie trzeba dbać. Gdy jednak wychodziliśmy gdzieś albo przyjmowaliśmy gości, a ja byłam śliczna, pachnąca i doskonale ubrana, zamieniał się w chwalipiętę. Kiedy inni rozmawiali ze mną o brawurowej kreacji teatralnej młodego aktora, o premierze opery, o najnowszej książce Olgi Tokarczuk czy o pokazie Stelli McCartney w Londynie, stał i puchł z dumy. Wtrącał coś w stylu: „Moja żona jest światowcem i wie wszystko!", co sprawiało, że czułam się jak ładny koń na wybiegu, którego pan chwali... Chełpił się mną jako panią domu albo elegancką żoną u jego boku. Tak, wtedy mnie adorował. Patrzył z uśmiechem, z dumą. Zazwyczaj już tylko wtedy...

Może oboje zapominaliśmy o zwyczajnych czułych gestach na co dzień? Pewnie tak... „Zasobne konto i trochę seksu w nocy to dla mnie za mało", myślałam rozczarowana, gdy pakowałam brudne naczynia do zmywarki. Wspominałam wulgarną prawdę, którą głosiła babcia mojej koleżanki: „Chłop chce tylko zupy i dupy".

Mama, gdy czasem próbowałam ulać trosk, mówiła:

– Zobacz, jak inni mają ciężko! A ty narzekasz? Od tego dobrobytu poprzewracało ci się w głowie!

Dlatego gdy było mi źle, dzwoniłam do Zuzki i Beti i zwoływałyśmy babski krąg.

– Kochana, wino u mnie jutro. Tak, jestem sama, dzieci u dziadków, Maciek w Krakowie. Przybywaj. Możesz? – rzuciłam do słuchawki.

Siedziałyśmy u mnie z Zuzką. Beti jak zwykle była w pracy, więc miała dojechać spóźniona. Kominek grzał urokliwie, piłyśmy wino.

– Jak ty to robisz, że masz zawsze taki porządek? – Przyjaciółka rozejrzała się po salonie.

– Znasz mnie. Muszę – odpowiedziałam. – Jestem wulkanem emocji wewnętrznych, wszystko przeżywam, mam rodzaj twórczego ADHD, ciągłą gonitwę myśli, dlatego muszę mieć porządek chociaż dookoła siebie, inaczej bym zwariowała. No i też z lenistwa. Szkoda mi czasu, żeby szukać codziennie kluczy, jeśli mogą leżeć zawsze w tym samym miejscu. To proste. – Uśmiechnęłam się.

– A mnie bałagan nie przeszkadza. I lubię kurz – rzuciła Zuz.

– To widać – roześmiałam się. – Mogłabyś się trochę ogarnąć, bo żyjesz w rozgardiaszu.

– Odwal się – prychnęła. – Ja się w nim doskonale orientuję. W tym czasie, gdy ty sprzątasz w nieskończoność, ja czytam kolejną książkę.

– Ja też, bo budzę się wcześnie rano, gdy wszyscy jeszcze śpią, i wtedy czytam.

– Wariatka! A ja chodzę spać grubo po północy. Remis? A jeśli ci przeszkadza mój bałagan, to przyjedź i posprzątaj, nie mam nic przeciwko!

Wybuchłyśmy śmiechem.

Po chwili spoważniałam, a Zuzka spojrzała na mnie niespokojnie.

– No, co jest? – zapytała.

– Zuz... – Wstrzymałam teatralnie głos. – Prawie zdradziłam Maćka.

– Jak to „prawie"? – Spojrzała na mnie zaskoczona. – To, zdaje się, jest zero-jedynkowe. Zdradziłaś czy nie?

– No, kurczę, to taka niby zdrada, ale nie zdrada, bo nie dałam się zaciągnąć do łóżka – wydukałam.

– Opowiadaj. Już! – zażądała Zuza.

– Bo ja... – wyrzuciłam z siebie niepewnie. – Całowałam się z moim pierwszym chłopakiem. I naprawdę mi się podobało. Bardzo, więc to chyba jednak zdrada.

– Całowałaś? Z pierwszym chłopakiem? Hmm. Ja też kiedyś, ale już nie pamiętam, kiedy to było – roześmiała się.

– Nie wygłupiaj się, wiesz, o co chodzi. Przyjechał z Australii i widzieliśmy się niedawno po tylu latach – westchnęłam.

– Ale super, opowiadaj dalej! – emocjonowała się. – Chcę znać każdy szczegół!

Opowiedziałam jej wszystko. Gadałyśmy o emocjach, pokusie. Zuz słuchała i uśmiechała się szelmowsko.

– A, powiedz... – zaczęła z błyskiem w oku. – Teraz, po przemyśleniu, poszłabyś z nim?

– No wiesz, wyobraźnia podpowiada, że byłoby wspaniale, ale świadomość konsekwencji, że to niebezpieczne... I nielojalne, bo Maciek twierdzi, że owszem, zabawia się na wyjazdach, ale mnie nie zdradza. A ja mu wierzę...

– To bardzo ładnie z twojej strony – odpowiedziała z kpiną.

Wiedziałam, że mój mąż podoba się kobietom, potrafi uwodzić, uwielbia podziw i poklask. Upierał się jednak, że żadna poza mną... A ja, od kiedy zapragnęłam być w ponownej ciąży, świata poza nim nie widziałam i nagle teraz, gdy zapach domu przykryłam francuskimi perfumami, gdy pod spojrzeniem Piotra poczułam, że znów mogę się podobać, gdy do mojej jaźni dotarł jego zapach pogłębiony wilgotnym pocałunkiem – odleciałam. Poczułam, jak mi twardnieją sutki i jak bardzo „chciałabym, chciała”. Czy to już jest zdrada?

– Czy to już jest zdrada? – powtórzyłam na głos.

– Mika, każdy powinien mieć jakiś romans na koncie, nie udawajmy świętych! – krzyknęła Zuzka. – Jak mawiały nasze babki: „Nie wymydli się, tylko sza! Żadnych opowieści!”.

– Odezwała się znawczyni, co ma jednego męża od liceum! – prychnęłam.

– Ooo, ja może nie praktykuję, ale podstawy teoretyczne obstukałam. Kochana, ja nie mam czasu na romans! Mam troje dzieci, pracę, stowarzyszenie, w którym działam, i powoli zaczynam przypominać Barbamamę, znaczy tę francuską mamę banię z dobranocki. Kiedy ja bym miała baraszkować z jurnym kochankiem? I zresztą kto by mnie chciał?! Ale ty mów, chociaż posłucham o tym rozkosznym zepsuciu. Mów! – ponagliła.

– To już koniec. Uciekłam, a teraz trochę żałuję. – Chyba ją rozczarowałam. – A ty... – zmieniłam temat – ...jaka ty jesteś dzielna, Zuzka, troje dzieci, mąż i jeszcze działasz w tym stowarzyszeniu. Podziwiam cię.

– To dla mnie odskocznia.

– Odskocznia? – Zaskoczyła mnie. – Jak siedzisz przed świętami w jakiejś kanciapie i pakujesz paczki dla dzieci z domu dziecka?

Przybrała na twarz uśmieszek wyższości.

– Zamiast sprzątać u siebie, myć okna i lepić pierogi? – odpowiedziała pytaniem na pytanie. – Serio uważasz, że to szczyt szczęścia? I nic od siebie światu?

Dmuchnęłam w grzywkę. Głupio mi się zrobiło, bo ze mnie żadna działaczka. Nie mam duszy siostry miłosierdzia. No, a wtedy to mi już było bliżej do jawnogrzesznicy niż świętej.

– Skrzyknij te pańcie z Konstancina – zaproponowała – co to mają torebki w cenie miesięcznej pensji lekarza, i zróbcie coś dobrego, pożytecznego. Dla starców, dzieci czy choćby psów. My w Komorowie robimy sporo takich akcji, choć, no... – Chrząknęła. – Trochę inni ludzie tam mieszkają, to fakt. Mniej farbowanych blondynek z torebkami Versace. Zrób coś dla kogoś, od razu poczujesz się lepsza, zaręczam!

– O, przepraszam – odburknęłam – wszystkie rzeczy, zabawki i sprzęt sportowy po chłopcach odwożę do domu dziecka w Konstancinie. Znaczy pan Romek, bo ja się za bardzo wzruszam, gdy widzę te dzieciaczki. Wiesz, gdybym nie mogła mieć własnych dzieci, to na pewno bym adoptowała.

– Przestań, bo ci uwierzę i się popłaczę. To spychologia. Pan Romek... – Prychnęła. – Chodzi o indywidualne zaangażowanie, a ty pomagasz bezdotykowo, sterylnie, żeby się nie upaćkać.

– Ty za to wyrabiasz limit świętości za nas obie.

Wpadła Beti.

– Cześć, laski! Uff, dojechałam wreszcie, co mnie ominęło?

– A ty co tak późno? – burknęłam.

– Próba się przedłużyła, a jeszcze potem z Janosikiem poprawiałam scenariusz na jutrzejszą galę i...

– Kto to jest Janosik? – zapytałyśmy równocześnie z Zuzą.

– Debilu ty – zwróciła się do mnie czule – to ten blondyn z kabaretu Spokojnie, to tylko awaria. No! Wiesz przecież!

– Aha, ten, już kojarzę – przypomniałam sobie. – Ty wiesz? On jest bardzo podobny do twojego męża, prawda, Zuz? – Spojrzałam na przyjaciółkę, a ta pokiwała głową.

Miała już czerwone pąsy od wina i diabliki w oczach.

– Podobny...? – powtórzyła Becia. – Przesadzasz.

– Ty z nim ostatnio coś za często poprawiasz te scenariusze – mruknęła Zuzka prowokująco.

– Odczepcie się – fuknęła na nas Beti. – Pracuję. Jestem głównym żywicielem rodziny, mam dwoje dzieci. Muszę pracować! Mój mąż u ciebie w firmie nie zarabia tyle, co ja tam.

– Prawda, święty jest twój Cezar – odpowiedziałam kąśliwie. – To on zajmuje się też domem, dziećmi, zaopatrzeniem, w ogóle waszym życiem. A i dla innych taki przyjazny, pomocny.

– No co zrobić, anioł! – Beti uśmiechnęła się tym swoim czarownym uśmiechem. – Mam ideał za męża! – I zaczęła się usprawiedliwiać: – Kocham swoją pracę, te delegacje, hotele, robotę po nocach, jestem w tym dobra i nie zamierzam nikogo za to przepraszać. A on... taki mamy układ!

– Możesz sobie na to pozwolić, bo Cezar wszystko ogarnia i nie zapominajmy, że mama urządziła ci życie od A do Z. Mieszkacie razem, wychowała ci dzieci i załatwia mnóstwo spraw. Ty to masz dobrze! – westchnęłam. – Nawet nie wiesz, skąd się bierze jedzenie w lodówce i jak znika kurz. – Dogryzałyśmy jej z Zuzką tym mocniej, im mocniej jej zazdrościłyśmy.

– Tak, to prawda, w tym całym układzie to ja noszę spodnie, no ale ktoś musi na to wszystko zarobić! – ucięła temat. – No, a co tam u ciebie, pańciu z Konstancina? – Nadszedł czas, by wejść na mnie. – Znowu wakacje w Bryzie w złotych klapkach?

– Czepiasz się. Hotel z widokiem na morze i tyle.

Rozmawiałyśmy jeszcze długo o wszystkim: od kultury przez politykę, a skończyłyśmy na delikatnym obgadywaniu znajomych.

W pewnym momencie zamilkłam, a po chwili z poważną miną rzuciłam:

– Dziewczyny, czy wy jesteście szczęśliwe?

Zapadła cisza.

Nie, nie zaskakująca, bo my tak właśnie gadamy, o tylnej partii ciała pani Maryni, o różnych bzdetach, a po chwili o czymś głębokim.

Obie mówiły to samo, że właściwie tylko dom, praca, wieczorem telewizja, czasem jakieś wyjście. Że są zapracowane, zaangażowane w wychowanie dzieci, że tak to wygląda u wszystkich i że one wiedzą, że to taki etap w życiu. No i praca, praca, praca.

Słuchałam uważnie.

Właściwie to ja też tak miałam, ale czułam, że musimy to przegadać, a nie tylko usprawiedliwić nasze *status quo*. Za chwilę czterdziestka, a my w kieracie.

– No właśnie – skomentowałam – a wy nie za bardzo ugrzęzłyście w tym kołowrocie telewizyjnym? Ciągle ci sami ludzie, tematy, klimaty. Nie zawęziły się wam horyzonty? Wiecie, że istnieje świat poza telewizją? I że nie wszyscy ciągle gapią się na kabarety i wiedzą, kto to Piotr Bałtroczyk? Gadacie tylko o robocie – powiedziałam z wyższością.

– Pieprzysz, Mika – odparowała Zuzka. – Każdy wie, kto to jest Bałtroczyk. Zdajesz sobie sprawę, jaką oglądalność mają nasze programy?

– Tak, ale to papka dla mas, zupka Gerber o smaku wesołkowatości – wyrzuciłam. Po chwili jednak kontynuowałam pojednawczo: – Dziewczyny, pamiętacie początki? Kiedyś robiłyśmy naprawdę ambitne rzeczy, dokumenty, dobre koncerty. O coś nam chodziło. A dzisiaj tylko zarabianie kasy i sprawdzanie wyników oglądalności.

– A ten wasz sitcom lepszy, niby taki ambitny? – odgryzła się Zuza.

Zamilkłyśmy.

No prawda, my też nie robiliśmy niczego ambitnego. Ostatnio jakoś nie.

Popijałyśmy wino i czułyśmy, że gdzieś czai się sedno sprawy.

– Przepraszam was – powiedziała Beti – jestem zmęczona. To ten ciągły telewizyjny stres i hasło „jest afera", od czego mam już chyba nadkwasotę. Ciągłe delegacje, bankiety, knajpiane żarcie i za dużo alkoholu. – Po chwili dodała: – I kręgosłup mi z nerwów wysiada.

Zuzka miała już chyba dość, bo tylko popatrywała na nas zza okularów z uśmiechem Kota z Cheshire.

– A mnie dopada nuda – doszłam do swojego sedna. – Jakoś tak utknęłam na pauzie. Chciałabym coś zmienić, ale nie wiem co. Firma działa, owszem, ale chciałabym ją inaczej rozwijać. Maćka ciągle nie ma – westchnęłam. – Mam piękny dom bez kurzu, Mateusza w prywatnej szkole, Stasia w kanadyjskim przedszkolu, cudowne wakacje, najlepsze ciuchy, a jednak nic nie czuję. Wstydzę się o tym mówić, bo ludzie pomyślą, że zwariowałam, a ja nie mam żadnej frajdy, brakuje mi nowych wyzwań. Nic mnie nie cieszy... Nuda, nuda. – Zamilkłam.

– A ja jestem tak zajechana – odezwała się Zuza – że marzę tylko, żeby się porządnie wyspać i rano obudzić w pustym domu, w kompletnej ciszy i z wolną łazienką. Leżałabym w ciepłej wodzie z godzinę i nikt nie waliłby w drzwi i krzyczał: „Mamo, maaamo!".

– Nie wytrzymałabyś dwudziestu czterech godzin bez nich – powiedziałam z uśmiechem.

– Wytrzymałabym – zapewniła. – Jestem zaharowana. A jeszcze dzieci chcą mieć psa. – Przewróciła oczami.

– Beti, teraz ty – szturchnęłam ją.

– Czy ja jestem szczęśliwa? – Patrzyła na nas, ale jakby poza nas. – Nie mam czasu się nad tym zastanawiać. Wieczorem kieliszek wina i padam na twarz. Od rana do roboty. Najszczęśliwsza jestem w delegacji w hotelu. Tam czuję się wolna...

Boże! Gdzie się podziały te szalone młode dziewczyny, Mika, Beti i Zuzka? Gdzie są nasze życia, ideały, spontaniczność. Ugrzęzłyśmy w domowych sprawach albo w pracy, w pogoni za pieniędzmi, za potrzebami dzieci. A nasze? Czy mamy jakieś marzenia oprócz tego, żeby się wyspać?

Dopiłyśmy wino, paliłyśmy bezkarnie papierosy, bo przy dzieciach oczywiście nie można. Puściłyśmy naszą ulubioną piosenkę Annie Lennox *Why*. No właśnie. *Why?* Dlaczego? Miało być inaczej – świetliste życie, wspaniali mężowie i cudowna praca, radość i ustawiczne święto, bo my takie mądre, młode i wspaniałe, bo nam się to należało! I co? *Why?* Nuciłyśmy z Annie. Wyznałyśmy sobie dozgonną miłość, a pod wpływem wina popłynęły nam z oczu oczyszczające łzy. Przytuliłyśmy się do siebie i zrobiło nam się ciepło w sercach.

Zawsze byłyśmy wobec siebie szczere, mówiłyśmy sobie nawet najgorszą prawdę. Nie wierzę w chór fałszywych pochlebców, którzy za plecami wbijają nóż w plecy, obgadują i sieją plotki. Wierzę w nas, trzy przyjaciółki, uczciwe w swojej szczerości, pomocne i dobre. Nie umiałabym wywlec swoich problemów u terapeuty, któremu płaci się za seans, a przed moimi dziewczynami umiem przyznać się do najgorszego. Bez nich byłabym „niepełna jak czegoś ćwierć albo pół", jak napisał Jeremi Przybora.

ROZDZIAŁ DWUDZIESTY SZÓSTY

Spotkanie z Piotrkiem i oczyszczające pogaduchy z dziewczynami nie dawały mi spokoju. Nie do końca rozumiałam, co się stało ze mną, z Maćkiem, z nami, i dlaczego tak zareagowałam na chłopaka z dawnych lat. Jaki mam w sobie deficyt i skąd się wziął, skoro teoretycznie zdobyłam wszystko, czego chciałam?

Gdy zaczyna mnie coś trapić, wiem, że muszę rozłożyć sprawę na części. Potrzebowałam jeszcze rozmowy z autorytetem. Mama? Nie, mama nie lubi takich analiz, jest taką straszną pragmatyczką. Tata? Nie. Z tatą tego nie obgadam. Wskaże mi jakąś książkę i zmieni temat.

Zadzwoniłam do dyrektor Aidy, bo oprócz tego, że była moją mentorką, nasze relacje przez lata zamieniły się w prawdziwą babską przyjaźń.

– Cześć, Aida. Sprawę mam – rzuciłam.

– Co tam, Dominisia? – Zmiękczała jak dziecko.

– Muszę pogadać. Nie o pracy – wyjaśniłam.

– O dziewiętnastej u mnie – powiedziała krótko.

- OK. Przywiozę wino.

Lubiłam te nasze nieformalne wieczorne spotkania. Najnormalniej, w domu, w dresie. Rozsiadłyśmy się na kanapie, a ja walnęłam z grubej rury:

- Aida, muszę coś zmienić w życiu – westchnęłam. – Maćka ciągle nie ma. Uważam, że powinien bardziej zająć się firmą, produkcją, rozwojem. A ja jestem, no... jakaś taka znudzona.

- Też się o niego martwię, kochana.

- No właśnie. Staram się jakoś nim pokierować, on zaś ma chyba tego dosyć. A mnie nosi! Skończyłam te moje studia, robiłam prawie każdy gatunek programu, chcę iść do przodu! Wszyscy już robią zagraniczne formaty, rynek się zmienia, potrzeby rosną, a ja chcę, żeby firma rosła wraz z nimi. Tadeusz boi się nowości, nie rozumie ich. Mówi, że dobrze jest tak, jak jest.

- Niektórzy tak się właśnie starzeją, Mika. Wolą starą, wyliniałą kanapę i telewizor niż lot do Paryża. Doskonale cię rozumiem.

- Patrz – jęknęłam – jaka ja jestem niewdzięczna losowi za to, co mam.

- Obwiniasz się za ciekawość świata? No co ty, Mika! Dobrze, że nie siadłaś na dupie!

- Ech... Jesteś mądra, doświadczona, starsza, wiesz wszystko. Co robić? Jak podkręcić Maćka? – zapytałam ze smutkiem.

- Za to „starsza” zaraz dostaniesz kapciem w łeb! – powiedziała z uśmiechem. – Już wiem – dodała po chwili, podnosząc palec. – Był u mnie taki młody producent z Belgii. Chce tu pracować.

– U nas?! Wariat jakiś? – zapytałam zaskoczona.

– No właśnie. Przytaszczył jakieś formaty, kaleczy polski i nie bardzo się jeszcze porusza w gąszczu telewizyjnych korytarzy, ale ma parcie – wyjaśniła.

– Mam go wprowadzać? Uczyć?! – zapytałam bez entuzjazmu.

– Nie. – Uśmiechnęła się przebiegle. – To ty pójdziesz się uczyć od niego. To nie jest jakiś belgijski nieudacznik, nie myśl sobie, to doświadczony producent. Chce rozwijać swoją firmę. Trochę też pomożesz, bo znasz nasze realia, będziesz jak górnik z czołówką, oświetlisz mu drogę! Tak, to jest świetny pomysł – pochwaliła samą siebie.

– Zwariowałaś! – Nie byłam przekonana. – Mamy własną firmę, a ja mam iść do konkurencji? No wiesz, przesadziłaś.

– Jest młody i przystojny – dodała ze śmiechem.

– No, nie – prychnęłam. – To chory pomysł. Maciek mnie zabije. Obrazi się. Pomyśli, że go zdradziłam, że...

– Mika, dziecko, aleś ty głupia – przerwała mi. – Rusz głową. Dobrze ci to zrobi. Nauczysz się czegoś nowego, a Maćkowi trochę zazdrości się przyda. Niech zobaczy, że ma zdolną i piękną żonę. Może się opamięta, obudzi własne ambicje i szturchnie tego waszego Tadeusza.

– To nie przejdzie – powiedziałam.

– A co, jesteś niewolnicą? Zamkniętą w więzieniu w Konstancinie? Ech, z tobą jak z dzieckiem. Postanowione, a jakby co, to zwalisz na mnie. Umawiam cię z Bernardem na spotkanie. Rozmowa nic nie kosztuje – zamknęła temat. – Pamiętasz, że jestem u was na śledziku przed świętami? Sama to załatwię z Maćkiem. Ustawię go, obiecuję.

Pokiwałam głową i dmuchnęłam w grzywkę. Bez niej bym się nie zdecydowała, ale ona była dla Maćka autorytetem, więc jak on się wkurzy, to istotnie zwalę na nią. Zaczęłam się zbierać, ale mnie wstrzymała:

– Hola, a może spytasz, co u mnie?

– Przepraszam, tak się zapętliłam, zapatrzyłam w siebie – rzuciłam skruszona. – Wybacz, no więc co u ciebie? Wyglądasz wystrzałowo i ten uśmiech w oczach... Witamina „M"?

– Ciepło, ciepło... Byłam w weekend na kolacji z Andrzejem Potockim.

– Co? Z tym restauratorem? – zapytałam zaskoczona.

– Tak, z tym! – Pokręciła głową jak mała dziewczynka i uśmiechnęła się szeroko.

– Ale strzał! – Szczerze jej pogratulowałam. – Mało tego, że ma najlepsze knajpy, to jeszcze przystojny i arystokrata.

– No właśnie. Trochę tego dużo – stropiła się.

– Zasługujesz – powiedziałam pewnie. – Ty jesteś Aida! Ta Aida...

– Dla niego to, kim jestem zawodowo, nie ma znaczenia. Naprawdę. Dla niego jestem po prostu kobietą. Czuję się przy nim cudownie.

– Ach, te pierwsze randki, spotkania są takie ekscytujące, zazdroszczę ci.

– Dlatego teraz spadaj do domu, bo jutro rano mam zarząd, potem umówię cię z Bernardem, a wieczorem idę z Andrzejem do kina, więc muszę się wyspać. No, to wyprowadź mi jeszcze psa i przy okazji wyrzuć śmieci, co?

– Jasne, już lecę. Guzik, chodź na spacerek, gdzie jest smycz?

Lubiłam te jej bezpośrednie prośby: „Wynieś mi śmieci", „Jak będziesz do mnie szła, kup mi dwa jabłka, masło i pół chleba", „Wyprowadź Guzika". Wyprowadziłam psa i wyrzuciłam śmieci – korona mi z głowy nie spadła, bo wiedziałam, że Aida mało kogo dopuszcza do takiej konfidencji. Jej przyjaźń była dla mnie ważna. Pewnie trochę szukałam w niej matki, która wreszcie okazałaby zainteresowanie mną. Moja mama była konkretna, racjonalna i wystudzona emocjonalnie. Nie lubiła babskich rozmów, a ja owszem.

Wróciłam do domu nieco rozgorączkowana po tym spotkaniu. Aida miała rację – czas na zmiany. Plan już miałyśmy, tymczasowy, ale był. Po rozmowie z nią byłam gotowa walczyć o nowe. Rozwój, tego mi było trzeba!

Nazajutrz Aida zadzwoniła, że Bernard jest zajęty i sprawę wznowimy przy przedświątecznym śledziku u nas. W porządku. Jak tylko z nim pogadam, zaszczepię w naszej firmie nowości i dokonam zmian. A na razie zajmę się sobą.

Wpadłam na pomysł, żeby zrobić sobie operację korekcyjną wzroku. Ja i moje siostry zawsze nosiłyśmy okulary. Nie lubiłam ich, przeszkadzały mi, ale mój organizm nie tolerował szkieł kontaktowych. Operacja laserowa miała być dla mnie końcem męki. Takie zabiegi zrobiły się modne i poddało im się wielu znajomych. Wszyscy byli zachwyceni, nikomu nic złego się nie stało, po operacji twierdzili, że jest wspaniale. Skutki uboczne? Żadnych. A ja oprócz dobrego wzroku chciałam nareszcie mieć fajne okulary przeciwsłoneczne i na basenie poznawać znajomych z daleka, a nie poruszać się po omacku i mrużyć oczy na każde: „Cześć, Mika!".

Maciek zawiózł mnie do Katowic na operację, bo miał tam znajomego okulistę, no i to najlepsza klinika w Polsce.

Wszystko przebiegło sprawnie i łagodnie. Zabieg trwał krótko, ale w drodze do hotelu znieczulenie przestawało działać i ból stawał się coraz mocniejszy. Po kilkunastu minutach był już nie do wytrzymania. Nie mogłam otworzyć oczu. Starałam się być dzielna i wierzyłam, że tak już jest po operacji – poboli i przejdzie. W hotelu leżałam w ciemności i z rosnącym bólem. Odczuwałam go tak, jakby mi ktoś dłubał w oku widelcem. Zagryzałam wargi i cierpiałam dzielnie. Leki przeciwbólowe z apteki nie zdziałały cudu. Bolało. Maciek robił program, nie było go przy mnie, a ja leżałam i myślałam o życiu, o nas i o rozmowie z Aidą. Przeleżałam trzy dni w ciemnościach i bólu sama ze sobą. Bez radia, telewizora, książki – tylko ja, moje ciało i myśli. To było dobre i oczyszczające, jak rodzaj medytacji i uspokojenia, zajrzenia w głąb siebie w zupełnej ciemności.

„Ciągle gdzieś gonimy – myślałam – nie mamy czasu zastanowić się, co jest w życiu ważne, gdzie jesteśmy". Przypomniało mi się przesłanie filmu mojego syna, układałam w głowie priorytety jak bieliznę w komodzie. Nagle przerwał mi dzwonek telefonu.

Janek.

Nawet się nie przywitał, tylko od razu zaczął serię jak z karabinu:

– Koniec tych twoich gierek, dyktatury twojej rodziny! Mam nowe mieszkanie i chcę mieć Mateusza na Wigilii u siebie. Twoja mamusia oświadczyła, że to oni go wychowali i mają pierwszeństwo. I że znowu Wigilia u was. To kuriozalne! Mam do niego takie samo prawo jak ty! I nie zapomnę ci twojego zeszłorocznego prezentu dla mojej rodziny. Obraziłaś nas, upokorzyłaś. Udała ci się zemsta za rozwód kościelny. Gratuluję!

Robisz z Mateuszem, co chcesz, a ja nie mam nic do powiedzenia. Nienawidzę cię! Nienawidzę i cię zniszczę! Będę cię dręczył do końca życia! – krzyczał do słuchawki.

Wzięłam głęboki oddech. Od trzech dni przebywałam w ciemności i nagle poczułam ogromny spokój, który spłynął na mnie i dał mi siłę. Wzięłam wdech i powiedziałam spokojnie:

– Janku kochany, a ja wręcz przeciwnie. Nie mam w sobie takich uczuć jak ty. Wiesz, że wyszłam za ciebie z wielkiej miłości, a Mateusz jest jej owocem. I do końca życia będziemy ze sobą tym związani, czy tego chcesz, czy nie. Przed nami egzamin gimnazjalny Mateusza, matura, potem pewnie ślub i wnuki. Nasze wnuki, Janku, twoje i moje. Do końca życia jest w moim sercu miejsce dla ciebie, bo jesteś ojcem mojego dziecka. I to samo dotyczy Maćka jako ojca Stasia. Masz piękną żonę, dwie udane córki, swoją rodzinę, a ja swoją. Nie wyszło nam, bywa, ale czy w związku z tym będziemy się zabijać emocjonalnie przez całe życie? Po co? Chcę, żebyś miał dobre relacje z Mateuszem, i w związku z tym zapraszam ciebie, twoją żonę i córeczki na urodziny chłopców do nas do domu. Jeżeli tak bardzo kochasz syna, schowaj, proszę, swoją urazę. A o Wigilii z synem rozmawiaj ze mną, a nie z moją mamą, bo na razie to ja decyduję, a nie dziadkowie. Zapraszam was najserdeczniej 18 grudnia na godzinę szesnastą do nas. Adres wyślę esemesem.

Rozłączyłam się.

Pragnęłam pozostać w stanie tego spokoju. Nie chciałam szarży, pyskówki, natarć i całej tej niepotrzebnej wojenki. Na szczęście Janek nie odzwonił. Może zrozumiał, że to krzywdzenie siebie nawzajem jest głupie, szkodzi obu stronom i donikąd nie prowadzi. Wyniszcza nas i dzieci! Po co?

Spróbowałam znów otworzyć oczy. Obawiałam się bólu, który towarzyszył każdej poprzedniej próbie, a on pojawił się i... powoli mijał, tak jak w życiu zapomina się o złych rzeczach. Ja też starałam się zapomnieć.

ROZDZIAŁ DWUDZIESTY SIÓDMY

To był dla mnie ważny dzień – 18 grudnia. Urodziny moich synów, którzy są dla mnie wszystkim. Dom tętnił życiem. W kuchni znajomi i moje siostry pili wino, jedli i rozmawiali, Mateusz zamknął się w pokoju z kolegami. Byli nastolatkami, mieli już swoje sprawy, grali na komputerze, gadali o dziewczynach i nartach. Staś czuł się w swoim żywiole, biegał przebrany za Batmana i organizował zabawę swojej grupie. Był duszą towarzystwa.

Nagle usłyszałam dzwonek i w drzwiach stanął Janek z żoną i córkami. Przyniósł prezenty dla obu chłopców.

Staś zobaczył ich pierwszy i aż krzyknął z radości:

– Mamo, mamo! Przyszedł pierwszy tata Mateusza. – Staś tak nazywał Janka.

Atmosfera była trochę napięta, ale Staś zaraz ją rozładował. Zabrał dziewczynki do pokoju i zaprosił je do wspólnych przebieranek. Córeczki Janka wręczyły mu prezent, a my przywitaliśmy się oficjalnie, ale życzliwie.

– Ja jestem bratem Mateusza – przedstawił się Staś.

– A my jesteśmy siostrami Mateusza – odpowiedziały dziewczynki.

– Czyli jesteście moimi ciotecznymi siostrami! – zawołał radośnie.

Janek z żoną byli nieco speszeni. Znaleźli się na moim terenie, w otoczeniu moich znajomych. Postanowiłam im pomóc się oswoić. Przedstawiłam ich wszystkim, zaproponowałam wino. Po chwili rozmawiali już w najlepsze z moimi przyjaciółmi. Wszyscy się rozluźnili. Na nasz dom spłynęła normalność!

Staś pobiegł zawiadomić Mateusza, że przyszedł Janek. Mój starszy syn zszedł z chłopakami na dół i zobaczył taką scenę: jego tata i ojczym przepijali do siebie wódeczkę, obok żona taty, rozluźniona, gawędziła z Aleksandrą. Też zobaczył tę normalność. Jego szczęśliwy uśmiech był wart więcej niż tysiąc słów. Obserwowałam tę scenę ze łzami w oczach. Nareszcie było dobrze. Spokojnie.

– Cześć, tato. – Mateusz podszedł do Janka nieco onieśmielony.

– Cześć, synku. – Janek zmierzwił mu włosy. Też był wzruszony. – To prezent dla ciebie.

Chwilę rozmawiali, ale koledzy zaraz zaciągnęli Mateusza z powrotem do pokoju. Dzieci mają swój świat. Janek to rozumiał i uśmiechnął się łagodnie do syna. Złagodniał? Tak, chyba tak. Staś szarpnął mnie za rękaw. Wyreżyserował przedstawienie, w którym miały grać inne dzieci, i chciał je nam pokazać. Spektakl był zwariowany, na granicy egzaltacji – popisy fechtunku, w którym ginęły nawet królewny, i niezbyt zrozumiałe zakończenie. Dzieci wyszły do ukłonów spocone, zdyszane, a rodzice bili brawo jak szaleni.

Impreza dobiegała końca. Janek z żoną zaczęli się zbierać, ale ich córeczki prosiły:

– Mamo, tato, jeszcze pół godziny, my nie chcemy do domu!

– Późno już, małe dzieci idą spać – powiedział lekko podchmielony Janek.

– Ale my nie jesteśmy małe! Sam mówiłeś, że jesteśmy już duże! – negocjowały uparcie.

– Następnym razem – wyrwało się Jankowi.

– No, koniecznie musimy to powtórzyć – potwierdził też lekko wstawiony Maciek i dodał: – W końcu jesteśmy rodziną!

Janek i jego żona obiecali, że będą nas odwiedzać. Dostrzegłam światełko w tunelu. Wierzyłam, że teraz wszystko musi iść w dobrą stronę! Obie rodziny chciały jak najlepiej dla dzieci. A najlepsze są spokój i szacunek.

Dzieci padły w pokojach jak muchy. Ucałowałam chłopców i pogłaskałam każdego po twarzy. Gdy spali, wyglądali tak niewinnie. Czułam czystą matczyną miłość. Miałam nadzieję, że wszystko się ułoży. Pomyślałam o córce Maćka, która coraz rzadziej do nas zaglądała, była już dorosła i miała swój świat. W poszukiwaniu siebie wyjechała do Afryki na misję.

W domu wreszcie zapanowała błoga cisza. I choć dookoła było pobojowisko – resztki pizzy, papiery po prezentach, rozlane wino, puszki po piwie, talerze i puste półmiski – niczego nie ruszyłam. Obiecałam sobie i Maćkowi, że odpuszczę niemiecki porządek. Rzuciliśmy się we dwoje na kanapę, sączyliśmy wino i obgadywaliśmy wieczór.

– Ale super, że Janek przyszedł – powiedział szczerze Maciek.

Cieszyliśmy się, że Mateusz był radosny i szczęśliwy, że dziewczynki się zintegrowały.

Maciek dorzucił:

– My z Jankiem też pogadaliśmy. Musimy zrobić koncert, który planuje.

– Jaki koncert? – zapytałam i zaraz sobie przypomniałam: – A! No tak. Największe polskie przeboje na jazzowo. – Popatrzyłam na niego i powiedziałam ze śmiechem: – Świetnie byłoby pracować z dwoma mężami.

– Zawsze wybierałaś najzdolniejszych facetów – odparł poważnie. – Uda się, zobaczysz, to będzie kapitalny koncert. – Wstał i porwał mnie w ramiona. – Chodź, zatańczymy, moja najpiękniejsza i najmądrzejsza z kobiet!

Tańczyliśmy pomiędzy kartonami pizzy i resztkami stroju rycerzy. Było uroczo i intymnie. Maciek szeptał mi do ucha, że wciąż go podniecam i jestem miłością jego życia. Zadziałało. Ochota na seks siedzi w głowie i to stamtąd rozlewa się po naszych twarzach, porusza ciała niczym wodospad. Tamtego wieczoru czułam się tą najpiękniejszą i jedyną, tańczyliśmy coraz bardziej zmysłowo, całowaliśmy się i jak na filmie zdejmowaliśmy z siebie nawzajem ubrania. Ta noc była szalona, wzruszająca, a my wreszcie zasnęliśmy wtuleni w siebie, zakochani jak kiedyś...

ROZDZIAŁ DWUDZIESTY ÓSMY

Tuż po świętach pojechałam z Aleksandrą i naszymi dziećmi na obóz narciarski do Zakopanego. Plan był taki, że nieco później dojadą nasi mężowie i wtedy zostawimy dzieci pod opieką instruktorów i babć, a sami ewakuujemy się na dorosły wypad do Austrii. Nasi starsi synowie byli już w kadrze narciarskiej i jako instruktorzy uczyli jeździć maluchy.

Mieszkaliśmy w sławnej Basieńce, którą znaliśmy i lubiliśmy. Po tygodniu na wikcie pani Zosi każdy musiał utyć. Komu nie poszłyby w boczki wspaniałe zupy, domowe mielone z ziemniaczkami, gołąbki, zrazy, szarlotki i serniki, no i te pyszne chrupiące kajzerki rano, suto smarowane masłem, okładane dobrymi wędlinami i oscypkiem?

Żeby zadbać o kondycję, po kolacji urządzałyśmy sobie z Aleksandrą długie spacery połączone z plotkowaniem. Pewnego wieczoru podczas naszego *walking talking* spotkałyśmy Franka, u którego wykupiłyśmy kilka jazd doszkalających. Właśnie wychodził z pubu.

– Dobry wieczór paniom. – Ukłonił się uprzejmie.

– Cześć, Franek! – odpowiedziałyśmy z uśmiechem.

– Widzę, że spacerek? – zagaił trochę niezdarnie.

– Tak, po tej obfitej kolacji trzeba się poruszać, pani Zosia strasznie tuczy swoich pensjonariuszy – wyjaśniłam.

– I bardzo dobrze, tak właśnie trzeba! Kończę AWF i piszę o tym pracę magisterską.

– O tym, czyli o czym? Jaki jest temat? – zapytała zaciekawiona Aleksandra, mrużąc swoje piękne oczy.

– Profilaktyka ruchowa dla osób starszych – usłyszałyśmy w odpowiedzi. Stałyśmy jak wryte. Chyba nawet nie zareagowałyśmy na uprzejme pożegnanie Franka, który oddalił się do kolejnego pubu.

– Ożeż, kurna mania! – Aleksandra rzuciła swój ulubiony zwrot. – Że co?!

I chórem powtórzyłyśmy:

– Profilaktyka ruchowa dla osób starszych?

Wybuchłyśmy śmiechem, żeby jakoś pokryć te słowa, które jednak nieco nas zbulwersowały.

„Starsze panie? Ja mu dam starsze panie! Zobaczy jutro na stoku", odgrażałam się w myślach.

Rano dwie „starsze panie" – obie przed czterdziestką – pomknęły na Kasprowy. Jeździłyśmy jak oszalałe i czułyśmy się jak nastolatki. W przerwie poszłyśmy coś zjeść i wypić słynną góralską herbatę do jakże polskiej fasolki po bretońsku podanej na grubych talerzach z porcelitu z niebieskim napisem WSS Społem. Kochałyśmy te klimaty rodem z PRL-u.

Aleksandra przedstawiła mi swoją znajomą, która nosiła to samo imię co ja i nazwisko, które miałam kiedyś po Janku. Urocza, eteryczna blondynka, z którą nagadałyśmy się nad tą fasolką, bo znalazłyśmy masę wspólnych tematów, znajomych i zawodowych ścieżek. Owa siostrzana Dominika Krakowianka została moją kolejną przyjaciółką. Zaczęło się ściemniać, więc skończyłyśmy ploteczki, bo trzeba było ogarnąć dzieci i wyszykować się na przyjazd mężów. Wieczorem planowaliśmy kolację z dużą ilością grzańca w Nosalowym Dworze.

Mężowie przyjechali. W knajpie zebrała się duża grupa warszawsko-krakowska. Po obfitym obiedzie z kwaśnicą, pieczenią z jagnięcia, pierogami, oscypkami na gorąco i innym zakopiańskim dobrem, podlewanym suto wódeczką i grzanym winem, rozwiązały się języki, uwolnił dowcip, zaczęły się tańce i hulanki. Nie mogłam się nagadać z Dominiką. Zobaczyłam też jej nowe oblicze. Kiedyś myślałam, że jest sztywna, gdy przez lata robiła w telewizji wywiady z najtęższymi głowami – filozofami, pisarzami, myślicielami, księżmi, feministkami i kobietami sukcesu, a oni wszyscy płynęli w rozmowie, widząc, jak ona umie pytać, słuchać i puentować. Tym razem jej urocza blond główka wirowała w tańcu na... stole.

Po hucznej zabawie wstaliśmy rano, zapakowaliśmy rzeczy i zostawiwszy dzieciaki w Zakopanem pod opieką babć, opiekunek i instruktorów, wyrwaliśmy się do Austrii. Chłopcy pierwszy raz zostali na obozie sami. Mieszkali razem, babcie na innym piętrze, tak tylko, żeby mieć ich na oku, a jednocześnie żeby chłopcy sami o siebie zadbali. Mateusz obiecał opiekować się Stasiem, co nie było łatwym zadaniem, bo nasz młodszy syn potrafił być w dwóch miejscach jednocześnie.

A my, grupa rodziców spuszczona ze smyczy, zapakowaliśmy się do eleganckiego busa i w drogę. Ledwo dojechaliśmy do granicy, a już w ruch poszły nalewki, krupnik i grzane wino w termosach. Zaczęły się śpiewy. Po chwili byliśmy w niebiańskich nastrojach i zachowywaliśmy się gorzej niż dzieci jadące na zieloną szkołę.

– Za wolność, nawet tę tygodniową! – zawołał ktoś.

Po przyjeździe i szybkiej kolacji padliśmy na wygodne łóżka, bo od rana czekały nas treningi.

– Nie jesteśmy tu dla przyjemności! – pouczyła Aleksandra.

Wolność wolnością, ale chcieliśmy też podszkolić umiejętności, żeby nie odstawać od dzieci.

Rano dojechała do nas Regina, którą poznałam, gdy pracowałyśmy przy *Randce w ciemno*. Wtedy, mówiąc delikatnie, nie przypadłyśmy sobie do gustu. Przez te lata zdobyła status gwiazdy telewizyjnej, nosiła nos wysoko, była piękną i dumną kobietą, choć dało się zauważyć, że wstrząsnął nią niedawny rozwód, komentowany przez wszystkich zjadaczy plotek. Była bardzo nieufna, zamknięta w sobie.

Rano obserwowałam ją na stoku. Ależ ona jeździła na nartach! Każdy z nas był niezły, ale ona wyglądała jak Alberto Tomba z kobiecym wdziękiem. Wszyscy na nią patrzyli i komentowali każdy jej ruch.

Wieczorem pojechaliśmy ratrakami na nocną imprezę w góry. Ślepy los – a może nie całkiem ślepy? – sprawił, że Regina usiadła obok mnie.

– Cześć – powiedziała.

– Cześć – odparłam i obie zamilkłyśmy.

Po chwili zapytałam, by przełamać niezręczną ciszę:

– Pamiętasz mnie z pokoju numer 110?

– Tak – odpowiedziała powściągliwie – ciągle okupowałaś telefon, dzwoniąc do męża do Nowego Jorku. Strasznie zadzierałaś nosa.

– Do byłego męża – sprostowałam, nie bardzo wiedząc po co, bo jaka to różnica do którego? Uśmiechnęłam się pojednawczo. – Ach, było, minęło.

– No tak. – Pokiwała głową w zadumie. – Ja też już mam byłego. Wszyscy już...

– Wiem – chciałam ją pocieszyć – to okropne na oczach wszystkich wałkować ten temat.

– No to się rozumiemy. – Wreszcie uśmiechnęła się normalnie i odprężyła. – Dlatego uciekłam na kilka dni od tego zgiełku, plotek i pytań. Kocham narty. Gdy jeżdżę, odrywam się od rzeczywistości.

– Świetnie jeździsz! – pochwaliłam szczerze.

– Dziękuję, robię to od dziecka. Za to ty – omiotła mnie spojrzeniem – wyglądasz tak nieprzyzwoicie seksownie i, Boże, te długie włosy!

– Wolałabym mieć krótsze, ale jeździć chociaż w pięćdziesięciu procentach jak ty!

Wybuchłyśmy śmiechem.

Lody przełamane. Rozmowa może nie z tych głębokich, ale jak na pierwszy raz poszło zupełnie nieźle. Regina nie była jeszcze gotowa na opowiadanie o tym, co się stało. Rany pozostawały zbyt świeże. Trzymała się na uboczu, była zamknięta w sobie, ostrożna. A ja nie naciskałam.

Na stoku panowało istne szaleństwo. Panowie mecenasi, prezesi, członkowie zarządów, lekarze, umęczone matki Polki, a przede wszystkim rodzice bez dzieci, odmłodniali i wariujący. Wieczorem piliśmy, tańczyliśmy na stołach i korzystaliśmy z tego, że w końcu nie musimy być grzeczni i powściągliwi.

Podczas jednej z imprez zagadałam się z Reginą. Otworzyła się, zaczęła zwierzać. Mówiła o rozwodzie, dramacie dzieci, nielojalnych przyjaciołach, smutku i samotności. Och, jak ja ją rozumiałam!

Nagle przerwała i zwróciła się do mnie:

– Tak *à propos*, może zajmij się swoim mężem, zamiast gadać ze mną w kącie? – I wskazała palcem parkiet.

Spojrzałam w tamtą stronę i zobaczyłam Maćka tańczącego z jedną z koleżanek. Była pijana i właśnie wkładała mu język do ucha. Zerwałam się, przepraszając Reginę, a po drodze zdjęłam sweterek. Miałam na sobie białą obcisłą bluzeczkę, jednym ruchem ściągnęłam gumkę i rozpuściłam długie włosy. Dmuchnęłam w grzywkę i ruszyłam do boju. Nie, nie. Żadnej babskiej sceny! Nic z tych rzeczy. Po prostu zaznaczyłam swoje terytorium.

– Odbijany – wysyczałam i lekko odepchnęłam pijaną koleżankę.

Z uwodzicielskim uśmiechem zarzuciłam Maćkowi ręce na szyję. Tańczyłam z nim i całowałam go ostentacyjnie. Oddał mi pocałunek i wiedziałam, po prostu wiedziałam, że jest mój i że żadna pijana pani laryngolog nie sięga mi do pięt.

– Sorry – zaczął się tłumaczyć – ona za dużo wypiła...

– Ciii, nic nie mów – szepnęłam. – Podoba mi się, że lecą na ciebie inne dziewczyny, a ty jesteś tylko mój!

Poczułam, że go to podnieciło, więc wskoczyłam na stół i zaczęłam się wić przy drewnianym słupie jak Demi Moore w filmie *Striptiz*. Maciek patrzył na mnie gorącym wzrokiem, a Regina z końca sali puściła do mnie oko. Rozbawiła ją ta sytuacja. Reszta towarzystwa podzieliła się w ocenie mojego występu. Jednych wkurzył, inni mi kibicowali. Uznałam to za znak, że czas wracać, skoro towarzyski magiel stał się ważniejszy niż narty i dobra zabawa.

Ten wyjazd był intensywny i szalony, pełen ćwiczeń na stoku i zabawy wieczorami. I niespodziewanie wybuchła między mną a Reginą przyjaźń. Jeździłyśmy razem na nartach, choć tak naprawdę to ja ją ledwie doganiałam. Wieczorami wolałam pogaduchy z nią niż pijane tańce. Ona złapała trochę luzu, dystansu i powoli na jej twarz wracał uśmiech. Nawet czasem tańczyła.

Maciek zwrócił na to uwagę.

– Patrz, jak się zintegrowała i wyluzowała. Masz na nią dobry wpływ – powiedział.

– Kochany – odparowałam z pozycji już przyjaciółki – jak ja ją rozumiem, rozwód to zawsze koszmar dla całej rodziny, a jak jeszcze dzieje się na oczach całej Polski i każdy może cię osądzić, to już trauma do kwadratu.

– Masz rację, nie pomyślałem o tym – powiedział cicho.

– Ale my nie damy światu takiej okazji? – spytałam żartem.

– To nie w moim stylu – odparł i zamknął temat pocałunkiem.

Gdy nasz wyjazd dobiegł końca, pojechaliśmy odebrać chłopców z Zakopanego. Przyjechaliśmy pod pensjonat w nocy i... nie mogliśmy otworzyć drzwi do ich pokoju, bo były zatarasowane stertą ubrań. Po zwycięskiej walce dostaliśmy się wreszcie do środka. W powietrzu czuć było zaduch, a nasze dwa aniołki spały słodko i niewinnie. Wokół na podłodze leżały ich mokre kombinezony, rękawiczki, skarpety, ciuchy – ogólnie męski bałagan. Rozczulił mnie ten widok i nawet nie byłam zła. Uznałam, że burę dostaną kiedy indziej. Następnego dnia czekała nas długa droga do domu.

Wracaliśmy całą rodzinką do Konstancina, opowiadając sobie, co działo się na naszych obozach.

– Mamo, dostałem dyplom po zawodach! – chwalił się Staś.

– Ja też startowałam w zawodach, w slalomie gigancie, i też dostałam dyplom. Byłam pierwsza od końca – powiedziałam ze śmiechem. – Ale tata dostał prawdziwy medal, bo był trzeci na zawodach męskich!

– A Mateusz dostał złoty medal, był pierwszy, tylko że kazał mi wszystko jeść i nawet marchewkę! Mamo, powiedz mu, że ja nie lubię marchewki! – Wszystko jednym tchem.

– Bo powiem mamie, jak kończyłeś każdy zjazd! – zagroził Mateusz.

– Jak? No jak? – krzyknął Staś do brata.

– Po każdym zjeździe – zaczął Mateusz ze stoickim spokojem – uderzał z całej siły w bandę. Jak wór z ziemniakami. Mamo, jego upilnować to naprawdę sztuka. Przecież to jest niebezpieczne! On zawsze robi, co chce, nie chcę być już jego niańką!

– Skarżypyta! – wypalił Staś, obrażony.

Na takich rozmowach upłynęła nam połowa drogi. W drugiej trochę słuchaliśmy muzyki, milczeliśmy i cieszyliśmy się sobą.

* * *

Po powrocie mieliśmy chwilę na aklimatyzację. Ja ogarniałam dom i kuchnię, bo na kolacji miała być Aida. Poprosiłam o pomoc Marka, naszego przyjaciela, znanego speca od gotowania, pisarza kulinarnego i kolegę taty Irka. Było wykwintnie, smacznie i dużo, bo dyrektor Aida od zawsze lubiła dobrą kuchnię.

Wreszcie po zakąskach i gadaniu o niczym oraz po kilku toastach na rozluźnienie nastroju Aida powiedziała jakby nigdy nic:

– A wiesz, Maciek, wyczarterujemy Dominikę na trochę do innej firmy.

– Ale po co? – zapytał zdziwiony. – U nas jest tyle pracy, że nie wiadomo, w co ręce włożyć. – Ten pomysł wyraźnie mu się nie spodobał.

– Dobrze jej zrobi trochę świeżego powietrza. – Aida nie dawała się zbić z tropu. – Był u mnie taki młody Belg, Bernard. Ma formaty. Dominika mu pomoże, a przy okazji nauczy się czegoś nowego.

– Może mi jeszcze powiesz, że jest przystojny? – zażartował Maciek.

– Jest! – wypaliła Aida z błyskiem w oku. – Wysoki i czarujący. Trochę zazdrości ci nie zaszkodzi. A ja się o Dominikę nie boję. Bardziej o ciebie! – Pogroziła mu palcem i zwróciła się do mnie: – Umówiłam cię na jutro.

– Widzę, że wszystko ustaliłyście beze mnie. – Maciek był zły.

– To ja! Ja ustaliłam, kochaneczku – powiedziała twardo Aida. – Spotkanie nic nie kosztuje, a każda nowość jest na wagę złota, zwłaszcza u takiego fachowca jak Bernard.

Maciek się poddał. Wiedział, że z Aidą się nie dyskutuje.

Decyzja zapadła.

Następnego dnia ubrałam się na nową modłę. Nie zamierzałam już być angielską *lady* z perełkami. Jeansy opięte na pupie, dużo za duży dekolt, wysokie obcasy, rozwiane włosy. Odmłodziło mnie to. Zadowolona z wyglądu, pojechałam na umówione spotkanie. Powitali mnie Bernard i jego wspólnik Artur. Obaj wychowali się za granicą i pochodzili z mieszanych rodzin – polsko-belgijskiej i polsko-niemieckiej. Mówili jako tako po polsku.

Po firmie przechadzały się same piękne i młode dziewczyny. Trochę mnie to zdeprymowało, ale na krótko, w końcu nie przyszłam tam parzyć kawy, a wyglądałam też niczego sobie.

Bernard dokładnie przeczytał moje CV i powiedział z uśmiechem:

– Dużo ma pani tego na koncie i spore doświadczenie, ale myślałem, że będzie to ktoś... młodszy. Sorry.

Powaliła mnie ta zachodnia szczerość.

– Młodszy? – zapytałam zdziwiona. – Przecież ja nawet nie mam czterdziestu lat! I to źle, że duże doświadczenie? – Byłam wkurzona, ale starałam się zachować miły wyraz twarzy.

„Co on tam o mnie wie!", dodałam w duchu, ale nie zdejmowałam z ust pogodnego uśmiechu numer pięć.

– No niby nie. – Bernard też się uśmiechał i mówił przeciągle, jakby się namyślał: – OK, spróbujmy. Może coś z tego wyjdzie. Czy możemy umówić się od przyszłego miesiąca?

– Zastanowię się i dam znać po weekendzie – odpaliłam hardo.

Niech sobie nie myśli, że tak bardzo mi zależy!

Nastąpiła wymiana uśmiechów, uściski rąk i wyszłam, wysoko unosząc głowę.

„Ja mu dam »myślałem o kimś młodszym«. Phi! Ja jestem młoda jak cholera, panie Belg!"

Od razu po wyjściu zadzwoniłam do Aidy.

– Cześć – wydyszałam w słuchawkę po szybkim marszu do samochodu.

– Cześć, Mika – powiedziała pogodnie. – Byłaś na spotkaniu?

– Tak... ale wiesz, co oni zasugerowali?! Że jestem za stara! – rzuciłam oskarżycielsko i czekałam na jej oburzoną
reakcję.

Nie doczekałam się...

– Najmłodsza to ty już nie jesteś – usłyszałam. – Ale zrobiłam ci u niego dobre wejście, więc nie marudź za bardzo, kup
sobie coś ładnego i idź w to!

– Ech... Tam u nich to normalnie przedszkole! – pożali-
łam się.

– Gdy zaczynałaś, też byłaś smarkulą. Poważne kobiety dostawały żółtaczki na twój widok. Nie pamiętasz już? Nie bądź
taka przewrażliwiona. I tak wyglądasz świetnie. Dziecko kochane, robota czeka, a ty mi się tu mazgaisz. Wypchnij cyc i do
boju! Później podziękujesz!

Milczałam przez chwilę, a potem powiedziałam nieco przygaszona:

– Masz rację, podejmę wyzwanie.

– Co mówiłaś? – udała, że nie dosłyszała.

– Taaak jest! Do roboty! – krzyknęłam i strzeliłam obcasami.

– I taką cię lubię! – Rozłączyła się.

* * *

Zaczęłam pracę u Bernarda. Szybko załapałam, co i jak.
Miał zagraniczny format, który trzeba było sprzedać do stacji, a potem opracować na polski rynek. Nic, czego bym nie
umiała.

Pracowałam jak oszalała i wieczorami padałam ze zmęczenia. Maciek trochę się złościł, ale przecież ta praca miała kiedyś przynieść korzyści naszej firmie. Zdobywałam doświadczenie, więc nie mógł marudzić! Nawet mnie głaskał

po głowie, zaskoczył wieczorną kolacją i białym winem do kąpieli. „Na jak długo mu tak zostanie?", zastanawiałam się. Też ciężko pracował, czasem to ja powinnam przychylić mu nieba. Na razie byliśmy jak dwa konie w zaprzęgu. Czasami opowiadałam mu o pracy u Bernarda, ale rzadko, bo był zazdrosny. Wkurzało go, że Belg jest wysoki, przystojny, zawsze elegancki i wypachniony, no i kobiety na niego lecą. Ja jednak traktowałam go wyłącznie jak szefa. Nie miałam w sobie nawet maleńkiego miejsca na flircik. Każdą przestrzeń zapełniał mi Maciek.

Zgłosiliśmy nasz format do konkursu. Mieliśmy dwóch poważnych konkurentów. Nadszedł dzień prezentacji. Byłam świetnie przygotowana i dobrze wyglądałam. Na sali siedziało mnóstwo ludzi z Aidą na czele. Spojrzałam na nią, ale nie umiałam rozgryźć wyrazu jej twarzy. „Co myśli?!"

Nasz format był atrakcyjny, wesoły, sprawdził się w wielu krajach. Wygraliśmy. Bernard z Arturem byli zadowoleni. Ściskaliśmy sobie dłonie, przybijaliśmy piątki.

– No to co? Zabieramy się do pracy! – powiedział Bernard już w biurze.

– Tak, bardzo się cieszę – odrzekłam, jakby to była dla mnie codzienność. – Zacznę przygotowania. Trzeba te trzynaście odcinków wzbogacić i przystosować do polskiego widza.

Chciało mi się tańczyć z radości, ale powściągnęłam emocje, by nie pokazać ich temu chłodnemu Belgowi. Uśmiechnęłam się subtelnie. Nie mogłam zawieść, więc pracowałam na sto procent możliwości. Związałam włosy w warkocz, włożyłam jeansy i trampki. Zabrałam się do przerabiania scenariuszy, zamówiłam studio, wybraliśmy prowadzących i jury złożone z gwiazd. Wszystko szło doskonale. Świetnie mi się tak pracowało – bez prowizorki, bez problemów, równym tempem i profesjonalnie.

W tym czasie stało się coś nieoczekiwanego. Dla nas to było jak trzęsienie ziemi.

Na skutek zmian politycznych Aida poczuła, że nadchodzi miotła historii. Po wielu latach złożyła wypowiedzenie z pracy, która była jej żywiołem, drugim domem, a ona – najlepszym fachowcem na telewizyjnym rynku. Nie potrafiłam tego zrozumieć, grunt osunął mi się spod stóp.

W jeansach, kolorowej bluzce i z włosami związanymi w koński ogon pojechałam na spotkanie do TVP, aby pokazać jej nowe scenariusze oraz listę nazwisk gwiazd i prowadzących, usłyszeć jej zdanie i to słynne: „No, pokaż, co tam masz dla mnie", ale... jej już nie było!

– Nie wie pani? Nie ma jej już od wczoraj. Rzuciła prezesowi wymówienie na biurko – poinformowała mnie sekretarka, która pakowała jakieś papiery.

Wszystko działo się w błyskawicznym tempie.

Stanęłam w korytarzu, przed drzwiami gabinetu Aidy, i próbowałam zebrać myśli. Umarł król, niech żyje król...

Przyszłam następnego dnia. Gabinet był już inaczej umeblowany, nawet paprotka dostała dymisję. Stała w sekretariacie. Pomyślałam, że przyszło nowe. Na stołkach władzy nastąpiła roszada, a mnie zdumiały nagłe awanse dość przypadkowych osób. Ktoś jednak musiał zatwierdzić nasz program. Wzięłam głęboki oddech i przekroczyłam próg gabinetu – po wcześniejszym wyjaśnieniu nowej sekretarce, kim jestem.

W pokoju siedziały trzy dziewczyny, które doskonale znałam z pracy. Miały zacięte miny, atmosfera była kwaśna. Nie miałam pojęcia czemu. Powinny się cieszyć. Jedna z nich właśnie została bardzo ważną osobą w telewizji.

– Cześć, dziewczyny – powiedziałam i się uśmiechnęłam.

Znałam je od lat, więc nie uważałam, że z powodu nagłego awansu powinnam mówić: „Dzień dobry, pani dyrektor".

– Co masz nam do powiedzenia? – rzuciła Tamara.

Próbowała naśladować Aidę – wykonywała takie same gesty i nawet modulowała głos jak ona. „To jakiś cyrk", pomyślałam.

Aida miała jednak ogromne poczucie humoru i dystans do siebie, a przede wszystkim osobowość, której nie da się naśladować. Tworzyła fajną atmosferę i zawsze była gotowa wspierać, współpracować, podsuwać pomysły. Jeśli trzeba było, umiała opieprzyć, ale nigdy nikogo nie poniżała. Tamara miała za to w oczach takie nadęcie, surowość i chłód, że aż się bałam, czy przypadkiem nie pęknie.

– Mam propozycję na prowadzącą – zaczęłam z wymuszonym uśmiechem. – Chcielibyśmy, żeby to była... – Tu wymieniłam nazwisko świetnej dziennikarki, kompetentnej i mądrej, nadto pięknej i z wieloletnim doświadczeniem.

Sądziłam, że to strzał w dziesiątkę i że wszyscy inni też będą tak uważać.

– No tak – usłyszałam w odpowiedzi – ty jesteś zerem, to i proponujesz zero! – prychnęła Tamara, a jej towarzyszki milczały i zagryzały wargi, spuszczając wzrok.

– Słucham?!

Nie mogłam uwierzyć w to, co właśnie usłyszałam. „I to powiedział ktoś, kogo prawie nikt nie zna?"

– Nawet nie czytaj dalej! – Wykrzywiła usta w sarkastycznym uśmiechu. – To wszystko jest do dupy! – syknęła.

Wiedziałam, że nie jest niezadowolona z projektu czy z proponowanej prowadzącej, tylko uczulona na mnie. Była wściekła, że to ja nad nim pracuję. A że pobłogosławiła go Aida, program stał się tym bardziej do odstrzału. Takie to polskie, smarkate i niskie. Była czerwona aż po cebulki włosów, jakby zaraz miała dostać wysypki.

– Ale ja – zaczęłam się jąkać – nawet nie skończyłam. – Chciałam mówić dalej, ale wstrzymała mnie gestem.

– Twój czas się skończył! Rozumiesz, co się do ciebie mówi, pańciu?!

Nie. Nie rozumiałam ani takiego języka, ani traktowania. Poziom jej pogardy, kompleksów i złości był dla mnie niewyobrażalny, niespotykany nigdy wcześniej, choć przecież nie pracowałam w puchu i różnie bywało. Poczułam, że mój brzuch zalał znajomy piekący ból. Nerwy. Chciało mi się płakać. Nigdy nie umiałam reagować na chamstwo, zawsze zbierało mi się na łzy.

W pracy można krzyczeć, tupać, ba, nawet rzucać „kurwami", ale dla dobra projektu! Pamiętam szefa musicalu, w którym debiutował Janek. Był znany z ostrego języka, ale nikim nie pomiatał tylko dlatego, że stał od niego wyżej. Bywałam w różnych nerwowych sytuacjach, ale nigdy nikt nie rozgrywał w pracy swojej prywatnej wojny z nielubianą koleżanką.

Wyszłam stamtąd z podkulonym ogonem, obolała i zdumiona poziomem agresji.

– Do widzenia – wydukałam – poprawię to.

– Spadaj – usłyszałam na odchodne.

Jest jeden wyraz, który ma tylko polskie znaki. ŻÓŁĆ...

Gdy w domu opowiedziałam o wszystkim Maćkowi, zbagatelizował sprawę. Nie rozumiał mojego rozgoryczenia, poklepał mnie tylko po plecach ze słowami:

– Dasz radę, twardzielka jesteś, takie Tamary nie sięgają ci do pięt. Płakać z powodu jakichś głupich bab? Przestań, nie warto.

Następnego dnia wróciłam do pracy, a przygotowania do programu szły pełną parą. Niestety, dało się wyczuć gęstniejącą atmosferę, bo Tamara zanadto się wtrąciła w szczegóły. Po weekendzie Bernard z Arturem poprosili mnie na rozmowę i już wiedziałam, że coś jest nie tak.

– Hmmm, słuchaj, Mika. Nie wiem, jak ci to powiedzieć – zaczął Bernard.

– Coś się stało? – zapytałam niepewnie.

– Dostaliśmy e-mail od Tamary i Kudłatej, że musimy cię odsunąć od tej produkcji – wydusił w końcu.

Czemu mnie to nie zaskoczyło? Tamara musiała dopiąć swego. Teraz miała możliwość odpłacić mi za moją drogę zawodową i sympatię Aidy. Nie mogła przeżyć, że gdy ja byłam panią redaktor, ona musiała nosić za mną kasety? Czy może tego, że jestem od niej bystrzejsza? Dołączyła do niej Kudłata, o której mówiono na korytarzu, że idzie po trupach do celu i pisze donosy na kolegów.

– Dlaczego? – zapytałam załamana. – Przecież jesteście ze mnie zadowoleni.

– My bardzo – odpowiedział – ale panie z gabinetu dyrektorskiego postawiły nam warunek.

– Co konkretnie? – chciałam wiedzieć. – Czy są uwagi do mojej pracy?

– Nie, nie ma żadnych merytorycznych – zapewnił. – Mika, to jakaś prywatna rozgrywka, może jej zabiłaś ulubionego pudelka? Poderwałaś męża?

– Ona nie ma męża – syknęłam.

– To akurat nas nie dziwi – dorzucił Artur.

– Byłaś na balu w identycznej sukience, która na tobie lepiej leżała? – kontynuował Bernard, jakby nie widział, jaka jestem wściekła. – Mamy ci podziękować i tyle – zakończył.

– To jakaś paranoja! – krzyknęłam.

„Nawet nie próbują wymyślić jakiegoś powodu", pomyślałam zrezygnowana.

– Wiem, mam pomysł – odezwał się Bernard po chwili. – Będziesz u nas pracować pod pseudonimem!

– Co?! – Uśmiechnęłam się, ale bez wesołości.

Nie zamierzałam się ukrywać!

Widziałam, że obaj mają dość tych babskich fochów i wojenki, której nie rozumieją, która nie mieści się w ich postrzeganiu świata. Pochodzili z krajów, w których panowały kult pracy i zdrowa konkurencja. Zaczęłam płakać, choć to było najgorsze, co mogłam zrobić.

– Dominika – odezwał się Artur – spójrz na siebie. Jesteś atrakcyjna, przebojowa, zawsze uśmiechnięta, kompetentna i na dodatek zawsze byłaś ulubienicą Aidy. Teraz, kiedy jej już nie ma, stałaś się pierwsza do odstrzału. To nie ma nic wspólnego z tym, czy coś potrafisz, czy nie. To taka niska kobieca afera, bezinteresowna zawiść. Może rzeczywiście popracuj z nami pod pseudonimem?

Popatrzyłam na nich.

Elegancki i zawsze wesoły Bernard miał taką minę, jakby musiał rozmawiać po klingońsku. Ta sytuacja była mu tak bardzo obca, tak nieprofesjonalna, głupia! Musiałam to przerwać.

– Panowie – odezwałam się już spokojnie. – Dziękuję wam za te kilka miesięcy pracy. To był cudowny czas! Sama go sobie zazdroszczę. Nie zasłużyłam sobie jednak na pracę pod pseudonimem, w ukryciu tylko dlatego, że jakaś zakompleksiona paniusia chce tańczyć na moich zwłokach. To koniec. A teraz przepraszam, muszę iść.

Wybiegłam stamtąd, usiadłam na ławce i zaczęłam szlochać. Gdy nieco się uspokoiłam, wyjęłam telefon i zadzwoniłam do Aidy. Opowiedziałam jej wszystko po kolei. Wyrzuciłam też z siebie trochę złości.

– To też twoja wina – krzyknęłam w emocjach – bo mnie faworyzowałaś, zawsze wchodziłam do ciebie bez kolejki, mówiłaś do mnie „Dominisiu", więc teraz się mszczą!

Aida miała to do siebie, że się nie obrażała. Uważnie mnie wysłuchała i przyznała rację, że tak, to mogło wkurzać ludzi.

– To strasznie głupie, ale co począć? – dodała.

Pochlipałam w słuchawkę, a gdy się uspokoiłam, rzuciła:

– Spokojnie, nie płacz, zadzwonię do Tamary. Ale pamiętaj, że ja już tam nie pracuję. Ona nawet mnie ma gdzieś!

– Wiem – szepnęłam. – Ale to wszystko jest takie niesmaczne, wstrętne, podłe.

– Przyjedź wieczorem, porozmawiamy na spokojnie. Ja sama w tej chwili nie jestem w najlepszej sytuacji.

– Wiem! Co za idioci. Albo polityka, albo ludzka zazdrość! To jakaś paranoja!

– Taki jest świat…

– Nie podoba mi się taki świat! Wierzę, że ludzie są dobrzy. A w pracy chodzi o dobro sprawy, a nie jakieś kretyńskie rozgrywki!

– Ty czasami jesteś jak dziecko. Ale za to cię lubię. Trzymaj głowę wysoko, jak to ty! Nie daj się.

– Się, kurwa, nie dam! – obiecałam.

* * *

Wróciłam do domu. Maciek znalazł mnie zapłakaną na kanapie.

– Co? Dalszy ciąg brazylijskiej telenoweli? – próbował zażartować.

Opowiedziałam mu wszystko. Zareagował jak... facet.

– Tylko tyle?! – Spojrzał na mnie zdziwiony. – A ty się przejmujesz takimi głupimi babami? Frustratki. Daj spokój!

– Maciek – próbowałam tłumaczyć – ale to strasznie głupio przed chłopakami. Artur i Bernard są z innego kręgu kulturowego, oni nie rozumieją, że można uwalić autorkę adaptacji tylko dlatego, że ma lepszą figurę niż Tamara i ładniejsze ciuchy niż Kudłata. Poza tym wstyd mi, że wszystkich zawiodłam, że nie umiałam się nawet obronić. Poddałam się walkowerem, ale jak mam walczyć z tymi zawistnymi kretynkami?!

– Kochanie – powiedział spokojnie – jesteś mądra, śliczna i odważna. Tak, wiem, co mówię. To one mają problem, nie ty. Jak to powiedziałaś? „Ma na mój widok wysypkę"? Dobre! Niech się drapie do krwi. A teraz szykuj się, wieczorem są okrągłe urodziny Tadeusza. Zabawimy się i szybko zapomnisz o tym szambie!

– Mamy prezent? – Wytarłam nos.

– Mamy bajeczny album z jachtami – odpowiedział. – No, idź, zaczaruj się, tak jak umiesz!

Wieczorem odreagowałam koncertowo, tak jak się akurat dało, to znaczy upiłam się w trupa, śmiałam się z byle czego, obtańcowałam wszystkich mężczyzn, aż Maciek – wściekły – zabrał moje zwłoki do domu. Po drodze już tylko zwymiotowałam, płakałam mu w rękaw i jak mantrę powtarzałam po Tamarze, że jestem zerem, zerem...

Aida niczego nie wskórała. Odeszłam od chłopaków, żeby program mógł się ukazać. Moje zderzenie czołowe z telewizyjną rzeczywistością dało konkretne efekty. Rano obudziłam się z wielkim kacem i poczułam, że już nigdy nie wstanę z łóżka. Nie pomogły soki owocowe ani rosół taty. Zdychałam, wymiotowałam, zwijałam się z bólu. Nie przypuszczałam, że będę tak leżeć przez dwa miesiące, zanurzona w czarną otchłań koszmarnej depresji, a bóle brzucha zwiną mnie w ósemkę.

Któregoś dnia zadzwonił grzecznościowo Bernard:

– Cześć, jak się trzymasz?

– Nie trzymam – odparłam krótko.

– Bardzo nam przykro – powiedział szczerze. – To jakaś paranoja! Jeżeli cię to pocieszy, mamy z nimi drogę krzyżową. Ja czasami nic w tej Polsce nie rozumiem.

– Bernard... – zaczęłam.

– Słucham.

– I tak trzymam za was kciuki. Fajne chłopaki jesteście.

– A ty fajna babka i wcale nie taka stara – powiedział ze śmiechem.

Obiecał mi współpracę w niedalekiej przyszłości, rzucił kilka ciepłych słów i się rozłączył, bo nie mógł nic więcej.

Zapadłam w stupor. Wyłączyłam telefon, miałam martwy wzrok wbity w jeden punkt na suficie. Nie byłam chora, nie miałam gorączki, nie wymiotowałam, ale dojście do łazienki jawiło mi się niczym przebiegnięcie maratonu. Ledwie dyszałam po spacerze na zwykłe siku. Prawie niczego nie jadłam mimo wysiłków taty. Z Maćkiem niemal nie rozmawiałam. Wziął na siebie troskę o dom i dzieci, a moi synkowie chodzili na paluszkach, bo mamę bolała głowa. Byłam jak kłoda. Wpadła Aida, ale sama też znajdowała się w nie najlepszym stanie, bo choć wciąż jeszcze miała urlop, to jednak wkrótce sama musiała jakoś ułożyć swoje życie zawodowe. Na poważnie przejęła się moim stanem. Szeptała Maćkowi do ucha, że trzeba załatwić mi dobrego specjalistę, bo nie wygląda to dobrze.

Mijały kolejne dni. Zaczęłam powoli wstawać, ogarnęłam się, uczesałam i wreszcie zjadłam talerz zupy, która była kolejnym wynalazkiem taty – gęstej i smakowitej.

– Na gęsinie, to cię postawi na nogi! – obiecywał.

Porozmawiałam z Maćkiem, chłopcami i gosposią, po czym zaczęłam – jak to ja w czasie niepewności – gruntownie sprzątać dom, półka po półce, i porządkować papiery, żeby w momencie, w którym popełnię samobójstwo, Maciek zdołał wszystko odnaleźć. Najpoważniej rozważałam pożegnanie się z życiem, choć co do metody miałam mieszane uczucia, bo nie umiałam się zdecydować na najmniej bolesną i zarazem najelegantszą.

Roztrząsałam niedawne wydarzenia, często szukając winy w sobie. Pewnego dnia w końcu zdałam sobie sprawę, że to ludzka, a właściwie kobieca podłość, bezinteresowna niechęć, nazywana dzisiaj hejtem, powaliły mnie niczym Tyson Gołotę. To chyba była ta chwila, która solidnie mną potrząsnęła. Wyprostowałam się. Przestałam mówić, że jestem zerem. Maciek wyjaśnił mi, że to one są deficytowe, zawistne i głupie i że na pewno sobie poradzę. Pokażę, ile jestem warta. To doskonała motywacja – ambicja.

Maciek pozwolił mi na nicnierobienie, taki pobyt w sanatorium, tyle że w domu. Na razie jednak jeszcze się kryłam w sypialni. Zaczęłam pochłaniać kolejne lektury – zawsze lubiłam czytać. Świat wtedy przestawał istnieć, a książki budowały mnie od środka. Poszerzały horyzonty. Czytałam i myślałam, czułam się jak poczwarka w kokonie. Zmieniłam się. Może budowałam pancerzyk? Nawet z Zuzką i Beti prawie nie rozmawiałam. Rozumiały. Bywało, że któraś z nas meldowała pozostałym: „Jestem na bezludnej, dajcie mi spokój" – i reszta dawała jej przestrzeń. Teraz ja byłam „na bezludnej". I chciałam tam pozostać jak najdłużej.

Maciek namówił mnie jednak na wyjazd sylwestrowy. Wybraliśmy się tylko my i Staś. Jeździłam na nartach jak szalona. Zmęczenie fizyczne, świeże powietrze, a przede wszystkim obecność wesołego Stasia postawiły mnie na nogi. W samego sylwestra w piżamach oglądaliśmy jakieś śmieszne rzeczy w telewizji. Zaczęliśmy się ze Staśkiem wygłupiać, gilgotać i skakać po łóżkach. Śmiałam się pierwszy raz od dwóch miesięcy.

W Nowy Rok była piękna pogoda. Stanęłam na szczycie góry i na wszystko – dosłownie i w przenośni – spojrzałam z dystansu.

Zawołałam głośno:

– Mam to w dupie!

Staś spojrzał na mnie i na Maćka, a potem dostał czkawki ze śmiechu. I to była ta chwila. Pstryk! Psycholog powiedziałby, że tym okrzykiem odcięłam depresję i zaczęłam nowy etap. Nabrałam w płuca krystalicznego górskiego powietrza, a mój mąż krzyknął do mnie:

– Nareszcie!

Staś odważył się na żart z „wyrazem".

– Mama! Na dół! Kto ostatni, ten… dupa!

Ostatni dojechał Maciek, choć oczywiście dał nam fory.

Tamtego dnia mrok, który mnie spowijał, odszedł. Ale niesmak pozostał jeszcze na długo.

ROZDZIAŁ DWUDZIESTY DZIEWIĄTY

Po powrocie znów weszłam w swój zwykły rytm: praca, zakupy, chłopcy, szkoły, problemy małe i duże, no i Maciek. Najnormalniej.

Pewnego dnia zadzwoniła do mnie ciocia Gosia. To siostra taty, ale od zawsze byłyśmy po imieniu, bo tak się w życiu zdarzyło, że przez rok – gdy miałam pięć lat – mieszkałyśmy razem. Traktowałam ją jak starszą siostrę. Choć czasem mówiłam na nią też „ciocia", bo właśnie takiej ksywki dorobiła się w naszej rodzinie podczas pewnego zdarzenia.

Pracowała wtedy w *Kawie czy herbacie*, miała tam swoje okienko *Pięć minut na belfra*. Kończyła w czasie, gdy ja pojawiałam się w pracy, bo to był program poranny. Kiedyś umówiłyśmy się w kawiarni przy studiu. Przyjechałam z Mateuszem. Miał wówczas jakieś dziewięć lat. Było upalne lato. Weszłam do bufetu i zobaczyłam Małgosię. Miała wówczas nieco ponad trzydzieści lat, blond włosy, opiętą czerwoną kieckę na ramiączkach i czerwone sandałki na obcasie. Wyglądała jak milion dolarów.

– Przywitaj się z ciocią. – Popchnęłam Mateusza lekko do przodu.

Ten ukłonił się grzecznie, ale nie wytrzymał i parsknął:

– Ciocia? Mamo, tak nie wygląda ciocia!

No i właśnie stąd wzięło się to określenie.

– Cześć, kochana, mogę wpaść? – Usłyszałam w słuchawce. – Sprawę mam.

Dawno się nie widziałyśmy. Wyprowadzili się z mężem Marianem pod Warszawę, a Gosia prowadziła jakiś ich firmowy interes na Mazurach.

Przyjechała, wyglądała na zmęczoną. Rozmawiałyśmy o tym, co mnie spotkało, jak chorowałam, jak z tego wyszłam. Opowiadałam jej o wszystkim spokojnie, już z dystansu, z pozycji kogoś, kto zażegnał problem. Słuchała uważnie. Czasem pytała:

– A czy ty, Mikuś, pozwoliłaś sobie na gorsze dni, czy zawsze taka, wiesz, zwycięska Mika?

– Ale że co? – zapytałam zdezorientowana, a ona drążyła:

– Czy przepracowałaś wszystkie historie ze swojego życia, przerobiłaś, poukładałaś w kostkę i do albumu, czy może niektóre zamknęłaś nieprzepracowane, bo kłują, bolą? Może z tymi babami to była tylko iskra zapalna i ci się ulało? Przelała się czara? Musimy sobie czasem pozwolić na smutek, słabość. Depresja to cichy zabójca. Udajesz silną i nagle jesteś po pas w rozpaczy, słabości. Czy kiedyś w życiu się zatrzymałaś, odkąd urodziłaś pierwsze dziecko?

– Pewnie masz rację – powiedziałam cicho. – Ale kiedy ja miałam się zatrzymać, pomyśleć? Przeanalizować wszystko? Ciągle w biegu, znasz to, dzieci, praca, dom… rozwód, przeprowadzki. Nie miałam chwili ani warunków na międlenie smutków. Ty masz dorosłe dzieci i więcej wolnego czasu.

Pokiwała głową w milczeniu. Miałam wrażenie, że otacza ją aura smutku.

– Mów, co u ciebie. Jak ten pensjonat na Mazurach? – zapytałam, bo wiedziałam, że firma Mariana rozwijała się doskonale, więc kupili poniemiecki majątek koło Pasymia i zaczęli tam budować ośrodek szkoleniowo-wypoczynkowy.

Zamierzali organizować imprezy integracyjne. Teren był kapitalny, a Marian – rzutki i umiejący zarabiać. Ciocia, po Akademii Rolniczej, osiadła tam i pilnowała interesu. Podziwiałam ją, bo to i budownictwo, i hotelarstwo, organizacja imprez, zarządzanie ludźmi, restauracja, ogród – ona zaś ogarniała to wszystko sama. A jeszcze wiosną zeszłego roku mówiła mi przez telefon: „Uprawiam tu na potrzeby knajpy i pracowników hektar ziemniaków i ogród warzywny”. „Zwariowała”, pomyślałam wówczas, ale odpowiadała tylko: „Gdy masz maturę, to sobie poradzisz!”.

A teraz siedziała taka przygaszona i widziałam, czułam, że coś jest nie tak.

– No, mów. Co się dzieje? – zachęciłam.

Popatrzyła na mnie i wreszcie powiedziała zwyczajnie:

– Zbankrutowaliśmy w cholerę jasną, do cna!

Zatkało mnie.

„Jak to zbankrutowali?! Maniek? Ciocia?”

– Ale jak to? – niemal krzyknęłam. – To ja ci opowiadam o jakichś pierdołach, a ty masz taki problem! O matko…

Aż mnie coś w brzuchu ukłuło. Bankructwo? Zero na koncie, długi, rachunki…? Utrata wszystkiego?! Zrobiło mi się głupio. Ja miałam wszystko – dom, męża, dzieci, kartę kredytową i spokój finansowy. A oni…

– Przeinwestowaliśmy – kontynuowała spokojnym tonem. – Maniek walczy od wiosny zeszłego roku. Nie chwaliłam się. Jest coraz gorzej, syndyk masy upadłościowej na wszystkim położył łapę...

– O, nie... – westchnęłam. – Włożyłaś w to tyle pracy, serca! I co dalej? Ciągle tam siedzisz? Dlaczego? Masz co jeść? – zapytałam głupio.

– Na jedzenie mam – powiedziała z cieniem uśmiechu. – Muszę wszystkiego pilnować, aż syndyk to ostatecznie przejmie.

– Od kiedy to... Od kiedy ty... – Plątałam się w pytaniach, bo byłam naprawdę wstrząśnięta. Bankructwo?! U nas w rodzinie? I ona nie umiera na serce?

– Od wiosny zeszłego roku. To spory majątek, nie tylko Mazury, ale one pociągnęły za sobą cały holding Mańka. Taka duża firma upada długo. Marian bardzo walczył, wiesz, doradcy księgowi, banki... Wreszcie szukał kupca, ale to nie ten czas. Nie dało się. To podobno czas na sprzedawanie, a nie kupowanie. – Zamilkła na chwilę. – Żeby mieć na życie, wyprzedawałam wszystko. Nawet rośliny, które sadziłam, drzewka owocowe, konia, meble, wyposażenie kuchni, makatki i szkło. Żeby nie zwariować, znalazłam sobie zajęcie. Baśka mnie namówiła, żebym napisała wspomnienia rodzinne, bo ona i jej brat mało wiedzą...

– No i co? – zapytałam, szczerze zaciekawiona. – Babcia polonistka, dziadek napisał kilka książek, a ty zawsze miałaś świetne pióro. Czyli piszesz kronikę rodzinną?

– Właśnie napisałam – odpowiedziała. – Marian to wydrukował, oprawił i rodzina dostała w prezencie.

– Dałaś to gdzieś do druku?

– Nie. Tego nie, to takie domowe wypracowanie na temat mojego dzieciństwa. Ale to sprawiło, że chciałam dalej pisać.

I zaczęłam fabułę. – Spojrzała na mnie. – Myślałam, że mi przejdzie jak gorączka, ale nie przeszło i o... masz!

Podała mi przewiązaną wstążką najprawdziwszą książkę z niebieską okładką, na której dostrzegłam jezioro, a w nim utopioną wielką tarczę zegara.

– To prawdziwa książka! – wykrzyknęłam, zdziwiona i zaskoczona.

– No tak – powiedziała z uśmiechem. – Bo moja Basia jest taka nowoczesna i powiedziała mi: „Mamo, wysyłamy do wydawnictw". Ja na to: „Oszalałaś? A co to ja jestem, jakaś Grochola?! Pisałam do szuflady!", a ona: „No to wystarczy tej szuflady. Wysyłamy!". I tym mnie przekonała.

Roześmiałam się. No tak, Basia studiuje marketing i zarządzanie, wie, co robić.

– No i – kontynuowała ciocia – wysłałam manuskrypty do ośmiu wydawnictw, a jako trzecie odezwało się poznańskie, że bierze. Bo inne to marudziły... A tu sam szef podobno zadecydował. No i właśnie dostałam egzemplarz próbny, więc ci go przywiozłam. Proszę.

Porozmawiałyśmy jeszcze o życiu, bo Gosia właśnie oddała syndykowi klucze do upadłego majątku i wróciła do podwarszawskiego domu, nieco zbita z pantałyku.

– Poszukasz pracy? – zapytałam.

– Tak. Chyba tak, bo firma padła, a żyć trzeba. Może jako opiekunka do dziecka czy w hospicjum... Do szkoły nie wrócę, wypadłam z obiegu. No dobra, dość smutków, idę. Bądź wyrozumiała podczas czytania, ze mnie żadna pisarka, tylko pańcia z mazurskiej wsi – dodała weselej i pojechała.

Natychmiast po jej wyjściu zabrałam się do czytania. Tej nocy nie zmrużyłam oka, połknęłam książkę naraz. Śmiałam się i płakałam na przemian. Byłam pewna, że mam w ręku hit. Tylko jeszcze nikt poza mną o tym nie wiedział!

Rano w podskokach zeszłam na śniadanie.

– Cześć, kochanie. A co ci tak wesoło? – Mąż patrzył na mnie ciepło.

– Maciek – rzuciłam na stół egzemplarz z błękitną okładką – to jest hit! Ciocia napisała książkę! Najpierw to będzie bestseller roku, ja ci to mówię, a potem zrobimy z tego serial albo film.

– Kochanie... – Ciepło zmieniło się w politowanie. – Ty ostatnio źle się czułaś, ta depresja, no wiesz...

– Wiem, wiem, myślisz, że zwariowałam! Ale ja to zrobię, czuję, że to zaraz wybuchnie! – mówiłam podekscytowana.

– Ciocia napisała książkę, ona będzie bestsellerem, a ty zrobisz serial? – powtórzył Maciek z niedowierzaniem.

– Tak. Właśnie tak. Sam przeczytaj! A potem będziesz się nabijał. Główną bohaterkę wywalili z pracy, bo była za stara, ja zaraz też skończę czterdzieści lat. To jest o bezdusznym korpo i współczesnej modzie na wieczną młodość. O firmie, z której wywala się dobrych pracowników. I o ucieczce z miasta oraz powrocie do rodziny i normalnych wartości. Ludzie tego potrzebują. To jest ten czas. Przeczytaj! – Wskazałam na książkę.

– No dobrze już, dobrze – skapitulował. – Najważniejsze, że widzę uśmiech na twojej twarzy. O, i apetyt ci wrócił.

Właśnie wbijałam sobie na patelnię trzecie jajko.

– Przeczytaj! – Nie ustępowałam.

– Kochanie... – powiedział błagalnie. – Ja nie znoszę takiej literatury. Streścisz mi?

– Nie – byłam bezlitosna. – Tylko zacznij, a sama ci wejdzie, zobaczysz.

– Dobrze, już dobrze – poddał się. – Wieczorem zacznę, obiecuję!

– Mamy parówki?

– Ty chcesz zjeść parówki? – spytał z niedowierzaniem.

– Tak jakoś mi się zachciało po tej książce. I dużo musztardy. – Uśmiechnęłam się od ucha do ucha.

Natychmiast po śniadaniu zadzwoniłam do cioci.

– Małgoś! – zawołałam. – Przeczytałam jednym tchem. To jest genialne, będziesz polską J.K. Rowling!

– Uspokój się. Zwariowałaś? – studziła moje zapędy. – Ja i Rowling, też mi porównanie. To zwykła opowieść pisana w…

– Wszystko w życiu jest po coś! Dobrze, że zbankrutowałaś! – wypaliłam.

Zabrzmiało to dziwnie, ale wiedziałam, co mówię. Ta książka musiała się obronić.

Przez chwilę milczałyśmy, a Gosia łapała sens tego, co usłyszała.

– Zwariowałaś?! – powtórzyła.

– Nie. Mam zupełnie jasny umysł – zapewniłam. – Musiałabyś tam tyrać i obsługiwać korpoludków, którzy w weekend chcą jak najszybciej się nawalić. Kelnerką byś była, a będziesz gwiazdą, stworzyłaś coś wyjątkowego. Teraz tylko obserwujmy listę bestsellerów w Empiku!

– Ty jednak jesteś wariatka… Ja się modlę, żeby nakład poszedł – powiedziała nieśmiało.

– A ile wydrukowali?

– Siedem tysięcy, szef zadecydował. Zazwyczaj debiutantów drukują trzy tysiące. Rokujących pięć, a on, że mnie to siedem. Myślisz, że się coś sprzeda?! Boziu, miałabym pieniądze na życie…

– Sprzeda, spokojna głowa – zapewniłam. – Teraz tylko obserwuj, co się zadzieje.

Minął miesiąc od tej rozmowy, a książka cioci już zaszalała. Wskoczyła na listy bestsellerów w księgarniach, choć wydawca nie wydał ani złotówki na promocję.

Małgosia znów do mnie zadzwoniła, tym razem ze śmiechem.

– Koleżanka jest kardiolożką na oddziale szpitalnym, wysłała mi esemes, posłuchaj: „Jestem na obchodzie, w pokoju cztery panie czytają twoją książkę, gratulacje!". A Baśka jest na spływie kajakowym i pisze tak: „Płyniemy po Zalewie Koronowskim, na pomoście leży jakaś pani i czyta twoją książkę!".

Życie pisze ciekawe scenariusze. Jak się zaczyna coś dziać, to na całego. Jak depresja – to z oceanem łez i dnem rozpaczy. Jak coś dobrego – to z przytupem!

W moim życiu też coś ruszyło. Zadzwoniła do mnie Alicja, stara znajoma:

– Cześć, Dominika, przejdę od razu do rzeczy. Tworzę nowe pasmo weekendowe. Taka telewizja śniadaniowa, ale w weekendy więcej kultury, lifestyle'u. Gwiazdy, nowe studio, nowi prowadzący. Może dołączysz do teamu? Jesteś taka kreatywna, to twoje klimaty!

– Kochana, bardzo dziękuje za zaufanie i propozycję, ale raczej nie skorzystam, bo nie spotkało mnie tam ostatnio nic dobrego. A na myśl o tym, że miałabym zobaczyć kilka pań na Woronicza, robi mi się słabo – odpowiedziałam.

– Coś słyszałam na ten temat. Wszyscy byli zdziwieni, że się z tobą tak obeszły. Ale słuchaj! One są zdegradowane, już po nich nawet spinacz nie został, więc to najlepszy moment, żebyś spojrzała diabłu prosto w oczy i oswoiła strach. Karma wraca, a ich pięć minut trwało naprawdę krótko. Wstrętne babska! Mika, wróć! – poprosiła.

– To jak leczenie arachnofobii wizytą w pajęczarni – powiedziałam cicho. – Muszę pomyśleć...

Myślałam kilka dni i... pojechałam! Trzeba urwać łeb tym irracjonalnym lękom.

Ubrałam się w najlepsze ciuchy, włożyłam nawet obcasy, których szczerze nie znoszę. Zawsze to parę centymetrów wyżej, żeby z góry spojrzeć na ewentualnych oprawców. Uśmiech numer pięć przybrany na twarz i dziarskim krokiem sunęłam do gabinetu Alicji. Pierwszą w korytarzu minęłam Kudłatą. Spuściła wzrok i udawała, że mnie nie widzi. Pająk nie taki straszny, gdy sam jest smutny, zalękniony i zdegradowany. „Może ma wyrzuty sumienia?", pomyślałam. Nawet zrobiło mi się jej trochę żal; wydała mi się jakaś taka szara i wymięta.

Alicja powitała mnie serdecznie. Siedziałyśmy przy porządnie zaparzonej herbacie w porcelanowych filiżankach i rozmawiałyśmy – długo i spokojnie.

– Dobrze – zdecydowałam. – Pomogę ci wszystko rozkręcić, ale będę tu tylko trzy miesiące. Potem robię serial na podstawie książki cioci – palnęłam z grubej rury, choć na razie były to tylko moje fantasmagorie.

Jednak im częściej widziałam na wystawach książkę z charakterystyczną niebieską okładką, tym mocniej utwierdzałam się w przekonaniu, że to doskonały pomysł.

– Nic o tym nie wiem... – Alicja uniosła brwi.

– Bo nikt jeszcze nie wie – powiedziałam ze śmiechem. – Choć ciocia już na „topkach" w Empiku, przez dwa tygodnie bez przerwy.

– No dobrze! – Alicja wróciła do sedna sprawy, bo przecież miałam tam pracować, a nie gadać o cioci. – Zgadzam się na trzy miesiące, ale zaczynasz jutro. – Po chwili dodała: – To może zaprosimy ciocię do studia, skoro jest teraz na topie?

Do domu wracałam tanecznym krokiem.

– Maciek – zaczęłam, nakładając sałatkę z pomidorów i greckiej fety – idę na trzy miesiące rozkręcać program do Alicji, a potem bierzemy się do serialu.

Zadzwoniła ciocia.

– Mika… Kurczę no, nie wiem, co o tym myśleć, ale wiesz… dzwonili z wydawnictwa. Robią już trzeci dodruk.

– Cooo? To fantastycznie! – zawołałam uradowana. – Gosiu, wierzę w twój sukces. Ja tu tylko popracuję u koleżanki przez trzy miesiące i potem od razu zabieramy się do pisania scenariusza. A, i masz zaproszenie do śniadaniówki, opowiesz wszystko w studiu.

– Wariatka, lecz się – zawołała ze śmiechem.

Do mojego życia wrócił uśmiech. Praca w telewizji śniadaniowej była fajna – trochę nowych młodych ludzi i stara sprawdzona gwardia. Uwielbiałam tworzyć coś od początku – kompetentnie, ochoczo i bez fochów. W powietrzu czułam nową energię. Myślałam o tym, powtarzając sobie jak mantrę: „Wszystko w życiu jest po coś". A w głowie wciąż siedziało jedno zdanie: „Robimy serial na podstawie książki Gosi". Bardzo się nakręciłam, już miałam w planach castingi, wyobrażałam sobie obsadę. Kilkoro znajomych też przeczytało tę książkę i pogratulowali mi… cioci. OK, powoli, powoli! Najważniejsze, że miałam pomysł.

ROZDZIAŁ TRZYDZIESTY

Aida została dyrektorem programowym w jednej z najlepszych stacji komercyjnych w Polsce – bo też w pełni na to zasługiwała. Właściciel nie posiadał się ze szczęścia. Aida była Midasem. Czego się dotknęła, to zamieniała w złoto – ekonomiczne, artystyczne i komercyjne. Nawet po jej odejściu z telewizji kolegia redakcyjne kończyły się słowami: „OK, Aidzie to by się podobało, więc robimy". Nasza relacja pozostała przyjacielska. Aida zawsze służyła mi radą i wsparciem.

* * *

Maciek kręcił kolejne programy w Krakowie, robił też serial w Katowicach – właśnie wybijał dziesiąty rok produkcji – i znowu nie było go w domu tygodniami. *Show must go on!*

Po miesiącu zadzwoniła ciocia.

– Mam pierwsze pieniądze! – wykrzyknęła radośnie. – Mika, ta książka już zarabia!

– Cudownie – szczerze się ucieszyłam. – Mówiłam, że tak będzie. Gosiu, słuchaj, w piątek robię w domu „ciuchowisko".

Przychodzą moje koleżanki i wymieniamy się ciuchami, butami, torebkami, ubrankami po dzieciach. Wpadnij. Zrobię stoisko z twoimi książkami. Rozdasz autografy. To będzie takie pierwsze, nieoficjalne spotkanie autorskie.

– O mamo... serio? – zapytała z niedowierzaniem. – Dobrze, przyjdę!

– Super. Weź jakieś pięćdziesiąt egzemplarzy. W piątek o dziewiętnastej u mnie.

„Ciuchowisko" było już tradycją. Cztery razy w roku urządzałam takie spotkanie. Prywatny *second-hand* – raczej wymiana niż handel. Rozesłałam wiadomości do dziewczyn:

Zapraszam na „ciuchowisko"! Oprócz tradycyjnych atrakcji – spotkanie, wymiana ciuchów, wino i kanapki – będzie coś dla ducha. Każda obowiązkowo musi nabyć książkę mojej cioci. Autograf gratis. A potem czekamy na Wasze recenzje. Buziaki.

Wasza kaowiec,

Dominika :)

Zjechały się dziewczyny. Powstał rejwach jak na wiejskim targu.

– Cześć, kochana. Mam dla ciebie trzy pary jeansów, strasznie przytyłam. Patrz, prawie nienoszone. O, jaką masz cudną dżokejkę!

– A ja mam kombinezon narciarski po Zosi, chcesz dla Marysi?

– O, jesteś! Co u ciebie? Podobno Krzysiek założył nową firmę. A jak tam wypad do Tajlandii?

W ruch poszło wino, tabuny kobiet chodziły po całym domu, przebierały się, przymierzały, śmiały, rozmawiały w podgrupach o życiu. Dzieci siedziały zamknięte w pokojach, Maćka nie było. Mieliśmy umowę, że robię takie spotkania tylko wtedy, gdy on jest w delegacji. Nawet on, miłośnik kobiet, nie był w stanie wytrzymać pięćdziesięciu podchmielonych, roznegliżowanych lasek przemykających po naszym domu.

Jedną z nich, śpiewaczkę operową, wreszcie udało nam się namówić na występ, ale ponieważ powiedziała, że „nie lubi śpiewać na sztywno", to chodziła między wieszakami z kieliszkiem wina w dłoni i śpiewała *Habanerę*. Najpierw po cichu, ale pod koniec to już było *fortissimo* i z pewnością wszystko słyszeli sąsiedzi. Istny obłęd!

Ciocia dostała stoliczek, na którym poukładałyśmy jeszcze cieplutkie egzemplarze książek z czwartego dodruku. Dziewczyny ustawiły się w kolejce i każda karnie wzięła książkę i autograf. Wiele z nich znało Gosię, a te, które nie znały, pod wpływem wina i dobrej atmosfery szybko nadrobiły zaległości. Sprzedałyśmy wszystkie egzemplarze!

Gdy rano zeszłam na dół, zastałam istne pobojowisko. Wszędzie leżały ciuchy, butelki po winie, papiery, popielniczki z petami. Jedna z moich przyjaciółek zawsze mówiła: „Jak jest rozmowa o życiu – taka prawdziwa, z głębi serca – to trzeba palić papieroski". Sądząc po liczbie petów, rozmów od serca było poprzedniego dnia dużo.

Ku mojemu zdziwieniu dostrzegłam na kanapie dwie koleżanki, zatopione w rozmowie.

– Dziewczyny, halo, jest siódma rano! – Pomachałam im dłonią przed twarzami.

– Wiemy, Mika, ale kochana, powiedz, co to ma za znaczenie. Tak fajnie się gada! Zrób nam kawki i zaraz ci pomożemy sprzątać. Piszę nowy scenariusz, a Ewka opowiedziała mi całe swoje życie. Co za historia! – usłyszałam w odpowiedzi.

– Jajecznica może być? – zapytałam tylko, bo dobrze je znałam i wiedziałam, że nie wyjdą, póki wszystkiego nie omówią. – Bo dzieciom będę robić.

– Koniecznie taką na ostro! – I znów zatopiły się w rozmowie.

Zgarnęłam ze stołu jednym ruchem resztki jedzenia z imprezy i podałam chłopcom śniadanie.

– Uuu, widzę, że bałagan jak po kinderbalu – skomentował Mateusz.

– Mamo, mamo, a w telewizyjnym siedzą jeszcze jakieś ciocie. Były na nocowaniu, jak moi koledzy? A gdzie one spały? – drążył Staś.

– Stasiu, jeszcze się nie kładły. Rozmawiają – wyjaśniłam.

– Ciągle?! Od wczoraj gadają? – nie mógł uwierzyć. – A jak do mnie przychodzą koledzy, to o dziesiątej wieczorem każesz nam iść spać. To niesprawiedliwe!

– Ciocie pracują nad scenariuszem, synku.

– Ale... w nocy?

– No w nocy, w nocy, niektórzy artyści pracują głównie w nocy!

– To ty, mamo, nie jesteś artystką, bo rano wstajesz i wcześnie chodzisz spać. A ja za to chcę być artystą i nie spać w nocy!

Ale wykombinował!

– Mój mądrasek. – Pogłaskałam go po głowie. – No, kończcie śniadanie, bo jedziemy do szkoły.

Włożyłam dres i zagoniłam chłopców do samochodu. Koleżanki pomogły z ogarnięciem domu, gadając stale o swoich sprawach.

Odzew po „ciuchowisku" był rewelacyjny. Przyszły dziennikarki, redaktorki z gazet, aktorki, dużo dziewczyn ze środowiska. Kilka dni później ciocia pojawiła się w telewizji śniadaniowej. Wywiad był fenomenalny – do tego stopnia, że Alicja powiedziała:

– Świetna ta twoja ciotka. Bardzo medialna.

Odzew od moich koleżanek, które kupiły książkę, też okazał się entuzjastyczny.

Marysia, która przed laty gnębiła mnie w telewizji, a po urodzeniu drugiego dziecka i po narodzinach Stasia nagle zapałała do mnie miłością, zadzwoniła i wręcz krzyknęła do słuchawki:

– Cześć, Mika. Pochłonęłam książkę w jedną noc! Dawaj numer do cioci, chcę ją zaprosić do swojego programu. Kurczę, to książka o mnie! Jakby zajrzała w głąb mojej duszy. Wiesz, że ja kocham wiejskie klimaty.

Za chwilę zadzwoniła jeszcze Marzena.

– Ta książka jest super! Niech twoja ciocia wpadnie do mnie do radia. Mamy rozmowę o tym, jak zacząć życie od nowa po upadku.

Potem Aga:

– Dominika, piszę duży artykuł o literaturze kobiecej. Dasz numer do cioci?

W końcu zadzwoniła też Aida.

– Cześć, Dominisia. Przeczytałam w jedną noc, tak jak mówiłaś. Fajne to! Chcę poznać tę twoją ciocię. Ona jest stara? Czemu mówicie do niej „ciocia", jakby miała sto lat?

– Oj, to długa historia, sama ją spytasz. Jest o dyszkę młodsza od ciebie – wyjaśniłam i obiecałam zorganizować spotkanie.

– Dostaniesz kapciem w głowę! Nikt nie jest ode mnie młodszy! – Aida wybuchła śmiechem.

– No tak, zapomniałam, że jesteś kosmitką! A kosmici nie mają wieku.

To było jak kula śniegowa. Wkrótce wszyscy czytali mazurską sagę Małgosi. Miałam nosa.

Któregoś dnia przyniosłam do firmy książkę z napisem „Bestseller Empiku".

– Panowie, trudno, teraz to już musicie przeczytać – powiedziałam do Maćka i Tadeusza. – Zamierzam zrobić z tym coś dużego. Tylko musimy się naradzić co. Serial? Miniserial? Bo na fabułę za obszerne. Coś jak współczesne *Noce i dnie*.

– Nie przesadzasz? – rzucił Tadeusz. – Też mi porównanie!

– Przeczytaj, wtedy pogadamy. – Byłam pewna swego. – A najlepiej, żeby twoja żona przeczytała, ona to zrozumie.

Przeczytali.

I wkręcili się tak jak ja. Nic dziwnego: opisy plastyczne, dialogi sensowne i całość się klei, a jeszcze podział na pory roku jak u Reymonta. Tadeusz tylko trochę marudził, że babskie.

– Daj spokój! – sprowadziłam go na ziemię. – Kręcimy serial obyczajowy, a nie *Gwiezdne wojny*! A kto dziś przede wszystkim ogląda seriale? Kobiety! Więc właśnie ma być babskie. Teraz tylko trzeba napisać dobry scenariusz. Do roboty! – zakomenderowałam.

I tak zaczęliśmy żmudną pracę nad adaptacją.

ROZDZIAŁ TRZYDZIESTY PIERWSZY

Kilka dni później zadzwonił telefon.

Jacek, mój kumpel z podstawówki.

Został producentem filmu o papieżu i zaprasza nas na premierę do Watykanu. Super! Zapakowałam sukienkę koktajlową, Maciek garnitur i w drogę.

Na lotnisku Maciek pobiegł jeszcze do sklepu na jakieś zakupy, a ja sączyłam kawę w kawiarence. Na stoliku zostawił swój telefon, a ten ciągle dzwonił. Na ekranie pojawiło się imię Piotrek. Postanowiłam oddzwonić, żeby powiedzieć namolnemu koledze, że nie ma nas przez weekend i żeby nie zawracał głowy; że jak wrócimy... Jakież było moje zdziwienie, gdy w słuchawce usłyszałam kobiecy głos: „Cześć, tu Jolanta Kołdra. Zostaw najlepiej jakąś miłą wiadomość".

Zrobiło mi się ciemno przed oczami. Jaka, kurwa, Jolanta?! Kołdra to nazwisko czy pseudonim? Kołdra, bo on się nią nakrywa?

Wrócił uradowany Maciek.

– Kochanie, wiesz, w kiosku jest książka cioci! Ach, i kupiłem szampana i perfumy dla mojej pięknej żony. Te, które lubisz!

– A dla Jolanty też kupiłeś?! – wysyczałam, patrząc mu w oczy.

– Jakiej Jo...? – zaczął niepewnie. A po chwili dodał już hardo: – Grzebałaś mi w telefonie?!

– Nie zdążyłam. Cały czas dzwonił do ciebie jakiś, kurwa, Piotrek, to oddzwoniłam, a ten dyszy i przedstawia się jako Jolanta! – Miałam ochotę go rozszarpać.

– Aaa! – Zachował twarz pokerzysty. – To taka dziewczyna z Krakowa, brat łata, jest trochę jak nasz kolega, więc mówimy na nią Piotrek.

– Która to? – drążyłam temat.

Mniej więcej znałam jego krakowskie towarzystwo i żadnej Joli nie mogłam sobie przypomnieć. A już tym bardziej takiej, którą nazywaliby Piotrkiem...

Coś tu było bardzo nie tak!

– No... – Udawał, że się namyśla. – Taka... Poznałaś ją, gdy robiłem koncert Kazika.

– Taka nijaka? – zapytałam z nadzieją.

– No! – potaknął gorliwie. – Taka mysz! Oj, o kogo ty jesteś zazdrosna? Koleżanka i tyle. Zaraz wchodzimy na pokład, chodź – zmienił temat.

Przypomniałam ją sobie. Młoda, niechlujna i w brzydkich butach, a Maciek uwielbia dobre buty. Z wyglądu podobna zupełnie do nikogo. Latała po studiu jako goniec. No nie, Maciek w życiu nie zainteresowałby się kimś takim...

– No fakt, nic ciekawego ta dziewczyna – powiedziałam, ale w sercu czułam dziwny ból.

„Uspokój się – upomniałam samą siebie. – Przecież on cię kocha!".

Łyknęłam jego historię.

– Moja zazdrośnica – powiedział jeszcze i mnie przytulił. – Ooo, popatrz! Idą Bychawscy, mamy towarzystwo.

Spojrzałam na zbliżających się znajomych. Mieli posępne miny i kłócili się o coś, tak jak my przed chwilą.

– Kochanie, no już, nie dąsaj się. Chcesz, żebyśmy wyglądali jak oni? – szepnął mi do ucha Maciek.

Przywołałam na usta uśmiech. Przywitaliśmy się i już na pokładzie zamieniliśmy miejscami – ja usiadłam z Mają, a Maciek z jej mężem. Maja była kiedyś modelką – piękna, inteligentna, miała dobre serce i pierdolca na punkcie swoich córek. Adam, jej mąż, król życia i zabawy, zawsze emanował pozytywną energią. Byli świetną parą. Podczas lotu dowiedziałam się, że Maja odkryła, iż jej mąż ma młodą kochankę.

– Jak to: ma kochankę? – zapytałam zdumiona. – Jesteś najpiękniejszą kobietą, jaką znam, macie piękne córki, forsę, wszyscy was lubią i jesteście ze sobą od liceum, zawsze tacy zgrani... Może się mylisz? To pewne? – Nie mogłam w to uwierzyć!

– Tak, przyznał się i tłumaczył, że to... wypadek przy pracy, że już z nią zerwał i żebym mu wybaczyła. Ale ona jest trzy lata starsza od naszej córki. Mam złamane serce – szepnęła. – Wiesz, jak go kocham. Przysięgaliśmy sobie w kościele wspólne życie na dobre i na złe. A teraz wszystko się rozpada! – Zaczęła płakać.

– Może to jest właśnie to złe i trzeba wybaczyć? – zasugerowałam, bo nie potrafiłam sobie wyobrazić, żeby z powodu jakiejś młodej antylopy on rozwalił coś, co budowali przez tyle lat. I dodałam: – Wiesz, chyba u nas też zaczyna się ten czas...

– Jaki czas? – zapytała, wycierając nos.

– No, kiedyś były śluby, potem chrzciny, a teraz są rozwody, zbliżamy się wszyscy do czterdziestki, pojawiają się pierwsze poważne kryzysy, panom trochę odwala, bo młodość ucieka, pokazują się zakola i brzuszne nawisy, dzieci już duże, my zmęczone, z uciekającą urodą, wystraszone, że coraz więcej młodych, pięknych dziewczyn kręci się koło naszych mężów, nuda, stabilizacja, inne priorytety i wszystko zaczyna się rozwalać – powiedziałam jednym tchem. – Ty chciałabyś leżeć z nim przytulona przy kominku, a on wolałby bzykać młodą pannę w samolotowym kiblu – dodałam z przekąsem.

– W kiblu? – zapytała zdziwiona.

– Gdziekolwiek, byle była adrenalina i nie po bożemu, jak w domu.

– Aaa, rozumiem – westchnęła. – Ale nie spodziewałam się, że akurat on, bo my nie aż tak bardzo po bożemu. Bywało rozmaicie, trochę nawet szalałam...

– Za czasów mojej babci, jak się coś psuło, to się szło naprawiać, a nie wywalało na śmietnik i z mety kupowało coś nowego – chciałam powiedzieć coś mądrego, by ją jakoś pocieszyć.

– Moja babcia też tak mówiła, ale teraz jest inaczej. Patrz, jak namiętnie wywalamy jeszcze dobre urządzenia, bo są już niemodne: telewizory, telefony, kanapy, samochody... I on też sięgnął po nowszy model – szepnęła z żalem.

– Znudzi się szybko – powiedziałam stanowczo. – Wybacz, że spytam – dodałam po chwili – ale skoro robimy taką wiwisekcję, to powiedz... Nie masz sobie nic do zarzucenia? Jesteś bez winy?

– W sensie: czy nie zrzędzę? – zapytała cicho. – No, czasem proszę go, żeby tak nie imprezował. Potrzebuję dojrzałego mężczyzny, a nie chłopca, który w każdy weekend biega po klubach i bawi się z nastolatkami.

– No, ale kiedyś ten chłopiec ci się podobał... – zauważyłam.

– Tak, z tym że to było dwadzieścia lat temu. Mnie to już nie bawi, ja jestem na innym etapie. A on jakby uciekał przed dojrzałością. Chce być jak nasze dzieci. To przecież śmieszne, żałosne... – powiedziała z żalem. – To już nie jest wiek na balowanie. On ma początki choroby wieńcowej i mocno łysieje.

– No... z Maćkiem mam trochę podobnie. – Poczułam, że i ja chcę wywlec, wylać z siebie frustrację, o której nigdy z nikim nie rozmawiałam.

– Ale przynajmniej nie ma kochanki – odpowiedziała. – U was tak normalnie.

– Nie wiem tego na sto procent – szepnęłam i przypomniałam sobie o Jolancie Kołdrze, a serce na moment mi stanęło. – Nigdzie nie jest normalnie. Dałam Maćkowi duży margines zaufania, ale jestem o niego strasznie zazdrosna. Babcia zawsze mi powtarza: „Ufaj, ale sprawdzaj". Ja też nie jestem łatwa, mam ogromne wymagania i często zrzędzę. Maciek ma ze mną czasami krzyż pański. A ja z nim. Po tylu latach, dzieciach związek wygląda inaczej...

Zamyśliłam się.

Zobaczyłam jednak, że Maja znów zaczyna płakać, więc klasnęłam w dłonie i zawołałam z przesadnym entuzjazmem:

– Dobrze! Koniec smutków. Zabawmy się w ten weekend.

– Dobrze, że mamy siebie – powiedziała i mnie uścisnęła. – Zawsze można się wygadać, wypłakać i robi się człowiekowi choć trochę lepiej.

– Liga broni, liga radzi, liga nigdy cię nie zdradzi – rzuciłam i obie się roześmiałyśmy.

Po lądowaniu zeszliśmy na płytę lotniska Fiumicino pod Rzymem. Powitało nas słońce, jakże inne niż nasze. Starałam się myśleć o tym, że przed nami świetny weekend. Jednak hasło „Piotrek" w telefonie nie dawało mi spokoju.

Premiera filmu Jacka była wspaniała i dostojna, bo i temat ważny dla Polaków. Po premierze odbył się bankiet, na którym spotkaliśmy mnóstwo znajomych. Aż do rana toczyliśmy nocne Polaków rozmowy. Jedni snuli plany mające zbudować nowe fortuny, inni obgadywali znajomych, jeszcze inni mówili o życiu. Patrzyłam na ludzi, którzy odnieśli poważne, a czasem wręcz spektakularne sukcesy. Mieli rodziny, dzieci, pieniądze; zdawało się, że żyją jak w bajce. Mimo to zaczynały się kryzysy, a naszym światem co jakiś czas wstrząsało kolejne wielkie rozstanie.

– Ty wiesz, że Iksińscy się rozwodzą?

– Nie żartuj, serio?

Maciek spotkał starego znajomego, od lat mieszkającego w Nowym Jorku, i tak między nimi zaiskrzyło, że opowiedział mu ze szczegółami o naszym życiu, podobno nie szczędząc pięknych słów o mnie i naszym szczęściu. Było mi miło, jednak musiałam niemal siłą ciągnąć męża do pokoju hotelowego, bo czasem trzeba pospać, odpocząć od wina, fajek i opowieści.

Gdy wreszcie mi się to udało, Maciek niemal natychmiast zasnął. Leżałam obok, patrzyłam na niego i nie mogłam uciszyć niepokoju w sercu. Wreszcie zasnęłam, ale po pewnym czasie obudziło mnie jakieś niewytłumaczalne uczucie. Maćka nie było w łóżku. W pokoju panowała cisza, ale ja wyraźnie słyszałam jego szept dochodzący z łazienki. Była trzecia nad ranem. Uchyliłam drzwi, Maciek siedział na podłodze, obok stało otwarte wino.

Gdy mnie zobaczył, gwałtownym ruchem schował telefon.

– Maciek? – zaczęłam zdumiona. – Z kim rozmawiasz o trzeciej nad ranem? – I nagle mnie oświeciło: – To Piotrek? Tak? Maciek, kurwa, co się dzieje?! – krzyknęłam.

Zatrzęsło mną, bo nareszcie zrozumiałam, jaka byłam łatwowierna.

Jak on mógł?!

Patrzył na mnie oczami zbitego psa i zaczął płakać. Tak, płakać. Dorosły facet spojony winem wył jak dziecko w hotelowej łazience w Rzymie.

– Mika... pogubiłem się. – Pociągnął nosem. – Kocham cię, przecież wiesz, ale się pogubiłem... w cholerę.

W środku wszystko we mnie krzyczało, mimo to postanowiłam nad sobą zapanować. W poważnych chwilach zawsze umiałam zachować zimną krew. Mogłam wrzeszczeć, że spodnie leżą na podłodze czy ktoś znowu nie zgasił światła, ale w sytuacjach ekstremalnych zamieniałam się w królową rozsądku. A ta sytuacja była poważna aż do bólu.

Kucnęłam obok męża i odezwałam się spokojnym głosem:

– W czym się pogubiłeś? Masz romans z tą myszą z Krakowa? Niby Piotrkiem? Tak?

– To nie jest tak, jak myślisz – rzucił.

– To tekst z kiepskiego filmu – podsumowałam. – Chcę wiedzieć, jaka jest prawda.

– Kocham cię, pomóż mi. Zrobię wszystko, zmienię się, tylko mi pomóż. Nic już nie wiem. – I zalał się łzami, pijany i zdruzgotany.

Zastanawiałam się, czy jego łzy są prawdziwe. Czy naprawdę żałuje, czy znów próbuje mnie oszukać... Postanowiłam nie histeryzować – i tak nic by to nie pomogło. Usiadłam obok niego na podłodze i chciałam być dzielna, ale łzy poleciały same, bo właśnie przed chwilą pękło mi serce...

– Maciek, czy ty chcesz, żeby rozpadło się nasze małżeństwo? – zapytałam cicho. – Już mamy rozwody na koncie, wiemy, co się z tym wiąże. Te wszystkie psychodramy, do kogo dziecko pojedzie na Wigilię – powiedziałam ze smutkiem. – Maciek, tyle przeszliśmy! Wiem, że miałeś ze mną ostatnio ciężko. Moja depresja dała wszystkim w kość. Ale podniosłam się, stanęłam na nogi, wyciągnęłam wnioski, również te dotyczące naszego małżeństwa. Nie byłam święta, ale kto nie popełnia błędów!

– Wiem, widzę, że jesteś w coraz lepszej formie – powiedział. – A ja wręcz przeciwnie! Ty jesteś taka, kurczę, no, fajna teraz, silna, a ja...

– Nie użalaj się nad sobą i nie udawaj – przerwałam mu. – Zawsze nosisz maskę zadowolonego z siebie króla życia...

– Właśnie, to tylko maska. Nie mogę już dłużej.

– Czego nie możesz? – zapytałam zdziwiona.

– Sam nie wiem... Pogubiłem się i jestem totalnie zmęczony – wychlipał.

– I to jest powód, żeby wymienić mnie na jakiegoś damskiego Piotrka?! – wyrzuciłam z siebie. – Karmisz tym swoje ego? Myślisz, że młoda dupa rozwiąże twoje problemy? Że zażegna twoją wewnętrzną szarpaninę? Z nią po latach będzie tak samo... bo takie jest życie! A ty musisz zrobić przede wszystkim porządek ze sobą! – zakończyłam z mocą.

Milczał.

Patrzyłam na niego i zastanawiałam się, co się stało. Andropauza? Wybryk chłopca, który boi się być mężczyzną? Wypalenie zawodowe? Depresja? Zmęczenie? Miłość? Zwykły seks?

A może wszystko naraz?

Złość we mnie wzbierała, ale starałam się ją pohamować. Postanowiłam, że muszę mu pomóc. Schować do kieszeni urazę i wywlec z niego to coś, co go tłamsi. Bo to nie była tylko jednorazowa zabawa. Nie ryczałby tak. Za dobrze go znałam.

– Maciek! – Wzięłam w dłonie jego twarz. – Martwię się o ciebie, a przede wszystkim o twoje zdrowie. Masz mnie, dzieci, masz dla kogo żyć.

– Co mam zrobić? – Nie patrzył mi w oczy.

– Zmienić trochę swoje życie, przewartościować priorytety, zadbać o siebie, zwolnić i spojrzeć w PESEL... – Nie ugryzłam się w język. – Ale musisz sam tego chcieć – dodałam. – Pamiętasz może taki film z Cher *Wpływ księżyca*?

– Nie pamiętam – burknął.

– Tam jest taka scena – ciągnęłam niezrażona – w której Olympia Dukakis, grająca starą i zdradzaną żonę, pyta pewnego lowelasa: „Dlaczego mężczyźni zdradzają żony?". Tamten nie umie odpowiedzieć, więc ona mu uświadamia: „Bo w pewnym wieku boicie się śmierci, szukacie nieśmiertelności w ramionach kochanek".

Pokiwał głową, choć nie byłam pewna, czy w ogóle mnie usłyszał. Wydawał się taki szary, zmęczony... Może coś w tym jest, że młoda panienka odmładza mężczyznę, daje mu poczucie, że nadal jest płodny i atrakcyjny? Głaszcze po główce i mówi: „Mój bohater, mój król...". A co oferuje żona? Dom, dzieci, wywiadówki, nowy piec, bo stary się zepsuł, wspólny PIT i kredyt... W sypialni też już nie to samo, bo dochodzi zmęczenie. Pewnie nie jesteśmy bez winy. Mogłybyśmy czasem odpuścić i zamiast dokręcać śrubę, po prostu przytulić naszych facetów.

Na ogół uświadamiamy to sobie, gdy jest już za późno. W tamtej chwili poczułam jednak, że ja uratuję nasz związek!

– Błagam cię – powiedziałam czule – idź się przebadać tak gruntownie. Ciągle jesteś w pracy, wsuwasz flaki w Warsie i tanie wino pod pizzę albo kanapki z ekipą na bankiecie. Nigdy nie wyleżałeś żadnej choroby. Zwolnij, twoje serce nie jest wymienne, a z pewnością porządnie utyrane.

– Jak ja mam to zrobić?! – Podniósł wzrok.

– Normalnie! Odpuść część programów w Krakowie, zajmij się bardziej firmą, rodziną. Najmij ludzi, którym zlecisz część zadań. My cię potrzebujemy całego i zdrowego – tłumaczyłam.

– Dobrze – odpowiedział trzeźwo i nagle dodał: – Ale czy ty mnie dalej kochasz?

– A czy inaczej siedziałabym tu teraz z tobą i tłumaczyła, jak jesteś dla nas, dla mnie samej ważny?

Westchnął i przyciągnął mnie do siebie. Był poruszony, widziałam. Nie zamierzałam nawet mówić o Jolancie ani o prawdopodobnej zdradzie. „Zapomnijmy o tym" – myślałam.

– Mam tylko prośbę: wykasuj numer tego „Piotrka", bo chyba jest już po temacie, prawda? – Spojrzałam mu w oczy.

Spuścił głowę i potarł nos. Zawsze tak robi, gdy kłamie...

– Dobrze. Skasuję. Przysięgam.

Czyli nie skasuje.

OK, załatwię to osobiście.

Samolot, który miał nas zabrać do domu, się spóźniał. Rozmawialiśmy rzeczowo podczas oczekiwania. Nie, nie było to zwyczajowe pranie brudów, raczej przyjacielska rozmowa o wy-prostowaniu naszych spraw – tym bardziej że przysnęliśmy jeszcze nad ranem mocno wtuleni w siebie. Teraz Maciek wyjął kartkę i zaczął zapisywać rzeczy, które musi zmienić. Wiedzia-łam, że coś w nim pękło, że nadchodzą dla nas zmiany. Że te-raz już wszystko będzie dobrze, a przynajmniej lepiej niż dotąd. I wierzyłam, że on naprawdę tego chce.

Miesiąc po powrocie do domu zaobserwowałam pierwsze efekty. Zmienił trochę swój grafik w pracy, umówił się na wizytę do lekarza i wcześniej wracał do domu. Nawet zagrał z chłop-cami w planszówkę i obejrzał mecz.

Pewnego dnia na wyświetlaczu zobaczyłam połączenie z nieznanego numeru. Maciek znów był w Katowicach, bo przy serialu okazywał się niezbędny. Stamtąd miał jechać prosto do Krakowa na serię innych programów, które pouma-wiał już wcześniej, „więc sama rozumiesz, kochanie". Rozu-miałam, choć zadowolona nie byłam. Przepadła mu wizyta le-karska.

– Dzień dobry, jestem kierownikiem planu. Pani męża za-brała karetka… – usłyszałam w słuchawce. Poczułam falę gorą-ca. – To chyba serce albo żołądek. Miał silne bóle w klatce pier-siowej. Jest w szpitalu na Ochojcu.

Rozłączyłam się i wybrałam numer Maćka. Nie odebrał. Od-chodziłam od zmysłów. Chłopcy zaraz mieli wrócić z zajęć, go-sposi nie było. Nie wiedziałam, co robić, nie miałam ich z kim zostawić. Rodzice na wsi i niechętnie przyjeżdżali, siostry miały swoje życie. Chodziłam po domu od ściany do ściany jak wilczy-ca po klatce. Po godzinie zadzwonił Maciek. Nareszcie!

Odebrałam z uczuciem ulgi, ale nie spodziewałam się tego, co usłyszałam.

– Wykrakałaś mi te choroby! – zaatakował mnie. – Miałem migotanie!

– Mówiłam, mówiłam. Kochanie, to się leczy, spokojnie – próbowałam mówić łagodnie.

– Przestań! – Nie zmienił tonu. – Czujesz satysfakcję?

– Nie – powiedziałam spokojnie. – Czuję tylko lęk o ciebie. Zlekceważyłeś mnie i swoje zdrowie. Byłeś u kardiologa od powrotu z Rzymu? – Cisza. – Byłeś?! – powtórzyłam. – W Rzymie przysięgałeś! Jesteś uparty i niesłowny.

– A ty upierdliwa! – odparował.

– Upierdliwa? Bo się o ciebie martwię? Serio tak myślisz? Czyli to moja wina?! Zresztą uspokój się, to nie jest najlepszy moment na awantury. Kiedy cię wypuszczają? Mam po ciebie przyjechać?

– Nie – warknął – dam sobie radę! Zadowolona?

– Maciek – zamilkłam na chwilę – ta rozmowa jest bez sensu, obrażasz mnie i wpędzasz w poczucie winy, a to twoje serce. To ty je obciążyłeś. OK, kurwa, radź sobie sam, skoro odrzucasz pomoc.

Rozłączyliśmy się.

Wybuchłam płaczem, ale co innego mogłam zrobić? Prosiłam go. Dostał żółtą kartkę, powinien zrozumieć.

Wrócił do domu milczący, przygnębiony, zmęczony i zamknięty w sobie. To nie był mój Maciek. Dodatkowo skończyły się krakowskie programy, a telewizja po dziesięciu latach zrezygnowała z serialu, który reżyserował w Katowicach. Nagle zaczął bywać częściej i dłużej w domu. Lekarz zalecił mu dietę, lekarstwa i spokojny tryb życia, żeby zregenerować organizm. Maciek w domu nie stał się jednak radosnym ojcem. Przypominał raczej umęczonego frustrata.

Dojrzewa, przepoczwarza się, nowe walczy ze starym – sądziłam.

„Wykrakałaś!" – brzmiał mi w uszach jego wyrzut… Dlaczego obarcza mnie winą za swoje problemy zdrowotne? Czy to ja balowałam w Krakowie i Katowicach po barach i knajpach? Prosiłam, żeby zwolnił…

Spotkałam się z ciocią Gosią. Potrzebowałam porozmawiać, wyżalić się.

– Mika, pracoholizm to już choroba końcówki dwudziestego wieku – powiedziała. – Pracoholik jest uzależniony od pracy, adrenaliny, tego procesu, który daje mu oparcie i kasę. Tkwi w przekonaniu, że gdy tylko coś pozmienia i zwolni, natychmiast wszystko runie, a on sam padnie finansowo. Oczywiście to brednie – dodała.

– Tłumaczyłam Maćkowi, że zarabiamy tyle, iż damy radę, nawet jeśli odpadnie nam połowa programów – wyjaśniłam.

– Wiem, ale tu dochodzi przeświadczenie, że nikt nie zrobi tego tak jak on. Pieprzeni supermeni. Mam to samo u siebie w domu. – Skrzywiła się. – I wiesz, co jeszcze jest ważne?

– No? – zachęciłam.

– Dom i ty. Dom to coraz częściej kraina z nielubianej baśni.

– Jak to?! – zdziwiłam się. – Przecież to tu może podładować akumulatory.

– Otóż nie. – Pokiwała palcem. – W domu dosięgają go wymagania. Sprawy coraz bardziej mu obce, proza życia, pójście z dzieckiem do ortodonty, samemu do lekarza. Wiesz, jak to wygląda. A ty, ta wymagająca żona, jesteś jego sumieniem.

– Ale on… – chciałam coś odpowiedzieć, obronić się.

– Nie przerywaj, bo teraz ważne. – Gosia weszła mi w słowo. – I tu pojawia się zachwycona asystentka czy sekretarka, która zdejmuje mu problemy z głowy i obsługuje go jak niemowlę. Zajmuje się wszystkim: od parzenia kawy do robienia loda. I cały czas się nim zachwyca.

– Powiedz... – Popatrzyłam na nią jak na sojuszniczkę. – Przepraszam za szczerość, ale czy znasz to bliżej? Czy Marian...?

– Oczywiście, że znam to z autopsji – odrzekła bez skrępowania. – Zanim zbankrutowaliśmy, boleśnie przerobiłam ten temat. Poprosiłam, żeby zwolnił, i usłyszałam niemal histeryczną uwagę, że „tak, oczywiście, mogę zwolnić, ale z czego popłacimy rachunki? Będziemy żyć o chlebie i wodzie!". Typowy szantaż emocjonalny, niemający żadnego pokrycia w rzeczywistości. Mieliśmy wówczas tłuste konto i holding pięciu firm.

– A ta... druga sprawa? – zapytałam ostrożnie.

– Asystentka? No, oczywiście. Młoda i zalotna, dbająca o każdą część jego ciała, słodząca mu i zabierana na wszelkie konferencje. Muszę wchodzić w szczegóły?

– Co zrobiłaś? – Potrzebowałam rady.

– Jak każda z nas: odwołałam się do rozumu, przyzwoitości i dzieci.

– Poskutkowało? – Pragnęłam usłyszeć, że tak.

Chwilę milczała, po czym pokiwała głową.

– Tak. Pani poszła w odstawkę, bo już nawet klienci rzucali kąśliwe uwagi. I wtedy razem zrobiliśmy casting na nową sekretarkę. Pokazałam mu tekst w „Newsweeku", że prawdziwego, poważnego prezesa poznaje się po tym, iż jego sekretarka nie przypomina Barbie, a bardziej Pannę Moneypenny z serii o Jamesie Bondzie... W tej roli występowała wspaniała Lois Maxwell, kojarzysz? Dojrzała i kompetentna, nie żadna napalona siksa.

– Dzięki, ciociu – powiedziałam z uśmiechem.

Ta rozmowa dała mi do myślenia. I trochę podniosła mnie na duchu. Nie jestem sama, inne dały radę, więc ja też dam.

ROZDZIAŁ TRZYDZIESTY DRUGI

Maciek wrócił do zdrowia i powoli zaczął się odnajdywać w nowej rzeczywistości. Gdy poczuł się zdecydowanie lepiej, zaproponowałam:

– Kochanie, a może powinieneś założyć drugą firmę z tymi młodymi chłopakami, których ostatnio poznałeś? Wyjść trochę poza produkcję telewizyjną, postawić gdzieś drugą nogę? Masz tyle pomysłów, jesteś taki kreatywny i znakomicie zarządzasz – posłodziłam mu. – Co o tym sądzisz?

– A wiesz, to świetny pomysł! – ucieszył się. – Moja mądra żona!

– Świetnie! – Klasnęłam w dłonie. – To nowe wyzwanie dla nas obojga, nowa energia. Chłopcy dorastają i już nie wymagają niańczenia, podzielimy się zadaniami. Ja zajmę się serialem, a ty twórz nową firmę! Tylko wiesz, pracuj palcem, deleguj zadania!

– Tak zrobię – obiecał. – Ale muszę ruszyć dupę, bo zastygnę.

Naresznie dostrzegłam uśmiech na jego twarzy i poczułam, że to nowe rozdanie. Przypomniałam sobie, co mówiła ciocia: muszę koło Maćka poskakać.

– Polećmy na weekend do Londynu – zaproponowałam. – Jest świetna wystawa i Halina kupiła dom, ciągle zaprasza, a ja się za nią stęskniłam. Co o tym myślisz?

– A wiesz – pocałował mnie – to już drugi twój dobry pomysł dzisiaj! Jedziemy. Ja też uwielbiam Halinę i jej humor. Nabierzemy sił.

– To ja dzwonię do rodziców, czy zostaną z chłopakami, a ty sprawdź bilety.

– Już się robi, kierowniczko! – Uśmiechnął się od ucha do ucha.

Nasz team znowu działał! Odetchnęłam z ulgą.

Weekend w Londynie był wspaniały. Obejrzeliśmy wystawę, powłóczyliśmy się po knajpach, sklepach i zaułkach, a wieczorem z Haliną jak zawsze było dużo śmiechu, dobre wino i wspominki szalonych licealnych lat.

Maciek przez chwilę na nas patrzył i powiedział:

– Matko, jakie wy jesteście do siebie podobne. Wyglądacie tak samo, mówicie tak samo, ubieracie się podobnie. Oj, żeby mi się kiedyś nie pomyliło – zaśmiał się.

– O Halinę to ja nawet nie będę zazdrosna – rzuciłam. – Przecież my jak siostry, więc wszystko zostaje w rodzinie.

Wszyscy się roześmiali.

Maciek poszedł wcześniej spać, bo wiedział, że teraz czas na nasze babskie tematy.

Halina po rozwodzie wyjechała wraz z dwojgiem dzieci do Londynu i zaczęła życie od nowa. Podziwiałam jej odwagę. Zawsze szła pod prąd, miała ciekawą osobowość i ogromny talent do zabawy.

– Nie czujesz się tutaj samotna? Zwłaszcza po rozstaniu z... – zaczęłam.

– Czasami – przerwała mi. – Wiesz, teraz jestem i tatą, i mamą. Wszystko na mojej głowie. Kupiłam nieruchomość i ją remontuję. Nie mam czasu się nad sobą rozczulać. Trzeba myśleć pozytywnie, działać!

– Ty remontujesz? Od kiedy to znasz się na remontach i handlu nieruchomościami? – zapytałam zdziwiona.

– Odkąd kupiłam dom do remontu. Już się znam! Jak to mówi twoja ciocia? „Gdy masz maturę, to sobie poradzisz"?

– Właśnie tak. – Uśmiechnęłam się. – Odważna jesteś! Ale nie powiesz mi, że wzięłaś kredyt w funtach?

– Wzięłam, i to jaki!

– Zwariowałaś? Nie stresujesz się? No wiesz, jak coś nie wyjdzie?

– A przestań, traktuję to jak grę w monopol, wirtualne pieniądze. Bardziej się martwię, że moja trenerka od fitnessu zachorowała i nie mam zajęć w tym tygodniu.

Popatrzyłam na nią szeroko otwartymi oczami.

– Nic się nie zmieniłaś – parsknęłam.

– A jak z Maćkiem? Wszystko w porządku? – zapytała, przechylając głowę.

Opowiedziałam jej o naszych ostatnich perypetiach. Halina po śmierci swojego taty zupełnie odrzuciła konwencjonalne metody leczenia. Uważała, że wszyscy lekarze to oszuści. Zarzuciła mnie tysiącem pomysłów na polepszenie zdrowia dzięki jodze, akupunkturze i ziołom, a na koniec rzuciła:

– A tak swoją drogą to bądź czujna. Takie szare myszy jak ta Jola są najbardziej zdesperowane i drapieżniejsze.

– Co ty, już po sprawie – zapewniłam. – Mój Maciek lubi takie dziewczyny jak my, inteligentne, eleganckie i takie szalone wariatki. Tamta to była pomyłka.

Potem zaczął się wysyp różnych „a pamiętasz”:

– A pamiętasz, że jedną z pierwszych randek w Warszawie mieliście u mnie? Oluś był tak malutki – powiedziała Halina.

– No, miał jedenaście miesięcy. A teraz taki duży chłopak!

– A pamiętasz, jak byłam u ciebie i kąpałyśmy malutkiego Mateusza? Zrobił wielką kupę. Oj, byłyśmy takie młode, że bawiłyśmy się nim jak lalką! Karmiłyśmy, przebierałyśmy... Bawiłyśmy się w dom!

I jakby na trzy cztery powiedziałyśmy:

– A teraz taki duży chłopak!

Wybuchłyśmy śmiechem w poczuciu, że rozumiemy się jak nikt.

– Chodź na górę, pokażę ci buty, które sobie ostatnio kupiłam.

Pokazała, a ja zawołałam:

– Halina, nie wierzę! Mam takie same!

Uśmiechnęła się.

– W końcu jesteś moją siostrą! – podsumowała.

Ten wypad do Londynu dobrze nam zrobił. Przywieźliśmy Stasiowi pluszowego dinozaura wielkości psa. Był przeszczęśliwy. My też. Zobaczyłam światełko w tunelu...

* * *

Jakiś czas po powrocie zakończyłam pracę przy programie śniadaniowym i z impetem zabrałam się do przygotowywania serialu na podstawie książki Gosi. Powstawały kolejne wersje scenariusza, rozstawaliśmy się z kolejnymi reżyserami, bo nie zgadzały się nasze wizje. Uparłam się, że albo będzie tak, jak ja chcę, albo wcale. Ciocia wreszcie straciła zapał i powiedziała szczerze:

– Mika, ja nie umiem pisać scenariuszy, a zwłaszcza przerabiać ich po raz pięćsetny. Nie mam siły. To nie jest łatwe, wymaga wiedzy i rzemiosła, najmijcie fachowców. Czym innym jest powieść, tych się w życiu naczytałam, ale scenariusz rządzi się swoimi prawami. Nie umiem...

Po roku pracy i fortunie wydanej przez nas na ten projekt serialem zainteresowała się jedna ze stacji telewizyjnych. Zapanowała wielka radość, ale tylko na chwilę, ponieważ okazało się, że stacja chce czegoś innego, niż planowałam. Pragnęłam w pełni oddać ducha książki, tym bardziej że ta stała się bestsellerem, a nawet zyskała kultowy charakter. Nie chciałam zawieść cioci, czytelników i samej siebie... A na fali sukcesu ciocia napisała kolejny tom. To chwyciło! Pamiętam rozmowę o serialu, którą przeprowadziliśmy w telewizji z Ważną Panią. Była z nami ciocia. Przy stole ja, Maciek i nasz wspólnik, z ramienia telewizji owa Ważna Pani i ktoś jeszcze. Po euforycznej radości przeszliśmy do rozmów w podgrupach. Pani zaindagowała ciocię:

– Wie pani, ja czytałam i podobało mi się, ale niestety trzeba będzie wprowadzić trochę zmian, zwłaszcza wiek bohaterki...

– Ma czterdzieści siedem lat – powiedziałyśmy z Gosią zgodnie.

– Tak, ale musimy ją odmłodzić! Bo... – I tu Ważna Pani postawiła warunki wiekowe.

– Sądzę – dodała ciocia – że byłoby świetnie, gdyby zagrali aktorzy nieopatrzeni w warszawskich produkcjach. Jest tylu wspaniałych w mniejszych miastach, w Olsztynie, Zielonej Górze...

– Nieznani aktorzy?! – Pani się uniosła. – Kto to będzie oglądał?!

Ciocia spojrzała na mnie, jakby czekając na ratunek, a Ważna Pani ciągnęła dalej, już konfidencjonalnie, prywatnie, pochylając się do Gosi:

– Jednej rzeczy nie rozumiem. Ta główna bohaterka. Mieszka w willi na Saskiej Kępie, ma bogatego męża i nagle zdradza go z tym głuchym Grześkiem? Przepraszam, ale to się okazała jakaś kurwa...

Pozieleniałam. Ciocia mało nie spadła z krzesła, ale po chwili spokojnie próbowała wyjaśnić, jak na decyzję bohaterki wpłynęły nieudane pożycie i lodowaty mąż – ale chyba na próżno. To była czerwona lampka, którą... zignorowaliśmy.

Po wyjściu z telewizji cioci się ulało:

– Cholera jasna, co ona gada?! Jeśli moja książka była na tyle dobra, żeby ją wziąć na serial, to po cholerę aż tak w nią ingerować? A jeśli trzeba aż tak, to po cholerę ją brali?

Nasz wspólnik, dotąd milczący, powiedział szczerze:

– Bo masz nazwisko...

Mieliśmy już obsadę, reżysera oraz gotowe scenariusze, w których uwzględniliśmy kierunki i wskazówki dość istotnie zmieniające charakter książki. Ale cóż, zamawiający, czyli telewizja, miał ostateczne zdanie. Jednak podczas spotkania w stacji, trzy tygodnie przed zdjęciami, powiedziałam głośne „nie"! Nie możemy się zgodzić na taki kształt serialu. Poprosiliśmy o jeden dzień do namysłu. Patrzyli na nas jak na wariatów.

W firmie odbyła się gorączkowa narada:

– Panowie, nie możemy się na to wszystko zgodzić. To nie tak ma wyglądać, to jest przekręcenie całej idei książki. Rozmawiałam z ciocią, jest załamana.

– Jesteś stuknięta! Stacja tak chce, więc tak róbmy! – krzyczał Tadeusz, który zawsze był uległy i wzniosłe idee miał w nosie.

– Uwierzcie mi – naciskałam. – Wierzę w sukces tego, co jest w tej książce, jej klimacie, ale musimy to zrobić w innej stacji, w której...

– Puknij się w głowę! – przerwał mi. – Tyle pracy i pieniędzy w błoto, bo ty masz widzimisię, a ciocia zranioną duszę? Zrozum, ona jest matką tej książki, autorką i nigdy, ale to nigdy jej nie zadowolisz. Reymont też by się żarł z Rybkowskim o szczegóły i role. Więc błagam, przestań, bo sama zaraz za to wszystko zapłacisz!

– Ale ja wierzę, że inna stacja to od nas kupi z... ideą cioci, bo to jest po prostu dobre. Kobiety wyrywają to sobie z rąk, w bibliotekach są zapisy na jej książkę! Uwierzyłbyś?

– Jaka ty jesteś naiwna, głupia i nieodpowiedzialna! – usłyszałam.

– Trudno! – Broniłam swego jak lwica. – Poniosę wszystkie konsekwencje, ale jutro rezygnujemy i ja od razu zanoszę serial gdzie indziej

– Maciek, kurwa, powiedz jej coś, bo to są nasze pieniądze! – Tadeuszem targała apopleksja.

– Wiesz – odezwał się nagle mój mąż – ona ma rację. Ja też wierzę, że uda nam się gdzie indziej.

– I ty, Brutusie?! Widzę, że zostałem sam jako głos rozsądku, ale nikt mnie nie słucha – dąsał się nasz wspólnik.

– Tadeusz, uwierz. Prawie dwa lata pracy, żeby na końcu zrobić coś, czego będziemy się wstydzić? – Maciek chciał mu przemówić do rozsądku.

– A kasa? Kasa, pytam, bo na drzewach nie rośnie!

– Jeszcze zarobimy – powiedziałam.

– Wychodzę! Jesteście popierdoleni, aż szkoda gadać. Muszę odetchnąć, bo przez was dostanę zawału. Idioci! – Trzasnął drzwiami.

– Będzie dobrze – powiedział Maciek.

Pierwszy raz stanął po mojej stronie i tak zdecydowanie sprzeciwił się Tadeuszowi.

A mnie to dało ogromną siłę!

* * *

Następnego dnia pojechaliśmy na spotkanie w stacji. Po długiej dyskusji stwierdziliśmy, że nie ma szansy na kompromis... Zamawiający chcieli robić serial po swojemu. Zadzwoniłam do cioci, żeby ją uspokoić.

– Jeśli chcą tak daleko idących zmian, to niech sami sobie napiszą scenariusz, ale moje nazwisko... Nie zgadzam się! – krzyknęła w słuchawkę.

Poinformowałam ją, że zabieramy projekt. Stacja była bardzo zdziwiona, bo przecież powinniśmy skakać ze szczęścia, że dostaliśmy taką szansę. Ech...

Staliśmy pod budynkiem stacji, paliłam nerwowo papierosa i trzęsłam się jak galareta. Właśnie z powodu kaprysu pozbawiłam pracy setkę ludzi i odjechał mi wagon pieniędzy! Pomyślałam, że jestem wariatką i na dodatek omotałam Maćka, który stoi za mną murem!

– No, to teraz, mądralińska, zrób coś z tym! Musimy jeszcze odwołać całą produkcję, o kasie już nawet nie wspominam – burknął Tadeusz, który nie znosił burz i zmian.

– Tak, tak, zaraz będziemy odwoływać i od razu umawiam spotkanie w innej stacji – rzuciłam i znalazłam w telefonie stosowny numer.

– Powodzenia! Eee, amatorszczyzna to jest. Jadę na wakacje! – Tadeusz był wściekły.

Rozstaliśmy się chłodno.

Wracaliśmy z Maćkiem do domu w milczeniu. Przerwałam je najgorszym tekstem, jaki mogłabym wtedy rzucić:

– Maciek... ja już nie wiem... Czy to była słuszna decyzja? Może Tadeusz ma rację?

Wcisnął hamulec tak gwałtownie, że niemal stanęliśmy w miejscu. Na szczęście była to mało ruchliwa uliczka.

– Kurwa! Czy ty siebie słyszysz?! – uniósł się. – Nawet mi tego nie mów! Jesteś niestabilna emocjonalnie! Wpierdoliłaś nas w ogromne koszty! Myślisz, że to jest zabawa? Bo się dziewczynce nie podoba! Zawsze, kurwa, musi być tak, jak ty chcesz?! W tej stacji mamy przesrane. Już nigdy nic tam nie zrobimy, bo myślą, że jesteśmy pierdolnięci. Wywaliłaś całą sprawę do góry nogami, wkurwiłaś Tadeusza, przekabaciłaś nawet mnie i teraz masz... wątpliwości?!

W emocjach wyrzucił z siebie cały stres! Nawet nie byłam na niego zła. Bo co, jeśli to wszystko się nie uda?

– Przepraszam. – Zaczęłam płakać. – Przepraszam...

Maciek ruszył, wziął oddech i nagle powiedział najspokojniej na świecie:

– Dobrze zrobiłaś. Jestem z tobą. Zrobimy to na naszych warunkach.

Do końca drogi żadne z nas już się nie odezwało.

* * *

Zaczął się okropny czas. Musieliśmy wszystko odwołać. Największe pretensje miała aktorka planowana jako odtwórczyni głównej roli. Odmówiła występu w innym serialu, bo ta rola ją urzekła. Już się z nią mierzyła, a tu nagle... Wylała mi na głowę zupełnie słuszne pretensje. Z drugiej strony w tym biznesie to normalne. Projekty padają tuż przed realizacją.

Wysłałam pakiet producencki (scenariusze, obsadę, kosztorys) do innej stacji. Usłyszałam: „Odezwiemy się po zapoznaniu z materiałem". Klasyka.

Mogliśmy tylko cierpliwie czekać. Maciek zarządził:

– Nie ma zdjęć... więc jedziemy na wakacje. Tadeusz, ty płyń na swoje żagle, masz tydzień, dwa, zdzwonimy się, a my też potrzebujemy odpoczynku.

Zaczęliśmy się zastanawiać, dokąd się udać, żeby w razie czego być w zasięgu ręki. Zdecydowaliśmy, że skoczymy do Jastarni.

Tuż przed naszym wyjazdem zadzwoniła szefowa seriali ze stacji, którą opuściliśmy urażeni.

– Cześć – zaczęła chłodno. – Jestem na ciebie wściekła, a z drugiej strony gratuluję odwagi i konsekwencji. Pewnie nikt tego nie weźmie, no ale cóż, sama chciałaś...

– Dziękuję – przerwałam jej te złośliwostki. – Zobaczymy, co będzie dalej. Do widzenia.

Rozłączyłam się. Popłynęły mi łzy wściekłości i zalała mnie fala wątpliwości. Może trzeba było na wszystko się zgodzić i manipulować nimi, zmieniać, negocjować, ale... zostać pod ich parasolem? To jest jednak płatnik! Mogliśmy zaczynać zdjęcia, a tu nic. Jedziemy odpocząć? Po co? Wolałabym już na plan. Zawiedziona ciocia też milczała. Kwas na całego...

* * *

Przez cały pobyt nad morzem nie poruszaliśmy tematów zawodowych. Zajęliśmy się Stasiem – który ciągle gdzieś się

334

spieszył i tryskał nowymi pomysłami – a także sobą nawzajem, słońcem i relaksem. Niech się sprawy same dzieją, choć wiadomo, że latem nie dzieje się prawie nic. Wracaliśmy właśnie do domu, gdy gdzieś między Olsztynkiem a Nidzicą zadzwonił mój telefon.

– Pani Dominiko, mówi Jędrzejewski z agencji filmowej. Przeczytaliśmy scenariusze i cóż, zapraszamy na rozmowę. To świetny projekt. Oczywiście książkę też znamy, sami mieliśmy pomysł, żeby kupić prawa do adaptacji.

– Naprawdę? Świetnie! Właśnie wracam z wakacji. Kiedy możemy się umówić? – Kułam żelazo, póki gorące!

– Zapraszam we wtorek o dziesiątej u mnie w gabinecie.

– Dobrze, do zobaczenia. – Rozłączyłam się i zawołałam do Maćka: – Słyszałeś? Zapraszają nas na rozmowę. Udało się!

– Mika, rozmowa jeszcze nic nie znaczy – studził mnie mój rozważny, ale nieromantyczny mąż.

– Wiem, wiem, ale świetnie, że tak szybko oddzwonili, przeczytali i chcą rozmawiać. Ja w to wierzę, to się uda! – Znów byłam nakręcona.

– Szczęściara z ciebie!

– To nie jest szczęście, tylko konsekwencja w działaniu i wiara w to, co się robi. Dziękuję, że mnie poparłeś – dodałam.

– A ja przepraszam, że cię tak opieprzyłem. Nerwy mi puściły.

– Wcale się nie gniewam. Miałeś rację.

– Mój mądrasek, prymuska! – podkpiwał, ale widziałam, że też ma ogniki w oczach.

– Czy ty wiesz, że twoim największym szczęściem jest to, że mnie spotkałeś? – wypaliłam.

– W to nie wątpię – zgodził się. – Łatwo nie jest, ale na pewno ciekawie, jak mawiają klasycy.

Wpadliśmy w cudowny nastrój. Tym razem to endorfiny, a nie wino rozwiązały nam języki, więc postanowiłam troszkę pozaczepiać Maćka.

– Kochanie, ze spokojną kobietą szybko byś się zanudził! Ty musisz mieć wyzwania, działać!

– Czasami nuda nie jest zła... – zaczął.

– Co sugerujesz? – zapytałam zaniepokojona.

– Nic, tak tylko mówię... Ciężko cię niekiedy dogonić.

– W czym? – nie odpuszczałam.

– We wszystkim. Jesteś dyrektorką, podkuchenną, szefową, sprzątaczką wszelkich problemów i wymyślaczką następnych, gonisz z pomysłami, a ja ledwo nadążam, nie mówiąc już o Tadeuszu, który nawet się nie stara. Uważa cię za wariatkę, ale o tym sama dobrze wiesz.

– Jak to się nie stara?

– No, zrozumieć twoich pomysłów, kierunków działań. On to odbiera jako, wybacz, niedojrzałość i niestabilność emocjonalną.

– A on sam niby taki stabilny?!

Maciek zignorował moją złośliwość i kontynuował, jak mi się zdawało, atak na mnie:

– Stawiasz wszystkim duże wymagania i ciągle chcesz rządzić. Nie każdy to wytrzymuje. Są tacy, którzy lubią spokojną realizację z góry ustalonych planów!

– A ty? – zapytałam.

– Czasem, przyznaję, jestem zmęczony.

– Właśnie wracamy z uroczych wakacji. Jesteś wypoczęty, ja też, więc mamy parę do pracy, tak? – powiedziałam pojednawczo.

– Tak, tak, kochana moja. Kocham cię.

– Wiem – odparłam.

Wiedziałam?

* * *

To niewytłumaczalne i głupie, że po tym pozytywnym przecież telefonie zaczęliśmy nasze małżeńskie rozmowy. Trudne
rozmowy. Maciek nie był w takiej euforii jak ja. W ogóle ostatnio wydawał się jakiś nieobecny. Nie znosił tak zwanych poważnych rozmów i zawsze zamiatał problemy pod dywan w nadziei,
że same się rozwiążą. Częściowo to rozumiałam, wiedziałam, że
za każdym razem, gdy żona mówi: „Usiądź, musimy porozmawiać", to każdy, zapewniam, k a ż d y mąż zrobi wszystko – od
szorowania kibla po pójście do dentysty z własnej woli – żeby
tylko się od tego wymigać.

Myślałam, że Maciek jest taki zamyślony, bo się wyciszył,
uspokoił na wakacjach, teraz mniej wyjeżdżał, mniej imprezował. Rozumiałam, że trudno jest po tylu latach ciągłych delegacji i wieczornych zakrapianych kolacyjek odnaleźć się w domu,
w prozie codzienności – którą ja uwielbiałam, a on zapewne uznawał za coś obcego. Odzwyczaił się. Jednak pomyślałam z nadzieją, że przywyknie. Zaraz będzie zakładał nową firmę z chłopakami, wstąpi w niego duch walki, znów zaczniemy
pracę przy serialu, będzie produkcja – i krew mu żywiej popły-
nie. Staś był już starszy i nie wymagał ciągłego dozoru, z Mateuszem nie było kłopotów, firma się kręciła, mieliśmy dom, pracę i siebie, byliśmy zdrowi – czego trzeba więcej?

* * *

Po spotkaniu w telewizji okazało się, że wszyscy są zachwyceni, ale...

To cholerne „ale". Mieliśmy poprawić scenariusze, zmienić obsadę, reżysera i zrobić wszystko tak, żeby merytorycznie pasowało do głównej ogólnopolskiej stacji na niedzielę, na tak zwany *prime time*, czyli 20:20. Czekało nas dużo pracy, ale przynajmniej byliśmy zgodni co do ogólnej wizji. Ciocia przyjęła to już z obojętnością. Modliłam się w duchu, żeby po trzech odcinkach westchnęła uradowana, że dałam radę. Ale na to musiałam poczekać. Na razie milczała. Wiedziałam, że kończy drugą część książki. A może już trzecią? Nie pytałam, nie chciałam zadrażniać.

Rzuciłam się w wir pracy. Przez rok zasuwałam jak oszalała. Drugi raz przechodziliśmy przez to samo – nie ten scenarzysta, nie ten aktor, nie ten reżyser, ciągłe poprawki, zmiany i kolejne rozstania z ludźmi, którym trzeba podziękować za współpracę. Na szczęście czarną robotę odwalali Maciek albo Tadeusz. Ja się do tego nie nadawałam. Było mi wszystkich żal, byłam empatką. Rozumiałam trudne sytuacje życiowe ludzi. Jednak serial, film to w końcu biznes. To Maciek robił za „złego policjanta".

Pamiętam, jak zatrudniliśmy panią reżyser. Kobietę! Pomyślałam, że w lot pojmie przekaz cioci. I co się okazało? Miała zupełnie odmienną, bardzo ciemną wizję głównej bohaterki. Był to jeszcze czas, kiedy ciocia pomagała przy scenariuszu. Pani reżyser kazała jej dopisać nieistniejącą w powieści scenę, w której bohaterka upija się i z rozmazanym makijażem błaga prezesa, żeby jej nie wyrzucał z pracy. Gosia się wściekła, my zresztą też. Maciek kupił bukiet róż i pojechał podziękować pani za współpracę. Powiedział jej, że kręcimy uroczy i ciepły film, a nie feministyczne kino moralnego niepokoju.

Był jeszcze jeden reżyser, młody i zawadiacki, który – co prawda – nigdy nie kręcił fabuły, ale prężył się i lansował na drugiego Wajdę. I kiedy zaproponował, że leśniczy zajedzie konno w porze obiadowej pod dom bohaterki, bo właśnie jest na polowaniu, ciocia z zimnym spojrzeniem spytała go, czy wie, o której urządza się polowania. A już potężnie jej podpadł, gdy zaproponował, że bohaterka będzie dla relaksu... skakać ze spadochronem, „bo to będzie takie spektakularne". Jemu także podziękowaliśmy za współpracę.

Tak jak ciocia chciałam, żeby nasz serial był adaptacją. W miarę wierną. W książce były bowiem świetne opisy prawdziwych miejsc, ludzi, akcji, dobre dialogi – więc po cholerę wymyślać jakieś wodotryski? Niestety, nasza wizja nie zgadzała się z wizją innych, którzy musieli dokonywać „koniecznych" zmian. Przyszedł czas ostatecznych decyzji i podpisaliśmy umowę ze stacją. Realizacja miała zaraz ruszyć. Kolejny reżyser był zachwycony. Aktorzy wybrani. Do dzieła.

Maciek zaczął powoli pracować nad rozwojem drugiej firmy medialnej, poszerzając ją o nowe elementy. Siedziałam mu na głowie i gderałam:

– Młodzi, młodzi zmieniają świat! Patrz, są nowe technologie, nowe pomysły, może za chwilę nie będzie telewizji? Internet odbierze nam widzów, a trzeba być przygotowanym na nowe. Działaj, rozwijaj się, szukaj, twórz!

– No dobrze, dobrze, przecież działamy – oganiał się ode mnie jak od namolnej muchy i starał nie zadrażniać sytuacji, choć widziałam, że zaciska zęby.

Zawsze musiał grać pierwsze skrzypce i odnieść sukces – bez tego nie czuł, że żyje. Potrzebował aplauzu, uwielbienia. Kochał to, ten zachwyt, że jest taki świetny! A ja – zajęta domem i pracą – nie miałam tyle czasu, żeby stale go dopingować i powtarzać mu, że jest wspaniały.

Życie nie znosi pustki i zawsze znajdzie się ktoś, kto zrobi to za ciebie...

* * *

Zbliżały się święta i sylwester. Nasza grupa narciarska – niemal sto osób! – wybrała się na dwa tygodnie na narty. Przystojni i zapracowani mężowie, urocze, szczupłe, zadbane i świetnie ubrane żony oraz ich wspaniałe dzieci. Znaliśmy się, lubiliśmy, więc było rodzinnie, bezpiecznie, wesoło. Sylwestra ze względu na dzieci zaczęliśmy wcześniej. Miałam blond perukę, doklejone rzęsy i minisukienkę w stylu lat siedemdziesiątych. Wszyscy przebrali się zgodnie z tematem imprezy – *Mamma Mia!*

Nie umiem wyjaśnić dlaczego, ale patrzyłam na to jak na bal na Titanicu. Nic nie zapowiadało tego, że dla połowy tych szczęśliwych rodzin to będzie ostatni wspólny sylwester. Skąd więc wiedziałam? Nie, nie miałam daru Pytii, po prostu dostrzegałam małe pęknięcia na nieskazitelnych obrazkach różnych par. Odganiałam te myśli, ale już wkrótce okazało się, że miałam rację. W nowym roku zaczęły się problemy i awantury, bo kochanki, bo kochankowie, bo zdrady, a zatem rozwody, rzadziej separacje, walki o majątki, o dzieci, o uwagę oraz sympatię znajomych i... opinii publicznej. Zrozpaczone żony, poranione psychicznie dzieci, niemogące zrozumieć, co się stało, domy wystawione na sprzedaż, nowe, młode żony, kobiety na proszkach, a w lepszej wersji – gwałtowne miłośniczki jogi i psychoterapii. Wielu ludziom świat rozsypał się na kawałki.

Maciek na tym niby-wesołym wyjeździe był już zupełnie nieobecny, obcy, a ja nie czytałam odpowiednio tych sygnałów –

myśląc naiwnie, że wraca z dalekiej podróży w głąb siebie, przepoczwarza się i dojrzewa do roli odpowiedzialnego i statecznego
pana w średnim wieku.

Po Nowym Roku przygotowania do serialu ruszyły pełną parą. Doszło do tego, że wysyłałam e-maile z wanny, bo nie miałam na nic czasu! To był okres ogromnego napięcia. Dodatkowo
Mateusz zdawał maturę i przygotowywał się do egzaminów na
reżyserię. Zaczął mi pomagać przy serialu. Przed egzaminem
pokazał mi swoją etiudę, którą na niego przygotował. Chciałam
go sprowokować i pokazać tak na sucho przed egzaminami, że
będzie musiał bronić tego, co nakręcił i co chce przekazać. Kiedyś na reżyserię zdawało się już po jakichś studiach – a on miał
dopiero dziewiętnaście lat. Chciałam go przygotować na zderzenie z komisją, więc powiedziałam ostro:

– Co to ma być? Co ty chciałeś przekazać, synku?

– To taka... – Zawahał się. – Taka impresja filozoficzna o życiu i śmierci – odpowiedział.

– A konkretnie? – drążyłam. – Bo dla mnie jest to pseudo-
intelektualny bełkot!

– Może to jest dla ciebie za mądre? – odszczeknął mi się
pierwszy raz.

– Może ... – Przełknęłam tę złośliwość. – Chodzi mi o to, że
w tej etiudzie chciałeś zadowolić mnie, dziadka i Maćka, a ty
musisz wyrazić siebie. Rozumiesz? Musisz być niezależny i dorosły! Musisz mieć coś do powiedzenia od siebie, a nie udawać
jakieś zaangażowane kino. Nie udawaj kogoś, kim nie jesteś.
Zrób coś o swoim pokoleniu, o sobie. To musi być prawdziwe.
Z tym filmem nie przyjmą cię do szkoły.

Obraził się.

– Nie wierzysz we mnie! – krzyknął.

– Wierzę – zapewniłam. – Odkąd dowiedziałam się, że jestem w ciąży, wiedziałam, że będziesz reżyserem. Ty zawsze spełniałeś nasze oczekiwania, byłeś taki grzeczny! Nawet nie przeżyłeś buntu wieku nastoletniego. Musisz iść swoją drogą, musisz nas mentalnie zabić, przegryźć pępowinę, żeby narodzić się jako artysta. Wiem, że brzmi to górnolotnie, ale tak jest. Uwierz mi.

– W takim razie wyprowadzam się do taty! – zagroził.

– I bardzo dobrze – odpowiedziałam dąsem. – Nareszcie męska decyzja!

Trzasnął wtedy drzwiami jak nigdy.

Zabrał trochę rzeczy i naprawdę się wyprowadził. Nawet specjalnie się tym nie przejmowałam, bo wiedziałam, że to jest pewna droga, którą musi przejść. Poza tym zawsze byłam za dobrymi relacjami między nim a Jankiem. W końcu Janek też miał artystyczną duszę... Może dobrze to wpłynie na Mateusza, może poprawią relacje i zbliżą się do siebie? To tylko kilkanaście przystanków autobusem, a nie antypody, więc jak już wylecą mu muchy z nosa, to wróci. A najważniejsze, żeby zdał na wymarzone studia.

Po miesiącu zadzwonił:

– Cześć, mamo... – zaczął nieśmiało.

– Cześć, kochanie – odpowiedziałam z uśmiechem.

– Już – rzucił szybko.

– O której mam być?

– O szesnastej.

Przez lata nauczyłam się tej czasami lakonicznej komunikacji z Mateuszem. Pojechałam po niego.

Gdy wracaliśmy autem, oznajmił:

– Robię nową etiudę na egzamin.

– Super! – Naprawdę się ucieszyłam. – Zrobiłam dzisiaj kaczkę na obiad.

– Taką, jak lubię?

– Tak. A jak było u taty?

– OK. Do szkoły blisko, fajne te moje siostry i nawet dogaduję się z macochą... Ale już tęskniłem do domu, bo jednak dom jest zawsze jeden, a tam tak czy owak czuję się gościem. Ach, i wiesz co? – dodał po chwili. – Tata zaczął grać w tenisa.

– Świetnie. Trochę sportu mu się przyda.

– To nie koniec. Jedziemy razem na narty w zimie! Będę uczył tatę i dziewczyny.

– Super! A to się tata zdziwi, jak cię zobaczy na nartach. Jesteś mistrzem! – pochwaliłam szczerze.

I już było po temacie.

ROZDZIAŁ TRZYDZIESTY TRZECI

Telewizja przykładała dużą wagę do obsady. Nazwiska aktorów – oczywiście te znane – stanowiły gwarancję oglądalności. Niemniej udało mi się przewalczyć kilka osób z Teatru Jaracza w Olsztynie i świetną aktorkę z Krakowa. Do ważnej roli matki głównej bohaterki zaproponowałam kobietę, która była ikoną polskiego kina, jedną z najpiękniejszych polskich gwiazd. Przed laty zrezygnowała z aktorstwa i poświęciła się praktykowaniu filozofii Wschodu. Mentalnie tak pasowała do tej roli, że aż się zachłysnęłam własnym pomysłem. Co prawda, w książce ta bohaterka jest niska i okrąglutka, a ona była wysoka i szczupła, ale miała to coś, co ciocia opisała. Drżąc z niepewności, zadzwoniłam do cioci, która aż jęknęła z zachwytu.

– Ale czy ona zechce? – zapytała zaniepokojona. – Ona ma w sobie takie światło jak moja bohaterka Basia!

W telewizji moją propozycję przyjęto chłodno.

– Pani Dominiko, świetny pomysł, ale prosimy o zdjęcia próbne. Dawno nie widzieliśmy naszej gwiazdy.

– Jak to: zdjęcia próbne? – zapytałam zaskoczona. – Przecież to nasze dobro narodowe, uznana i świetna aktorka! I ją mam zapraszać na zdjęcia próbne?

– Tak! Chcemy zobaczyć...

No cóż, stacja zamawiała, płaciła i wymagała. Zadzwoniłam do agentki z prośbą o formalne zdjęcia próbne. Bałam się, czy aby aktorka nie poczuje się urażona, dlatego tłumaczyłam:

– Wie pani, chodzi o to, żeby aktorki, to znaczy filmowa matka i córka, spotkały się przed kamerą, żebyśmy zobaczyli, jak grają razem, czy do siebie pasują.

– Oczywiście, nie ma problemu! – usłyszałam w odpowiedzi.

– O, i to się nazywa profesjonalizm! – zakończyłam opowieść o tym podczas kolacji.

Panowie wyrazili uznanie dla mojej odwagi i dla klasy aktorki. Tak się cieszyłam, że u nas zagra!

* * *

Aktorka wybrana do roli Basi była stremowana, bo już całe lata nie stała przed kamerą. Ja jeszcze bardziej. Okazało się jednak, że niepotrzebnie. To był wspaniały powrót po latach, a ja z czasem zyskałam nową przyjaciółkę. W czasie zdjęć prowadziłyśmy nocne rozmowy o życiu. „To piękny człowiek" – jak mawiał mój kolega.

Dwa tygodnie przed pierwszymi zdjęciami na poważnie Maciek robił festiwal w Sopocie. Namawiał przez telefon:

– Kochanie, przyjedź na weekend do Sopotu, będzie fajnie!

– Ale jak? Za dwa tygodnie zdjęcia, jestem w amoku. Muszę wszystkiego dopilnować!

– Ty ostatnio jesteś cały czas w amoku. Pamiętasz, że masz męża i że jest nasza rocznica ślubu?

– O kurczę, zapomniałam... – powiedziałam ze wstydem.

– No właśnie – sapnął.

– To zmienia postać rzeczy. Przyjadę! – obiecałam.

– Zabawimy się, trochę się zrelaksujesz. Trzeba uczcić, że tyle lat ze mną wytrzymujesz. – Zaśmiał się.

– Chyba ty ze mną. – Trochę Wersalu nie zaszkodzi. – W piątek jestem – zapewniłam.

Ucieszyłam się, bo Maciek ostatnio dziwnie się zachowywał: był albo nieobecny, albo nad wyraz uprzejmy i troskliwy. Czułam się skołowana tym falowaniem – od miłosnych uniesień po obojętność. Starałam się jednak tego przesadnie nie analizować.

Przyjechałam do Sopotu. Piękna pogoda, lato w pełni, kąpiel w morzu, a wieczorem Monciak i SPATiF były nasze. Z grupą przyjaciół bawiliśmy się do rana. Szampan, tańce na stole i oglądanie wschodu słońca, przytuleni, szczęśliwi. Następnego dnia miała być rocznica naszego ślubu, zrobiliśmy więc małe podsumowanie, z którego wyszło nam, że w sumie jest fajnie – tyle przeżyliśmy dobrego i złego, ale zawsze razem. Mogliśmy na siebie liczyć i mieliśmy wspólne cele, patrzyliśmy w jednym kierunku. Wspaniale!

Następnego dnia odezwał się we mnie syndrom prymuski, więc od rana pracowałam jak mrówka, pisałam e-maile, odbierałam telefony, w hotelu zrobiłam sobie weekendowe biuro. Maciek od rana był na próbie, bo wieczorem miał koncert na żywo. Ja jednak padałam ze zmęczenia i odpuściłam sobie koncert. Nie byłam nawet na spacerze – serial pochłaniał całą moją uwagę, wymagał wielkiego zaangażowania.

Maciek wrócił w nocy i mnie obudził.

– Wstawaj, mała, idziemy na bankiet!

– O nie, ja nigdzie nie idę. Spałam! – zaprotestowałam niezadowolona.

– Dzisiaj nasza rocznica ślubu, chodź! Impreza jest!

– Maciek, wczoraj balowaliśmy do rana, pracowałeś cały dzień, odpuść.

– Mam młodych wspólników, musimy działać!

– Na bankiecie? O drugiej w nocy? Jak wszyscy są pijani? Obiecałeś...

– Nie zachowuj się jak zrzęda – rzucił ostrzegawczo.

– Nie i już – powiedziałam stanowczo. – Maciek, rozmawialiśmy o złotym środku, o równowadze, rozsądku. Jestem zmęczona, jutro o świcie wracam do Warszawy. Ty też powinieneś odpuścić. Pamiętasz, co mówił lekarz? Dostałeś już żółtą kartkę, więc zwolnij i powiedz, że zostajesz w hotelu!

– Daj mi spokój z tym lekarzem – oburzył się. – Rób, jak chcesz. Ja idę się bawić, a ty... znów gderasz jak stara baba.

Zadzwonił jego telefon. Usłyszałam, że go ponaglają. Po chwili ktoś zaczął walić do drzwi.

– Maciek, idziesz? Czekamy!

„Co za bezczelność" – pomyślałam.

– Wychodzę! Prześpisz życie! – rzucił wściekły.

– A ty przebalujesz – odparowałam łamiącym się głosem.

Trzasnął drzwiami. Wyszedł.

Zerwałam się z łóżka. I tak bym już nie zasnęła. Spakowałam się i wsiadłam do auta. Postanowiłam wrócić do domu. Po drodze płakałam, jak to ja. „Co się z nami stało?! – myślałam. – Wczoraj sielanka i miłość jak z romansu, a dzisiaj obcość i złość! Co siedzi w jego głowie? Skąd u niego te huśtawki nastroju?".

Intuicja podpowiedziała mi, że nad moim małżeństwem zebrały się czarne chmury. Nie umiałam tego zdefiniować, nazwać, ale to czułam. Nie brałam pod uwagę, że może to być inna kobieta. Nikt nigdy tak mnie nie kochał jak Maciek. Spełniał moje zachcianki, dla niego zawsze byłam najładniejsza, najmądrzejsza, „wygrany los na loterii". Więc co to mogło być? Co tak nim targało?

Nie miałam wtedy czasu dokładnie tego przemyśleć. Zaczęły się zdjęcia do serialu. Po powrocie Maćka z Sopotu temat powędrował pod dywan. Pracowałam na pełnych obrotach, czując odpowiedzialność za cały projekt. Tyle włożyłam w niego marzeń, chęci, wiary, więc musiałam wszystkiego dopilnować. Po dwóch tygodniach zdjęć w Warszawie wyjechaliśmy na trzy miesiące na Mazury, bo tam rozgrywała się zasadnicza akcja. Mateusz został asystentem reżysera – który zaufał mojemu synowi, mimo że ten dopiero zdał na reżyserię. Byłam z niego bardzo dumna i miałam w nim bratnią duszę.

Pilnowałam wszystkiego od rana do nocy. Maciek w tym czasie pojechał ze Stasiem na wakacje. Wracając z Chorwacji, zahaczyli o wodny park rozrywki. W czasie zjazdu w wodnej rurze Staś złamał obojczyk.

– Mamo… – zaczął rozmowę.

– Tak, synku? Jak tam u was?

– Dobrze. Jesteśmy w szpitalu – powiedział najspokojniej na świecie.

– O matko, co się stało?! Daj mi tatę! – krzyknęłam. – Maciek, co się stało?

– Nie panikuj, nic wielkiego – zbagatelizował sprawę. – Zjeżdżaliśmy na zjeżdżalni, byłem za nim i najwidoczniej go wypchnąłem, bo jestem za ciężki. Ma lekko złamany obojczyk. Nic takiego.

– Jezus Maria! Nawet ci dziecka nie można zostawić! – zaatakowałam go. – Jesteś nieodpowiedzialny.

– Przestań! To ja zabieram dziecko na wakacje, żebyś mogła spokojnie pracować, a ty się jeszcze wściekasz? Poza tym to się mogło zdarzyć, nawet gdybyś tu była. Rozumiesz to? To był wypadek!

– Mówiłam ci milion razy, ze Stasiem trzeba mieć oczy dookoła głowy. Daj mi go do telefonu – zażądałam.

– Pani kierowniczka się odezwała! – Maciek był wściekły.

– Stasiu, synku. Boli? Jak się czujesz? – zapytałam słodko.

– Już nie, mamo, mam niebieski gips i naklejki! Ale mówię ci, jak z tatą szybko zasuwałem, było super!

– No dobrze, dobrze. Całe szczęście, że nic gorszego się nie stało!

– E tam! Mamo, przygoda jest! Juhuuu! Podpiszesz mi się na gipsie? A najlepiej ten aktor, który tak śmiesznie udaje Kaczora Donalda.

– Podpiszę – spuściłam z tonu. – Daj jeszcze tatę do telefonu.

– Za tydzień jedziemy do Szkocji, żebyś mogła spokojnie pracować – powiedział Maciek z przekąsem.

– Wspaniale. Tylko bardziej na niego uważaj, błagam cię, bądź odpowiedzialny – gderałam dalej.

– A jak na planie? – zmienił temat.

– Wszystko świetnie. Pracujemy. Plan na co dzień jest taki jak stare małżeństwo. Powtarzalność i nuda – powiedziałam złośliwie. – Pobudka o szóstej, śniadanie i do roboty...

Nie wiedziałam, czemu taka byłam. Nie lubiłam siebie takiej. Zaraz jednak poszłam na plan i zapomniałam o problemach.

* * *

Atmosfera pomiędzy nami gęstniała, mimo że nie widzieliśmy się od dwóch miesięcy. Niby nie działo się nic dramatycznego, ale nie było też tej domowej aury pełnej serdeczności i miłości. Czuliśmy się obco.

Któregoś dnia, pod koniec zdjęć w mazurskich plenerach, pojechałam samochodem do pobliskiego miasteczka. Zadzwoniła Zuz:

– Halo – powiedziała jakoś tak zimno, dziwnie.

– Cześć, kochana! – ucieszyłam się, że ją słyszę. – Tak się stęskniłam, Zuz! Słuchaj... – zaczęłam.

– Beti z Cezarem i dziećmi mieli wypadek samochodowy – przerwała mi chłodno.

Zamilkłam. Nie rozumiałam. Cezar? Wypadek? Cezar był mężem Beti, cudownym, słodkim facetem, którego wszyscy uwielbialiśmy. Uroczy, delikatny, subtelny, wrażliwy i opiekuńczy. Nasz ukochany przyjaciel. Wypadek?

– Co ty mówisz, Zuzka? Co się stało? – próbowałam zebrać myśli.

– Mika... – Moja przyjaciółka wzięła głęboki oddech. – Cezar nie żyje, Beti i dzieci są w szpitalu. Stan synka jest ciężki.

Poczułam, że kręci mi się w głowie. Zjechałam na pobocze. Wysiadłam z samochodu i uklękłam na trawie, wyjąc jak zwierzę. Nasz Cezar nie żyje? Człowiek o złotym sercu? Był dla mnie jak brat! Co z dziećmi? Co z Beti?

Zawróciłam do naszego kampusu. Wysiadłam z samochodu zaryczana, ledwo szłam. Podbiegła do mnie aktorka grająca Basię, od lat buddystka. Miała zupełnie inne spojrzenie na śmierć. Tuliła mnie w ramionach i spokojnie przemawiała, głaskała, uspokajała. Przybiegł Mateusz. Płakaliśmy oboje. Zadzwoniłam do Maćka.

– Maciek, Cezar nie żyje – wychlipałam.

– Wiem, wreszcie będzie żył po swojemu...

– Co ty gadasz?! – krzyknęłam.

– A nic, takie filozoficzne dywagacje, potem ci wyjaśnię.

Byłam zdruzgotana, rozbita.

Wróciłam do Warszawy, bo po pierwsze chciałam pójść na pogrzeb Cezara, a po drugie mieliśmy zaraz emisję pierwszego odcinka, konferencję prasową, promocję, wywiady i tak dalej. A na punkcie promocji od zawsze miałam fisia. To jest prawdziwy sprawdzian poza badaniami oglądalności. Co powie prasa? Jak zareagują ludzie z branży?

Podczas wywiadów przyklejałam uśmiech numer pięć, choć w moim wnętrzu szalała rozpacz. Nie mogłam się z tym pogodzić. Za rok Cezar miał obchodzić czterdzieste urodziny! Na co dzień jednak opowiadałam o serialu, produkcji, rodzinnej atmosferze na planie, zachęcałam widzów do oglądania. Zależało mi – jak każdemu producentowi – na świetnej oglądalności. Radość i smutek mieszały mi się w głowie.

Wieczorem wyemitowano pierwszy odcinek, a następnego dnia miał się odbyć pogrzeb Cezara. Byłby mi coś powiedział, bo na sto procent by oglądał... Należał do tego niewielkiego grona facetów, którzy przeczytali książkę mojej cioci – i bardzo się przy niej wzruszył.

Oglądałam pierwszy odcinek otoczona przyjaciółkami. Piłyśmy wino i wymieniałyśmy opinie. Jednym się podobało, drugim – nie. Były szczere do bólu. Zadzwoniłam do cioci. Nie zareagowała tak, jak sądziłam. Jej słowa nieco mnie zdziwiły.

– Dominika, ja jestem autorką, chyba zawsze będę miała przed oczami to, co napisałam. To moje dziecko. A to, co z nim zrobiłaś, to jakiś kompromis – zakończyła chłodno.

Było mi strasznie przykro. Jak wytłumaczyć, że reżyser, stacja, scenograf, kostiumograf mieli swoje wizje? Jak wytłumaczyć, że nie da się znaleźć aktorów, którzy będą wyglądać dokładnie tak jak postacie opisane w książce? Zrobiłam to najlepiej, jak umiałam.

Następnego dnia pojechałam na pogrzeb Cezara. Wyszłam z kościoła zapłakana. Zobaczyłam, że mam mnóstwo nieodebranych połączeń i esemesów. Zaczęłam je czytać. Sukces! Mieliśmy największą oglądalność w *prime time*! Pobiliśmy wszystkie stacje. Byłam przeszczęśliwa. Przez chwilę, bo musiałam przecież jechać na cmentarz. „Jak to się życie dziwnie plecie" – pomyślałam.

Dostałam esemes od dyrektora konkurencyjnej stacji:

Nienawidzę Cię. Ha, ha, ha! I gratuluję. E.

Taki esemes to naprawdę coś.

Po pogrzebie podeszła do mnie Zuz i rozkazała jak kapral w wojsku:

– Przestań ryczeć, musimy teraz wspierać Becię. Masz być twarda, a nie się mazać, no!

– Kiedy mi tak smutno… – powiedziałam głupio.

– Jak masz się tak rozklejać, to lepiej jedź do domu, bo nie pomagasz.

Słuchałam jej w milczeniu i nagle wybuchłam:

– Co ty mówisz, Zuzka? Każdy ma prawo do przeżycia bólu po takiej stracie. Odwal się!

– Nie ty jesteś dzisiaj najważniejsza! – wypaliła ze złością.

– Jesteś okropna! – odszczeknęłam.

– Ty też!

– Wiesz co? Zabieram małą Kaję na jakieś dziecięce zakupy, żeby nie patrzyła, jak się wydzierasz.

– Dobrze, może zrobisz wreszcie coś pożytecznego! Tylko przestań się, kurwa, mazać, bo jeszcze dziecko wystraszysz. Ona niczego nie rozumie, jest za mała.

Jeszcze chwila, a palnęłabym ją w łeb za te rozkazy. Nasz ból był ogromny i każda na swój sposób przeżywała tę tragedię.

Pojechałam z Kają do sklepu zabawkowego. Kupiłyśmy Barbie, ubranka, domek, konika, kredki i kolorowanki. Malutka nie miała jeszcze pojęcia, co się dzieje, i zupełnie nie kojarzyła, że nigdy już nie zobaczy taty. Miała dopiero cztery lata. Myśląc o niej, płakałam bezgłośnie i szczerze, wycierając stale oczy i nos, aż zrobił się czerwony. Kajtek, syn Beti, nadal leżał w szpitalu. Został tam na pół roku.

Wróciłam z Kają na stypę, zamknęłam się z nią w jej pokoju i bawiłyśmy się lalkami. Z oddali było słychać toasty.

– Za Cezara!

– A pamiętacie, jak on…

Poszłam do łazienki po kolejną porcję papieru toaletowego. Po chwili wpadła tam za mną Zuzka. Zamknęła drzwi i rzuciła mi się w ramiona. Ryczałyśmy obie.

– Przepraszam – wychlipałam.

– To ja przepraszam.

– Kurwa, jak my będziemy bez niego żyć? Jak ona da sobie radę? – pytałam retorycznie.

– Pęka mi serce! – przyznała się Zuz. – Przepraszam, że na ciebie nakrzyczałam, ale wiesz, ten stres, pomagałam Beci załatwiać pogrzeb... To mnie przerasta, a gram twardzielkę, żeby ona miała we mnie oparcie.

– Wiem, wiem! Jesteś wspaniała! A ja pieprzona histeryczka... Przepraszam!

Zuzka zdjęła okulary. Patrzyłam w jej zapłakane mądre oczy i cieszyłam się, że jest obok.

Nagle uśmiechnęła się i wypaliła:

– Stara! A jak wyniki oglądalności? Wczoraj był pierwszy odcinek. Nawet cię nie zapytałam, przepraszam.

– A chuj z tym! Czy to teraz ważne? To tylko praca, a tu jest prawdziwe życie. Nasze życie. Kocham cię.

– A ja ciebie.

I znów było między nami dobrze.

* * *

Wróciłam z Maćkiem do domu. Mój twardziel usiadł na kanapie w salonie i... zaczął płakać. Puściło mu. Tu, w domu, nie wstydził się łez i emocji. On też bardzo kochał Cezara.

Po tygodniu spotkałam się z Mają i Reginą. Życie toczyło się dalej, nadrabiałam zaległości towarzyskie.

– Słuchaj, Mika, jedziemy na Rodos, żeby odpocząć i się wygadać. Może pojedziesz z nami? – zaproponowała Regina.

– Dobrze ci zrobi po tym pogrzebie, bo wyglądasz jak upiorzyca. Oderwiesz się, a tam słońce, dobre wino... – nęciła Maja.

Namyślałam się krótko. W kręceniu była akurat przerwa, bo ekipa wracała do Warszawy, więc miałam chwilę luzu. Chłopcy byli prawie samodzielni, niczego nie musiałam.

– A wiecie, że to świetny pomysł?! Mamy akurat przerwę w zdjęciach, tyle że to wrzesień...

– Zazwyczaj po sierpniu przychodzi wrzesień. No i? – Regina się zaśmiała.

– No, szkoła, Staś, tornister, książki, organizacja... – zaczęłam wyliczać.

– A Staś jest sierotą czy ma ojca? Tatuś nie może?

Po kolejnych argumentach okraszonych parsknięciem: „Matko Polko!" zdecydowałam, że z nimi jadę.

Maciek zgodził się, żebym wyjechała. Pierwszy raz to ja usłyszałam, że wszystko jest na jego biednej głowie, że mnie ciągle nie ma w domu. Przemilczałam to! Spakowałam walizkę, wycałowałam moich panów i poleciałam.

Ruszyłyśmy z dziewczynami na nasz, jak się okazało, wyjazd życia. Do dzisiaj go wspominamy. Był ważny. Rodos we wrześniu. Na naszej surferskiej plaży nikogo, knajpa pustawa, bo było po sezonie, garstka miejscowych i kilku instruktorów. O, bajko ty moja! Tylko my, plaża, morze – wciąż ciepłe. Sport za dnia, świetne greckie jedzenie i długie rozmowy.

Już pierwszego dnia, gdy napływałyśmy się tak, że nie mogłyśmy ruszyć ręką ani nogą, zjadłyśmy świetną kolację, a po niej położyłyśmy się plackiem na wciąż ciepłej plaży, patrzyłyśmy na rozgwieżdżone niebo i zaczęłyśmy nasze babskie gadanie.

Regina była już długi czas po rozwodzie; stanęła na nogi, zaczęła się uśmiechać, bawić i powoli żyć po swojemu.

Zmieniła się. Pamiętałam ją sprzed lat, jak patrzyła na ludzi ze skwaszoną miną, czasami wyniosła i niedostępna. Teraz tryskała energią, czarowała uśmiechem i była pierwsza do zabawy. Odniosła medialny sukces, a jej firma produkująca ekologiczną żywność zaczęła przynosić zyski. Na dodatek poznała bardzo przystojnego lekarza kardiologa. Wolnego i bez dzieci! Taki fart! U jednych budziła podziw i sympatię, inni jej zazdrościli i życzyli jak najgorzej. Ja wiedziałam, że na wszystko zapracowała sama, ciężko harując i realizując swoje marzenia z żelazną konsekwencją.

Ona zaczęła pierwsza:

– Jak się dowiedziałam, że mój mąż chce się rozwieść, to ziemia mi się rozstąpiła pod nogami. Chorował mój tata, z którym w dorosłym życiu złapałam lepszy kontakt. No i dzieci były takie małe. Zresztą kiedy dziecko jest gotowe na rozstanie rodziców? Nigdy! I jeszcze to jego odejście do mojej przyjaciółki. Poczułam się zdradzona podwójnie. Bolało... Czułam, że się zapadam! Bałam się, że dzieci będą przeżywać tę medialną nagonkę. I wiecie co? Nagle jakoś się otrząsnęłam. Przeanalizowałam sprawę i zrozumiałam, że byliśmy niedobrani od samego początku!

– Jak to?! – zapytała Maja. – A ten ślub jak z bajki?

– Ślub to nie życie – odpowiedziała Regina. – No, bo – owszem – podobał mi się, a raczej mi imponował, bo był inteligentny, rzutki, przebojowy, same wiecie. Ale czy to była miłość? Teraz nie wiem, czy my się nawet lubiliśmy...

– Serio? – zapytałyśmy chórem.

– Tak. Stale musiałam stawać przy nim na palcach, a on i tak mnie krytykował. Bardziej płakałam za przyjaciółką, która wbiła mi nóż w plecy, niż za nim. – Zamilkła i uśmiechnęła się szeroko. – A teraz patrzę na to z perspektywy czasu i powoli obraz tamtych wydarzeń staje się coraz mniej ostry. To już przeszłość! – Westchnęła i przeciągnęła się jak kotka. – Dziewczyny, jaka ja jestem teraz szczęśliwa!

– I fajniejsza – dodałam, bo pamiętałam ją taką nadąsaną i niedostępną.

– No, a jak ten nowy lekarz? Specjalista od serca... – zapytała Majka i puściła Reginie oczko.

– Oj – Regina krygowała się jak mała dziewczynka – jak będę gotowa, to wam go przedstawię. Powoli, powoli!

– Słyszałam, że jest boski! – zawołałam. – Koleżanka widziała was razem, ale nawet jej nie zauważyłaś, bo tak byłaś nim pochłonięta!

– Ech, to brzmi jak tani harlequin – wtrąciła Majka i zaczęła udawać, że wymiotuje.

Wybuchłyśmy śmiechem.

Po chwili Regina spoważniała.

– Dziewczyny, ja teraz żyję chwilą – powiedziała. – Cieszę się, nawet jeżeli to będzie tylko przelotny romans. Jestem szczęśliwa tu i teraz z wami. Znowu chce mi się chcieć! – I rzuciła do mnie: – Mika, puść naszą ukochaną piosenkę.

Miałyśmy ze sobą przenośne głośniczki. Puściłam. Zaczęłyśmy nucić. Byłyśmy jak trzy bohaterki komedii romantycznej. No i ta grecka scenografia!

Teraz kolej na Majkę. Wiedziałam już z samolotu, że coś się dzieje w jej małżeństwie, ale jeśli miała potrzebę mówić, to byłyśmy tam po to, by jej słuchać.

– Wiecie, że *de facto* jesteśmy w separacji... – zaczęła. – Separacja – parsknęła – taki stan przejściowy, narkoza przedrozwodowa. Jedyny plus naszego rozstania jest taki, że nigdy nie byłam taka chuda. – Zaśmiała się nerwowo. – Tak naprawdę jestem zdruzgotana, bo on zostawił mnie dla dziewczyny... dziewczynki w wieku naszej córki. Poczułam się jak śmieć. Był miłością mojego życia. Znamy się od liceum, zaczynaliśmy wspólne życie od zera, a nasza pierwsza córka wychowywała się w maleńkiej kawalerce. Wszystko, co mamy, osiągnęliśmy razem. Byliśmy nierozłączni... Poza tym wiecie, że jestem głęboko wierzącą katoliczką, więc trudno mi zrozumieć złamanie przysięgi. Przysięgaliśmy w kościele przed Bogiem: „I nie opuszczę cię aż do śmierci", kurwa mać. – Wydmuchała nos. – A on poleciał za jakąś małolatą. Tyle to wszystko warte.

– Majka, ale to świeża sprawa... Może mu przejdzie jak ospa? – starałam się dać jej nadzieję. – No, odbiło mu. Wy przecież jesteście parą idealną! Wszyscy was uwielbiają. Piękni jak z żurnala, bogaci, towarzyscy. Może to jeszcze da się naprawić? On świata poza tobą i dziewczynkami nie widział. I był naprawdę świetnym ojcem.

– Słusznie użyłaś czasu przeszłego. Teraz stał się nieobecny, oschły i nie mam w nim żadnego oparcia. Z taką małolatą... – Westchnęła. – Nigdy mu nie wybaczę.

– Powinnaś być wściekła! – rzuciła Regina. – To dobre uczucie, podrywa do walki o siebie. Nie pokazuj mu siebie zdruzgotanej, oni od tego uciekają. Powinnaś się wściec.

– Nie wybaczę i już. To podłe. Poza tym całkiem się rozjechaliśmy – ciągnęła Majka. – On tylko zabawa i zabawa, kluby, szampan, wyjazdy na narty, balangi. Interes zaczął się sam kręcić, ma forsę. Rozwijamy się w różnych kierunkach, on nagle pokochał techno i rap, a ja, no wiecie, pięknoduch. Kocham muzykę klasyczną, dobre kino i wolę poczytać

w domu, niż latać po dyskotekach. Taka jestem przy nim...
ciotkowata.

– Ty?! – znowu krzyknęłyśmy obie. – Masz szerokie horyzonty, poczucie humoru i bajeczny uśmiech. Każdy facet się za tobą ogląda i na dodatek jesteś taka fajna, że nawet, kurczę, baby cię lubią, chociaż jesteś ładna. Bardzo ładna – wykrzyknęła Regina, a ja dopełniłam tego miodu:

– I inteligentna!

– Myślę też o naszych córkach. Są takie wrażliwe, przeżywają to bardzo.

– Dla każdego dziecka rozwód rodziców, rozpad rodziny to trauma, a szczególnie w tym wieku – powiedziała poważnie Regina. – Wiem coś o tym.

Zamilkłyśmy. Grała muzyka. Leżałyśmy na ciepłym piasku, na kocu, i czułyśmy ze sobą głęboką siostrzaną więź, a to wygadanie się przynosiło ulgę.

Została tylko ja.

– Dziewczyny, a ja czuję, że będę następna – wyrzuciłam z siebie.

– Co ty wygadujesz? – krzyknęła Majka. – No wy to już w ogóle *dream team* w pracy i w życiu. Nawet o tym nie myśl!

– Co się dzieje, Mika? – zapytała Regina poważnie.

– Niby nic, ale ja po prostu czuję, że pod pokładem coś zgrzyta.

– Wymyślasz! – fuknęła. – Chcesz, żeby nam nie było przykro, bo u was...

– Ej, zaraz! – przerwałam. – Maciek zachowuje się bardzo dziwnie od dłuższego czasu. Jak ktoś, kogo nie znam. Nie jestem w stanie przebić się przez jego skorupę, zbudował wokół siebie mur. Neguje wszystko, co teraz zrobię czy powiem. Jest nieobecny myślami, agresywny i smutny... bardzo smutny.

– Jak długo to trwa? – Regina była bardzo konkretna.

– Za długo, żeby to zlekceważyć, położyć na półce z napisem „to chwilowe". Myślałam, że to wypalenie zawodowe, zmęczenie, kłopoty ze zdrowiem, ale on jest bardzo silny psychicznie. Zresztą dużo zmienił, zaczął o siebie dbać, rozkręca drugą firmę i widzę, że deleguje zadania, zamiast tyrać samemu, ma cel. Jesteśmy w najlepszym momencie zawodowym i finansowym, dzieci zdrowe, mamy dom, sukces, siebie... a jednak to dla niego za mało. Miota się i nie patrzy mi w oczy.

– Brzmi znajomo... – zaczęła Majka.

– Zwariowałaś?! – zrugała ją Regina. – Nigdy nie widziałam nikogo tak zakochanego, zapatrzonego, a wręcz zaślepionego jak Maciek. On poza Dominiką świata nie widzi.

– Nieskromnie powiem – mimowolnie się uśmiechnęłam – że to wiem! Ale gdy byliśmy w Rzymie, postawiłam mu parę warunków i widzę, że nie daje rady. Ma dość. Ustawiam mu poprzeczkę coraz wyżej, ciągle wymagam, oczywiście w dobrej wierze, ale on to chyba odbiera jako zrzędzenie i roszczeniowość.

– No, szczerze mówiąc, żeby za tobą nadążyć, to trzeba mieć kondycję – próbowała żartować Majka.

Zobaczyła jednak moją zamyśloną minę i zapytała poważnie:

– A może on po prostu kogoś ma?

– Możliwe – wyszeptałam. – A nawet na pewno... Dlatego się miota, bo wiem, że nigdy nikogo nie pokocha tak jak mnie. I on to też wie, mimo że teraz jest dla mnie okropny. Całe życie byłam o niego strasznie zazdrosna, bałam się, że go stracę, że znowu rozpadnie mi się rodzina, bo przecież oboje jesteśmy rozwodnikami. Miałam traumę po Janku, że nie mogę okazywać uczuć, muszę trzymać emocje na wodzy, bo drugi raz nie przeżyję zawodu miłosnego, zdrady. Za rzadko mówiłam mu, że go kocham, jakby to było jakieś złe zaklęcie, po którego usłyszeniu on zniknie jak Janek...

– I co teraz zrobisz? – zapytały obie.

– Nie wiem, jest bardzo dziwnie. Nie było mnie w domu trzy miesiące, bo trwały zdjęcia. Myślałam, że ta rozłąka dobrze nam zrobi, ale jest coraz gorzej. Ja nawet przestałam być zazdrosna, bo zrozumiałam, że to nie ma sensu. I wiem, bo dobrze go znam, że jak coś postanowi, to nic i nikt go nie powstrzyma, nawet jeżeli jest to najgorsza decyzja w życiu. Przestałam reagować, zostawiłam go w spokoju, żeby sam uporał się z tym, co mu siedzi w głowie, bo każda moja reakcja będzie odebrana źle, a on czuje się odrzucony i pewnie myśli, że ja mam go gdzieś. To nieprawda. Z drugiej strony ja jestem pierwszy raz w życiu spełniona zawodowo, szczęśliwa i bardzo lubię taką siebie.

– Dominika... ale po was nic nie widać – powiedziała Majka. – Ani cienia kryzysu. Żadna z nas nie słyszała, żeby Maciek miał kogoś na boku, a jak wiesz, środowisko bywa okrutne.

– Dobrze gramy – powiedziałam i dodałam: – A ona, czuję to, nie jest z Warszawy i na bank jest młodą laską, która mu kadzi, podczas gdy ja wymagam... Należę do kobiet silnych i zdecydowanych, a Maciek ciężko to znosi. Przez lata żyłam w złotej klatce, którą dla mnie stworzył, uzależnił mnie od siebie, ale zaczęłam się w niej dusić. Maciek najchętniej przypiąłby sobie mnie niczym diamentową broszkę do koszuli, żebym cały czas była z nim i tylko dla niego. Ale ja jestem dzieckiem słońca i wolności. – Spojrzałam na nie z ogniem w oczach. – Muszę oddychać pełną piersią, podejmować swoje decyzje, bo klatka, nawet ze złota, jest zawsze klatką!

Milczały.

Po chwili dodałam:

– On całe nasze życie chciał, żebym kochała go tak jak on mnie. I tak było, tylko nie okazywałam mu tego wystarczająco, więc przegrałam. A teraz jest za późno.

– No i co teraz? – zapytała Regina.

– Życie zawsze przynosi jakieś rozwiązania. Nie jestem w stanie nagle zmienić się w kląskającą ptaszynę. Moje przeczucia są złe. I jestem gotowa na wszystko. Tylko co z dziećmi? Mateusz jest już dorosły, ale dla Stasia to będzie straszny cios.

Wyrzuciłam z siebie emocje i trochę mi ulżyło. Każdej z nas ulżyło. Tak już jest od zawsze, że kobiety otaczają się babskim kręgiem i wspierają.

Zrobiło się chłodno. Zwinęłyśmy koc, wyłączyłyśmy muzykę. Wróciłyśmy do pokoju i nawet w łóżkach nie mogłyśmy się nagadać. Zasnęłyśmy tuż przed świtem.

Kolejnego dnia spotkałyśmy znajomego Polaka, od lat mieszkającego w Skandynawii. Mówiłyśmy na niego Swen. Przystojny, bajecznie bogaty. Zaprosił nas na kolację. Miało być miło, a usłyszałyśmy, że się rozwodzi i zamierza puścić żonę w skarpetkach, zabrać jej dzieci i zniszczyć opinię.

– Zdradziła mnie, suka – dyszał wściekły i urażony.

– Zaraz, zaraz... A ty jej nie zdradzałeś? – zapytała Regina chłodno.

– Zdradzałem, ale to co innego.

– Że co? – Spojrzałyśmy po sobie z niedowierzaniem.

– Nic nie rozumiecie, ja się nigdy nie zakochałem i zawsze wracałem do domu. To był tylko seks.

– Łał, jesteśmy pod wrażeniem – zawołałam. – Co za szowinistyczne męskie myślenie z dziewiętnastego wieku!

Milczał zły, aż w końcu rzucił:

– Zraniła mnie!

– A ty jej nie? – drążyłam.

– Nie – wyjaśnił naiwnie. – U nas jest inaczej, facet to facet! Kobietom zdrady się nie wybacza! One się zakochują.

– Aha... – powiedziała z namysłem Majka. – Czyli mężczyzna tylko czyści sobie krew? A zdradzają kobiety, chcesz powiedzieć? Czy ty sam siebie słyszysz?

– Ona mi się przyznała! – spróbował jeszcze.

– No widzisz, uczciwie. Chciała być uczciwa i za to postanowiłeś ją ukarać? Lepiej by było, gdybyście oboje kłamali?

– To matka moich dzieci.

– A ty jesteś ich ojcem! Uważasz, że matka nie ma prawa na chwilę zapomnienia? Może była samotna, nie pamiętałeś o niej? Może nie czuła się do końca szczęśliwa, szukała u kogoś innego tego, co powinna dostać od ciebie!

– Miała wszystko: dom, forsę i luksusowe wakacje!

– Aha! I ty uważasz, że nam do szczęścia potrzebna jest tylko kasa?! Ty ciągle w pracy, a z racji interesów średnio pół roku poza Polską. To kto miał ją przytulać i mówić, że wciąż jest piękna i kochana? Ładny dom czy tłuste konto?

– Zarabiałem na dom i jej zachcianki – spuścił z tonu.

– A ona stworzyła ci ten dom. Urodziła pięknych synów, dbała o ciebie, prawda?

– Hmmm. No tak, ale... – Zamilkł, po chwili jednak znów zaczął atak: – A co innego miała do roboty?

– Zaraz. Jeśli dobrze pamiętam – powiedziałam – skończyła prawo z pierwszą lokatą, zapowiadała się na świetną prawniczkę.

Zrezygnowała jednak z kariery zawodowej, żeby być przy mężu i wychować dzieci.

Cisza.

– Rozumiesz? – włączyła się Regina. – Jesteście skazani na siebie do końca życia, bo macie dwoje pięknych dzieci i to się nie zmieni. A ty chcesz zafundować wszystkim piekło, bo uraziła twoje kłamliwe męskie ego? I zamiast wydać pieniądze na wspaniałe wakacje dla synów, przeznaczysz je na prawników, żeby ją zniszczyli? Ludziom odbiera rozum przy rozwodzie.

– Jesteście straszne... – powiedział po namyśle – I, kurwa, szczere!

– Bo wiemy, o czym mówimy – rzuciła Maja.

Swen się zamyślił i nagle zmiękł.

– Ja ją bardzo kochałem, bardzo... – wyznał.

– A ona ciebie – zapewniłam. – Coś wam się popsuło, ale to nie powód, żeby ją upodlić.

– Sorry, muszę się przejść! Co za baby, taki mi zrobić kipisz w głowie. Wiedźmy! Idę.

Jeszcze przez tydzień kładłyśmy mu do głowy nasze nabyte w życiu mądrości. Ostatniego wieczoru Swen przyznał nam rację. Rozwiedli się z klasą. Od lat żyją w zgodzie. Swen ma nową żonę i dziecko. Jego eks – młodszego, fajnego partnera. Ich wspólne dzieci są szczęśliwe, bo o to zadbali. Wszyscy razem spędzają wakacje.

To, co dobre, szybko się kończy. Musiałam wrócić do życia – znów na Mazury, gdzie zdjęcia trwały jeszcze dwa tygodnie. Końcówka pierwszej serii. Ekipa była już bardzo zmęczona, ale i szczęśliwa z powodu świetnej oglądalności. Sukces! Komentujący chwalili piękne zdjęcia, muzykę i klimat. Mateusz świetnie sobie poradził jako drugi reżyser, stał się pełnowartościowym członkiem ekipy.

Powoli dni stawały się coraz krótsze i zimniejsze, a Mazury zamieniły się w kolorowy jesienny obrazek. Było pięknie i spokojnie, jak to poza sezonem. Ja też napełniłam się spokojem i myślami o tym, że ja i Maciek jako jedyni się nie rozstajemy. Może to był trudny czas, ale oboje rozumieliśmy, czym jest to nasze „razem" i jaką stanowi podporę dla dzieci. Cieszyło mnie to, że dajemy radę, choć czasem pokazujemy oznaki zmęczenia, zniecierpliwienia czy złości. Poczułam dumę i… tęsknotę. Chciałam już wracać do domu. Do Maćka i Stasia! Marzyłam, że zrobimy sobie pyszną kolację, nastawimy cicho muzykę i pogadamy.

Wcześnie rano zadzwonił Maciek.

– Cześć – powiedział lodowatym głosem.

– Cześć, kochanie. Jak tam u was? Dajecie radę? – zapytałam z troską.

– Chcę się z tobą rozwieść. Odchodzę. – Z drugiej strony padł tekst jak z innego scenariusza.

– Co? Halo, Maciek, co ty mówisz? Halo! – wołałam, ale on odłożył słuchawkę.

„To żart! – pomyślałam. – Zaraz powie, że wpuszcza mnie w maliny!".

Oddzwoniłam.

W słuchawce usłyszałam:

– Abonent czasowo niedostępny.

Czasowo?

Ciąg dalszy nastąpi.

02-674 Warszawa, ul. Marynarska 15
Dział handlowy: tel. 22 360 38 42
Sprzedaż wysyłkowa: tel. 22 360 37 77

Redaktor prowadzący: Marcin Kicki
Opieka redakcyjna i opracowanie językowe: Olga Gorczyca-Popławska
Korekta: Malwina Łozińska, Justyna Tomas
Redaktor techniczny: Mariusz Teler
Skład i łamanie: Beata Rukat/Katka
Projekt okładki: Mariusz Banachowicz
Zdjęcia na okładce: Tatiana Gekman/Shutterstock,
                    j.r.hawson-harris/unsplash

ISBN: 978-83-8053-548-0
Druk: Abedik S.A.

Autorki informują, że książka jest jedynie wytworem ich fantazji
i fikcją literacką – sytuacje, osoby, zdarzenia w niej przedstawione
nie mają żadnego związku z rzeczywiście istniejącymi osobami
czy rzeczywistymi sytuacjami lub zdarzeniami.

www.kultowy.pl
www.burdaksiazki.pl